suhrkamp taschenbuch 797
Ernst Weiß
Gesammelte Werke
Herausgegeben von
Peter Engel und Volker Michels
Band 14

Ernst Weiß wurde am 28. August 1882 in Brünn/Mähren geboren. Am 15. 6. 1940, dem Tag nach dem Einmarsch der deutschen Truppen in Paris, nahm Ernst Weiß sich das Leben.

»Erzählt wird die Geschichte eines Arztes, der gegen Ende des Ersten Weltkriegs den psychisch gestörten Adolf Hitler behandelt, geheilt und damit unwissentlich dessen spätere Karriere ermöglicht hatte. Zwiefach litt der Held an jener humanitären Tat: als Mitverantwortlicher für des Diktators blutige Handlungen und als Opfer von Hitlers politischer Polizei, die der für ihren Auftraggeber blamablen Krankheitsgeschichte hinterdrein war... Der Nürnberger Ärzteprozeß nach dem letzten Krieg hat alles erbarmungslos dokumentieren müssen, was Ernst Weiß, bis in den Tonfall hinein genau, sieben oder acht Jahre vorher in der französischen Emigration aufgeschrieben hatte... Mich faszinierte der Roman. Er faszinierte mich in jeglicher Hinsicht. Seine Sprache war spröde, aber konnte auch unversehens aufbrechen und grelle Farben hergeben unter dem Druck von heftigen Gefühlen und unbezwingbaren Leidenschaften des im Roman geschilderten Personals... Der deutsche Faschismus als ein Phänomen der hypnotischen Herrschaftsbeziehungen und der wechselseitigen Verführungen.« *Rolf Schneider*

»Es ist ein Ich-Roman, pseudobiographisch wie einige der besten Romane von Ernst Weiß... Die Hauptfigur ist, wie so oft bei Ernst Weiß, ein Arzt, aber auch das Hauptproblem dieses Romans ist ein medizinisches, ein psychologisches, das mit allen epischen Mitteln eines großen Psychologen behandelt wird. Aber ist denn diese Figur, die ihr Leben selber erzählt, ist dieser kuriose Arzt der wahre Held des Romans? Oder ist er in der Tat nur ein ›Augenzeuge‹, der die fürchterliche Entwicklung eines anderen Menschen mit ansieht und bezeugt... um dessen Opfer zu werden, wie ganz Europa dessen Opfer wurde, ja die halbe Welt?... Diese Figur des Augenzeugen, des deutschen Moralisten, ist eine bewußte Rettung des deutschen Volkes in einer Stunde, da es leicht gewesen wäre, an allzu vielen Deutschen zu verzweifeln.« *Hermann Kesten*

Ernst Weiß
Der Augenzeuge

Roman

Suhrkamp

Die Erstausgabe erschien 1963
im Kreißelmeier Verlag KG, Icking bei München
Umschlagmotiv von Frans Masereel
mit freundlicher Genehmigung
des Europa Verlags, Zürich

suhrkamp taschenbuch 797
Erste Auflage 1982
Lizenzausgabe mit freundlicher Genehmigung
des Kreißelmeier Verlages KG, Icking bei München

Satz: IBV Lichtsatz KG, Berlin
Druck: Nomos Verlagsgesellschaft, Baden-Baden
Printed in Germany
Umschlag nach Entwürfen von
Willy Fleckhaus und Rolf Staudt

3 4 5 6 7 – 88 87 86 85 84 83

Erster Teil

Das Schicksal hat mich dazu bestimmt, im Leben eines der seltenen Menschen, welche nach dem Weltkrieg gewaltige Veränderungen und unermeßliche Leiden in Europa hervorrufen sollten, eine gewisse Rolle zu spielen. Oft habe ich mich nachher gefragt, was mich damals im Herbst 1918 zu jenem Eingriff bewogen hat, ob es Wißbegierde, die Haupteigenschaft eines in der ärztlichen Wissenschaft tätigen Forschers, war oder eine Art Gottähnlichkeit, der Wunsch, auch einmal das Schicksal zu spielen.

Einerlei, ich will mein Leben vorerst bis zu jenem Tage Ende Oktober oder Anfang November 1918 in kurzen Zügen darstellen. Nüchtern und klar, schmucklos und möglichst wahrheitsgetreu.

Ich bin in Süddeutschland geboren als der einzige eheliche Sohn eines ziemlich angesehenen Hoch- und Tiefbauingenieurs. Die Anlage von Bergwerken und dergleichen hat meinen Vater wenig gereizt. Sein eigentliches Gebiet waren Brücken, und ich entsinne mich, daß wir, meine sehr geliebte zarte Mutter, er und ich, eines Herbsttages mit der Eisenbahn von M. nach I. reisten und daß mich, als ich eingeschlummert war, mein Vater plötzlich weckte, als wir über eine Eisenbahnbrücke fuhren, die er im letzten Sommer zu Ende gebaut hatte. Ich merkte nichts Besonderes an der Brücke, es schien mir eine Eisenbahnbrücke wie alle anderen zu sein, sie führte über einen mit Weiden und Erlen eingefaßten Wildbach, aus dessen Bett ein paar bemooste Steine hervorragten, die Böschung, noch ohne Grasnarbe, war nicht besonders steil, aber meine Mutter tat, als sei sie außer sich vor Begeisterung, und sie hustete, wie immer, wenn sie sich erregte. Mein Vater lächelte bescheiden unter seinem dicken blonden Schnurrbart. Gelegentlich vertraute er mir an, es gäbe etwas noch Schöneres zu bauen als Brücken, nämlich Schlösser, Warenhauspaläste, Bahnhöfe, aber diese Aufgabe behielte er sich für später vor.

Man nannte ihn immer den Herrn Oberingenieur. Man bückte sich ziemlich tief vor ihm, aber wenn jemand seine Verdienste rühmte, wandte er sich kopfschüttelnd vor Staunen ab und begann meist von seiner schweren Jugend oder von seinem Onkel zu sprechen, eigentlich dem Onkel meiner Mutter, der ungeheuer reich sein und dessen Macht und Einfluß alles übersteigen sollte.

Ich war für mein Alter sehr groß, immer der Stärkste in der Klasse der »Au-Schule«. Ich habe mich schon damals nach einem Freund gesehnt, habe aber nie jemanden dazu finden können. Wahrscheinlich war ich es selbst, der die Annäherung der Klassenkameraden nicht richtig aufnahm, und zwar aus einer sicherlich bei manchen Kindern, die keine Geschwister haben, häufigen Ursache: ich fürchtete mich vor den Fremden. Sie fürchteten sich aber noch viel mehr vor mir, vor meiner Körperstärke, vor meinem schweigsamen Wesen. Hätten sie gewußt, daß ich in besonderem Maße schmerzempfindlich war, daß mich ein hartes Wort ebenso verwundete wie ein kleiner Riß in meiner Haut, was alles sie gar nicht spürten, so hätten sie sich mir vielleicht leichter genähert. Ich konnte niemanden leiden sehen, nicht Mensch, nicht Tier, aber ich habe selten geweint.

Die Schule befand sich am Ende einer ziemlich breiten Straße, am Au-Park. Die eine Front ging auf den Park hinaus, oder vielmehr auf die hohe Mauer, die ihn umgab. Von der Straße konnte man im Winter bei Schulbeginn vom Park nichts anderes sehen als die Gipfel der Bäume, Eichen, Platanen, Ahorne, Buchen. Wenn ich aber zum Beispiel im ersten Winter von meiner grasgrünen Schulbank aus dem von Gasflammen erleuchteten Schulsaal heimlich hinaussah, zeichneten sich die schwarzen schweren Zweige unter ihrer handhohen Schicht von Schnee gegen den Dämmerdunst zuerst nur undeutlich ab. Die Gasflammen summten behaglich, der weiße Kachelofen strömte Wärme aus, und die Tannenzapfen, unter das Holz und die Kohle gemischt, krachten lustig. Die Flächen der Landkarten und Tierabbildungen leuchteten hell. Gegen neun oder zehn Uhr wurde das Gaslicht verlöscht, die Landkarten hörten auf zu spiegeln, um zehn Uhr lüftete man, frische Luft drang ein. Die Sonne war kupferrot aufgegangen. Der Dunst im Park hob sich, durch die klar gewordenen Scheiben sah ich, am Fenster stehend, den Rockkragen aufgeschlagen, die Hände in den Taschen, die mit Rauhreif besetzten Gebüsche an den Wegen, den zinkfarbenen, mit schütterem Schnee bedeckten Eislaufplatz, die große Wiese, die Au in der Mitte des Parkes, die Tennisplätze, von hohen Netzen umgeben, ganz verlassen. Bald öffnete sich die Tür, und der lustige Tumult der Schule verstummte, bevor der Lehrer die Tür hinter sich geschlossen hatte.

Unweit dieses Parkes befand sich die Kaserne des dritten schweren Reiterregimentes. Wenn wir nun mit krummem Rücken dahockten, den Kopf über unser Heft gebeugt, schläfrig vor Hitze und Langeweile, und still unsere Arbeiten niederschrieben, tönte plötzlich in verschiedenartig schnellendem Takt rhythmisch und klar der Klang der trabenden oder galoppierenden Pferde zu uns herüber. Wie oft war es meine (verbotene) Lust nach der Schule, an eine dicke hölzerne, aufgerauhte Barriere gelehnt, dem Reitdienst der Rekruten zuzusehen und die Peitsche des Sergeanten knallen zu hören. Bisweilen kam ein Soldat auf mich zu, in einer gelblichweißen Zwilchjacke trotz der Kälte, auf dem kahlgeschorenen Kopf eine tellerartige schirmlose Mütze, unter dem Arm ein dickes, hell eingestäubtes knuspriges Kommißbrot, das er gegen Tabak umtauschen oder sehr billig verkaufen wollte. Aber ich hatte leider weder Geld noch Tabak. Mit Bedauern sah ich, wie der Kürassier es mit seinen schweren Händen auseinanderbrach und die Stücke eines nach dem anderen den Pferden geschickt und ohne die geringste Angst verfütterte, welche es gnädig entgegennahmen. Ich weiß eigentlich nicht, warum dieses Brot solche Gier in mir erweckte. Ich bekam ja daheim alles, was sich ein vernünftiges Kind wünschen kann. Eines Tages mußte ein Soldat in meinen Augen diesen brennenden Wunsch nach dem Brot bemerkt haben, er trat sporenklirrend zu mir und hielt mir ein ziemlich großes Stück als Geschenk entgegen. Noch viel später erinnerte ich mich des merkwürdig beizenden Geruches nach Leder und Gerberlohe, den er um sich hatte.

Ich nahm es, aber ich aß es nicht. Eben hatte ich mir etwas Bestimmtes vorgenommen, und dies mußte ich durchführen. Ich nahm meinen Mut zusammen, ging ein kleines Stück an der Barriere, dann an der Umfassungsmauer der Kaserne entlang und kam zu den Schildwachen, von denen nur die eine, die auf der rechten Seite, mich wahrgenommen hatte. Auf ihren Zuruf antwortete ich, ich müsse einen kranken Unteroffizierssohn, der in der Kaserne wohne, besuchen. Ich schlüpfte in den Eingang der Kaserne, kam in den Hof. Schon sah ich ein paar Gäule, drei glaube ich, die mit den Zügeln einer an den anderen angebunden dastanden und auf die harte staubige Erde klopften und mit den langen Schweifen um sich schlugen. Ich gab, eisig vor Angst, aber brennend vor Entzükken und Glück, meinen Willen durchgesetzt, meinen Mut bewiesen zu haben, dem mir zunächst stehenden Pferde ein Stück des Brotes. Sei es, daß meine Hand trotz alledem zu sehr zitterte, sei es, daß das Pferd diese Kruste nicht richtig aufnahm, sondern vielmehr fortstieß, das Brot fiel herab. Ich, jetzt einer gewissen Gefahr gruselnd bewußt, bückte mich trotz allem danach. Das Blut war mir aber so stark zu Kopf gestiegen, daß ich das Brot unter den vielen unruhigen Hufen nicht sah. Die Pferde, die vor der Mittagsfütterung standen und schon deshalb unruhig waren und welche die Stallordonnanz auf einen Augenblick allein gelassen hatte, waren militärfromm. Sie stutzten, sie lauschten auf ein Trompetensignal hin. Sie rissen eines am anderen, ich hörte, wie die Zügel knirschten. Ich konnte nicht auf, ich wand mich, immer noch am Boden, zwischen den zwölf Pferdebeinen hindurch, fand das Brot und war schon gerettet und hatte mich deshalb aufgerichtet, als ein Pferd – ich glaube, es war dasselbe, dem ich den Leckerbissen zuerst zugedacht hatte –, dem Trompetensignal nur zu gehorsam, mich mit dem Huf trat. Es war der erste wahrhaft ungeheure Schmerz meines Lebens. Ich hörte mich aufstöhnen und versank in Ohnmacht, aber nicht in Schmerzlosigkeit, ich war meiner Sinne nicht mehr mächtig und doch ganz wach in grauenhafter Pein. Zum Glück war der Huf an meinem Schultornister, ein dickes Lineal zersplitternd, abgeglitten. Ich fand mich wieder in einer Mannschaftsstube, bis zur Atemlosigkeit heulend vor Schmerz, den Tornister unter dem Kopf, unter den Füßen eine Pferdedecke. Der Schmerz brannte im Rücken, ich konnte nicht atmen und mußte doch schreien. Sonst hätte ich sterben müssen, fühlte ich. Die Soldaten standen herum, die meisten sahen nachdenklich und mißmutig auf mich hin. Einer beugte sich über mich und fragte mich. Sprechen konnte ich nicht. In meinen Büchern stand meine Adresse, ich wies mit der Hand auf den Schulranzen, verlegen nahm ihn ein Kürassier mir unter dem Kopf fort, blätterte ein Buch auf und las silbenweise wie ein Schulkind meinen Namen und meine Adresse vor. Plötzlich standen sie alle stramm, der Arzt trat ein und ließ sie rühren. Die Gesichter der Soldaten, die wie in der Kirche feierlich erstarrt waren, lösten sich. Sie hoben mich jetzt auf. Ich stöhnte, es wurde mir schwarz vor den Augen. Aber ich wurde nicht wieder ohnmächtig, wie ich es erhofft hatte.

Der Militärarzt muß meine Verletzung als nicht lebensgefährlich betrachtet haben, sonst hätte er mich bei sich in seinem kleinen Lazarett behalten, statt mich in einem kleinen Regimentswagen unter Obhut eines schnauzbärtigen Unteroffiziers heimbringen zu lassen.

Während er mich befühlt und abgehorcht hatte, hatte mich plötzlich eine Art Vernichtungsgefühl befallen. Als ein ganz junger

Mensch begriff ich den Tod so wenig, daß ich an alles eher dachte, als daß es meine letzte Minute sein könnte. Vielleicht war dazu der Schmerz zu beklemmend, zu zerreißend, zu erstickend. Bei jedem Atemzuge brach er wie ein Blitz meine rechte Seite durch. Versuchte ich den Atem anzuhalten, wurde es gelinder, aber wenn ich, um dem Ersticken zu entgehen, die Lungen weit mit Luft füllen mußte, war der frische, gleichsam selbstverschuldete Schmerz noch unerträglicher. Auch das Stöhnen und Keuchen verschärfte ihn, so zwang ich mich zu einem verbissenen Schweigen und erntete den achtungsvollen Blick des Arztes, der mir etwas von einem »jungen Spartaner« zumurmelte.
Vielleicht wäre die Qual während der Heimfahrt in seiner Gesellschaft leichter zu ertragen gewesen, da er doch als Arzt Anteil an mir genommen und als Mann mich durch seine Achtung für die Selbstbeherrschung belohnt hatte. Dem Unteroffizier lag nur daran, mich möglichst schnell daheim abzuliefern. Ich faßte, als der Wagen gar zu schnell über die Kopfsteine unseres Straßenpflasters rollte, nach seiner Hand, aber er muß mich wohl mißverstanden haben, denn er eiferte den peitschenknallenden Kürassier auf dem Bocke zu noch größerer Eile an, vielleicht auch aus Angst, ich könne im Wagen sterben und das Regiment könne Unannehmlichkeiten durch diesen Unglücksfall bekommen.
In mir stieg eine furchtbare Wut auf. Ich dachte daran, wie ich durch Gutmütigkeit in diese furchtbare Lage gekommen war, ich schäumte vor Zorn – im wahren Sinne des Wortes – bei dem Gedanken an das »undankbare Roß«, das meine Freundlichkeit mit einem plumpen Tritt belohnt hatte. Ich lag auf der linken Seite, weil mir so das Atmen leichter wurde, gerade auf dieser Seite stak aber mein Taschentuch im Rock, und als ich mich etwas aufrichtete, um es hervorzuholen und den Speichel vom Mund abzuwischen, kam von neuem das Vernichtungsgefühl, ein würgender schauerlicher Ekel, über mich, und ich versank wieder ins Dunkel.
Als es klarer wurde (ich dachte plötzlich an die Bäume der »Au«, die mit der aufgehenden Sonne klarer geworden waren), sah ich, daß der Wagen zwar in unserer Straße war, daß er aber über unser Haus hinausgefahren war. Mit welcher Mühe überzeugte ich den stupiden Soldaten, daß er sich in der Hausnummer geirrt habe und daß ich besser wissen müsse, wo ich wohnte. Jedes Wort war ein Stich, und ich brauchte viele. Endlich hielten wir vor dem Hause. Er nahm mich auf den Arm, murrte über mein Gewicht und

schleppte mich so ungeschickt die Treppen hinauf, daß meine Füße nachschleiften. Erst als wir vor dem Eingang standen, kam mir in den Sinn, wie sehr meine Mutter erschrecken würde.
Ich hatte also meinen klaren Sinn nicht verloren, ich überlegte scharf, wie ich vorhin, in dem Untersuchungszimmer, alles scharf gesehen und belauscht hatte.
Nun war meine Mutter sehr zart. Ich hoffte, nicht sie, sondern die Magd oder mein Vater würden öffnen. Aber sie war es. Als sie mich erblickte, schrie sie leise auf und sank zusammen, mit dem Kopf voran, mitten durch die Tür, so daß ihr Haupt mit den schönen, dichten, schwarzen Haaren auf den Fußabstreifer mit der Aufschrift WILLKOMMEN niederfiel. Der blöde Kürassier mit mir auf dem Arm hätte sich nicht zu helfen gewußt. Zum Glück war mein Vater da. Er begriff sofort die Lage. Er half meiner Mutter auf, führte sie in ihr Zimmer und sagte ihr, ich sei nicht in Gefahr. Sie antwortete ihm nicht. Mich ließ er in mein Zimmer tragen. Er war es, der mich vorsichtig auf mein Lager ausstreckte. Im Vorbeigehen hatte er der Magd gesagt, sie solle bei meiner Mutter bleiben und sie nicht aus ihrem Zimmer lassen. Aber nach zwei oder drei Minuten kam meine Mutter dennoch, schwankend am Arm der Magd, zu uns und setzte sich auf mein Bett. Sie zog mir zuerst die Schuhe aus, dann die Kleider. Sie tat es so zart, daß sie meine Schmerzen nicht erhöhte. Ich hatte keinen Verband, blutete nicht. Da sie mein Hemd nicht wechselte, sah sie die zerquetschte Seite nicht. Sie schüttelte den Kopf: ich sollte nicht reden. Sie hüstelte und hielt mir meine beiden Hände fest, als wolle ich entfliehen. Mein Vater war fortgeeilt, um unserem Hausarzt zu telefonieren. Er kam in Kürze zurück, der Arzt war daheim gewesen und mußte sehr bald hier sein. Dann zog er den Unteroffizier ins Nebenzimmer, und beide fingen an zu rauchen, während der Schnauzbärtige meinem Vater eine ungenaue Darstellung des Unfalls gab. Er war kein Augenzeuge gewesen. Meine Mutter weinte nun stärker, und mein Bett bebte. Ich tat ihr sehr leid, sie überschüttete mich mit Koseworten, wie sie sie in meiner zartesten Kindheit angewandt hatte, sie streichelte mich, wollte mich bequemer lagern, bot mir alles mögliche an. Sie glaubte mir damit den Schmerz zu erleichtern, aber das Gegenteil trat ein: ich begann, mich selbst zu bemitleiden, und das Herz krampfte sich mir noch mehr in der wunden Brust zusammen, wenn ich daran dachte, was für ein armes, unglückliches Kind ich sei. Es tat mir wohl, als der nüchterne, nach Medizin

riechende, in einen speckigen Gehrock gekleidete jüdische Arzt erschien, der mich im Augenblick nur flüchtig untersuchte und mir einige Fragen stellte, zuerst die, ob ich schon Wasser gelassen hätte, und zweitens, ob ich Blut gespuckt hätte. Ich schüttelte den Kopf. Er bestand darauf, daß ich meine Notdurft verrichtete. Meine Mutter bat er zu gehen, und er war mir behilflich. Er riet mir zu Geduld und ging in das Nebenzimmer, wo er ihnen allen Bericht erstattete. Bald darauf traten alle wieder bei mir ein, sprachen durcheinander, beengten den schmalen Raum, nahmen mir die Luft. Alle waren irgendwie mit meinem Unglück abgefunden und freuten sich, daß es nicht ärger gekommen war. Mein Vater und der Unteroffizier rauchten. Ich konnte nicht verstehen, daß niemand daran dachte (meine Mutter ausgenommen, die mir nutzlose Umschläge auf die Stirn machte), daß ich einen solchen Schmerz nicht auf die Dauer ertragen konnte. Aber sie dachten eben doch nicht daran.

Ich beschreibe diesen Nachmittag, diesen Abend, diese Nacht nicht. Nachzufühlen ist eine solche Lage nur von dem, der etwas Ähnliches erlebt hat. Tröstende Worte empören nur und helfen nichts. Meine Mutter muß es begriffen haben. Nie hat eine Hand leichter auf einer wehen Brust geruht als die ihre, als sie gegen Morgengrauen einschlief. Bloß wenn sie im Schlummer hustete, drückte sie fester. Aber ich ertrug es noch, ebenso wie alles Bisherige, so verzweifelt ich auch war. Und sowenig ich mir vorher einen solchen Schmerz hätte vorstellen können, sowenig konnte ich mir jetzt vorstellen, er könnte jemals ein Ende haben. Dabei schien er immer noch nicht seine letzte Furchtbarkeit erreicht zu haben, und manchmal stach mich ein Kitzel von der Art, wie man ihn hat, bevor man niest.

Solange ich wach war, hatte ich genügend Kraft, um diesem schauerlichen Kitzel zu widerstehen. Der Arzt hatte mich gewarnt, ich solle möglichst wenig husten oder laut sprechen und mich ja nicht im Bett herumwerfen. Damals – es waren noch keine fünfzehn Stunden seither vergangen, und doch schien es mir ein anderes Leben zu sein, das nie mehr wiederkam, so schön! – hatte ich diese Warnung noch nicht recht verstanden. Warum sollte ich husten? Warum sollte ich mich im Bett unnötig bewegen? Aber in der

Morgendämmerung, als meine Mutter, in dem alten Ohrenstuhl zusammengesunken, sich immer tiefer in friedlichen Schlaf hineinatmete, beide Hände, die zarten mit den blauen Adern, im Schoße, da trieb es mich mit aller Gewalt, der Versuchung nachzugeben. Besonders reizte es mich, meine Lage zu verändern. Ich lag auf der rechten Seite, also auf den fünf gebrochenen Rippen, auf den gequetschten Muskeln. Wenn ich mich ganz allmählich unter Anwendung von tausenderlei Listen umdrehte und mich auf die gesunde Seite legte, bekam ich sofort weniger Luft. Nun probierte ich es auf dem Rücken. Aber dann machte die kranke Seite, die frei mitatmete und sich bewegte, solche Schmerzen, daß ich ins Kissen biß. Also zurück auf die rechte Seite. Nach dieser großen Anstrengung brach mir der Schweiß aus, es überkam mich eine große Müdigkeit, es war mir, als würde ich zu einem ganz kleinen Kind. Ich gab mir nach, ich schlummerte ein. Ich weiß nicht, wovon ich träumte. Plötzlich brach durch den wohltuenden, langsam sich abspielenden alten Traum ein neuer von furchtbarer Grauenhaftigkeit ein. Ich spürte, wie mich jemand mit einem scharfen, spitzigen Messer kitzelte, es durchzuckte mich wie ein brennendes Feuer, ich warf mich lachend vor unbegreiflichem Entsetzen empor, und das Messer ging mir durch und durch. Ich sehe es noch vor mir, es war wie ein Messer, das man zum Schinkenschneiden nimmt, doppelseitig geschliffen, dünn und sehr glatt und lang. Ich erwachte. Ich saß aufrecht, die Kissen lagen verstreut auf dem Teppich. An den Fenstern war es schon dämmerig, der Rest des Zimmers war dunkel. Meine Mutter war fort, ich schrie laut um Hilfe, und während ich noch schrie, merkte ich, wie mir etwas Bittersalziges die Kehle hochstieg. Ich klammerte mich an die Messingstäbe des Bettes und rüttelte daran. Meine Mutter stürzte mit einem brennenden Licht herein, halbentkleidet, bloßfüßig, die Haare aufgelöst, in langen Locken um die bloße Schulter. Sie umarmte mich mit ihren noch vom Waschen nassen Armen und zog das Nachthemd an ihrem Hals in die Höhe. Meine Augenlider lagen an ihrem lauwarmen glatten Hals, und ich fühlte bei ihr die Adern pochen. Plötzlich drang das Bittere, Salzige durch die Lippen, und ich konnte nicht widerstehen, und an den gestickten Säumen ihres Nachthemdes blieb das Entsetzliche haften, schaumiges hellrotes Blut. Seltsamerweise war mir auch jetzt der Gedanke an den Tod fern. Ihr nicht. Sie machte sich, sobald sie die Blutflecken wahrgenommen hatte, sanft, aber energisch von mir los, lief zu meinem Vater und hieß ihn sofort den Geistlichen mit den Sakramenten und nachher den Arzt holen. Ich hörte, wie er aus dem krachenden Bette aufstand, wie er mit den Kleidern raschelte, mit den Schuhen knarrte. Das Blut kam mir alle Augenblicke in den Mund.

Meine Mutter war wieder bei mir. Als gläubige Katholikin war ihr mein ewiges Seelenheil wichtiger als mein Leben. Was konnte sie Besseres für mich tun, als mich in ihren Armen halten, beten und Gelübde tun? Sie verlangte nicht von mir, daß ich in der Stunde des Todes hörbar mitbete. Im Gegenteil, sie sagte, ich solle ruhig bleiben, sie drückte mich mit sanfter Gewalt in eine liegende Stellung zurück, baute die Kissen in meinem Rücken auf, ohne ihr Gebet zu unterbrechen, holte einige ihrer kleinen, nach Vanille duftenden Taschentücher, tupfte mir den Schweiß von der Stirn, das Blut vom Mund, die Tränen von den Augen. Sie tat mit leiser Stimme das Gelübde, zur Hl. Mutter Gottes von Altötting zu pilgern, wenn es aufhören wolle, zu bluten und mich zu peinigen.

Es wäre mir wohler gewesen, wäre sie ruhig gewesen und hätte sie mich wieder aufsetzen und mich fest an den Stäben des Bettes anhalten lassen. Denn jetzt kam etwas Neues über mich: vielleicht nenne ich es am besten DAS ZERMALMENDE. Es hatte eigentlich mit dem früheren Schmerz nichts zu tun, es ähnelte am ehesten dem Augenblick, als der Huf des Pferdes, von dem Schulranzen niedergleitend, das Schullineal unter Krachen zerbrechend, mir die rechte Seite zerschlagen hatte, also dem ersten Augenblick.

Vielleicht hat dies eine viertel oder halbe Stunde gedauert, ich konnte es nicht ermessen. Ohne daß ich bemerkt hatte, daß ich fortgewesen, war ich wieder bei mir, als der Arzt eintrat.

Mein Vater führte mit meiner Mutter ein hastiges Gespräch. Er, der viel weniger fromm und katholisch war als meine Mutter, war noch nicht beim Geistlichen gewesen, er wollte zuerst den Bescheid und die Hilfeleistung des Arztes abwarten. Dieser hörte sich mein Stöhnen nicht lange an. Er legte mir seinen Zeigefinger, der nach Mandelseife roch, quer über meine Lippen, wie um mich zum Schweigen zu mahnen, jetzt holte er aus den Schößen seines spekkigen Salonrockes ein mit violettem Samt gefüttertes Futteral mit einer kleinen Nickelspritze und einem Fläschchen mit Äther, dessen Geruch mich zu neuem furchtbarem Husten reizte, und aus einer anderen Tasche ein anderes Fläschchen, auf dem das Wort Morphium und ein Totenkopf mit zwei gekreuzten Schienbeinen sich befanden. Mich überkam es aber angesichts dieser Todesinsignien eher wie ein Trost. Mir war alles gleich, wenn es nur hinter mir lag. Ich fühlte mich in seiner Gegenwart leichter als vorhin, und wenn man in solcher Lage von Frohsein sprechen kann, war ich froh, daß er und nicht der geistliche Herr als erster mir zur Hilfe kam. Der Arzt hatte mir den Ärmel des Nachthemdes hochgestreift, die Haut mit Äther gereinigt, das Morphium aufgezogen und einen Strahl der Flüssigkeit aus der kleinen Nickelspritze emporsteigen lassen, dann stach er mich geschickt in den Arm und zog die Nadel eine Sekunde nachher wieder zurück. Jetzt setzte er sich zu mir, sah zum Fenster hinaus, mit angespannten Zügen, schweigend, übernächtigt. Er gähnte hinter seiner mageren feinen Hand. Mich überkam ein sonderbares Gefühl der Milderung. Nicht daß die Schmerzen mit einem Schlag verschwunden wären. Im Gegenteil, sie dauerten weiter und sollten, wenn auch vermindert, noch sehr lange bleiben, aber über dem Schmerz lag wie ein Verband mit guter Salbe diese Beruhigung, dieser Schleier, diese Milde, dieses Schweigen, dieses Gähnen, das Hellerwerden im Zimmer. Meine Mutter trat ein, im Gesicht hochrote Flecken, in einem dunklen Kleid. Sie staunte sehr über die schnelle Verwandlung, die sie mir sofort ansah. Sie konnte nicht begreifen, daß der kleine, unscheinbare Arzt soviel vermocht hatte. Der Arzt zog die Uhr, hielt sie an sein Ohr, um zu sehen, ob sie noch ging, er zählte mir den Puls. Das Zimmer war nun sehr hell, war aber mir ganz fremd, ich sah alles klar, aber wie von weitem. Ich war hier und fuhr gleichzeitig über eine Brücke. Ich merkte, wie sie zusammen sprachen, verstand sie aber nicht mehr. Jemand wischte mir die Feuchtigkeit vom Mund. Das Tuch blieb weiß, also mußte es Winter sein.

Diese WUNDERKUR ist mir unvergeßbar geworden, vielleicht hat sie mich bestimmt, den Beruf eines Arztes zu ergreifen. Die Brücken meines Vaters hatten mich kalt gelassen. Das Militärwesen, das mich früher sehr gelockt hatte, war mir verhaßt. Die Wunderkur leuchtete mir ein.

An der Person des Arztes, des braven Doktor Kaiser, lag es nicht, eher im Gegenteil. Meine Eltern ließen ihn zwar immer sofort kommen, wenn er notwendig war, aber sie nannten ihn ein notwendiges Übel. Manchmal waren sie in ihrer Geringschätzung sogar so weit gegangen, nach seinem Fortgehen die Fenster aufzumachen und den Raum zu lüften. Nicht etwa, weil der Arzt einen unangenehmen Geruch verbreitete, sondern weil er Jude war. Meiner Mutter war jeder Jude »zuwider«, obwohl sie nur wenige kannte und von keinem etwas wirklich Tadelnswertes wußte. Es war vielleicht ihre katholische Erziehung, denn sie »mochte« die Lutheraner ebensowenig, die sie für ganz »abgefeimt« hielt.

Es gab in unserer Stadt aber noch einen zweiten Doktor Kaiser, einen sehr mageren, hochgewachsenen, stolzen, reichen Mann, der sich hier ein großes, abgeschlossenes Nerven- und Irrensanatorium und außerdem in S., einem kleinen Ort an einem schönen langgestreckten See, wo wir ein Holzhäuschen mit kleinem Obstgarten besaßen, eine prachtvolle, aus Marmor gebaute Villa mit Spiegelscheiben und einer Terrasse aufs Wasser hinaus gebaut hatte. Man sah ihn in der Stadt fast nie zu Fuß, er fuhr meist in einem mit zwei Apfelschimmeln bespannten Wagen, mit einem seiner Kinder auf dem Rücksitz, neben sich aber eine schöne junge Frau. Später gehörte er zu den ersten Besitzern eines Automobils. Während man unseren Hausarzt den Judenkaiser nannte, zog man vor dem anderen, dem Hofrat und Irrenarzt, zwar ehrerbietig den Hut, gab ihm aber spöttisch den Spitznamen Narrenkaiser.

In den kommenden Tagen, während derer ich noch oft fieberte und sehr abmagerte, konnte ich viel über die »Übermacht« eines Arztes nachdenken. Wenn schon dem unscheinbaren dicklichen Judenkaiser eine solche Gewalt zustand, wie unermeßlich mochte dann erst die Macht des Narrenkaisers sein.

Es blieb nämlich nicht bei jener plötzlichen Zauberwirkung der Medizin aus der Totenkopfflasche. Wenn ich nachher noch so sehr von Schmerzen und Atemnot geplagt war, der Judenkaiser brauchte nichts zu tun, er brauchte nur mein Zimmer zu betreten – und ich atmete auf, im wahrsten Sinne des Wortes, und die Lungenstiche waren wie fortgeblasen.

Schmerzempfindlichkeit war stets mein wundester Punkt. Meine Schulkameraden hätten es nie geglaubt. Ich aber wußte es nur zu gut. Es gibt ein sehr naheliegendes Mittel, sich Schmerzen zu entziehen, zum Beispiel bei den Kämpfen der Jugend unter sich, die sehr grausam geführt werden und wo jede Träne, jedes Greinen als große Schande gilt. Dieses Mittel besteht in Feigheit. Ich war etwas feig, das war der Grund, weshalb ich mich, sooft es nur ging, von den Spielen ausgeschlossen habe. Spielen und sich bekriegen ist bei Knaben fast das gleiche. Meine Kameraden sahen nur, daß ich sehr groß war für mein Alter, daß ich harte Muskeln und wenig Fett und starke knochige Hände, »Pratzen«, hatte. Sie konnten sich nicht vorstellen, daß in einem so kraftvollen Körper eine so schmerzempfindliche Natur hauste. Und nicht allein meine eigenen Schmerzen, auch das, was anderen weh tat, was ich zum Unterschied von den Schmerzen Leiden nannte – mir war es nicht gegeben, es ruhig anzusehen, es ging mir nahe, die Tränen kamen mir »grausam« hoch, und ich schämte mich.

Vielleicht wäre alles anders gewesen, hätte ich Geschwister gehabt. Wir würden uns gegenseitig abgehärtet haben und wären lustig gewesen. Meine Mutter, so zart sie war, sprach zwar oft, unter Husten lachend und unter Lachen hustend, davon, daß sie mir nicht ein Geschwisterchen, sondern mit einem Schlag deren zwei oder gar drei, Zwillinge oder Drillinge, »bescheren« würde, mein Vater mochte es nicht anhören und fand es »unbescheiden«, daß sie klüger sein wollte als der liebe Gott, der es zum Glück für ihre zarte Gesundheit bei einem einzigen Kind belassen hatte. Nun war wieder meine Mutter böse, errötete mit zirkelförmigen Flecken auf den Wangen und hieß den Vater schweigen, da sich solche Reden nicht für meine Ohren eigneten.

Als ich nun so lange ans Bett genagelt war, brach eine Regung in mir durch, die mir neu war und die mir eine Art Genugtuung oder einen Ersatz für die verlorenen Knabenfreuden gewährte, nämlich der Wille, über die Großen zu herrschen, meinen Willen bei den Übermächtigen durchzusetzen. Ich begann beim Arzt. Er tat mir wohl. Solange er neben mir saß, hob sich meine Brust leichter, meine Schmerzen waren geschwunden. Er untersuchte mich oft und eingehend, denn das Fieber, das zwar nicht hoch war, aber nicht weichen wollte, machte ihn besorgt. Er fand aber nichts Bedrohliches, und nach fünf oder zehn Minuten wollte er wieder gehen. Es gibt keine List, die ich nicht anwandte, um ihm entgegenzuarbeiten und ihn immer noch eine Minute länger zurückzuhalten. Ich brachte, als er meine ungeschickten Manöver durchschaute, zuerst meine Mutter, dann meinen Vater dazu, den Arzt zu längerem Bleiben zu bewegen. Man verdoppelte das Honorar, brachte das Gespräch auf irgend etwas Interessantes, und manchmal gelang es ihnen wirklich, den Judenkaiser dazu zu bringen, seinen in allen Farben schillernden schwarzen Filzhut noch einmal auf den messingenen Fenstergriff zu hängen, die Rockschöße seines speckigen Gehrockes auseinanderzubreiten und sich zu mir an das Bett zu setzen. Es mag sein, daß er dann wichtige andere Patienten warten ließ. Möglicherweise verursachte mir auch dies eine Genugtuung.

Nachts schlief ich unruhig, oft schwitzte ich, und mein Vater, der mehr Vertrauen zum Arzt hatte als meine Mutter, die alles gern der Mutter Gottes überließ, die *ihr* immer bei ihrer »schwachen Brust« geholfen hatte, drängte den Arzt zu energischeren Maßregeln. Dies kam dem Judenkaiser sehr gelegen. Eines Tages brachte er allerhand Geräte in einem abgeschabten Handköfferchen mit. Er entnahm ihm eine Spritze, die aber bedeutend größer war und bedrohlicher aussah als jene, mit welcher er die Wunderkur getan hatte. »Bist du auch ein tapferer kleiner Kerl?« fragte er mich, mir wie damals den Finger auf den Mund legend. Ich ahnte nichts Gutes. Ich dachte an den tapferen kleinen Spartaner des Arztes in der Kaserne.

Übrigens ging von meinem Abenteuer eine ganz falsche Berichterstattung um. Ich hatte in der Tat den Pferden Brot geben wollen. Keineswegs hatte ich sie etwa durch Schläge mit dem dicken Lineal gereizt, wie der FALSCHE AUGENZEUGE, jener Unteroffizier, es meinen Eltern berichtet hatte. Ich hatte es nicht aus Güte, nicht aus Mitleid mit den vollgefressenen, prallen, schwergliedrigen Pferden getan. Ich hatte nur meine Feigheit besiegen, meinen Mut auf die Probe stellen wollen, denn ich hatte, wie viele Stadtkinder, Angst vor Pferden – und besonders vor den Hufen und Zähnen dieser Tiere. Ich hatte die Probe bestanden, aber teuer bezahlt. Sollte es damit nicht genug gewesen sein?

Jetzt bereute ich, daß ich den Arzt so oft aufgehalten hatte, daß ich, der kleine, hilflose, bettlägrige Junge, ihn zu beherrschen versucht hatte. Aber was half es? Ich biß die Zähne zusammen. Ich hielt den Atem an. Dieses Atemanhalten ist für mich immer ein schmerzverhütendes oder schmerzlinderndes Mittel gewesen. Hätte der Arzt nur sofort mutig zugestochen! Er suchte aber lange die beste Einstichstelle, tastete vorsichtig hin und her, klopfte und horchte und kitzelte mich grausam. Es war dann höchste Zeit, daß er mit der dicken Hohlnadel mir zwischen die Rippen fuhr. Kein Schmerzenslaut kam mir über die Lippen. In der folgenden Nacht schlief ich nicht. Ich hielt mich für einen seltenen, für einen ungewöhnlichen Menschen, über den der Schmerz nichts vermag.

Ich habe vergessen zu berichten, daß mir der Judenkaiser vorgeschlagen hatte, mir einen kleinen Ätherrausch zu geben, wenn ich glaubte, den Eingriff nicht aushalten zu können, aber das unverständliche Wort Ätherrausch hatte mich mehr erschreckt als der Gedanke an Schmerzen. Ich hatte mich stark gemacht und war stark gewesen.

Mit diesem kleinen schmerzhaften Eingriff, den der Arzt am nächsten Tag als »prächtig gelungene Rippenfellpunktion« bezeichnete, war mir sehr geholfen. Das Fieber sank mit einem Schlage wie fortgezaubert, zum Entzücken meiner Mutter, die dem Arzt als Extrahonorar an diesem Tage aus ihrem Wirtschaftsgelde ein goldenes Zwanzigmarkstück verehrte, das dieser schwitzend und errötend – es war an jenem Tage sehr heiß – einsteckte. Er kam nicht mehr so oft zu mir. Zwei Tage danach durfte ich zum erstenmal aufstehen, und bald kam ich auf die Straße und in die Schule und wurde sehr bewundert.

Ich war stolz auf meine Heilung. Ich sah zwar bei näherer Überlegung ein, die Punktion, die aus der Entfernung von etwas trüber, gelblichroter Flüssigkeit aus dem Brustraum bestanden hatte, wäre auch dann gelungen, wenn ich mich weniger tapfer gehalten hätte. Aber ich hatte mich gehalten. Ich hatte nicht gemuckst. Ich hatte also doppelten Mut bewiesen, zum ersten, als ich mich in die Gefahr begeben hatte, von einem Rudel wilder Pferde (so sah ich es jetzt) zerstampft zu werden, und dann, indem ich die Schmerzen, die ungewöhnlich groß waren, mit ungewöhnlicher Seelenruhe und Selbstbeherrschung auf mich nahm. Ich sagte mir immer wieder vor: Ich kann, wenn ich will. Ich strahlte in meinem Innern vor Freude und Stolz. In der Tat war jetzt auch mein Schülerehrgeiz erwacht. Ich, der bis dahin ein träger, bequemer Schüler gewesen war, stürzte mich über die Bücher, und ohne daß mich jemand mahnen mußte (mein Vater staunte sehr), holte ich das in diesen Monaten Versäumte bis zur letzten Lektion nach. Auch das ein Grund des Stolzes.

Der Arzt hatte mich liebgewonnen. Jetzt brauchte ich ihn aber nicht mehr. Er kam ab und zu, setzte sich zu mir an den Tisch und unterhielt sich mit mir. Ich erfuhr, daß er seine Frau verloren hatte und daß er mit seiner Tochter Viktoria lebe. Ich stellte mir dieses Geschöpf als ein ältliches vertrocknetes Mädchen vor. Eines Tages, kurz vor Beginn der Sommerferien, kam ich am Mädchenlyzeum vorbei. Vor dem Tore wartete der Judenkaiser, seine abgeschabte

Instrumententasche unter dem Arm, statt in den alten Gehrock in ein etwas verwaschenes hellblaues Lüsterjackett gekleidet. Als die Schulglocke ausgeläutet hatte, eilte ein bildschönes, schlankes, honigblondes junges Mädchen in weißem, fußfreiem Strickereikleide auf ihn zu. Er nahm ihr ein Blatt aus der Hand und strahlte dabei vor Stolz und Freude. Es war seine Tochter, die an diesem Tage die Schlußprüfung im Lyzeum mit glänzenden Noten bestanden hatte.

Meiner Mutter hatte ich mich während meiner Krankheit Herz an Herz angeschlossen. Ich hatte sie immer geliebt. Jetzt wußte ich es mit klarer Überlegung. Ich hatte mich während der Krankheit sehr verändert, sie aber auch. Nicht, daß sie jetzt von Zärtlichkeiten und Koseworten übergeströmt wäre, aber sie tat etwas, was sie bis jetzt immer vermieden hatte: sie begann sich für mich zu schmücken. Sie kaufte das Schönste, was sie bekommen konnte, ihr Sinn stand auf einmal nach kostbarem Schmuck, und sie stellte sich manchmal, leise hüstelnd, vor das Schaufenster eines Juweliers, und ihre überaus glänzenden schwarzkirschfarbigen Augen wanderten von den ausgestellten Broschen und Armbändern zu einer zweireihigen Perlenkette und zurück. Ihr Arm, der sich in meinen schlang, als suche sie Schutz, begann leicht zu zittern, nur mit Widerstreben ging sie fort. Ich liebte sie nicht wie etwas Fremdes, wie eine zweite Person, sondern ich liebte sie, wie ich mich selbst liebte. Ich und sie gingen ohne Unterbrechung ineinander über. Ich sah sie und fühlte sie bei mir, selbst wenn ich allein war. Das machte mich aber nicht träumerisch und weich, im Gegenteil, es machte mich kühn, meiner selbst sicher. Der während meiner »Leiden und Schmerzen« erwachte Trieb zum Herrschen war nach meiner Heilung nicht schwächer geworden, aber ich versuchte diesen Trieb nicht an ihr, so wie ich es manchmal (bisweilen mit Erfolg, bisweilen auch nicht) mit meinem Vater tat. Wir waren zu sehr eins, sie und ich.

Die Ferienzeit stand nahe bevor, mein Vater dachte natürlich daran, daß wir nach S. gehen würden. Mir wäre dies am angenehmsten gewesen, und auch der Arzt war dafür. Meine Mutter aber hatte andere Pläne. Sie hatte, während ich in Gefahr war, ein Gelübde getan, nämlich nach Altötting zu pilgern, und dieses Gelübde wollte sie erfüllen. Ich sollte sie begleiten. Es wurden alljährlich, meist im Herbst, nach der Ernte, große Prozessionen zu dem wundertätigen Muttergottesbild unternommen, wobei besonders

Bauernfrauen, die schwarzseidenen Röcke hochgeschürzt, in pechschwarzen Strohhüten mit herabwallenden schmalen Bändern über den knochigen, sonnengebräunten Gesichtern, alt und jung, reich und arm nebeneinander, in Reih und Glied durch den Straßenstaub wateten, dem voranschreitenden Geistlichen seine Litaneien im Chor nachsingend und ihre Rosenkränze fromm abrollend. Unmittelbar hinter dem Geistlichen zog manchmal auch eine kleine Zahl von Stadtfrauen und ehrbar gekleideten, meist älteren Herren einher. Zu ihnen hätte sich meine Mutter gesellen können. Sie würde sich diese Anstrengung wohl zugetraut haben, aber nicht mir. In Wahrheit aber war sie jetzt schon viel schwächer und anfälliger als ich. Sie kam auf den Gedanken, einen Wagen zu mieten und jeden Tag nur eine gewisse Strecke zu Fuß zu pilgern. Wenn ich dann nicht mehr weiterkonnte, sollte die Kutsche uns weiterbefördern. Meinem Vater verschwieg sie diesen Plan. Wir besprachen uns heimlich, während er schon schlief.

Da es aber dann fast ununterbrochen geregnet hat, sind wir nur wenig zu Fuß gegangen. Trotzdem kam meine Mutter gänzlich erschöpft und zähneklappernd vor Fieber im Wallfahrtsorte an. Die meisten Gasthöfe waren besetzt, endlich fanden wir ein kleines Kämmerchen. Diesmal war ich es, der an ihrem Bette wachte. Ich konnte meinen Blick nicht von ihr abwenden. So schön war sie. Manchmal sah sie in ihrem Fieberglanz jünger und bezaubernder aus als die honigblonde Viktoria.

Ich betete nie für mich. Für sie tat ich es. Nach zwei Tagen Fieberfrost und -hitze stand sie plötzlich vergnügt auf, machte sich ohne Mühsal auf die letzte Partie des Wallfahrtsweges, einen steil ansteigenden Weg, an welchem die Leidensstationen des Heilandes in bunten Holzbildern angezeigt waren. Abends fasteten wir, am nächsten Tag empfingen wir die Sakramente, liefen dann aus Angst, den Zug zu verpassen, zum Bahnhof und fuhren nach S., wo uns der Vater, diesmal ganz unbescheiden lachend, bereits erwartete, Blumen in der Hand. Meine Mutter blieb aber etwas ernst. Es begann leise zu regnen, und das Dach unseres Häuschens, mit dicken Steinen oben belastet, glänzte.

Während der ersten Tage gab es fast ununterbrochen Regen. Ich schlief jetzt viel und aß für drei. Das Schwimmen war mir untersagt worden, ich litt also nicht so unter dem schlechten Wetter, als wenn ich ins Wasser gedurft hätte. Meine Mutter war still, sie sorgte sich um mich. Ich strahlte jetzt vor Gesundheit und Freude am Leben. Ich hätte Bäume ausreißen, in einem Rennen, ohne anzuhalten, um den ganzen See herumlaufen, mich von einer Bergwiese, den Kopf zwischen den Schultern, die Arme um die Knie, zu einem Knäuel zusammengerollt, herabkugeln lassen mögen. Meine Mutter hatte Geduld mit mir. Viel Geduld, ja.

Aber war es der Aufenthalt in dem kleinen Orte am Ende des Sees, den sie niemals sehr geliebt hat, war es die Langeweile, das Fehlen ihrer gewohnten Beschäftigung im Haus oder der Umstand, daß sie jetzt nicht mehr gar so viel für mich tun konnte, sie war nicht mehr die alte. In ihren glänzenden, neuen, glatten Kleidern saß sie mißmutig am Fenster, hustete und sah fröstelnd hinaus. Ich bin niemals sehr gesprächig gewesen. Jetzt, wo ich es versuchte, erzielte ich nichts. Meine Mutter strich mir mit zerstreutem Gesichtsausdruck zart über mein Haar und entschloß sich dann zu einem gedrückten Lächeln. Oft besah sie sich im Spiegel. Es kam mir beinahe vor, als hätte sie begonnen, sich Mühe zu geben, weniger zu lachen, weniger zu husten, weniger zu sprechen. Wenn ich sie in meiner kindlichen Art, sicherlich ohne das rechte Geschick dazu, aufheitern wollte, verzerrten sich sogar ihre sonst so sanften Züge. Oft schien es mir, als reize es sie unten in der Brust oder oben in der Kehle zum Husten, sie griff sich dann an den Mund, als wollte sie sich Stillesein gebieten.

Mein Vater machte trotz des ungünstigen Wetters kleine Bergtouren und kehrte abends in seinen von Nässe geradezu dampfenden Lodenkleidern, aber in bester Laune zurück, den Tirolerhut mit einer seltenen Blume geschmückt, wie sie dort in den Höhen zu finden ist. Meine Mutter nahm seine Küsse geduldig entgegen. Nachher aber sah ich, wie sie sich den Mund mit einem ihrer kleinen Batisttücher abtrocknete, wobei sie einen besonders starken Hustenreiz nur mit großer Anstrengung überwand. Ich dachte, sie wische sich die Lippen ab, weil der Mund, der Bart meines Vaters vom Regen so feucht gewesen war. Erst später verstand ich es. Übrigens wiederholte sich dies nicht mehr oft. Am nächsten Tage brach nach einem nebligen Morgen die Sonne durch, bald senkten sich die Nebel, wie immer, wenn sich das Wetter bessert, der See schlug kräftige blaugraue Wellen, hier und dort silbrig aufblitzend, der Wind zog herb und stark, und nachmittags war es bereits so trocken, daß wir den Kaffee im Freien trinken konnten unter einem der verwilderten Apfelbäume, die schon voller winziger, steinharter, giftgrüner Früchte steckten, die niemals reif und süß werden sollten; das heißt, reif wurden sie auf ihre Art, genießbar aber nie, und selbst die Hausfrauenkünste meiner Mutter, die aus ihnen unter Zugabe von Unmassen Zucker eine Art Mus bereiten wollte, sind daran gescheitert. Ich blieb diesen schönen Tag bei ihr, obwohl es mich natürlich sehr lockte, in den Ort, an den See, in den Wald oder zum Moor zu laufen. Es war eigentlich einerlei, wohin ich rannte. Es pochte mir in allen Adern vor Lebensfreude und Übermut. Ich war monatelang ans Bett gefesselt gewesen, jetzt war ich ganz gesund, bloß eine dicke, aber schmerzlose harte Anschwellung auf der rechten Seite des Rückens zeigte die Stelle an, wo mich das Pferd getreten hatte. Auch den nächsten Tag verbrachte ich bei meiner Mutter, von ihrer Blässe und Müdigkeit beunruhigt. Wir spannten gemeinsam eine alte, schon etwas löchrige Hängematte an knarrenden Hanfseilen zwischen einem der besagten Apfelbäume und einem uralten Birnbaum aus, der überhaupt nichts mehr trug.

Wir gaben uns Mühe, die Mahnungen meines Vaters zu befolgen und die Rinden durch die Seile nicht zu schädigen. Meine Mutter bettete sich, so gut sie konnte. Da aber die eine Seite der Hängematte etwas herabglitt und ihr Kopf recht tief lag, holte ich, während sie in unruhigem Schlummer lag, aus ihrem Schlafzimmer ein Kissen. Als ich die Bettdecke abgehoben und die Kissen aufgenommen hatte, fiel mir ein zerknäultes Batisttüchlein in die Hände. Es zeigte rostrote Blutspuren. Ich hatte sofort erfaßt, was es war, und DAS ZERMALMENDE kam wieder über mich.

Ich wollte meiner Mutter nicht zeigen, daß ich wußte, warum sie so verändert war. Ich machte Ordnung in ihren schneeweißen glatten Kissen und Decken, so gut, daß sie am Abend nicht merkte, daß jemand sich mit dem Bett zu schaffen gemacht hatte. Ich kehrte ohne Kissen zu ihr zurück. Sie war bereits wieder wach und schien mir ungeduldig. Ich versuchte nun nicht mehr, etwas aus ihr herauszulocken, was sie, doch sicher nur aus Liebe zu mir, so beharrlich mir verschwieg. Sie hatte Angst um ihr Leben. Sie war immer schon schwach auf der Lunge gewesen, und die Aufregung um mich hatte ihr geschadet. Ich ging sogar weiter. Als sie mich bedrängte, ich solle die schöne Zeit ausnützen und schwimmen gehen (sie hatte im Augenblick vergessen, daß es mir verboten war), gab ich ihr nach und tat, als könne ich mich vor Freude nicht lassen. Das war es, was sie gewollt hatte. Sie wollte allein sein, vielleicht hielt sie vollständige Ruhe und frommes Beten für die beste Hilfe. Mein Vater machte sich damals den Spaß, rudern zu lernen. Natürlich konnte er von jeher einen gewöhnlichen Kahn mit oder ohne Rollsitz rudern. Was ihn reizte, war, einen der plumpen, viele Meter langen flachen Holzkähne der Fischer zu rudern, was vom Heck aus mit einem flachen Holzscheit geschieht, das man in eine drehende Bewegung versetzt, wobei sich der Ruderknecht mit dem ganzen Gewicht seines Körpers hineinlegen muß. Anfangs kam mein Vater, sehr zum gutmütigen Spott der Fischer und der jungen Mädchen am Ufer, nicht von der Stelle, ja, der Kahn, den man dort die »Plätte« nennt, kam zurück. Da er aber sehr kräftig und geschickt war, erfaßte er bald die Kunst und brachte eines Abends meine Mutter dazu (es war ihr Namenstag), sich in die mit einem an Drähten hängenden Lampion geschmückte Fischerplätte zu setzen und sich, mit mir zu ihren Füßen, bis nach der kleinen Stadt T. rudern zu lassen. Ich hatte Angst, die feuchte Luft des Sees könne ihr schaden, aber merkwürdigerweise schien sie sich schon besser zu fühlen, sie hüstelte fast gar nicht mehr. Der ernste, verschlossene Ausdruck ihres bisher so kindlichen Gesichtes war nicht geschwunden, er paßte nicht gut zu dem sehr schönen neuen Seidenkleide und der schmalen goldenen Brosche, die meine Mutter zur Feier des Tages trug. Mein Vater sang auf der Heimfahrt, ich und sie blieben still. Bald nachher tat sie die neuen Kleider in die Truhe und trug sie nicht mehr.

Am nächsten Tage lockte es mich in das Moor. Das Ende des Sees bestand aus immer flacher werdenden Kieselgründen, die mit Schilf bewachsen waren und um die das dicke Dampfschiff in weitem Bogen herumfuhr. Landeinwärts, jenseits der um den See führenden breiten Fahrstraße, begann eine ganz andere Landschaft, nicht festes Land, aber auch nicht Wasser, eines ging ins andere über. Einige kleine fischreiche, aber grundlose, gefährliche Seen, die Osterseen genannt, glänzten in fahlem, mattem Grün. Es führten schmale Fußwege durch das Gelände, in dem sich weit und breit keine Hütte befand. Erst am Rande, dort, wo es wieder bergan ging, standen ein paar elende Baracken der Torfstecher. Alles war hier anders als am Seeufer, die Pflanzen üppiger, die Vögel schreckhafter, mit bunterem Gefieder und von unbekannten Arten, die Schmetterlinge größer, aber, wie mir schien, weniger scheu. Auch die Luft zitterte hier in der Sommerhitze anders als über den Wiesen, den Feldern, dem freien Wasser. Ich versuchte, einen Falter mit saphirfarbenen Flügeln, der sehr träge schien, zu fangen. Ich zog ihm nach, oft über weiche Stellen oder kleine Rinnsale springend. Eine alte Holzstange mit einem vermodernden Heubündel zeigte hier und da, eigentlich selten genug, Gefahr an. Mich lockte der unter meinen Füßen federnde Grund. Ich bekam endlich mit Geduld und List den Schmetterling unter meinen Hut. Dann aber dachte ich daran, daß ich ihn rauh anpacken müßte, wenn ich ihn behalten wollte, und fand ihn zu schade. Er flatterte unbeirrt davon, die edelsteinfarbenen Flügel lautlos entfaltend. Als ich zum Weg zurückwollte, war plötzlich rings um mich alles Moor. Vom Ort her hörte man in der großen Einsamkeit und Stille die mir wohlbekannten Töne der Turmuhr sechs Uhr schlagen. Es war also noch früh. Es wurde wieder heller. Was ich für die Abenddämmerung gehalten hatte, war nur eine Wolke gewesen, die sich vor die Sonne gestellt hatte. Ich versuchte noch einmal, aus dem Moorgrunde herauszukommen. Hätte ich nur gewußt, wie ich hergekommen war. Ich war gesprungen, den Hut über den Falter werfend. Aber die Spuren meiner genagelten Schuhe waren inzwischen von dem gurgelnden Grund aus wieder gänzlich ausgeglichen, und wo ich es von neuem versuchte, sank ich ein. Ich hörte Stimmen, Lachen und Jodeln. Ich konnte aber niemanden sehen. Überall standen Gebüsche, Weiden und Erlen, hohes Schilf in der Blüte, Ginster und Gras. Moor und Land durcheinander, von kleinen Wegen durchzogen. Wildvögel flatterten auf, grüne und blaugoldene Flecke am Halsgefieder und an den Flügeln. Frösche quakten, und Grillen sangen aus der Nähe im Chor. Ein Hund bellte, andere Hunde stimmten ein. Ich rief um Hilfe, schämte mich aber, laut zu schreien. Ich zog die Schuhe aus, nahm die Schnüre derselben in die Hand und versuchte, ob ich mit bloßen Füßen leichter über die mit trügerischem Grün verdeckten Stellen kommen könnte. Ich atmete tief auf, überall roch es herb nach dem Moor, nach Torf und nach heißem Gras. Aber ich machte den Fehler, den, wie ich nachher erfuhr, die meisten in ähnlicher Lage machen. Ich war, nachdem ich anfangs zu tollkühn gewesen war, nun zu vorsichtig, ich stützte mich auf ein Bein, statt mit beiden fortzuspringen. Außerdem bereitete mir die Nacktheit der Füße ein häßliches, kitzelndes Gefühl. Wenn ich dann mit kaltem Schrecken merkte, daß der eine Fuß unter meiner Körperlast langsam, aber sicher, Zentimeter für Zentimeter in dem glucksenden Boden versank, versuchte ich natürlich, mich auf den anderen zu stellen und den ersten herauszustemmen. Dies gelang aber nur in dem Maße, als der zweite tiefer in den teigartigen gurgelnden Ungrund versank. So arbeitet sich der Mensch, der es nicht versteht, ins Moor immer tiefer hinein. Das Lachen und Bellen war wieder schwächer geworden. Die Menschen, deren Lachen ich gehört hatte, konnten doch nicht sehr weit sein? Aber vielleicht doch, da hier die Luft den Schall sehr weit trägt. So hörte ich die Kühe brüllen, die mindestens eine halbe Stunde von hier am Rande des Waldes in einer Wiese weideten. Ich gab, mich sehr beherrschend, die Versuche auf, aus eigener Kraft herauszukommen. Ich setzte mich hin, beruhigte mich, bis die Stiche in der kaum vernarbten Bruchstelle der Rippen nachließen. Ich holte die Strümpfe aus der Tasche meiner Joppe und zog sie mir auf die noch schwarzen, klebrigen Beine. Plötzlich tauchten, während ich damit beschäftigt war, hinter den Gebüschen ein paar Menschen und eine Koppel Hunde auf. Es war der Narrenkaiser mit seinen drei Jungen. Er und sein ältester Sohn hatten Gewehre auf der Schulter, aber nur er hatte Wild, eine bunte Ente, glaube ich, in der Jagdtasche. Der grün und blaugolden gesprenkelte Hals und der Kopf mit dem gelben Schnabel hingen heraus. Aus dem Schnabel sickerte etwas Blut. Sie schritten alle auf festem Boden ruhig einher. Ich sprang auf, ihnen nach, und war auf festem, gutem, hartem Boden wie sie, die gar nicht ahnten, was dieser Sprung für mich bedeutete.

Der kleine Fußweg führte zwischen Gebüschen keine fünf Meter an meiner Insel im Moor vorbei. Ich hätte die Richtung längst an der hier stehenden Warnungsstange erkennen können. Aber ich hatte wieder einmal die Gefahr aufgesucht und hatte mich dann verloren, als sei ich blind. Beschämt trottete ich hinter dem Narrenkaiser und seinen Jungen nach dem Ort zurück. Der zweitälteste Sohn, ein ganz hübscher, aber etwas schüchterner Junge, schien an mir Gefallen gefunden zu haben. Über beide mit zartem Flaum bedeckten Wangen errötend und in einem vertraulichen Lächeln seine schönen Zähne zeigend, sprach er mich an, er kenne mich schon seit langem, denn seine Familie käme wie die meine alljährlich her. Er stotterte im Anfang, bald beruhigte er sich, wir

blieben hinter seinem Vater und seinen Geschwistern zurück, ließen sie zusammen mit den lebhaft kläffenden Hunden den Weg in den Wald einschlagen, während wir zu unserer Gartenpforte gingen. Wenn man sie öffnete, erklang immer eine alte, rostige, heisere Schelle. Meine Mutter kam unfreundlich vom Hause auf uns zu, mit finsterem Gesicht musterte sie meinen Gast. Ich lud ihn ein, sich an den Tisch zu setzen, wo Teller mit Obst standen, und sich nachher in die Hängematte zu legen. Ich wollte ihm etwas anbieten, den Gastgeber spielen. Aber der Blick meiner Mutter wurde noch kälter, er merkte es, und, ein Stück eines großen, aber sauren Apfels noch im Munde, nahm er mit einer ungeschickten, eckigen Verbeugung, die meine Mutter mit einem ebenso eckigen Kopfnikken eisig beantwortete, Abschied von uns. Auch ich war so verlegen, daß ich vergaß, ihn zu fragen, ob ich ihn wiedersehen könne. Aber am nächsten Tag, als ich meiner Mutter aus Andersens Märchen vorlesen wollte, sah ich ihn, mit einem der Hunde seines Vaters an der Leine, an unserem Hause vorbeistreichen. Meine Mutter nahm mir die Unterbrechung im Lesen übel. Sie warf mir meinen Hut, der auf einem Sessel lag, zu, stand auf und stieß mich förmlich aus dem Garten heraus, ich solle keine Minute verlieren, solle ausbleiben, solange ich wolle, und mich verlustieren wo immer. Ich zögerte, aber es half nichts.
Und gerade an diesem Morgen hatte ich doch die feste Absicht gehabt, sie zu erfreuen und zu zerstreuen, da mir der gestrige Abend in trüber Erinnerung geblieben war. Nicht etwa wegen des Helmut Kaiser, meine Mutter hatte ja immer gewünscht, ich solle mit Gleichaltrigen verkehren. Sondern wegen etwas anderem. Nichtsahnend hatte ich mich abends ausgekleidet und dabei an meinen Füßen die Spuren der klebrigen Moorerde wahrgenommen. Ich hatte, auf den Zehenspitzen gehend, um meine am Tische über ihrer Handarbeit eingeschlummerte Mutter nicht zu wecken, aus der Küche einen hölzernen Zuber geholt, ihn aus dem Ziehbrunnen hinter dem Haus gefüllt und hatte ihn auf einen Stuhl gestellt, um mir die Füße zu waschen. Ich war fast damit fertig, als ich merkte, wie die Blicke meiner Mutter mit stechendem Ausdruck auf mich gerichtet waren. Hätte sie doch nur gefragt! Hätte sie mich gescholten! Hätte sie mir, was ja früher ab und zu geschehen war, lachend einen klatschenden Schlag auf die Wange gegeben. Er hätte weniger geschmerzt als dieser stumme Blick, dessen Bedeutung ich wohl verstand. Er sollte sagen: Du bist also wieder! Ohne daran

zu denken, wie ich mich beunruhige, mußtest du ins verbotene Moor gehen. Du bist eingesunken, und Gott weiß, wer dich herausgezerrt hat, damit du nicht zugrunde gehst wie so mancher andere zuvor. Du hast nicht genug gehabt von deinem blöden Abenteuer mit dem Pferd, das mich und deinen Vater soviel Sorge und ein Stück Gesundheit gekostet hat. Sie sagte nichts. Sie hustete, wie ich sie nicht hatte husten hören seit dem ersten Abend nach der Ankunft in Altötting, und preßte ihr Taschentuch auf den blassen, jetzt so strengen Mund. Ich lief mit bloßen Füßen über den nackten Estrich zu ihr hin, ich wollte ihre Hand küssen oder meine Stirn an ihren Hals legen wie damals, als mir das Blut in höchster Gefahr aus der Lunge gekommen war. Sie rührte sich nicht von der Stelle. Nichts hinderte mich. Aber ich ging ungeküßt und unangeschmiegt zurück. Ich trug den Zuber mit dem Schmutzwasser so ungeschickt aus dem Zimmer, daß er überschwappte. Nachts lag ich lange wach, mein Vater kam spät heim, er hatte sich als ortsangesessener Grundstücksbesitzer von einem kleinen Tanzvergnügen der Bürger von S. nicht ausschließen können. Er sang sogar leise vor sich hin, was er doch so selten tat.
Ich dachte im stillen, vielleicht finde ich wenigstens in dem Zweitältesten des Doktor Kaiser einen Kameraden. Dessen Schüchternheit rührte daher, daß er sowohl von seinem »großmächtigen« Vater als auch von seinen zwei Brüdern hart hergenommen wurde. Der älteste hatte eben das Erstgeburtsrecht und die größere Körperstärke für sich, der jüngste war der Benjamin, das verzärtelte Lieblingskind. Bloß an ihm war nichts Besonderes.
Er hatte sich aber damit abgefunden. Sein »Herr Vater« hatte bei Strafen keine leichte Hand. Ich versuchte, ihm mein Geheimnis der Schmerzlinderung durch Atemanhalten beizubringen. Er hatte eine andere Methode, er zählte von hundert nach rückwärts.
Er berichtete mir sehr Aufregendes und für einen Jungen meines Alters Unbegreifliches von den Kranken seines Vaters. Das Grauenhafteste aber war, daß er von Hunden erzählte, es seien Hunde auf Urlaub, die der Vater aus dem »klinischen Zwinger« herausgeholt habe. Es waren herrenlose Hunde, vom Schinder in den Straßen zusammengefangen, von den Besitzern nicht vermißt, die zu schmerzhaften Versuchen, von deren Ziel und Zweck wir uns natürlich nichts vorstellen konnten, bestimmt waren. Unter diesen vielen Dutzend Hunden waren immer ein paar Jagdhunde, diese holte der Herr Vater bei Beginn der Ferien heraus, gab ihnen ein

paar schöne Wochen Urlaub und überließ sie dann ihrem schauerlichen Schicksal. Ich fand es nämlich schauerlich, dem phlegmatischen Helmut schien es nichts Besonderes. Dabei war er eines warmen Gefühls fähig, sprach viel von seiner Mutter und seinen zwei Schwestern, vergoß sogar etwas wie eine Träne beim Abschied von mir und versprach zu schreiben. Er und seine Geschwister wurden nämlich nicht beim Vater erzogen, sondern bei den Müttern. Jedes Kind stammte von einer anderen Frau, die in drei verschiedenen Städten wohnten. Der Vater hielt jetzt bei der vierten.

Ende August wurde das Wetter wieder sehr schlecht. Anfang September begann es gar zu schneien. Meine Mutter machte meinem Vater, als sei er an dem Mißwetter schuld, bittere Vorwürfe, mit absichtlich leiser Stimme sprechend, wie um ihre Schwäche zu betonen, was dieser damit beantwortete, daß er ihr im Scherz vorschlug, sie solle die Koffer packen. Er war erstaunt, als am nächsten Morgen die Koffer wirklich gepackt waren und der Lohndiener mit seinem zeisiggrünen Handwägelchen vor dem Garteneingang stand, um sie zur Bahn zu bringen. Er war während der ganzen Zeit sehr fester und froher Stimmung gewesen, mir gegenüber kameradschaftlich. Er führte lange Gespräche mit mir über den Judenkaiser und den Narrenkaiser und vergaß sogar die schöne Judenprinzessin, die junge Viktoria, nicht.

Meine Mutter hatte sich etwas erholt. Sie war aber immer noch sehr ernst und lachte fast nie. Einmal hatte ich in der gebrauchten Wäsche gestöbert, so widerlich mir dies war. Ich wollte sehen, ob noch blutbenetzte Tüchelchen darunter waren. Das böse Gewissen trieb mich. Als ich sah, daß nichts Derartiges da war, wurde mir wieder wohler.

In der nächsten Zeit, ja eigentlich bis zu meinem endgültigen Fortgehen von zu Hause, nach dem Prozeß meines Vaters, war mein Leben geteilt: auf der einen Seite meine Schule und das Lernen, das Raufen und Sich-wieder-Vertragen, der Fußball und Handball und was sonst einen gesunden Jungen meines Alters inmitten seiner Kameraden beschäftigt, bis zum Lesen von Abenteuerromanen und dem Sammeln von Briefmarken, worauf mich Helmut gebracht hatte – und auf der anderen Seite die Sorge um meine Mutter. Warum verstand sie es nicht? Ich konnte doch nicht Tag und

Nacht um sie herum sein? Einstens wäre ich ein Stück von ihr gewesen, sagte sie einmal. Aber sie wollte es mir nicht erklären, wie, und ich forschte nicht weiter, wenigstens nicht jetzt und nicht bei ihr. – (Ich erfuhr es später von meinen Kameraden auf grobe Art.) Ich wußte nicht, ob ich noch jetzt, wo sich ihre Gesundheit nicht schnell genug einstellen mochte, ein Stück von ihr war, aber sie blieb eines von mir. Ich habe eine schöne Kindheit gehabt, ich sage es auch in Anbetracht dieser Zeit. Ich bin immer kerngesund gewesen, die schwere Verletzung durch das undankbare Pferd war ohne Folgen geheilt. Aber mit einer sonderbaren Bitterkeit machte sie in einem der folgenden Winter eine schwer zu verstehende Bemerkung. Sie verglich nämlich meine schnelle Heilung mit ihrer so langsamen, zögernden und leider auch besonders schmerzhaften. Dabei sei ich an meinem Unglück dazumal mit schuld gewesen, ich hätte mich »expreß« in Gefahr begeben, sie aber nicht! Sie sei fromm, frömmer als mein Vater und ich. Und doch habe sie der Himmel so bitter geprüft, die Wallfahrt nach Altötting habe nichts gefruchtet! (Hatte sie sie meinetwegen getan oder ihretwegen?) Und sie könne sie in ihrem jetzigen Zustand nicht wiederholen, sie würde selbst in einem geschlossenen Wagen nicht bis dorthin kommen!

Was sollte ich tun? Sollte ich ihr ins Gedächtnis zurückrufen, was ich selbst mit allem Bemühen vergessen wollte, wie sehr auch ich gelitten hatte? Sollte ich versuchen, sie dadurch zu trösten, daß ich log und sagte, ich habe noch ab und zu Stiche, wo ich keine mehr hatte? Ich konnte nicht lügen. Ich habe es nie gut erlernt.

Ich konnte nichts tun als ihre Hände streicheln. Aber sie waren feucht, und sie trocknete mir die meinen ab, als hätte ich sie mir an den ihren beschmutzt. Ich verstand es nicht – oder ich verstand es nur zu gut. Ich ahnte jeden ihrer Gedanken, sie brauchte nichts zu sagen. Aber das erleichterte uns unser Leben nicht.

Sie ließ mir scheinbar alle Freiheit. Aber sie sah es, wie schon auf dem Lande, nicht gerne, wenn ich von ihr Gebrauch machte. Nun hatte ich bei aller Liebe oder gerade wegen dieser Liebe in meinen Wachstumsjahren ein ungeheures Bedürfnis nach Freisein, Bewegung und nach Alleinsein. Es trieb mich unwiderstehlich, in der freien Zeit umherzuwandern, die Stadt, die Umgebung zu durchstreifen, allein. Bei diesen Spaziergängen vergaß ich meine Mutter nicht, die inzwischen, eine kleine Handarbeit, die niemals fertig wurde, unter den Händen, in dem einzigen wirklich sonnigen

Zimmer unserer Wohnung auf dem Sofa lag, auf einem kleinen Tischchen neben sich das Thermometer, mit dem sie sich alle drei Stunden messen sollte. Im Gegenteil, während dieser Streifzüge war ich mit meiner Mutter zusammen, aber in einer anderen Weise, in einer viel innigeren und süßeren Art, als wenn es ihr gelungen war, mich ein oder das andere Mal festzuhalten. Wenn ich in den Straßen, auf den Feldern, am Flusse oder im Walde allein war mit meinen Gedanken an sie, liebte ich sie am tiefsten, und dann war ich auch am glücklichsten. Ich versuchte, es ihr einmal zu erklären. Sie ließ mich meinen Spruch dreimal wiederholen, dann schüttelte sie den Kopf bei zusammengepreßten Lippen, die dadurch noch mehr Blässe und Runzeln bekamen. Sie wollte nicht hören, es war vergebens.

Dabei verstand ich wohl, sie wehrte sich nicht so gegen mich wie gegen ihre Krankheit. Der Arzt war jetzt wieder oft bei uns. Er riet, meine Mutter solle in ein Sanatorium, er garantiere für eine Heilung in zwei bis drei Monaten, denn ihr Fall sei »gutartig«, und sie sei über das kritische Alter, nämlich das bis zu 30 Jahren, heraus. Sie lächelte aber eher spöttisch als vertrauensvoll. Nachher bemerkte sie zu mir, der Arzt als Jude habe immer solche niedrigen Geschäftsausdrücke wie »Garantie« im Munde, und er bilde sich soviel auf die Jugend seiner Tochter Viktoria ein, so daß er ihr, meiner Mutter nämlich, ihr Alter nachrechne, worauf ein anderer, ein christlicher Arzt, nicht gekommen wäre. Und so lieb ich den Arzt und auch seine Tochter hatte, die manchmal, eine Wachsleinwandrolle mit Schachmuster unter dem Arm und eine Schachtel voll klappernder Schachfiguren in ihrem Handbeutel, zu uns kam, mit mir oder meinem Vater Schach zu spielen, jetzt überredete mich meine Mutter, und ich wollte ihm nicht wohl. Seine Tochter freilich – ich war sehr jung und sie in ihrer ersten Blüte! Es ging ein Duft von ihr aus wie von einer Rose, die in der Sonne steht und die nicht recht weiß, soll sie sich schon öffnen oder nicht. An ihr habe ich zuerst die Wölbung der Brust, die geschmeidige Fülle der schlanken Hüfte wahrgenommen. Ich sah sie von der Seite an, benommen, wie berauscht. Sie ahnte nichts und zog gleichmütig ihre Schachfiguren auf der spiegelnden Wachsleinwand; sie wollte immer gewinnen. Wir waren schwache Spieler, und sie hätte uns auch einmal ein Schach und Matt gönnen können.

Es kam die Zeit, wo ich mich entscheiden mußte, ob ich die Real- oder die Gymnasialabteilung unserer Schule besuchen wollte. Ich

war mittelmäßig. Wozu es leugnen? Die Professoren rieten mir also nicht zu dem viel schwereren und länger dauernden Besuch des Gymnasiums, wo das fast unerlernbare Griechisch studiert werden mußte, das schon durch seine ganz absonderlichen Lettern seine Schwierigkeit bekundete. Aber das Gymnasium war die Vorbedingung für die Universität, für den Beruf des Arztes. Ich mußte also meinen Vater bitten, er möchte es mir erlauben. Er hatte sich in den letzten Jahren etwas verändert. Unser Haushalt kostete mehr Geld, er mußte mehr arbeiten, mußte sogar Arbeit mit nach Hause nehmen. Er mußte sich an seine Pläne und Grundrisse machen. Ich sah gespannt zu, wie er die kleine viereckige Flasche mit der wohlriechenden schwarzen Tusche öffnete und das Reißzeug aus dem Lederetui nahm. Meine Mutter betrachtete uns beide von der Chaiselongue aus. Sie hatte uns in der letzten Zeit oft vorgeworfen, daß sie uns das große Opfer gebracht habe, nicht ins Sanatorium zu gehen, weil sie uns nicht hatte allein hausen lassen wollen. Ihr war vielleicht eine Art Eifersucht nicht fremd, und sie sah den Besuch Viktorias sehr ungern. Sie hatte eines Tages ein hübsches, fleißiges und anstelliges Dienstmädchen, Vroni aus dem Allgäu, ohne Angabe von Gründen entlassen und war meinem Vater während einiger Wochen böse gewesen, als er sich nach dem Anlaß dieser Maßnahme erkundigen wollte. Ihre Krankheit war es wohl, die sie so mißtrauisch machte.
Mein Vater hörte sich meine Bitte, ins Gymnasium gehen zu dürfen, zerstreut an, die Reißfeder mit der Tusche füllend und mit einem Stück Löschpapier außen über das glänzende feine Gerät fahrend, um es von der überschüssigen Tusche zu reinigen. Er sagte aber nicht nein. Besonders lieb war es ihm nicht. Vielleicht glaubte er, ich wolle etwas Besseres werden als er. »Ich als bescheidener Königlich Bayrischer Oberingenieur bin auch ohne Griechisch selig geworden«, sagte er, »aber tu, was du willst.«

Ich war über diese Antwort sehr froh und kam schnell zu ihm. Wahrscheinlich wollte ich ihm um den Hals fallen. Gerade weil er mir in der letzten Zeit etwas fremd geworden war, wollte ich ihm für seine Zustimmung besonders danken. Er ließ sich zwar meine Umarmung gefallen, breitete jedoch dabei beide Hände flach über seinen Plan aus. Aber es war schon zu spät. Ich hatte gesehen, daß der Plan, der zum größten Teil nur mit Bleistift ausgeführt war, kein Brückenprojekt darstellte – sondern ein mehrstöckiges Haus in Aufriß und Grundriß. Meine Mutter bemerkte meine Verwirrung, die ich in der Überraschung nicht schnell genug verbergen konnte. Sie fragte mich einige Tage nachher nach der Ursache. Ich sagte, ich wisse nicht, wovon sie spreche. Ich habe niemals gut lügen können. Hätte ich doch lieber geschwiegen! Mein törichtes Wort machte sie noch mißtrauischer. Hätte ich aber den Mut gehabt, die Wahrheit zu sagen, hätte ich vielleicht viel Unheil verhüten können.

Aber ich wollte doch nur das Beste. Aufregungen waren für die Arme, die jetzt schnell von Kräften kam, »reines Gift, Ratzengift«, wie sich der Judenkaiser banal ausdrückte. »Weinen verboten«, kommandierte er ihr, einen burschikos soldatischen Ton annehmend, als sie die Entscheidung, sie müsse sich einer kleinen Punktion des Brustfells unterziehen, mit Tränen aufnahm. Wie schnitten sie mir ins Herz! Ich kann nicht beschreiben, wie es mich zermalmte. Und ich mußte eine gelangweilte Miene aufsetzen und mich bemühen, ihr mein Gefühl nicht zu zeigen. Hätte doch meine arme Mutter (zum zweitenmal nenne ich sie arm in wenigen Zeilen) an einer anderen Krankheit gelitten! Aber gerade Schmerzen in der Lunge, am Rippenfell kannte ich aus eigener furchtbarer Erfahrung nur zu gut.

An dem Tage, an dem der Eingriff vorgenommen werden sollte, wollte ich früh am Nachmittag das Haus verlassen. Der Arzt hatte ihr vorgeschlagen, sie solle in einem Wagen zu ihm kommen. Er wollte den Eingriff schmerzlos, im Rausch, ausführen und sie dann, in Decken gehüllt, wieder heimbringen. »Nein«, sagte sie, »mich bringen tausend Pferde nicht von der Stelle.« – »Mit zweien wäre es genug«, sagte er, sarkastisch am falschen Ort. Sie klammerte sich an *ihr* Haus, an mich. Was sollte ich tun? Ich blieb. Was ich gefürchtet hatte, trat ein, meine Anwesenheit erleichterte meiner Mutter in nichts die Pein. Ich hörte ihr Wimmern aus dem Nebenzimmer. Sie rief nach mir, und ich durfte nicht kommen. Und der Arzt, bei aller seiner Tüchtigkeit und Rechtlichkeit ein Unmensch – in diesem Augenblick zumindest schien es mir so –, sagte der Armen, sie solle sich an mir ein Beispiel nehmen, der das gleiche »Operatiönchen« mit stoischer Seelenruhe aufgenommen habe, und sie solle sich nicht meschugge machen! Meine Mutter, kurze keuchende Atemzüge tuend, antwortete zuerst nichts. Nach ein paar Minuten fragte der Arzt, ob sie sich nicht schon etwas leichter fühle. Er hatte, wie ich später erfuhr, einen kleinen eitrigen Erguß aus der Brusthöhle entfernt, und es war ein segensvoller Eingriff, genau wie der an mir vor Jahr und Tag. Aber meine Mutter war nicht dankbar oder wollte es nicht zeigen. Mit etwas Bosheit fragte sie den Arzt zurück, ob er erstens immer hebräische Ausdrücke wie »meschugge« anwenden müsse, und zweitens, ob er nicht fürchte, mich größenwahnsinnig zu machen, wenn er mich, einen »Rotzjungen«, ihr, der erwachsenen, zum Sterben kranken Frau, als Beispiel vorhalte.

Darauf blieb er, endlich taktvoll, die Antwort schuldig – und sie ihm das Honorar. Ich sah, als ich ins Zimmer hineinkam, daß er darauf wartete, denn seine Einkünfte mochten nicht sehr glänzend sein, da er eine Menge mittelloser Menschen umsonst behandelte, und ich entsann mich seiner Freude beim Anblick des Zwanzigmarkstücks, das ihm seinerzeit meine Mutter für mich gegeben hatte. Aber zu tun war nichts. Er empfahl sich, sie legte sich mit einem langgezogenen weiten Atemzug, der ihr offenbar sehr wohl tat, auf der Chaiselongue zurecht. Ich blieb bei ihr, ich hielt ihre feinen Hände fest und sprach nichts. Auch mein Atem ging jetzt leichter, besonders als ich eine Stunde später sah, daß die Temperatur beträchtlich gesunken war, was man vorher auch durch Umschläge nicht hatte bewirken können. Gegen fieberstillende Medikamente war aber meine Mutter ebenso wie der Arzt gewesen.

Mein Vater kam diesmal etwas später wie sonst heim, er strahlte über das ganze Gesicht, schon bevor er das günstige Ergebnis des »Operatiönchens« erfahren hatte. Aus seiner Brusttasche holte er ein kleines Etui in rotem Saffianleder und reichte es meiner Mutter hin. Es war eine kleine Brosche mit einem ziemlich kostbaren Stein, einem Smaragd. Ich weiß nicht, wie meine Mutter darauf kam, diese Gabe sei ein Zeichen bösen Gewissens. Sie begann trotz des Verbots »Weinen verboten« zu weinen. Wir trösteten sie. Das Sinken des Fiebers war das beste Zeichen, und sie kam an diesem Abend zum erstenmal unter 38 Grad, und weshalb sollten mein Vater und ich ein böses Gewissen haben, wo wir doch voll Mitgefühl waren? Aber sie empörte sich gegen sein und mein Mitgefühl. »Tröstet euch«, sagte sie fast unhörbar leise, als wolle und müsse sie sich schonen, konnte aber ihr gerechtes Gefühl nicht ganz unterdrücken, »tröstet euch, ich werde euch bald eure Freiheit geben und bescheiden in die Grube fahren. Dann kannst du noch einmal heiraten, besser als das erstemal, und kannst dir die Kinderzimmer in deiner Villa mit Bambinos ausstaffieren. Und du, du kannst deine Geheimnisse in richtigen Lettern schreiben.«

Es mag sein, daß viele intelligente Kranke, die lange ans Bett gefesselt sind und nichts tun dürfen, mit der Zeit eine krankhafte Neugierde bekommen. So hatte sie nicht früher geruht und gerastet, als bis sie den »Plan« meines Vaters aufgestöbert hatte. In diesem befanden sich tatsächlich zwei Räume, nach Osten gelegen, was man an einer eingezeichneten Windrose erkannte und die in der Spezifikation als Kinderzimmer angegeben waren. Dies faßte die Arme so auf, daß mein Vater auf ihren baldigen Tod und auf eine zweite Ehe und neuen Kindersegen rechnete. Nun kann ein Hochbauingenieur zu seinem Vergnügen sich eine solche Wunschzeichnung machen mit Schnörkeln und Balkonen an der Fassade, spitzen Dächern, weiten Loggien, einfach zur Übung, aus Spaß. Der Plan war keineswegs neuesten Datums. Was mich erschreckte, war vielmehr, daß sie die Sache lange bei sich behalten hatte, daß sie also mehr wußte, als wir ahnten.

Mein Gewissen war nicht ganz rein. Ich habe schon früh den Wunsch gehabt, mir kleine Aufzeichnungen zu machen, um auch im Geist allein zu sein, es machte mich reich, stellte mich über die anderen, meine Geheimnisse zu haben. Es war mir gar nicht lieb, wenn ich sah, daß meine Mutter sie aufstöberte. Es waren die Jahre der Entwicklung. Religiöse Zweifel, Versuchungen meines Alters, gaben mir viel zu schaffen, mein Tagebuch half mir sehr, denn ich stand als Zeuge neben mir. Ich schrieb alles möglichst wahrheitsgetreu auf, und indem ich berichtete, richtete ich mich. Als ich nun merkte, daß die Mutter sich Kenntnis davon verschafft hatte – sie konnte es eben nicht ganz verschweigen, so wie sie auch jetzt die Sache mit dem Kinderzimmer ans Licht gebracht hatte –, gewöhnte ich mich daran, die Aufzeichnungen, die ziemlich kurz gehalten waren, in griechischen Lettern niederzuschreiben. Es war die Zeit, wo ich Griechisch lernte.

Ich muß sagen, man kann einen Menschen aus tiefster Seele lieben und ihn wie ein Stück von sich selbst betrachten, und kann doch den Wunsch hegen, ein Geheimnis vor ihm zu haben.

Dieser Ausbruch hatte keine guten Folgen. Ihrer Gesundheit nützte er nicht, der Arzt hatte recht: Weinen verboten. Mein Vater blieb bei seinen Plänen, vielleicht hatte er sie sich jetzt besonders in den Kopf gesetzt, und ich schrieb zwar keine Tagebücher mehr, sondern setzte für jeden Tag ein Hölzchen an, bald ein Brettchen, bald ein Zweiglein, mit eingekratzten Runen, die mich an etwas Bestimmtes erinnerten und die ich in einem ausgedienten Waschtisch aufbewahrte. Diese konnte niemand außer mir entziffern, und selbst mir gelang dies nach einer gewissen Zeit nur sehr schwer.

Eine gewisse Besserung in dem Befinden meiner Mutter war unverkennbar, machte aber nur langsame Fortschritte und bestand eigentlich darin, daß meine Mutter keinen Rückfall erlitt und daß die gefürchtete Punktion nie mehr wiederholt werden mußte. Als ich im letzten Jahrgang des Gymnasiums stand und mich auf die Reifeprüfung vorbereitete, entschloß sich meine Mutter endlich für das Sanatorium. Die Kosten waren nicht unbeträchtlich, sie trug die Bitte meinem Vater etwas furchtsam vor, er aber war mit seiner Zustimmung fast früher da, als sie zu Ende gesprochen hatte. Er sagte, alles, was ein bescheidener Beamter für seine geliebte kleine Frau tun könne, werde er leisten. Meine Mutter rüstete sich also zur Abreise, uns in Obhut einer häßlichen, trägen Köchin zurücklassend. Als der Zug aus der Halle war, bot mir mein Vater aus einem mir noch unbekannten prächtigen schweren Zigarettenetui aus blaugrauem Tulasilber eine gute Zigarette an.
Ich war seit dem letzten Sommer, in welchem Helmut mir diese Kunst beigebracht hatte, zu einem leidenschaftlichen Raucher geworden. Eigentlich hatte er mich in dieser Kunst nur auf den richtigen Weg gewiesen. Ich hatte schon lange vorher heimlich angefangen zu rauchen. Aber ich hatte nicht begriffen, daß man den Rauch einziehen muß, ich hatte den Atem durch die Zigarette durchgestoßen, wobei diese natürlich sehr gut brannte und im Dunkeln mächtig knisterte und funkelte – ohne daß ich die geringsten Beschwerden bekam. Als ich nachher erfuhr, wie man es machen müsse, brauchte ich lange Zeit, um denselben Genuß wiederzuerlangen wie in der ersten Zeit, wo ich »eingebildetermaßen« geraucht hatte, nämlich leer.
Die Nachrichten aus dem Sanatorium waren günstig. Wenn ich als erster daheim anlangte, öffnete ich ihre Briefe, mein Vater sollte dasselbe tun. Er sagte, er sei jetzt sehr beschäftigt, indessen nahm er keine Arbeit nach Hause mit, er blieb bis in die Nacht und nach

einiger Zeit sogar über Nacht fort, erschien auch mittags nicht mehr ganz regelmäßig, und es kam vor, daß sich die Briefe meiner Mutter auf dem Tisch neben seinem leeren Teller anhäuften.
An einem wolkenlosen, schon schwülen Abend im Mai, als ich selbst mit meiner Arbeit früher und besser fertig geworden war, als ich gedacht hatte, ging ich in den Park der »Au« an meiner alten Schule vorbei. Man hatte in den letzten Jahren hier viel gebaut, von den Pferden war nichts mehr zu sehen, die Kavalleriekaserne war in eine weit entfernte Vorstadt verlegt worden, und in der alten Kaserne waren Pioniere. Ich ging ziemlich gedankenlos durch den Park, tief den aromatischen Duft des blühenden Faulbaums einatmend, als ich in einer ziemlich schattigen, abschüssigen Kastanienallee vor mir ein Paar mit einem Kinderwagen erblickte. Die Frau schob ihn mit der rechten Hand, mit dem linken Arm war sie in einen Herrn eingehängt, der von hinten meinem Vater zum Verwechseln ähnlich sah. Da ich mir durchaus nicht vorstellen konnte, er sei es wirklich, ging ich ihnen rasch nach. Ich erschrak furchtbar, als ich in dem Herrn meinen Vater, in der Dame mit dem blauen Straußenfederhut und den weißen Handschuhen an den dicken Händen unsere frühere Magd Vroni erkannte.
Wie vom Blitz getroffen erstarrte ich, DAS ZERMALMENDE, das ich schon lange nicht mehr gekannt hatte, durchdrang mich. Auch die beiden waren so überrascht, daß sie stehenblieben, der Kinderwagen, mit zwei schlafenden, kleinen, gleichaltrigen Kindern besetzt, rollte ein kleines Stück weiter, weil Vroni ihn losgelassen hatte und der Weg etwas abschüssig war. Ich war es, der ihn anhielt. Ich beugte mich, um meine Verwirrung zu verbergen, über den Wagen, aus dem der eigentümlich süßliche Duft aufstieg, wie ihn kleine kerngesunde Säuglinge um sich haben. Ich konnte den Blick nicht von ihnen wenden. Ich erkannte deutlich die Züge meines Vaters in ihnen wieder.
Mein Vater trat zu mir, er führte vorsichtig den neuen, gut gefederten, sich wiegenden Wagen zu der Vroni zurück. Jetzt sah er mir forschend unter den Hut und war sehr freudig überrascht von dem, was er in meinem Gesicht las – und was ich eben zu meinem Entzücken empfand.
Statt ihn und die treulose Magd zu hassen, statt diese zwei unehelichen Kinder als Schande zu empfinden, statt an dem Unrecht zu leiden, das in dem Betruge an meiner kranken Mutter lag, haßte ich nicht, empfand keine Schande und litt nicht. Und doch entsann ich

mich deutlich, daß die Sanatoriumsidee nur scheinbar von meiner Mutter ausgegangen war. In Wirklichkeit aber hatte er sich das von ihr, der Armen, abbitten und danken lassen, was in seinem Vorteil lag.

Statt allem Bedrückenden empfand ich eine so helle und gottvolle Freude wie fast nie. Mir war wohl, wie seit langen Zeiten nicht mehr. Mein Vater verstand es sofort. Er streichelte zuerst das links liegende Kind, welchem reiche, aschblonde Locken tief in die Stirn fielen, mit seinem Zeigefinger an dem schmalen, mit einem goldnen Kettchen geschmückten Hals und nannte mir den Namen, Finchen, dann das andere, das ihr zum Verwechseln ähnlich war, dessen Haare aber unter einem hellblauen Samtmützchen versteckt waren, Max. Es waren meine Geschwister. Ich hatte also Geschwister, das, was ich mir immer gewünscht hatte. Ich war der älteste von *uns dreien.*

Mein Vater wurde jetzt ganz offen (so schien es mir wenigstens), Vroni blieb verlegen, sie wußte nicht, wie sie mich ansprechen sollte. »Junger Herr« war offenbar nicht das Rechte, und sie bemühte sich, hochdeutsch zu sprechen. Ich sagte ihr, sie solle mich beim Vornamen nennen. Sie ließen mich nicht mehr los. Ich mußte, statt in unsere einsame Wohnung zurückzukehren, in ihre Behausung, die mich nicht wenig entzückte, sie war mit den modernsten und schönsten Möbeln ausgestattet, die er selbst entworfen hatte, und besonders das Kinderzimmer in Hellgelb und Hellblau war bezaubernd. Ich konnte mich fast nicht von ihnen losreißen. Endlich kehrte ich heim. Er blieb bei ihnen. Ich war so müde, daß ich den eben gekommenen Brief meiner Mutter nur mit Mühe entzifferte. Auch sie war glücklich. Es ging ihr gut.

Die Reifeprüfungen fanden in diesem Jahre besonders früh statt, ich bestand die meine schon Ende Juni. Ich wollte sofort das günstige Ergebnis meiner Mutter in einem von mir und meinem Vater gemeinsam verfaßten Brief mitteilen. Er brachte mich dazu, diesen Brief nicht abzuschicken und meine Mutter im Glauben zu lassen, die Prüfung finde erst viel später statt. Dann käme sie (zu ihrem eignen Vorteil) auch später aus dem Sanatorium zurück, denn wir wollten uns zu den Ferien in S. treffen. Ich willigte ein. Obwohl dies ein stillschweigender Betrug war, hatte ich kein Gewissen.

Mein Vater war glücklich, ihm gelang alles. Es machte mir Freude, ihm bei der Fortführung seines angenehmen Lebens behilflich zu sein.
Ich habe noch einen zweiten, vielleicht eher verzeihbaren Fehler begangen. Meine Mutter hatte mir vor Jahren zum Namenstag ein Paar silberne Kerzenleuchter geschenkt, damit ich mir Licht zum Lesen machen könne, wenn mich nachts die Lust anwandelte. Kurz danach hatte man elektrisches Licht eingeführt, und die Leuchter waren nicht mehr vonnöten. Ich hatte sie in dem ausgedienten Waschtisch untergebracht, der mit einer verschiebbaren Platte geschlossen war und wo ich mein Tagebuch aus Hölzchen aufbewahrte. Nun kam es mir in den Sinn, ich müsse den Zwillingen ein Geschenk machen. Die Leuchter waren ihnen noch weniger nütze als mir. Aber es waren schöne schwere Stücke. Ich würde auf jeden Fall meinem Vater damit eine Freude machen, dachte ich, und brachte die Dinger, in Seidenpapier gewickelt und mit goldenen Schnürchen zusammengebunden, hin. Er freute sich über die Maßen, hieß Vroni Kerzen besorgen, und abends saßen wir bei Kerzenschein an dem Zwillingsbettchen, still, und rauchten vorsichtig, um die Kleinen nicht zum Husten zu reizen. Vroni hatte ihnen zuvor die Brust gegeben und lächelte stolz und doch scheu vor sich hin, uns alle vier betrachtend.
Einige Tage darauf holte mich mein Vater von unserer Wohnung ab und brachte mich in einem prachtvollen viersitzigen Mietauto, das auf der Straße gewartet hatte, in einen vornehmen, auf einem Hügel gelegenen Vorort, wo jene großen prächtigen Villen, in weite tiefe Parkanlagen eingebettet, sich befanden, wie er einmal eine gezeichnet hatte. Nun war die seine im Bau. Er hätte den Grund und Boden durch »Freundschaft«, nämlich durch einen seiner Vorgesetzten im Büro, erworben. Mir wurde bei dieser Gelegenheit zum erstenmal etwas unheimlich zumute. Für wen baute er? Für uns war die Villa viel zu groß, meine Mutter, die am liebsten den Haushalt ganz bescheiden und still führte, hätte sich hier nie wohl gefühlt. Er konnte die Villa doch nicht mit seiner zweiten Familie bewohnen. Er konnte sie ihr nicht einmal vorübergehend anweisen, es wäre zu auffallend gewesen. Oder rechnete er damit, daß ihn der Tod von meiner Mutter befreien würde? Für so unmenschlich konnte ich ihn nicht halten. Er war es auch nicht. Er rechnete in jener Zeit überhaupt nicht mehr. Er rechnete ebensowenig wie ich, der ich doch wissen mußte, meine Mutter in ihrer großen Neu-

gierde würde mein Reifezeugnis genau durchschnüffeln und das richtige Datum herausbekommen, und ebenso würde es ihr früher oder später in den Sinn kommen, zu fragen, wo die Leuchter geblieben seien. Aber ich tat, wozu es mich im Grunde meines Herzens mitten aus der Seele heraus unwiderstehlich trieb. Ich war so ausgehungert nach Frohsinn, nach Gesundheit, nach Lebensmut, nach Übermut, nach einem sorgenlosen Dasein, daß ich meiner Natur entgegen alles Gewissen erstickte und in den Tag hineinlebte wie er. Die Wahrheit wäre für uns beide damals nur nüchtern und grau gewesen, kurze Zeit später wurde sie aber sehr bitter, und die Folgen haben über meine besten Jugendjahre entschieden.

Mein Vater war seit ein paar Tagen verreist zu einer »Brückenabnahme«, und Vroni war mit meinen Geschwistern zu ihren Eltern ins Allgäu gefahren. Da las ich in der Zeitung, nur kleingedruckt und auf der vierten Seite, daß in dem Orte, wo mein Vater war, sich ein Unglücksfall ereignet hatte. Eine Eisenbahnbrücke war eingestürzt, glücklicherweise ohne Todesopfer – aber es waren von den am Bau Beschäftigten einer schwer und vier oder fünf leicht verletzt worden. DAS ZERMALMENDE kam wieder über mich. Ich sah meinen Vater vor mir, unter den Trümmern auf dem Gesicht liegend, schwer verletzt, unter grauenhaften Schmerzen stöhnend, die Brust von Quadern und Traversen zerschmettert, und ich mußte mir mit Gewalt klarmachen, daß er als Oberingenieur nicht unter den »am Bau Beschäftigten« gemeint sein konnte. Ich eilte zum Postamt, telegrafierte und bekam schon in zwei Stunden die Nachricht, ihm sei nichts geschehen, und ich solle ihn am Bahnhof erwarten. Er kam, sehr bleich, und wehrte wortkarg meine Umarmung ab. Von dem Bahnhofs-Postamt telegrafierte er seiner Vroni. Offenbar wollte er sie beruhigen. Ich bestürmte ihn mit Fragen. Er wurde finster, beherrschte sich aber, setzte sein altes bescheidenes Lächeln auf und vertröstete mich auf den nächsten Tag. Am nächsten Tag traf meine Mutter ein, er wußte es so einzurichten, daß sie nichts erfuhr, wenigstens nicht durch ihn oder mich, dem er das Ehrenwort abgenommen hatte zu schweigen.

Bald erfuhren wir die ganze Wahrheit durch die Zeitung. Die Brücke mußte wie alle amtlichen Bauten durch eine Kommission abgenommen werden. Sie wurde zur Probe durch zwei Eisenbahnzüge belastet, deren Waggons hoch mit Steinen beladen waren. Diesmal hatte sich unglücklicherweise ein Bogen als nicht tragfest erwiesen. Fahrlässigkeit und persönliches Verschulden?

Aber es konnte auch ein Materialfehler oder das Verschulden eines Bauführers sein.
Mein Vater wurde als verantwortlicher Ingenieur von seiner Stellung sofort suspendiert, eine genaue Untersuchung kam in Gang. Er tat daheim so, als wäre nichts geschehen, wir bekamen ihn aber bald kaum mehr zu Gesicht, er ging morgens sehr früh fort und kam abends sehr spät heim. Er war sehr bedrückt, und seine Selbstbeherrschung reichte eben doch nicht aus. Ich wagte die Zeitung nicht zu öffnen aus Angst, Schreckliches zu erfahren. Es wurde uns deshalb doch nicht erspart. Man hatte die Papiere meines Vaters im Büro durchsucht, die Rechnungen und Belege nachgeprüft und herausgefunden, daß sein unmittelbarer Vorgesetzter und er von einer Lieferungsfirma bedeutende Beträge bekommen hatten. Das von ihnen bestellte Material sollte minderwertig, die Traversen sollten zu schwach gewesen sein.
Es kam zu einer Gerichtsverhandlung, die Anklage lautete auf fahrlässige Körperverletzung, aktive und passive Bestechung, passiv, weil sie selbst Geld genommen, aktiv, weil sie einen kleinen Teil der »Schmiergelder« an Untergebene, unter anderem an den Unterbauführer, in dessen Rayon das Unglück geschehen war, weitergeleitet hatten. Dabei war es noch glücklich abgelaufen, es hätte ein viel größeres Unglück passieren können, wenn man die Belastungsprobe nicht so systematisch vorgenommen hätte und wenn die Brücke etwa unter einem fahrenden Personenzuge zusammengestürzt wäre.
In dieser Zeit sah ich, welche gefaßte, in ihrem Innern unerschütterliche Frau meine Mutter geworden war. Sie wollte mich und sich selbst vor der Schande des Prozesses bewahren, den sie als verloren ansah, bevor er begonnen hatte. Mit Recht. Sie schrieb ihrem Onkel, ob er uns nicht für eine vorübergehende Zeit aufnehmen könne. Der Onkel ließ sich mit der Antwort Zeit. Endlich kam sie aber und war zustimmend. Wir packten in Eile, aber vorher brach noch der Rest des Unheils über uns, nämlich meine Mutter und mich, herein. Zum Glück war ihre Gesundheit jetzt so gefestigt, daß sie alles ertrug. Sie war etwas »stark« geworden, wie man sagt, ihre Augen erschienen jetzt viel kleiner als früher zwischen den lederartig festen, glatten, von der Sonne gebräunten Wangen, und es schien mir, als habe sie jetzt weniger graue Haare als früher.

Ich dachte, nun sei das Allerschwerste überstanden, aber ich irrte mich. Ich sah nicht, was ich dank der klaren Vernunft hätte sehen können.
Mein Vater hatte mir einmal zart angedeutet, seine Vroni sei sehr begehrt. So hätte unter anderen Bewerbern sein Vorgesetzter im Büro, der Direktor, der ihm bei der Erwerbung der Villa behilflich gewesen war, ihr vorn und hinten schöne Augen gemacht, sei aber damit »mit eiskaltem Hintern abgefahren«. Ich hatte dies nicht recht verstehen können. Denn Vroni, deren erster Jugendreiz im Verblühen war und welche sich, nicht immer mit Erfolg, bemühte, »noble« Manieren anzunehmen, mit spitzen Fingern zu essen und »gebüldet« zu reden, war mir keineswegs so begehrenswert erschienen. Vielleicht kam ich zu dieser Geringschätzung, weil ich meine eigenen Versuchungen oft dadurch bekämpft und besiegt hatte, daß ich in gewissen, leicht zugänglichen Frauen nichts als ein »unreines Gefäß« sah und mich von ihnen möglichst fernhielt, weil ich mir zu gut war für sie.
Aber diese Angabe meines Vaters muß auf Wahrheit beruht haben. Die Frau des Direktors hatte davon erfahren, und es war die natürliche Eifersucht eines »unreinen Gefäßes«, die nach Rache suchte und die sicherste Methode bald herausbekam, ihre verletzte Frauenwürde an der Nebenbuhlerin zu rächen.
Dazu kam noch etwas anderes. Man hatte meinen Vater in Freiheit gelassen. Offenbar wog seine Schuld weniger schwer als die seines Vorgesetzten. Daran war nun mein Vater unschuldig. Später ist, ebenfalls durch die Direktorin, der Verdacht ausgesprochen worden, mein Vater hätte, um sich reinzuwaschen, seinen Vorgesetzten über das erlaubte Maß hinaus angeschwärzt. Der Ausgang des Prozesses schien dafür zu sprechen. Trotzdem ist es mir immer schwergefallen, dies zu glauben.
Die Tatsachen folgten nun einander mit großer Schnelligkeit. Zuerst gab meine Mutter, ohne mir den Grund zu sagen, den Plan auf, mit mir zum Onkel zu reisen und meinen Vater sich selbst zu überlassen. Dann merkte ich eines Tages, etwa eine Woche vor der Verhandlung, daß sich etwas Unerwartetes zugetragen hatte, und schließlich kam meine Mutter eines Abends mit verzerrtem Gesicht, aber vorerst ohne ein Wort für mich oder für meinen in eine dunkle Ecke sich drückenden, fahlen und abgemagerten Vater, zu Tisch und stellte die zwei unseligen Kerzenleuchter dröhnend vor

uns hin. Freilich, ohne Kerzen hineinzustecken, denn es war noch hell genug.
Es kam nun heraus (meine Mutter konnte dies nicht verschweigen), daß die Direktorin meine Mutter »zu einem gemütlichen Plauderstündchen« zu sich eingeladen hatte. Sie hatte ihr erzählt, nicht mein Vater, sondern ihr Mann hätte ihre schöne Magd Vroni um ihre Unschuld gebracht. Er sei ihrer aber dann schnell müde geworden, habe sie meinem Vater abgetreten. Vroni hätte meinem Vater nur ungern nachgegeben, habe sich aber durch große Geschenke und durch das Versprechen, er werde eine zweistöckige Villa auf dem Herzogshügel für sie bauen, umstimmen lassen. Sie hätte ihm die zwei Kinder geboren, er hätte, in seinem Vaterglück wie von Sinnen, versprochen, sie zu heiraten, hätte ihr lachend gesagt, sie, meine Mutter, käme nun schon nimmer heim, sie pfeife aus dem letzten Loch. Ich hätte mich auch hineingedrängt, hätte die Vroni bestürmt und sie für mich durch das Geschenk der kostbaren Leuchter gewinnen wollen, ohne an die Blutschande zu denken, genau wie ein Jude. Die beiden Frauen wären in aller Ruhe Arm in Arm zu Vroni in die Wohnung gegangen, hätten ihr »gewiesen«, sie müsse die Wohnung zum nächsten Ersten mit ihren liederlichen Bamsen räumen, und es sei am besten, sie verließe die Stadt, gäbe die »Bankerte« in Kost, träte wieder in Dienst und richtete sich auf ehrliche Arbeit ein. Die zwei Leuchter hätten sie mitgenommen, und das Schandweib, das »Gschpusi«, hätte ihnen beiden noch unter Tränen die Hände geküßt oder nur küssen wollen, denn sie hätten sich nie mit so etwas beschmutzt usw.
Die Leuchter standen da, ich konnte nichts entgegnen. Was Blutschande war, wußte ich nicht. Etwas von dem »unreinen Gefäß« sicherlich.
Der Bau der Villa auf der Anhöhe wurde unterbrochen, das Gelände zum Verkauf ausgeschrieben. Der Grund und Boden ist im Laufe der Zeit ohne großen Verlust, vielleicht sogar mit kleinem Gewinn, verkauft worden. Ich habe es erst zu spät erfahren. Aber hätte ich es auch rechtzeitig erfahren, es hätte an meinem Entschluß und an meiner Lebensführung nichts geändert. Auch die Wohnungseinrichtung Vronis, auf die sie keinen gesetzlichen Anspruch hatte, wurde »vergantet«, das heißt, an den Meistbietenden verkauft, wobei nur wenig einkam, da die schönen, von meinem Vater gezeichneten Möbel als »übermodern und verrückt« angesehen wurden. Auch unsere eigene Wohnungseinrichtung ging densel-

ben Weg, etwas später freilich. Sie trug bedeutend mehr ein, weil sie im alten Stil war. Das alles sind Nebensachen. Hauptsache war, mein Vater wurde mangels an Beweisen strafrechtlich freigesprochen, aber zivilrechtlich für haftbar erklärt. (Ich selbst habe dies als Widerspruch empfunden, entweder war er doch schuldig oder nicht.)
Meine Mutter nahm mich eines Tages nach dem Freispruch noch einmal ins Gebet. Sie schwankte noch. Sie sagte: »Wie hast du ihnen das Licht halten können? Wie hast du das auf beiden Achseln tragen können? Liebst du mich denn nicht?« Ich liebte sie mehr denn je. Aber was geschehen war, war dennoch geschehen. Hätte ich nur lügen können! Hätte ich nur betrügen können! Oder nur auf einer Achsel tragen!
Meinem Vater gelang es binnen kurzem ohne große Schwierigkeiten, sich mit ihr zu versöhnen, und zwar auf eine Weise, die mich auf sehr lange Zeit von ihr getrennt hat. Vielleicht mit Unrecht. Vielleicht handelte er in einer Art Notwehr. Das Unglück macht den Menschen gemein. Die Dankbarkeit verpflichtet zur Niedertracht.
Die Sache war die, daß sowohl der Judenkaiser als auch seine schöne junge Tochter in dieser Zeit, als uns alle Welt auswich, als stänken wir, zu uns gehalten haben. Für sie stanken wir nicht, sie halfen uns sehr. Es war fast kein bares Geld da (so sagte wenigstens meine Mutter, mir mit den Blicken ausweichend). Der Onkel, der durch die Zeitungen alles erfahren hatte, antwortete nicht, das Gehalt war eingestellt worden. Der Zivilprozeß mit den Opfern des Unglücks stand bevor. Der Arzt, der in sehr kleinen Verhältnissen lebte, lieh uns, was er entbehren konnte. Seine Tochter führte uns ein paar Tage die Wirtschaft, da selbst die alte, träge und häßliche Köchin uns den Rücken gekehrt hatte in tugendhafter Entrüstung über ein so »ausgeschamtes« Haus. Mein Vater rechnete so, wie später viele gerechnet haben, und ebenso wie diese mit Erfolg. Er rechnete nicht mit den Tatsachen, sondern mit den Vorurteilen, er log fest drauflos, weil er hoffte, die Lüge würde bei meiner Mutter gut aufgenommen werden, weil sie den Weg zur Einigung bahnte, und er beschuldigte den armen Judenkaiser, dieser hätte ihm, dem bescheidenen Urbayern, rabulistisch und talmudisch geraten, eine gesunde, rassige Familie zu gründen. Er hätte gesagt, er müsse es wissen, an meiner Mutter sei Hopfen und Malz verloren, die Krankheit hätte sie so unleidlich gemacht, und mein Vater solle

sich glücklich schätzen, daß er eine »Bißgurne«, ein böses, zänkisches Weib, verliere und dafür eine kerngesunde, zur Mutterschaft geeignete Prachtfrau wie Vroni bekomme usw. Kein Wort war wahr. Aber meine Mutter glaubte es. Sie verzieh ihrem Mann. Sie ließ mich fallen. Sie sagte, die Hände ringend, aber immer noch, ohne mir ins Auge zu sehen, ich sei ärger als ein Jude, nämlich ein Judas, der sie, meinen Vater und mich selbst verraten habe – und das sogar ohne Lohn, einfach aus Lust am Verrat, um zu wissen, wie es sei! Und nach dem, was vorgefallen wäre, sei ich ihr Kind nicht mehr.

Ich war still und schämte mich. Auch machte ich mir klar, wie enttäuscht meine Mutter sein mochte, die endlich als eine von ihrem Leiden genesene, wieder lebensfroh gewordene Frau zurückgekehrt war, um daheim alles zusammengebrochen zu finden. Ich liebte sie. Ich ging mit ihr, viel mehr als mit mir. Ich hätte nicht sie verraten, sondern mich selbst.

Ich predigte mir Geduld. Ich war jung, ich konnte warten. Die Zeit arbeitete für mich, sie renke alles wieder ein, hieß es. Ob ich in ihren Augen noch ihr Sohn war oder nicht, ganz gleich, ich blieb ja doch bei ihr, wir lebten weiter zusammen unter dem gleichen Dach und mußten wieder zueinander finden, dachte ich. Es kam nicht dazu. Ich weiß nicht, ob zu meinem Glück oder nicht.

Mein Vater überstand seine Erniedrigung viel leichter, als ich gedacht hatte, er fand in Kürze neue Bekannte (Freunde konnte man sie nicht nennen), außerdem dachte er allen Ernstes daran, sich in S. dauernd niederzulassen, und glaubte, bis dorthin wäre die Kunde seines Prozesses und seiner Vroni nicht gedrungen oder die Einheimischen faßten solche Dinge praktischer auf.

Wichtiger war das, was er seine »bescheidene Finanzlage« nannte. Diese war nun mehr als bescheiden. Er hatte seine beträchtlichen Ersparnisse und einen Teil der nicht unbedeutenden Mitgift meiner Mutter in den Neubau gesteckt. (Meine Eltern erzählten aber überall laut, es sei ihnen überhaupt nichts mehr geblieben.) Er hatte bei einem Immobilienmakler Wechsel hinterlegt und betrachtete es schon als ein großes Glück, wenn sie so lange gestundet wurden, bis der wertvolle Grund und Boden auf dem Herzogshügel verkauft war. Seine Einnahmen waren gleich Null. Er hatte Schulden, vor allem bei dem Doktor Kaiser. Er schrieb ihm einen eiskalten geschäftlichen Brief, der mit den Worten endete (ich habe sie mit Scham und Schmerz gelesen), er hoffe, er werde in Doktor Kaiser keinen zweiten fremdblütigen Shylock finden, der mit dem Schein in der Hand den gutmütigen Einheimischen das Fleisch vom Leibe schneide. Der Arzt, ein guter Menschenkenner, von dem das erwähnte Wort stammt, daß Dankbarkeit zur Niedertracht verpflichte, tröstete sich über den Verlust des Geldes leichter als über den Verlust unserer Familie. Er hatte sich an uns gewöhnt. Er hätte mich auch nach diesen Ereignissen noch gern als Gast bei sich gesehen. Das konnte aber nicht sein, ich wollte nicht mehr auf beiden Achseln tragen. Er sah es ein. Er war sogar so taktvoll, seine Niederlage, die Selbsttäuschung eines unverbesserlichen Optimisten, seiner Tochter zu verschweigen, und Viktoria kam eines Tages ahnungslos zu uns. Meine Mutter fertigte sie mit höhnischen Worten durch einen Spalt der Tür ab, ohne sie einzulassen. Ich sah sie dann auf der Straße, blutrot vor Scham, aber nicht mit einem gedemütigten, sondern vielmehr mit einem herrischen und bösen Gesichtsausdruck, fortgehen. Auch hier hoffte ich, die Zeit werde alles ausgleichen und meine Mutter werde ihr Unrecht einmal einsehen und bereuen.

Mein Vater, dessen Schuld, wenn auch nicht strafrechtlich, so doch für jeden feststand, der ein Gefühl für Recht und Unrecht hatte, half sich sehr schnell mit seinem »Menschen, Menschen san mir halt alle« über das »Pech« hinweg. Als er zur Zahlung einer Rente an den schwerverletzten Arbeiter verurteilt wurde, murrte er über das »gar zu leicht verdiente« Geld des Proleten. Und vier erwachsene pfiffige Menschen, nämlich meine Eltern, die Direktorin und unser Anwalt, »kauften« dem leichenblassen, elend gekleideten, fast sprachunkundigen Italiener, der seinen im Schultergelenk gebrochenen Arm in einem schmutzigen Wasserglasverband trug, die langjährige Rente für ein Butterbrot ab. Indessen, auch dieses Butterbrot mußte bezahlt werden. Meine Mutter verkaufte etwas Schmuck, und sie weinte bitter. Das Weinen war ihr jetzt erlaubt. Ich dachte an die alten Zeiten, wo wir vor der Wallfahrt nach Altötting vor der Auslage des Juweliers gestanden hatten, und daran, wie Jahre nachher, nach dem glücklich verlaufenen »Operatiönchen«, mein Vater ihr das Schmuckstück mit dem Smaragd gebracht hatte; dieses wollte sie noch nicht hergeben, es war ihr als Andenken teuer.

Inzwischen trat eine scheinbar für mich sehr günstige Wendung ein, als wollte mir das Schicksal zeigen, daß es mich entschädigen werde. Mein Onkel, dem ich auf Bitten meiner Eltern mit den schönsten Zügen meiner Kritzelschrift geschrieben hatte, antwortete mir eigenhändig mit noch abscheulicheren Krikelkrakelzügen, die fast unleserlich waren. Er sagte mir ein Studienstipendium bis zum Abschluß meiner Hochschulstudien, bis zu meiner Approbation als Arzt zu. Es war ausreichend, 100 Mark im Monat.
Diese Summe kam mir aus einem besonderen Grunde sehr erwünscht. Ich hatte schon ein paar Wochen früher meinen Eltern vorgeschlagen, ich würde über den Sommer hierbleiben und mich in der Wohnung, die erst im Spätherbst zum Termin geräumt werden konnte, häuslich auch ohne sie einrichten, mir selbst kochen usw. Sie sollten mein Zimmerchen im Holzhaus in S. an Fremde vermieten. Jetzt war aber Geld da. Ich sagte meinen Eltern zu, sie sollten davon 75 Mark monatlich bekommen. Die erste Rate war gleichzeitig mit dem Briefe an die Adresse meiner Mutter angekommen. Damit nahm ich natürlich an, erstens, sie würden mich nach S. mitnehmen und das Zimmer dort nicht an Fremde vermieten, und zweitens dachte ich daran, daß ich diese Summe bloß bis zum Herbst abzuliefern hätte. Meine Eltern, beide ein Herz und eine Seele wie nie zuvor (es kann sein, daß ich jetzt zum erstenmal eifersüchtig auf meinen Vater war), nahmen diese Gabe als selbstverständlich an. Sie ließen mich aber nicht mitkommen, und sie dachten niemals daran, auf diese Summe zu verzichten, die immer an ihre Adresse gesandt wurde. Sie waren in Not, und sie dachten zuerst an sich, die nicht mehr jung waren. Vielleicht glaubten sie, der Onkel, der auf meinen ersten Brief so generös geantwortet hatte, würde auf einen zweiten Bettelbrief noch generöser antworten, und Geld war gut, gleichviel, woher es kam.
Es blieben mir immer noch 25 Mark monatlich. Aber auch um diese kam ich durch eigene Schuld, ohne klüger geworden zu sein. Durch eigene Torheit, durch eigenen Übermut, durch das »Den-lieben-Gott-spielen-Wollen«, durch meinen Größenwahn. Meine Mutter hatte schon sehr recht gehabt, als sie einst dem Judenkaiser sagte, er solle mich nicht größenwahnsinnig machen. War denn ein achtzehnjähriger, unerfahrener, im Grunde nur auf sich selbst angewiesener Mensch – denn von dem braven und armen Judenkaiser konnte ich nichts mehr annehmen, nicht einmal einen Rat –, war denn solch ein Mensch, der das harte Leben nur vom Hörensagen

kannte, nicht größenwahnsinnig zu nennen, wenn er im Gefühl, es geschehe drei Menschen, nämlich Vroni und meinen Geschwistern, Unrecht, den letzten Rest seines Geldes diesen Menschen opfert, weil sein Vater, der für diese drei Menschen verantwortlich ist, sich »bescheiden« diesen Verpflichtungen entzieht unter dem Schutz des bürgerlichen Gesetzes, welches die uneheliche Mutter auf den Klageweg verweist und ihr die »landesüblichen Alimente« zusichert? Hatte ich nicht bei dem Italiener gesehen, was dieses Recht in den Händen eines Proletariers bedeutet? Mit den winzigen Alimenten aber mußten die zwei Geschwister und Vroni in größter Dürftigkeit leben, das bewies sie mir mit einem stumpfen Bleistift auf dem Rande einer alten Zeitung, während die Zwillinge im Chor quäkten, lange nicht mehr so blühend und prachtvoll wie noch vor wenigen Wochen. Sie mußten, wenn sie nichts als die Alimente hatten, auseinander, die Kinder in Pflege, die Mutter in Dienst. Ich steuerte also 20 Mark monatlich zu. Niemals hat Vroni geglaubt, sie kämen von mir, der dann bettelarm dastand, sie dachte, mein Vater sei ein »edler Herr, ein feines Geschirr«, und er lasse ihr das Geld auf diesem Wege zukommen, damit sie ihm nicht danken solle, damit die Frau Oberingenieur nichts davon erfahre und über seine Großmut murre. Denn seine oder unsere Lage war Vroni klar, und wenn sie nicht stark im Schreiben und Lesen war, im Rechnen war sie es.

Zweiter Teil

Auch ich lernte allmählich rechnen, weil ich es mußte. Ich lernte rechnen mit der Einsamkeit und mit dem Geld, der Not. Ich war bis dahin immer mit meinen Eltern zusammengewesen und hatte ohne Not dahingelebt. Nun stand ich morgens auf und sagte niemandem guten Morgen, und abends legte ich mich zu Bett und hatte niemandem gute Nacht gesagt.
Es regnete damals viel. Ich dachte an meine Eltern in ihrem Häuschen in S., wie der Regen ihnen zusetzen, wie er ihnen die Vermietung des Zimmers an einen Touristen erschweren würde, ich konnte mich eben von ihnen noch nicht losreißen, nicht bei Tag noch bei Nacht. Wenn ich nachts durch irgendeinen furchtbaren Traum, in dem entweder das undankbare Pferd oder das Moor eine Rolle spielte, aufgewacht war, horchte ich, im ersten Augenblick meine Lage vergessend, nach dem Nebenzimmer hin, ob ich nicht das Hüsteln meiner Mutter oder das Schnürfeln meines Vaters hörte, ich blieb ihr Kind, ob sie es wollten oder nicht. Das elektrische Licht hatte man abgeschnitten, aber die zwei schönen schweren Leuchter waren noch da, in der Speisekammer fanden sich zwischen Bündeln vertrockneter Zwiebeln und einem dicken Bund alter Schlüssel ein paar Kerzenstümpfe, und ich machte mich ans Schreiben. So sehr drängte es mich, den sonst so Schweigsamen, mit ihnen zu reden. Am nächsten Tage kaufte ich ein ganzes Pfund guter Paraffinkerzen. Das Porto für den dicken Brief betrug zehn Pfennig. Es waren viel Ausgaben auf einmal. Ich glaubte, meine Eltern würden mich zu sich bestellen, sie würden es ohne mich nicht aushalten, gleichviel, was sie sich vorgenommen hatten, ich wollte den Brief also lieber mitbringen und das Geld sparen. Übrigens konnte ich im Ort S. für zehn Pfennig, für fünf Pfennig beim Seewirt oder auch gratis bei Bauern im Heu nächtigen. Aber der erwartete Brief meiner Eltern kam nicht. Ich war zu stolz, um zu betteln. Langsam gewöhnte ich mich an das Alleinsein; schwer, aber doch.
Mit dem Gelde zu rechnen erwies sich mir als ebenso schwer. Meine Mutter hatte zwar oft geklagt, wie unerschwinglich teuer das Leben geworden sei, ich hatte es aber nie geglaubt. Jetzt erlebte ich es aber am eigenen Leibe. Zuerst hatte ich, weil ich unbedingt unter Menschen sein wollte, mir ein paarmal den Luxus erlaubt, in ein Bräu zu gehen. Ich bin nie ein Trinker gewesen, ich ließ meine »Maß« stehen. Ich wollte nur nicht allein sein. Obwohl solche »Maß« nur 13 Pfennige kostete, mit Trinkgeld 15, und ich bei

Einkauf meiner Nahrungsmittel, des Brotes und des durchwachsenen Specks, soviel wie möglich sparte, schmolz meine Barschaft schnell zusammen.
Ich hätte mich zu Fuß auf den Weg nach S. machen können, aber ich wollte niemandem zur Last fallen. Nachdem ich großmütig mein Stipendium der legitimen und illegitimen Familie zur Verfügung gestellt hatte, konnte ich doch nicht wie ein herumvagierender »Strabanzer« zu Fuß daheim ankommen. Zur Bahnfahrt reichte es aber schon lange nicht mehr, wie ich mich am Hauptbahnhof an der Tariftafel überzeugte.
Ich kam auf einen anderen Gedanken. Ich besaß ja noch immer die zwei schweren Silberleuchter, nichts hinderte mich, sie zu versetzen. Das hieß noch lange nicht, sie zu verschenken oder zu verkaufen. Es hieß nur, sie für eine gewisse Zeit dem Königlich Bayrischen Pfandamt anzuvertrauen. Ich pilgerte also ruhig hin, stand lange Zeit in elender Luft zwischen armseligen Menschen, die teils ihr Bettzeug oder muffig riechende Sonntagskleider, teils Uhren oder Schmuckstücke ins Versatzamt trugen. Ich erhielt endlich für die zwei Prachtleuchter nicht einen Pfennig über drei Mark. Ich wollte das Geld zuerst empört zurückweisen. Aber der Beamte bewies mir phlegmatisch, daß bloß eine dünne Außenschale, das »Häuterl«, aus Silber bestünde und daß das Hauptgewicht auf Blei entfiele, mit dem die zwei Dinger ausgegossen seien. Ich trollte mich also und hörte noch beim Weggehen, daß die hinter mir kommende Partei, die eine schwere »Tuchendt«, ein buntes Federbett, versetzt hatte, sich ebenfalls beschwerte. War denn das dicke Bettstück auch mit Blei ausgegossen? Nein, aber es war nicht insektenrein.
Ich hatte mit mindestens fünfzehn Mark für die Leuchter gerechnet, war aber lange nicht entmutigt. Die ersten Genüsse der Freiheit begannen wieder aufzugehen. Eine große Leichtigkeit des Lebens, das Kommen und Gehen, wohin man will, das Leben und Lebenlassen – die paar unausbleiblichen Schwierigkeiten mit »stoischer« Würde tragen, Gott einen guten Mann sein lassen, dickköpfig und gesund sein, seine ganze Zukunft vor sich haben, das machte mich trotz allem froh.
Ich ging also durch den Nieselregen zum Hauptbahnhof. Dort hatten die in blauweiß gestreifte weite Kittel gekleideten, meist schnauzbärtigen und rotwangigen dicken Gepäckträger unter den rußgeschwärzten Arkaden ihren Standplatz. Zigarre oder Pfeife im

Mund, harrten sie der Reisenden, die angesichts des Hundewetters nur spärlich kamen. Der Arbeitsplatz dieser amtlichen Gepäckträger war der Bahnhof, darüber hinaus trugen sie niemandem den Koffer, sie machten keine »Kommissionen«, sie »wiesen« die Fremden nicht in billige Gelegenheitsquartiere usw.
Dies besorgten allerhand fragwürdige Menschen ohne amtlichen Auftrag, ohne Nummernschilder und ohne weißblaue Kittel. Einer dieser »wilden Kofferschupfer« kam auf mich zu, durch meinen guten Anzug irregeführt, und bot mir an, mir ein schönes Quartier am Osttor für ein »Markl« pro Nacht zu verschaffen. Es war ein ziemlich magerer, blasser, schlenkriger junger Mensch, der stark nach Enzianschnaps roch. Ich sagte ihm, er solle sich nicht auslachen lassen, ich sei kein Fremder, viel eher sei er einer. Dies war denn auch der Fall, er kam (zu Fuß) aus dem Elsaß und wollte nach Budapest, war aber noch nicht recht wanderlustig. Wir kamen ins Gespräch, und ich bezahlte ihm in der Bahnhofswirtschaft dritter Klasse eine Maß oder besser gesagt zwei, denn er trank die meine mit. Als er der Enzianflasche am Buffet einen sehnsüchtigen Blick zuwarf, spendierte ich ihm auch einen Enzian, nahm mir aber vor, dies müsse für lange Zeit mein letzter Leichtsinn sein. Er warf sich den Enzian mit einem Ruck hinten in den Rachen und hustete furchtbar. Er dankte aber nicht besonders herzlich und kehrte mit abgespanntem, noch fahlerem Gesicht in die Ankunftshalle zurück.
Jetzt wurde er tatsächlich von einer kleinen Karawane Fremder, die mit einer Unzahl von Paketen daherkamen und außerdem zu zweit ungeschickt einen mächtigen Koffer schleppten, angesprochen, er solle den Koffer schupfen und ihnen »a recht a billiges« Quartier weisen. Das letztere vermochte er gut, denn er hatte über fünfzig gute Adressen in einem zerlesenen Reclambuch auf dem letzten weißen Blatt aufgezeichnet. Aber mit dem Schupfen haperte es, er war zu schwach, er war wie aus Papier, zum Umblasen.
Ich nahm den Koffer ohne Mühe unter seinen schiefen Blicken auf die Schulter, und so pilgerten wir durch die nassen Bahnhofsstraßen alle zusammen in ein ziemlich armseliges Quartier, das ich bisher kaum betreten hatte, obwohl es von unserer Wohnung nicht sehr entfernt war. Den Koffer auf der Straße zu schleppen, war keine Kunst, ihn aber die enge und gewundene Treppe hinaufzubekommen, war eine große. Das mußte eben auch gelernt sein. Ich

eckte zwanzigmal an, meine alte Rippenbruchstelle meldete sich natürlich mit Stichen. Aber ich bekam oben, als ich mir mit der rechten Hand den Schweiß von der Stirn wischte, mein erstes selbstverdientes Geld in die linke Hand hinein, ein frischgeprägtes Silbermarkl. Die gutmütige Frau steckte mir außerdem ein altes, schwärzliches, silbernes dünnes »Fuffzgerl« zu.
Ich hatte nun doch nicht das Herz, den »Zuweiser« leer ausgehen zu lassen, von dem die Fremden annahmen, er werde von den Zimmervermietern entschädigt, was diese ebenso von den Zugereisten annahmen. Ich spendete ihm also das alte Fuffzgerl, für das er sich vier Maß Bier mit Brot, soviel man will, oder eine Maß und eine schöne Wurst dazu oder aber ein winziges Glas scharfen Enzian anschaffen konnte.
Ich habe ihn nachher noch oft wiedergesehen, zum letztenmal in der Anatomie.

Eines Tages bot mir das Enzianbrüderl sein rostrotes Büchlein La Rochefoucauld mit allen den wertvollen Adressen für zwei Mark an. Ich hatte eben meine schöne Briefmarkensammlung für 32 Mark verkauft. Das Taschengeld meiner ganzen Jugend war in seltene, meist echte, wertvolle Briefmarken umgesetzt worden, und ich dachte in gutem an Helmut, dem ich diese Idee verdankte, und auch ein wenig an seinen Vater, den ich mit dem meinen verglich.
Um diese große Summe nach unten abzurunden, fand ich mich zu dem Geschäft bereit. Daheim, beim Schein der Kerze (ohne Leuchter) das Büchlein durchstöbernd, fand ich zwar unendlich viel Wahrheiten, meist bittere, die mir nur schwer einleuchteten, aber es fehlte leider das Blatt mit den Adressen. Ich brauchte die Adressen nicht unbedingt, für das Brüderchen bedeuteten sie das tägliche Brot oder den täglichen Enzian. Er hatte sie von einem anderen »Kofferschupfer« übernommen, der inzwischen nach Italien gepilgert war.
Ich irrte zwischen den Maximen des alten stoischen und unbestechlichen Franzosen anfangs so ratlos umher, daß ich dachte, die Übersetzung sei ungenau. Plötzlich ging mir der Plan durch den Kopf, meine viele freie Zeit zum Französischlernen an Hand des La Rochefoucauld zu verwenden. Ich ging (zum erstenmal mit Herzklopfen) in die große Stadtbibliothek, ließ mir ein französi-

sches Exemplar und ein französisch-deutsches Lexikon geben und versuchte zu übersetzen. Da mir die Grundformen der Zeitworte unverständlich waren, mußte ich den Bibliotheksbeamten noch einmal bemühen, und zwar um eine Grammatik. Als ich endlich eine kurze Maxime übersetzt hatte, durchströmte mich großer Stolz. Ich sagte mir, wozu sollte ich mein ganzes Leben in Deutschland verbringen? Ich wollte Französisch, dann Englisch, gegebenenfalls auch Italienisch lernen, alles neben dem Studium der Medizin, auf das ich mich schon zu freuen begann. Ich wollte als »fertiger Doktor« in der ganzen Welt, Europa, Afrika, Asien umherziehen, überall zu Hause sein und mir mit Hilfe meiner ärztlichen Kunst mein Brot in irgendeinem Winkel der Welt erwerben. Es war das Ideal des Kosmopolitismus, das mir so schön aufgegangen war.

Inzwischen ging es schon spät in den Herbst, die Abende wurden lang. Ich fragte in der Universitätskanzlei nach den zu erfüllenden Formalitäten, und man erklärte sie mir genau. »Man« will heißen, der Fuchsmajor einer schlagenden Verbindung, der sich hier aufgepflanzt hatte, um Füchse zu »keilen«, das heißt, junge Studenten für seine Verbindung zu gewinnen. Er gab mir alle gewünschten Auskünfte und fügte hinzu, seine Kommilitonen würden sich freuen, wenn ich sie im X-Bräu einmal ungezwungen aufsuchte. Ich gab eine ausweichende Antwort, wußte aber genau, ich würde nie in eine Verbindung eintreten. Ich mochte viele Menschen, in einen Raum zusammengepfercht, nicht besonders, haßte jeden Zwang, das viele Bier widerstand mir, und vor allem hatte ich kein Geld.

Ich hatte erfahren, daß die Gebühren im ersten Semester an 110 Mark betrugen. Dieses Geld erwartete ich von meinen Eltern. Ich wußte, daß meine Mutter sich eine kleine Reserve (ein Sparkassenbuch) gesichert hatte, und ich wußte ebenso, daß ich ihnen nun durch drei Monate je 75 Mark gegeben hatte. Auf diese hatte ich aber offenbar keinen Anspruch mehr.

Aber ich dachte, meine Mutter könne mir einen Vorschuß auf die nächsten Monatsraten in Höhe von 110 Mark geben, und ich würde diesen Betrag langsam von meinem Wechsel im Laufe des Semesters abzahlen.

Ich hatte inzwischen etwas besser rechnen gelernt und gesehen, daß ich, wenn ich sparsam lebte, schon mit 50 Mark monatlich auskommen konnte. Ich rechnete dabei 10 Mark für Wohnung, 30

Mark für die Nahrung und weitere 10 Mark für Nebenauslagen. Außerdem hatte ich noch die 5 Mark, erinnerte ich mich, da ja Vroni nicht 25, sondern 20 Mark monatlich von mir bekommen sollte. Ich schrieb dies alles haargenau meiner Mutter. Nicht meinem Vater. Sie hatte mir klargemacht vor ihrer Abreise, daß jeder, der Geld wolle, sich an sie wenden müsse, nicht an den Vater, denn das, was sie in der Tasche hatte oder einbekam, konnte man nicht zur Wiedergutmachung des Schadens bei der Brücke heranziehen.

Ich schrieb noch einmal, bitteren Herzens »eingeschrieben«, mit verteuertem Porto, um ganz sicherzugehen. Ich wartete vergebens auf einen Bescheid, bloß die 25 Mark kamen mit einer Postanweisung, bei der sich mein Vater als Oberingenieur im Ruhestand unterschrieb.

Dafür kamen die Handwerker ins Haus, welche unsere Wohnung für die nächsten Mieter instand setzen sollten, es erschien der Spediteur, der die Möbel auf den Speicher bringen sollte bis zum Winter, denn jetzt sei keine gute Zeit für Auktionen, erzählte er. *Ihm* hatte meine Mutter geschrieben.

Einige Tage hatte ich von morgens bis abends damit zu tun, das Einpacken der Möbel, Teppiche, der Kücheneinrichtung, des Geschirrs und der Kleider zu überwachen. Ich half mit und stellte eine genaue Liste auf. Ich wurde dann von den Portiersleuten um die Schlüssel angegangen. Es dränge nicht, sagten sie freundlich. Ich wurde rot vor Scham. Ich mußte die Habseligkeiten, die ich persönlich besaß, zusammenpacken, ich mußte ziehen. Einen alten, aber wetterfesten Koffer hatte ich zurückbehalten neben anderem Zeug.

Von dem Briefmarkengelde waren mir zum Glück noch an die 20 Mark geblieben, ich hatte in letzter Zeit schon sehr sparsam gelebt. Niemand konnte mir aber verraten, wie ich zu den 110 Mark plus 50 Mark für den ersten Studienmonat kommen sollte, wie ich mein Leben fristen würde, niemand konnte mir eine Wohnung weisen, sobald ich meine verlassen hätte. Sollte ich, was meine Eltern offenbar erwartet hatten, zu Fuß nach S. pilgern? Ich war stark und gesund, ein kräftiger Bart sproßte mir, da mir schon seit langem das Rasieren zu teuer geworden war, über Wangen und Kinn. Aber ich wollte nicht.

Ich machte mich also auf die Wohnungssuche. Ich kletterte in viele Dachstübchen hinauf, visitierte manches lichtlose, vom Geruch

der Armut erfüllte Kämmerchen, aber alles war mir zu teuer. Ich sagte mir, ich müsse versuchen, mich irgendwo einzuwohnen für eine Miete, die *absolut* sicher war, also für fünf Mark im Monat. Die üblichen Stübchen kosteten aber 12 bis 14 Mark. Also ins Obdachlosenasyl? Auch daran dachte ich, und in meiner Jugendseligkeit schreckten mich die Vagabunden nicht, auch ihr Ungeziefer nicht, denn es wurde alles dort vor jeder »Nächtigung« entlaust. Aber wie sollte ich dort ungestört arbeiten, und vor allem, war es ein dauernder Aufenthalt für einen Studenten der Medizin?
Das vom Leben durch und durch gebeutelte Enzianbrüderchen wußte Rat. Er war durchaus gegen das Asyl und gegen verschiedene christliche, mit Frühaufstehen und Gebeten verbundene Männerschlafstätten, hatte aber auf sein ausgerissenes Blatt aus dem La Rochefoucauld ein sehr »originelles, oberzünftiges Stüberl« im schönsten Viertel der Stadt, dem Prachtturm der Hauptkirche gerade gegenüber, aufnotiert. Die Adresse war nicht billig, und ich mußte 2,50 zahlen, damals ein Vermögen für mich. Es sei eine Bodenkammer, geräumig genug für eine ganze Familie, sagte er lachend. Aber man mußte, um ins Stüberl zu kommen, die eiserne Bodentür mit einem pfundschweren Schlüssel öffnen, dann mußte man sich zwischen den käfigartigen Dachbodengelassen voll staubigen Gerümpels durchwinden, bis man zu einer festen Tür mit Vorhängeschloß kam. Es war ein einfenstriger Raum ohne Waschtisch, ohne Lichtanlage, ohne Ofen, ohne Klosettbenutzung. Die Aussicht war prachtvoll. Es war ein glattgehobelter großer Tisch da, ein Bettgestell mit einer dünnen Matratze und einem groben Leintuch. Auf einem Stuhl stand eine Blechkanne und eine Blechwaschschüssel. Für die Kleider waren Haken da. Es gab Platz genug für Koffer und Kisten, seine Habseligkeiten unterzubringen. Vor Dieben brauchte man keine Angst zu haben.
Die Schwalben pfiffen metallblaugolden im Abendrot vorbei, die Glocken im Turm läuteten. Ich mietete und zog am gleichen Abend ein.

Ich hatte aus unserer Wohnung einen alten, von Motten zerfressenen Schafpelz meines Vaters, Jagdpelz genannt, mitgebracht. Da keine Kissen im Bett waren, legte ich ihn unter meinem Kopf zurecht und schlief gut, später diente er mir in kalten Nächten, um mich zu wärmen, denn der Frost kam nicht allein durch das Fenster, sondern auch von oben, vom Dachgebälk her. Das gebrauchte Wasser konnte ich in die Dachrinne schütten, statt es hinunterzutragen. Auch eine Lampe hatte die Portiersfrau, die das Zimmerchen auf eigene Rechnung vermietete, beigestellt, mich aber beschworen, nur ja vorsichtig zu sein, denn es bestand Feuersgefahr. Ich brannte möglichst wenig Licht, denn die Lampe soff Petroleum wie das Enzianbrüderchen Schnaps.

Endlich kam ein Brief meiner Eltern. Meine Mutter fragte, warum ich nicht schon bei ihnen sei. Die »Einmagazinierung« unserer Sachen, die Auflösung des Haushaltes wäre doch beendet. Sollte ich glauben, daß mich meine Mutter nur deswegen während des gesamten Sommers nach der gut bestandenen Prüfung in der Stadt festgehalten hatte, damit ich den Wächter und dann den Packer abgäbe? Was sollte ich in S.? Sollte ich auf das Studium verzichten? Und was dann? Sollte ich der einzige sein, der die Unterschlagungen und Liebesabenteuer meines Vaters bezahlte? Und hätte sie wenigstens gebeten! Aber sie schrieb kurz und bündig, herrisch und kalt. Sie verlangte mit Dringlichkeit die »Liste«. Ich konnte sie ihr schicken. Alles war in die Kisten gepackt worden, den Jagdpelz ausgenommen, und das hatte meine Mutter ausdrücklich so aufgetragen.

Trotzdem liebte ich die arme Frau, ich liebte sie mehr denn je. Ich hatte einige Fotografien von ihr. Ich besah sie jeden Tag und sprach mit den verblaßten altmodischen Konterfeien, als wären sie Bilder einer Seligen, einer Toten. Sie dachte ja auch an mich! Mit großer Bitterkeit hatte sie mir Vorwürfe gemacht, daß ich mich mit anrüchigem Gesindel in der Bahnhofswirtschaft dritter Klasse herumtriebe, übermäßig tränke und rauchte und mir »fürs ganze Leben schade«. War das ihr Grund? Ich hatte von den Eltern jeden Monat nur 25 Mark erhalten. Selbst wenn sie annähmen, daß ich mich davon satt essen könnte, was sollte mir dann für Rauchen und Trinken bleiben? Ich hatte, als sie abgereist waren, alle zwei Tage eine Schachtel Zigaretten gekauft, 25 Stück für eine Mark, jetzt kostete die Schachtel mit 75 bloß 50 Pfennig und mußte eine Woche reichen. Es war ein bitteres Kraut. Auch darauf wollte ich verzichten, wenn es sein mußte. Es ist mir schwerer geworden, auf die Zigaretten zu verzichten als auf das warme Essen. Sie schienen nicht zu ahnen, wie ich lebte, und sie konnten es ja auch nicht wissen, da ich ihnen hatte verheimlichen müssen, daß ich von den 25 Mark

nicht weniger als 20 an Vroni und meine Geschwister, die ja auch ganz anders leben mußten als früher, abgegeben hatte. Hieß auch das auf beiden Achseln tragen? Aber mein Unglück war es, beide Parteien zu verstehen, Augenzeuge zu bleiben, nicht zu richten und kein Pharisäer zu sein.
Meine Mutter hatte eine lange lebensgefährliche Krankheit hinter sich. Dadurch war sie etwas selbstsüchtig geworden. Mein Vater war nicht mehr der alte. Zu schnell war er von der Höhe des Oberingenieurs und Villenerbauers und Erhalters zweier Familien und vom unbemakelten Mann herabgesunken – ich sage nicht wozu. Er klammerte sich jetzt an meine Mutter, und beide klammerten sich an mich, an mein festes Einkommen, meine Zukunft. Und ich, ich wollte mein altes Leben fortsetzen, wollte mich nicht anpassen, wollte den verhältnismäßig großen Betrag meines Onkels für mich und mein Studium verwenden, so wie er es angeordnet hatte. Sie sahen dies nicht ein. Meinem Vater leuchtete allzuviel Gelehrsamkeit nicht ein, das hatte er schon bei seiner Verachtung des Griechischen ausgesprochen. Dabei hatte er sich seine technische Bildung mit viel Entbehrungen erkauft. Auch meiner Mutter war der Beruf des Arztes zuwider – und das, nachdem sie nur den langjährigen Bemühungen der Ärzte ihr bißchen Leben verdankte. Aber sah sie es denn ein? Sie hatte im Sanatorium ein neues Gelübde getan, und das sollte Wunder bewirkt haben. Sie schrieben mir also, ich sollte zu ihnen kommen und ihnen beim Aufbau einer neuen Existenz behilflich sein. Mein Zimmerchen sei wieder frei, zuletzt habe es eine junge Touristin aus Norddeutschland bewohnt, die ihnen in der kurzen Zeit lieber als eine Tochter geworden sei.
Ich sollte studieren, gut. Sie nahmen großmütig ihr Wort nicht zurück. Aber nicht sofort. Ich sollte vorerst meinem Vater an die Hand gehen und ihm auf diese Weise den Dank für meine kostspielige Erziehung abstatten. Es handelte sich um die Erzeugung von kleinen Holzhäuschen aus wetterfesten Holzplatten, die er »schwedische Pavillons« nannte. Er wollte die Fabrikation ganz im kleinen beginnen, die Furniere konnte man im Ort sägen und pressen und imprägnieren, es bestand ein Bedürfnis für diese kleinen, ganz genau nach einem ausgeklügelten Modell serienweise fabrizierten Häuschen. Allein in S. könne er sofort über ein Dutzend Bestellungen haben. Ich sollte nur so lange warten, bis alles von selbst lief. Das konnte nach der Schätzung meiner Eltern keinesfalls länger als zwei Jahre dauern, und dann war ich immer erst 20.

Mein Onkel brauchte nichts davon zu erfahren. Dieses kleine Opfer, ihn darüber hinwegzutäuschen, einen Fremden, könne ich meinem leiblichen Vater schon bringen, denn die 75 Mark seien unentbehrlich, und 25 Mark Taschengeld müßten mir für Zigaretten genügen.
Das sah ich ein. Mein Entschluß war augenblicklich gefaßt. Er hieß, auf das Geld verzichten, trotzdem Medizin studieren und Vroni die 20 Mark nicht wieder fortnehmen. Für die Wohnung war gesorgt. Das Essen konnte ich mir durch Gelegenheitsarbeit verdienen. Koffer schupfen oder in einer Hotelküche Teller waschen. Eine solche Arbeit hatte man der noblen Vroni angeboten. Sie war ihr zu schmutzig. Unrecht hatte sie nicht. Aber ich hatte nicht die Wahl wie sie. Auf diese Weise konnte ich zwei bis drei Mark am Tage verdienen. An Stundengeben dachte ich natürlich auch, verwarf aber den Plan. Eine Handarbeit war vorzuziehen.
Die einzige große Schwierigkeit waren die 110 Mark für die Studiengebühren. Ich trieb mich den ganzen Tag auf der Straße umher und suchte nach einem Ausweg. Schließlich fiel mir ein ganz absonderlicher ein. Ich suchte die Wohnung des Narrenkaisers auf, fragte nach Helmut, von dem ich genau wußte, daß er längst in der Kadettenanstalt von G. war, und als man mir den erwarteten Bescheid gab, bat ich, mit dem Geheimrat sprechen zu dürfen. Er war kürzlich zum Kgl. Bayrischen Geheimrat ernannt worden, und die Feier anläßlich dieser Ehrung war mit seiner fünften Hochzeitsfeier zusammengefallen. Er hatte seit ein paar Monaten eine neue Frau, angeblich ein Wunder von Schönheit. Ich mußte lange warten. Es klingelte des öfteren, und man führte Patienten in das Wartezimmer. Ich war nicht aufgefordert worden, dieses zu betreten, und lauerte in einem Korridor. Nicht in dem Hauptkorridor, sondern in einem anderen, der einem Engpaß glich, denn zu beiden Seiten waren Stöße von verstaubten Büchern und unaufgeschnittenen Broschüren und Zeitschriften aufgestapelt. Ich war plötzlich so müde, daß mir der Gedanke kam, alles gehen zu lassen. Nur das Warten hatte mich müde gemacht, nicht der Widerstand, die Schwierigkeiten. Endlich kam der Geheimrat. Er kannte mich von S. her. Er wußte sofort, daß ich nicht Helmuts wegen gekommen war, und fragte mich, während er eine Zeitschrift aus dem Gerümpel aufnahm und klatschend an seinem schneeweißen Ärztekittel abstaubte: »Was wollen Sie?« Ich entgegnete ihm ohne Förmlichkeiten: »Herr Geheimrat, ich brauche 110 Mark.« Es überraschte

ihn, daß ich ohne Verlegenheit, ohne Umschweife sprach. Ich bettelte nicht. Man gibt Bettlern ungern. Den Blick immer noch auf die Seiten der Broschüre gerichtet, forderte er mich stumm, das harte, aus dem Kragen vorspringende Kinn emporreckend, auf, zu reden, ohne sich durch mich in seiner Lektüre stören zu lassen. Ich tat es auch nicht. Ich schwieg. Was gesagt sein mußte, war bereits gesagt. Ich sah genau, daß er mich dauernd beobachtete und daß ihm am Inhalt der Zeitschrift nichts lag. Schließlich gab er nach. Er sprach zwar kein Wort, kramte aber in der Brusttasche seines Kittels und zog aus einem sehr dicken, unordentlichen Geldbündel einen Hundert- und einen Zwanzigmarkschein heraus. Er gab mir das Geld, aber nicht die Hand. »Sie müssen das Geld bei mir demnächst abarbeiten«, sagte er, »übrigens lassen Sie sich ein Mittellosigkeitszeugnis geben, dann können Sie gratis studieren.« Er blieb noch im Korridor stehen, während ich die Wohnung über die Dienstbotentreppe verließ.

Ich wußte durch meinen Kameraden Helmut, daß sein Vater einen starken Verbrauch an Menschen hatte. Das heißt sowohl an schönen Frauen als auch an »wissenschaftlichen Mitarbeitern«, die er teils als Assistenten besoldete, teils als Privatsekretäre oder aushilfsweise.

Er war ein von stets wechselnden Ideen besessener Gelehrter, nicht ohne Erfolg als Wissenschaftler in der Theorie. Ob er als Arzt praktischen Erfolg hatte, wußte sein Sohn nicht. Er meinte aber, das beweise nichts gegen die Größe seines Vaters. Im Grunde war er trotz der harten Behandlung blind vor Bewunderung. Sein Vater sei ein Genie, die geistig Erkrankten seien aber auch in der Hand eines Genies ohne Rettung. Man könne nur an ihnen studieren, sie bei Lebzeiten beobachten, ihr Gehirn nach dem Tode unters Mikroskop nehmen. Es sei aber der Mensch noch nicht aufgestanden, welcher einem geistig Kranken bewußt und methodisch, systematisch den Verstand wiedergegeben habe. Wozu auch, hatte der phlegmatische Helmut hinzugefügt, es muß auch Narren geben, schon allein deshalb, damit sich mein Vater wie ein Herrgott unter ihnen fühlt.

Ich habe übrigens selbst Gelegenheit gehabt, Jahre nachher, Kaiser am Bett seiner Kranken oder im Anstaltspark und so weiter zu beobachten. Ich habe ihn immer fast väterlich, ja kameradschaftlich mit den Geisteskranken umgehen sehen in der Art, wie er mit ihnen sprach oder auf sie einwirkte. Fast alle, auch die leicht Erkrankten, waren, wenn man es beobachtete, in einer anderen Welt als Kaiser oder ich oder die Wärter, und es schien mir sogar manchmal, die Geisteskranken und Halbverrückten wirkten mehr auf die Gesunden ein als umgekehrt.

Er ließ ihnen viel durchgehen. Mehr als seinen Kindern. Er, der seinen Helmut einmal in S. wegen eines geringfügigen Zigarrendiebstahls »krumm und lahm« geprügelt hatte, entließ seinen Oberwärter, der sich 15 Jahre lang in diesem so verantwortungsvollen Amt bewährt hatte, weil er einem tobsüchtigen Kranken einen leichten Schlag versetzt hatte, den dieser nicht spürte. Denn er hatte darauf mit einem schallenden Gelächter geantwortet.

Manchmal gewann ich nahezu den Eindruck, er verehre das mystische Dunkel dieser unbegreiflichen Geister; es ziehe ihn magisch an, und er fühle sich wohl in ihrer Gegenwart voll Toben, Trauer, Freude und Geheimnis und Verwirrung, Verzweiflung, Zerstörung.

Mit mir ging Kaiser nüchtern und streng um. Wenn ich geglaubt hatte, diese 120 Mark seien »leichtverdientes Geld«, um diesen Ausdruck meines Vaters zu gebrauchen, hatte ich mich getäuscht.

Die Studienzeit hatte begonnen, ich war den Tag über in den Hörsälen, studierte Anatomie, Physiologie, Botanik, Mineralogie, Chemie. Nachher ging ich in die Bibliothek, da ich mir keine Bücher anschaffen konnte.

Das zum Lebensunterhalt notwendige Geld erwarb ich mir, da jetzt im Spätherbst mit Kofferschupfen nichts zu verdienen war, in der Hotelküche des großen Hauses »Zum Prinzregenten von Bayern«.

Ich konnte nur abends im »Abwasch« arbeiten, aber man stellte mich an. Ich sah bald, daß man mich aus Mitleid aufgenommen, daß man, auch ohne daß ich sagte, wer ich sei, in mir einen Menschen aus besserem Haus, einen gut erzogenen »Hungerstudenten« gesehen hatte, bei dem es nicht notwendig war, die silbernen Bestecke (man aß im »Prinzregenten« von echtem Silber) nachzuzählen. Ich wusch anfangs langsam und schlecht und zerbrach viel Geschirr in dem Bestreben, gut und schnell zu waschen.

Tellerwaschen ist viel schwerer, als man glaubt. Zehn Teller waschen sich ohne Schwierigkeit. Aber wenn man an den fünfzigsten und an den hundertsten kommt und immer neues Geschirr mit dem mechanischen Aufzug in den im Souterrain gelegenen »Abwasch« hinabtransportiert wird und man immer wieder das mit Fett und Speiseresten bekleckerte Geschirr in die Hand nehmen, es immer wieder unter den heißen Wasserstrahl halten, es mit einer nicht mehr ganz neuen, schon weich gewordenen, mit dem widrigen weißen Fett inkrustierten Bürste abscheuern muß und wenn der Geruch des Fettes und der Speisen und der Waschlauge einem hochsteigt (der Geruch nach Wild, das es in dieser Jahreszeit sehr reichlich gab, ist mir anfangs besonders verhaßt gewesen), dann verläßt einen manchmal alle Kraft. Man läßt einen Teller fallen. Aber an dem inneren Hochgefühl, das man hat, wenn man ihn auf dem Steinboden prächtig klappernd zerschellen hört und die blitzenden Scherben alle sieht – daran merkt man, wie zuwider einem die Teller und Schüsseln geworden sind.

Aber ich zwang mich mit dem Aufgebot aller Energie, die Teller nicht mehr zu hassen, den Geruch nach Fett und nach Reh nicht mehr zu verabscheuen und für das bißchen Geld das zu tun, was man von mir erwartete, denn bei allem Wohlwollen für den »Hungerstudenten« wollte man gute Arbeit, und mit Recht.

Anfangs aß ich nach der Arbeit, um in aller Ruhe die Speisen genießen zu können. Dann habe ich mir mit stark parfümierter Seife die Hände gewaschen.

Manchmal durfte ich sogar baden – aber ich gab diese Methode auf. Mein Hunger war bei der Arbeit vollständig vergangen, und ich konnte nichts Gekochtes und nichts Gebratenes mehr riechen und mußte mit leerem Magen fortgehen. Ich bat die gutmütige »Wirtschaftspflegerin«, welcher dieser Teil der Hotelwirtschaft unterstand, vor Beginn der Arbeit essen zu dürfen, und sie, die einmal als »Abwaschmadel« angefangen hatte, gestattete es mir trotz des Widerstandes des anderen Küchenpersonals, das in mir den »Gebüldeten«, den hochmütigen Eindringling haßte. Und wie hatte ich mir Mühe gegeben, »bescheiden« zu sein! Nicht jedem gelingt es wie meinem Vater. Aber schließlich schlossen wir Frieden, denn wir aßen alle aus dem gleichen Topfe.

Ich hatte es als bloße Formsache betrachtet, daß der Geheimrat mich aufgefordert hatte, mich zu melden. Die 120 Mark drückten mich ja nicht. Aber es war nicht so gemeint. Ich rief eines Abends aus Gewissenhaftigkeit bei ihm an und glaubte, man würde mich gar nicht mit ihm verbinden. Ich war erstaunt, als ich die Stimme

des hohen Herrn vernahm, der sich bitter beschwerte, daß ich mich erst jetzt meldete. Ich solle sofort zu ihm kommen. Zum Glück war es Montag, mein einziger freier Abend in der Woche. Ich eilte also sofort hin. Er war nicht da, hatte mir aber hinterlassen, ich solle warten. »Er ist zum Protokolle stenographieren«, raunte mir die Empfangsdame zu, eine nicht mehr ganz junge, aber immer noch schöne Frau. Er mußte eben immer Schönheit um sich haben.
Mir war alles recht. Im Stenographieren war ich nicht ungeübt. Meine Aufzeichnungen, die ich zuerst in deutschen, dann in griechischen Lettern abgefaßt hatte, schrieb ich jetzt mit stenographischen Hieroglyphen. Ich durfte diesmal in das prächtige Wartezimmer mit den alten holländischen Bildern. Die Uhr schlug neun, er kam nicht. Ich hörte im Nebenzimmer die junge Frau Geheimrat mit rosiger Stimme, wenn ich so sagen darf, ein Liedchen trillern, dann lange mit einer Freundin telefonieren, dann sich mit dem Papagei unterhalten, schließlich wurde es still, die Uhr schlug zehn, er kam nicht.
Die Empfangsdame trat ein, warnte mich davor, vorzeitig wegzugehen. Er werde dann fuchsteufelswild und hätte ohnehin einen Pik auf mich. Dabei hätte er schon oft von mir gesprochen und mich, sie wußte nicht aus welchem Grunde, in S. seinem phlegmatischen Helmut hingestellt als das Muster eines wahren modernen Spartaners. Ich war schon vom Judenkaiser als Musterbild heroischer, stoischer Tapferkeit hingestellt worden, und es hatte nicht gut geendet für mich.
Aber was war zu tun? Zuerst setzte ich mich, dann legte ich mich auf das Sofa, erwachte um drei Uhr morgens, zog mir die Kleider und die Schuhe aus, um sieben Uhr zog ich sie mir wieder an, suchte die Empfangsdame auf, bat sie, mich ins Badezimmer zu führen, wo ich mir die Gelegenheit zu einem Bade nicht entgehen ließ, und verließ um dreiviertel acht das Haus, um ins Kolleg zu gehen. Ich hatte einen guten Kaffee im Magen, war froh und sang. Er war nicht heimgekommen. Man wußte nicht warum. Er hatte aber gegen fünf Uhr morgens angerufen, man solle mich nicht wecken, aber mir ausrichten, ich solle ihn unbedingt morgens anrufen.
Aber alle meine Schwierigkeiten, selbst die, meinem Wohltäter Kaiser die von ihm erwarteten Gegendienste zu leisten, schreckten mich nicht. Je mehr Hindernisse, desto mehr Energie. Ich war jung und frei, und ich lebte gerne.

Wäre es mir gelungen, meiner Mutter wieder näherzukommen, wäre ich wohl fast ganz glücklich gewesen. Was war mir im Grunde alle neue Wissenschaft im Vergleich mit ihr, der Alten, Armen und Geliebten? Aber sie schrieb geschäftlich, sachlich, und wenn es mich auch noch so trieb, ihr anders zu antworten, nämlich aus dem Herzensgrunde, so tat ich mir doch Zwang an und schrieb ihr eher noch kälter, ich wollte ihr nicht zur Last fallen und verzichtete gerne zu ihren Gunsten dauernd auf die 75 Mark und brächte mich gut durch. Ich erwähnte meinen Vater absichtlich nicht. Ich zürnte ihm, weil ich ihn nicht mehr so zu achten vermochte wie früher. Nämlich nicht so wie zu der Zeit, wo er noch oben war. Meine Mutter muß mich hier besser verstanden haben, als ich mich selbst verstand. Sie nahm seine Partei, mit jedem Briefe mehr, und ich war und blieb der Friedensstörer trotz meiner scheinbar so großmütigen Handlung.
Scheinbar? Bezahlte ich sie denn nicht teuer genug? Lebte ich nicht mutterseelenallein in meinem gottverlassenen Dachstübchen, blickte ich nicht täglich ihre Fotografie an, zeigte ich diesem Bildchen nicht alles, was ich sah und erlebte, indem ich es neben mich an die Fensterscheibe hielt, so daß die Augen der Fotografie die Außenwelt, die Kirche mit dem Glockenturm und am Horizont die azurne verträumte Kette der Berge sahen? Zog ich nicht meine Mutter im Geiste, also in der Liebe, während des ganzen Tages durch den Hörsaal, die Bibliothek, ab und zu in die Volksküche und sechsmal in der Woche mit in den Abwasch der Hotelküche des »Prinzregenten von Bayern«? Einmal, kurz vor Weihnachten, spendete uns dort allen die Wirtschaftsverwalterin je ein Glas Glühwein. Ich preßte das heiße Glas an meine Wange und drehte es zart hin und her und dachte mir dabei, es sei die Wange meiner geliebten Mutter, die sich an die meine schmiege.
Ich weinte nicht, ich seufzte nicht. Seit meinem Erlebnis mit dem undankbaren Roß war mir die Gabe zu weinen abhanden gekommen. Und doch sehnte ich mich nach *ihr*. Aber nach *ihr*, so wie *sie* einmal gewesen war, nicht nach *ihr*, wie *sie* jetzt lebte. Zwischen beiden war eine tiefe Kluft. Aber ich dachte und hoffte, eines Tages würde *sie*, die mich doch so gut kannte und mich deshalb auch lieben *mußte*, diese Kluft erkennen, alles stehen und liegen lassen, zu mir kommen und dann mit mir allein zusammenleben, meinen Vater und seine schwedischen Pavillons seelenruhig sich selbst überlassen.

Es hatte keinen Sinn, sich weich zu machen und dem nachzutrauern, das ich auch mit aller Energie nicht wiedererlangen konnte. Weihnachten kam, ich erwartete *sie* hier, *sie* erwarteten mich bei sich. Vergebens.
Kurz nach Beginn des neuen Jahres kam ich in der Anatomie zu den praktischen Übungen, zu meiner ersten Sektion. Man hatte mich vor den üblen Gerüchen gewarnt. Aber mit mir war etwas Merkwürdiges vorgegangen. Ich roch jetzt überall nichts als Fett und »angegangenes« Reh. Es war so stark, daß ich glaubte, auch alle anderen müßten es riechen. Einmal waren im Kolleg die Nachbarn von mir weggerückt. Ich führte dies nicht darauf zurück, daß weiter unten, dem Vortragenden näher, ein paar Plätze frei geworden waren, sondern darauf, daß sie vor meinem Geruch zurückgewichen waren. Ich stellte sie zur Rede. Sie nahmen die Sache nicht ernst, hielten sie für einen Scherz. Trotzdem verließ mich diese Idee meines üblen Geruches nicht.
Im Sektionssaal konnte ich von dem Verwesungsgeruch nichts finden. Es blieb die Fettatmosphäre um mich, wie sie beim Frisör oder im Wartezimmer des Geheimrats um mich gewesen war. Ich ließ das also sein, wie es war, und machte mich an meine *Partie*, die durch einen kleinen Pappdeckelkarton an dem Leichnam gekennzeichnet war. Mir und noch fünf Kollegen war eine schlanke, zierliche, wohlgebildete Leiche zugewiesen, das Gesicht friedlich, sogar etwas spitzbübisch. So fahl das Antlitz war, in welchem sich die Lippen von der umgebenden Haut nur durch ihre Runzelung und ihre etwas dunklere Farbe unterschieden, so erkannte ich es sofort wieder, es war das Gesicht des Enzianbrüderchens. Es war eine schauerliche Empfindung, als ich von der linken Hand, die mir als Sektionsobjekt zugewiesen war, das Papptäfelchen mit meinem Namen abnahm. Die Hand gehörte mir, wie es hieß. Sentimentale Gefühle änderten nichts an seinem Schicksal, nichts an meiner Aufgabe. Ich machte mich an die Arbeit, zuerst mit Herzklopfen, dann immer ruhiger. Ich zeigte mich anstelliger, als ich gedacht hatte. Der Assistent, der uns alle beaufsichtigte, war mit meiner Arbeit nicht unzufrieden.

Ich hatte über der objektiven Wissenschaft den Enzianbruder nicht vergessen. Ich wußte, und wie gut noch, was er im Leben gewesen war. Ich hatte sogar seine Vagabundengeschichten treu im Gedächtnis, ich sah die Bleistiftnotizen voll Witz und Ironie vor mir, mit welchen er seinen La Rochefoucauld kommentiert hatte.

Aber nach kurzer Zeit hatte ich dies nicht mehr vor Augen, sondern einzig das greifbare, positive Wunderwerk der menschlichen Hand.

Wer dieses Wunderwerk der Mechanik begriffen hat, neben welchem die Mechanik eines Automobils, eines mechanischen Webstuhls, einer hundertpferdigen Lokomotive wie Stümperwerk erscheint (von einer blöden Riesenkanone ganz zu schweigen, die nichts kann als Menschen zerfetzen), wer nicht vor seinen Augen gesehen hat, wie sich in dem winzigen Raum zwischen Haut und Knochen die verschiedensten Sehnen, Strecker und Beuger, Nerven, motorische und sensible Adern, zuführende und abführende, einordnen, wie sie hier zusammenarbeiten, sich genial einfach ergänzend, der mag mich verurteilen. Ich stand als der letzte von meiner Arbeit auf. Ich hatte alles andere vergessen, selbst meine Mutter, selbst Dr. Kaiser, der mich an diesem Abend erwartete, ich ging wie von Sinnen heim, versank in einen traumlosen seligen Schlaf und erwachte am nächsten Morgen wie neugeboren, mit großer Freude am Leben.

Ich war in letzter Zeit öfter bei Kaiser zum Diktat gewesen. Anfangs hatte er sich den Spaß gemacht, zu versuchen, ob er mich zu Tode hetzen, das heißt, ob er schneller diktieren könne, als ich nachzuschreiben vermöchte. Das erste Mal ist es ihm gelungen, das zweite Mal nicht mehr. Ich konnte, was ich wollte. Und mochte es eine Nacht mit viel Übungen und sehr wenig Schlaf kosten. Oft war ich bei ihm freilich so müde, daß er mich aufrütteln mußte, wenn er eine lange Pause gemacht hatte und ich eingenickt war. »Wachen Sie auf, schreiben Sie!« raunte er mir zu. Ich wachte auf, ich schrieb. Ab und zu fragte er mich nach der Arbeit: »Brauchen Sie vielleicht etwas Geld?« Ich brauchte es immer. Die Kosten des Studiums waren höher, als ich gedacht hatte. Er nahm es mir nicht übel, daß sich meine Schuld bei ihm vergrößerte, vielleicht hatte er sogar damit gerechnet. Diesmal entschuldigte er mein Fernbleiben wegen der Anatomie. Er war es, der mich in Hinkunft immer auf die Anatomie hinwies. Er prüfte mich sogar manchmal mit mehr Strenge als Gerechtigkeit. Ich dachte, er täte es meinetwillen, er wolle mich wie ein Vater führen.

Ich hielt damals mein Leben für sehr hart, es war aber nur äußerlich schwierig, im Innern war es leicht, denn das Ziel, das ich mir gesetzt hatte, der ärztliche Beruf, war kein schweres, kein unerreichbar fernes, unpersönliches Ziel, sondern es bestand alle Aussicht, daß ich es erlangen würde.
Meine Bedürfnisse waren gering. Ich konnte als Arzt oder als Gelehrter von sehr geringen Einnahmen leben. Ich wollte, so spät wie möglich, um lange frei zu bleiben, eine Frau wählen, welche dieselben Interessen hatte. Ich dachte dabei nicht an eine sehr junge, sehr lebensgierige Frau, ich widerstrebte einem »unreinen Gefäß«, mochte es noch so glatt und zierlich sein, ich dachte an eine Frau, die etwas älter war als ich, um die ich nicht zu kämpfen, an der ich nie zu zweifeln hatte, die selbst bei Schwierigkeiten und in Konflikten unbedingt zu mir halten würde. Erst später habe ich erkannt, dieses Idealbild war nichts anderes als das – meiner Mutter. Nur wollte ich nicht ihr Sohn sein, den sie zuerst mit überschwenglicher Liebe verwöhnt und für den Lebenskampf geschwächt und schließlich doch im Stiche gelassen hatte dem Gatten zuliebe, sondern ich wollte die Rolle meines Vaters spielen, mit dem sie jetzt durch dick und dünn zusammenging.
Sie kam eines Tages zu mir und stieg die vielen Treppen hinauf, ohne den Atem zu verlieren. Ich sperrte die schwere Bodentür auf und leitete sie an der Hand zwischen den Speichergelassen in meine Stube. Sie setzte sich ans Fenster und sah sich die Aussicht an. Zu mir sprach sie nicht viel. Sie hatte eben ihre Pflicht als Mutter erfüllen wollen, denke ich. Sie staunte nicht über meine elende Existenz. Sie dachte nur an den Neuaufbau der Existenz meines Vaters. Daß *er* Entbehrungen auf sich nehmen mußte, »in seinem Alter und nach allem, was er geleistet hat«, das bedrückte sie. Sie wollte mich glauben machen, ihm sei Unrecht geschehen. Geliebt habe ich sie immer noch, aber ich hielt sie nicht zurück, als sie schon am Nachmittag abreisen wollte. Wozu den Nachtzug nehmen?
Mein leiblicher Vater würdigte mich keines Besuches.
Mein geistiger Vater, der Geheimrat Kaiser, dachte wohl auch daran, wie er seinen Nutzen von mir ziehen könne. Dabei erwies er mir aber viele Wohltaten, er wollte mich das lehren, was das Leben und La Rochefoucauld mich nicht hatten lehren können: Mißtrauen allen Menschen gegenüber, auch sich selbst gegenüber. Aber beherrschte denn er selbst immer und überall diese Kunst, die vielen angeboren war?

Er erwies mir aber einen anderen großen Dienst, vom Geld ganz abgesehen. In diesem Land, in dieser übersättigten Zeit, die in dem Größenwahn ihrer technischen Fortschritte, ihres Goldes, ihrer Industrie, ihrer politischen Macht, mitten in ihrem eigenen Überfluß erstickte und nicht wußte, wohin mit sich, zeigte er mir, daß es wenigstens auf dem Gebiete der Wissenschaft noch ungeheure brachliegende Landstriche, daß es fast unermeßliche weiße Flecke auf der Weltlandkarte des menschlichen Wissens gab und daß der Arbeit kein Ende sei. Also auch keines der Freude, der Hoffnung, des Glücks, wenn man unter Glück die Illusion versteht, man habe eine Aufgabe im Leben zu erfüllen, die uns und keinem anderen zugewiesen sei.

Vorerst freilich spielte sich alles nicht so philosophisch ab. Ich wusch Abend für Abend außer Montag, meine Hände glitschten unter der Wirkung der im Abwaschwasser aufgelösten schwarzen Seife und des weißen Sodapulvers, und ich schleppte mich manchmal wie mit gelösten Kniekehlen, fade lächelnd vor Müdigkeit, zum Hoteltelefon, um ihn pflichtgemäß anzurufen. Hier im Hotel konnte ich umsonst telefonieren und sparte die 10 Pfennig für den Telefonautomaten. Vielleicht war es nicht allein der strenge Begriff der Pflicht, sondern auch die noch strengere tägliche Not, die mich ans Telefon zwang. Ich sah ein, daß ich nicht ewig imstande sein würde, so erbärmlich wenig zu essen, in unheizbarem Raum zu wohnen und im Schweiße meines Angesichts als Wäscher zu arbeiten. Meine einzige Hoffnung war er.

Wenn ich aber glaubte, er würde es mir an diesem oder jenem Abend ersparen, zu ihm zum Diktat zu kommen, angesichts der vorgerückten Stunde, wo ich ihn manchmal aus dem Bett klingeln mußte, täuschte ich mich. Er dachte nicht daran. Ich mußte meinen Vorschuß abarbeiten. Ich sagte, ich wäre nicht vor elf Uhr frei. »Um so besser«, antwortete er mir, »dann nehmen Sie eine Droschke, lassen Sie die Rosse peitschen und kommen Sie!« Eine Droschke nehmen, ich, der ich 50 Pfennig pro Stunde mit dem Abwasch erwarb und dessen Sekretärdienste er auch nicht besser bezahlte! Ich trabte also fast tot vor Erschöpfung zu ihm. Er kam in einem rotseidenen Schlafrock und roch stark nach dem Parfüm seiner Frau, welche jetzt die Parfümmanie hatte, wie ich von der Empfangsdame erfahren hatte. Die Bezeichnung »Manie« war im Haus des Psychiaters nicht absonderlich, im Gegenteil. Niemals bot er, eine Zigarre nach der anderen rauchend, einen französi-

schen Kognak nach dem anderen hinunterschüttend, mir eine Zigarette oder ein Glas Wasser an. Und trotzdem, diese Diktatstunden wurden mir eine Freude, keine Last. Ich ging zwar ungern zu ihm hin, aber auch nicht gern wieder fort.
Es war die Zeit, wo die exakte Wissenschaft sich an himmelstürmende Aufgaben machte in einem ungeheuren Aufschwung, den sie der modernen Technik, dem Mikroskop, dem Experiment im allgemeinen verdankte und der Vorurteilslosigkeit der Gelehrten, für die es weder Gott noch Satan gab, sondern nur die »voraussetzungslose Wissenschaft«. Der Chemiker wollte künstliches Eiweiß erzeugen und dadurch die soziale Frage in der Eprouvette lösen, der Nervenspezialist und Psychiater mutete sich zu, eines Tages im menschlichen Gehirn die Stelle zu finden, wo das Zentrum des Glaubens an Gott oder der Begriff des ICH lag und wo die Geisteskrankheiten ihren anatomischen Sitz hatten. Kein Schleier der Natur war so dicht, als daß die damals zu gleicher Zeit so zukunftsfreudige und an sich verzweifelnde blasierte Menschheit sich nicht zugetraut hätte, ihn zu lüften, allen vergangenen Geschlechtern zum Trotz.
Und sie ging noch weiter. Ein Mann wie Gottfried Kaiser mutete sich zu, die bis dahin als unheilbar erkannten Geisteskrankheiten oder die angeborene Schwäche der Intelligenz, Imbezillität genannt, durch eine geniale Kombination der modernen Technik (zum Beispiel Elektrizität) mit rein wissenschaftlicher Erkenntnis zu heilen. Die großartigen Fortschritte, die damals das wissenschaftliche Weltbild durch die Entdeckung des Radiums und der Hertzschen elektromagnetischen Wellen gemacht hatte, ließen alles als möglich erscheinen. Es schien nichts nötig zu sein außer einer gewaltigen Energie, absoluter Objektivität und genügend Zeit und Geld, um die Experimente zu machen. Wir, Kaiser und ich, verfügten über das alles. Was er nicht hatte, besaß ich. Er hatte mehr Geld, ich hatte mehr Zeit. Sie war mein Kapital.
Er gab mir weder beim Kommen noch beim Gehen die Hand, er hatte eine krankhafte Scheu, seine Hand berühren zu lassen. Das störte uns nicht, mit der Zeit wurden wir beinahe Freunde, gute Arbeitskameraden auf jeden Fall.
Im Frühjahr hatte ich ein paar Vorprüfungen zu bestehen. Ich mußte sie ablegen, um dann auf Staatskosten studieren zu können. Kaiser, der außer seinen großen Einnahmen über ein riesiges Privatvermögen verfügte und der jeder seiner vielen Gattinnen eine

große Rente bezahlte, hätte mir diese Prüfungen, vor denen ich zitterte, mit etwas Geld ersparen können. Er dachte nicht daran und hatte damit wie mit allem im Grunde recht. Ich war überrascht, als ich sie mit Glanz bestand. Keine Frage gab es, die ich nicht sofort, und zwar exakt und korrekt, beantwortet hätte. Und ich war doch bisher immer ein so mäßiger Schüler gewesen. Ich behielt meinen Sieg für mich. Ich hatte erkannt, daß ich ihn nur dem Umstand verdankte, daß ich mich auf *eine* Sache konzentrierte und daß ich mehr mit dem Willen lebte und weniger mit dem Gefühl. Auf eine kleine Liebhaberei hatte ich dabei nicht verzichtet, ich hatte mein Französisch weiter getrieben. Mit wenig Erfolg, gestehe ich. Denn lebende Sprachen lernt man schlecht aus toten Büchern, und alle Willensenergie versagte hier.

Noch eine gute Folge hatten die mit Glanz bestandenen Examina. Als ich das letzte erledigt hatte, atmete ich tief auf – und welch Wunder, der Fettgeruch, der mich bis dahin so zäh verfolgt und ekelhaft belästigt hatte, war verschwunden. Er kam nicht wieder. Sollte er weiter um mich geschwebt haben als unheilige Opferwolke, mir kam er jedenfalls nicht mehr zum Bewußtsein.
Ich hatte mich schon auf ruhige Sommerferien gefreut, als mir Kaiser sagte, ich solle mit nach S. kommen, er würde mir monatlich 30 Mark zahlen, das heißt, diese Summe von der auf fast 300 Mark aufgelaufenen Schuld abziehen und mich nutzbringend beschäftigen. Ich willigte ein, froh, meine Eltern trotz allem wiederzusehen und mit ihnen wie früher zusammenzuleben, und immer noch in der Hoffnung, sie würden ihr Unrecht einsehen.
Auf dem Bahnhof in S. erwarteten uns zwar nicht meine Eltern, aber Kaisers Söhne, Karl Otto, der älteste, und Helmut, die aus Norddeutschland gekommen waren. Helmut war nicht mehr so mädchenhaft hübsch wie zur Zeit, als ich ihn kennengelernt hatte. Er schien mir etwas verändert, bedrückt, trüb und scheu, voll verhaltener Leidenschaft. Er wollte mich unbedingt sofort sprechen. Ich sah, seinem Vater war es nicht recht. Ich verschob diese Aussprache und fragte ihn, wo sein Phlegma geblieben sei. Mein erster Gang war zu unserem Holzhäuschen.
Sie saßen zu zweit im Garten, mein Vater, etwas alt und dick geworden, hatte ein paar hellbraune Furniere und einen Notizblock

vor sich liegen, offenbar arbeitete er an seinen Holzmodellen. Er zeigte mir nachher ein solches in stark verkleinertem Maßstabe. Ich lernte auch den Sommergast, den blonden Mädchenzauber, kennen. Das Fräulein, Heide genannt, in knapper bunter Landestracht, stand in der Küche und kochte Früchte ein, aber nicht die bissigen Holzäpfel, an denen meine Mutter sich seinerzeit vergeblich versucht hatte, sondern Himbeeren, deren herrliches Aroma das ganze Häuschen erfüllte.

Wir tranken Kaffee im Garten. Ich war mit den Meinen keinen Augenblick allein. Nach dem Kaffee legte sich der Sommergast in die alte Hängematte. Mein Vater schaukelte sie vorsichtig, sog dabei an seiner Stummelpfeife und warf ab und zu einen Blick auf seinen Notizblock und auf meine Mutter, die seine Socken stopfte. Sie kamen gar nicht auf den Gedanken, ich könnte Quartier und Kost von ihnen verlangen, das heißt, mein Vater und sein Sommerschmetterling nicht. Aber ich fing einen Blick von meiner Mutter auf, in dem noch etwas von ihrer alten Liebe und Sorge war, etwas von ihrer alten Gestalt, wie sie vor ihrer Wallfahrt gewesen war. In mir wallte es heiß auf. Aber ich sagte mir, es sei sinnlos, das Vergangene mit Gewalt aufzurühren, nur weil sich gerade jetzt eine gute Gelegenheit dazu bot.

Ich stand auf, gab ihnen allen dreien (sie bildeten untereinander einen gemütlichen behaglichen Familienkreis) die Hand und kündigte ihnen an, ich würde wohl im Orte bleiben, aber beim Geheimrat wohnen und essen, weil er mich zu seiner Arbeit brauche. Meine Mutter wurde purpurrot, als sie diesen Entschluß hörte, mein Vater schaukelte das weizenblonde Fräulein gelinder und zog stärker an seiner Pfeife, schließlich beruhigte sich alles, und ich ging in Frieden. Als ich zurückblickte durch die Latten des Tores und die rostige alte Schelle klang, sah ich, daß meine Mutter ihre Socken wieder aufgenommen hatte. Sie hatte mir nicht nachgeblickt. Ich seufzte und klagte nicht. Ich sah, was es war. Ich dachte, vor einem halben Jahr, im Winter, als ich in der Hotelküche das heiße Grogglas an meine Wange gehalten und mir eingebildet hatte, das sei sie – damals sei sie mir näher gewesen.

Der Geheimrat wartete schon mit Ungeduld auf mich. Er hatte mir ein schönes, helles, nach dem See zu gelegenes Zimmer im Parterre eingeräumt, ich sollte am Tisch mit der Familie essen, ich durfte die Badehütte und die verschiedenen Ruderboote der Familie benutzen.

Von Jagd war für ihn, wie es schien, diesmal nicht die Rede. Der Hausherr hatte keine Jagdhunde auf Urlaub mitgenommen. Er hatte seine Zwinger aufgelöst, die Tierexperimente schienen nicht »mit Glanz« verlaufen zu sein, wenigstens ließ er kein Wort verlauten.

Ich bin aber auch nicht zum Rudern, kaum einmal in der Woche zum Schwimmen gekommen. Ich arbeitete. Es handelte sich um eine damals ganz neue Art von Untersuchung, nämlich die systematische, lückenlose, mikroskopische Durchforschung eines menschlichen Gehirns, das in zahlreiche Schnitte, ich glaube an 2000, zerlegt war. Diese schwierige mechanische Vorbereitung der Gehirnstudien war längst in der Stadt erledigt worden, die Schnitte waren zu je 100 in zahlreichen numerierten Holzkistchen mitgebracht worden, die Kosten sollen über 5000 Mark betragen haben.

Mir war damals das menschliche Gehirn nicht mehr ganz unbekannt. Ich hatte Schnitte durch das Gewebe schon oft unter dem Mikroskop gehabt, aber niemals einen Querschnitt durch das ganze Gehirn, der außergewöhnlich schwer herzustellen war, immer nur kleine Partien. Ich konnte die Rinde von den tiefer liegenden Schichten bereits einigermaßen gut unterscheiden. Ich wußte, was ein Kern, ein Ganglion war, eine Nervenscheide, eine Markfaser, eine Bahn, eine motorische oder sensible Leitung, aber diese kümmerliche Schülerweisheit war alles.

Ich muß nun Kaiser für eine nur scheinbar nebensächliche Anordnung danken. Er hat während der ganzen fünfeinhalb Jahre, während derer ich für ihn und mit ihm arbeitete, es sorgfältig vermieden, die Zeitfolge meines regulären Studiums zu stören. Ich wäre vielleicht schon jetzt neugierig gewesen, das Gehirn eines Paralytikers zu mikroskopieren, die Krankengeschichte eines Irren kennenzulernen oder einen solchen psychiatrisch oder klinisch zu untersuchen. Er ließ es nicht vorzeitig dazu kommen. Ich erfuhr von den Geisteskrankheiten durch ihn erst dann Näheres, als ich auch im regulären Lauf meiner Studien, im vierten Studienjahre, zu diesem Gegenstand kam.

Er setzte sich also jetzt zu mir. Er wies mir unzählige Einzelheiten, die mir wie jedem Ungeübten entgangen wären. Er ließ sich seine Geduld nicht rauben. Er sparte nicht mit seiner Zeit, im Anfang wenigstens nicht. Ich hätte manchmal, besonders bei strahlendem Wetter, mich lieber in den blaugrauen, lebhaft vom Ostwind be-

wegten kristallklaren See gestürzt. Er hielt mich fest. Ohne Worte, ohne Versprechungen, sachlich.
Seine junge Frau hielt er vielleicht nicht ebenso stark, weil er bei ihr nicht ebenso ruhig war. Katinka, die sich während der ganzen Zeit in der Stadt auf das Zusammensein mit ihrem Gatten gefreut hatte, klopfte an der Tür. Ihre »rosige« Stimme erklang in ihrem ganzen Kinderzauber. Ihr Hündchen winselte und bellte. Er ließ sie warten und bat mich schließlich, ich solle den drei Jungen sagen (inzwischen war auch der jüngste Knabe eingetroffen), sie sollten ihre Mutter (mit der sie gar nicht verwandt waren) auf einen Spaziergang zu den Osterseen mitnehmen, sich aber vor dem trügerischen Moor hüten.
Er sprach fast nie von persönlichen Dingen mit mir, dies hatte ich schon in der Stadt bemerkt. Dennoch war mir bald vieles klar. Denn es war immer mein Bestreben, in den Menschen zu lesen wie in mir, um sie zu beherrschen wie mich selbst.
Er, mit seinen grauen Haaren und verwitterten Zügen, liebte, und zwar auch diesmal so, wie er immer geliebt hatte, stürmisch, fast besinnungslos, wie ein Jüngling, alles um sich vergessend. So fing er nämlich jedesmal an. Er vergötterte die junge Katinka mit der Parfümmanie, der rosigen Stimme, das feine, adelige Geschöpf. (Alle seine Frauen stammten aus aristokratischen Familien, meist verarmten.) Nach einer gewissen Zeit aber, als er die Frauen durchschaut hatte, hatte er sich jedesmal langsam, schonend, aber unerbittlich von ihnen abgewandt und sich als reifer Mann, der er doch war, spartanisch seiner Gelehrtentätigkeit wieder zugewandt. Er hatte nur nach dem besten Wege gesucht, um sich von ihnen zu befreien. Diesmal aber schien ihm der Schluß nicht so gut zu gelingen, wie ihm der Anfang gelungen war. Bisher hatten sich die Frauen immer stärker an ihn geklammert, je mehr er sich von ihnen abwandte. Die letzte aber, ein strohdummes, aber äußerst niedliches Ding, mit jener flötentonartigen, seelenlosen Stimme begabt, der, für ihn wenigstens, schwer zu widerstehen war, hatte es verstanden, dem Blaubart nicht zu verfallen. Sie lachte, tollte, blieb aber kühl, kapriziös, schmückte sich für sich, parfümierte sich für sich und herzte das braune gelockte Hündchen so, wie der Geheimrat geherzt werden wollte. Vergebens verschanzte sich der Alte hinter seine Gehirnschnitte, schon nach zwei Wochen gab er mir mein Pensum auf, blieb aber nur eine bis zwei Stunden täglich bei mir, dann aber wich er dem Frauchen nicht von der Seite,

er war eifersüchtig auf jeden Blick, den das kindliche Ding einem anderen Mann zuwarf, mochte dieser andere Mann sein Sohn Karl Otto oder der scheue, häßlich gewordene Helmut sein oder ich, der Hungerstudent auf Ferien. Aber ich erwiderte diese Blicke nicht. Für mich war sie ein »unreines Gefäß«, um so unreiner, je rosiger, küßlicher und zierlicher sie war. Er gewann sie durch eine neue Liebesglut wieder, glaubte er. In Wahrheit wurde er zu ihrem Sklaven, und bald wußte er es.

Leider war auch mein armer Helmut zum Liebessklaven geworden. Er vertraute mir unter dem Siegel der Verschwiegenheit an, er hänge bis zur Verzweiflung an einem alternden Schauspieler, der ihn so lange mit seiner Liebe verfolgt habe, bis er ihm nachgegeben hätte, ohne zu ahnen, was ihm an »Wonnen«, aber auch an schauerlichen Qualen der Eifersucht bevorstände. Denn der Schauspieler liebte auch Frauen, vielleicht sogar mehr als Männer. War das möglich? Fragen über Fragen, Unruhe, Schlaflosigkeit, Wahn, Haß und Liebe durcheinander. War es der Mühe wert? Ich war froh, daß ich dergleichen nicht kannte. Hätte ich eingreifen sollen? Aber wie? Vielleicht konnte ich es. Ich hatte Einfluß auf ihn. Mir hätte er gehorcht. Aber ich wollte lieber Augenzeuge sein und guter Kamerad. Ich hatte meine Arbeit, damit genug.

Meine Arbeit war schwer, aber voll ruhiger Freude. Mein persönliches Leben war es nicht, nicht so freudig und ruhig. Helmut hatte sich enttäuscht von mir abgewandt, weil ich nicht mit ihm über seine Leidenschaft diskutieren wollte, mein Meister beobachtete mich argwöhnisch und begriff erst später, daß ich niemals auch nur im Traum daran gedacht hatte, sein Nebenbuhler bei der Katinka mit der rosigen Stimme zu werden.

Die Wahrheit zu gestehen, im Traum war ich es. Aber wer wollte mich deswegen richten? Im Traume wurde mir mit wildem, blitzartigem Entzücken klar, mit einem Aufzucken blutiger Lust – ich kann nur dieses ungezügelte Wort verwenden –, daß ich auch anderes in mir trug als den Wunsch nach ehelicher Kameradschaft mit einer älteren, eher mütterlichen als leidenschaftlichen Frau. Aber ich trat Katinka genauso unbefangen gegenüber, als wäre sie ein Helmut oder Karl Otto in Röcken. Sie merkte es und schmollte. Was wollte man von einem blutjungen törichten Persönchen, von dem die Hausdame erzählte, sie hätte den alten Kaiser (von seinem Geld und seiner Berühmtheit abgesehen) hauptsächlich deswegen geheiratet, weil der Name KATINKA KAISER so »putzig« klinge. Vielleicht wäre es noch etwas klüger von mir gewesen, die Verliebtheit der süßen Nixe (beim Schwimmen sah ich sie von oben aus meinem Zimmer als wirklich bezauberndes Wesen in ihrem schwarzen Trikot inmitten des blaugrünen Bergsees) dazu zu benutzen, um sie zu erziehen. Aber war das meine Aufgabe? Brauchte ich nicht selbst eine Autorität über mir? Durfte ich schon jetzt dem Drang nachgeben, selbst eine zu sein und das Schicksal zu spielen? Ich war jung, jünger als sie.

Ich hatte schon Pflichten genug, die mir zu schaffen machten, zum Beispiel die, für meine Halbgeschwister wenigstens in beschränktem Maße zu sorgen. Die 20 Mark waren fällig. Vroni mahnte. Ich nahm mir ein Herz und ging zu meinen Eltern, außer der Reihe, denn mein regelmäßiger Besuchstag war Sonntag. Mein Vater hatte mir die sonst an jedem Ersten fälligen 25 Mark diesmal nicht gegeben, weil er annahm, ich sei hier aller Sorgen enthoben. Er konnte nicht wissen, daß ich mich um seine unehelichen Kinder (man nannte diese Art unglücklicher Geschöpfe hier »liederliche Bamsen«) kümmern mußte. Er sammelte das Anfangskapital für seine Holzwarenerzeugung, meine Bitte kam ihm sehr ungelegen. Er fragte, ob ich denn gleich ganze 25 Mark für Zigaretten brauchte. Nun hatten mich hier die Zigaretten keinen Pfennig gekostet, da Katinka von Anfang an so vorsorglich war, täglich eine große Schachtel bester türkischer Zigaretten neben mein Mikroskop zu stellen. Der Alte sah es, wagte aber kein Wort dagegen, er, der große alte Mann, fürchtete Katinkas Zorn. Aber das konnte meinen Vater nicht interessieren. Ich sagte ihm, ich bekäme keinen Heller ausgezahlt von Geheimrat Kaiser, denn ich arbeite meine Schulden bei ihm ab. »So, du hast Schulden?« sagte er. »Das ist ja besonders schön«, und schlug zwei Holzfurniere klappernd gegeneinander. Ich nahm ihm die Holzplatten fort und sagte, wie groß die Summe sei. Er riß mir jetzt die Holzplatten aus der Hand – ich hatte sie ganz mechanisch ergriffen, damit der Lärm aufhörte – und zischte durch Zahnlücken (er hatte das Geld zu einer teuren Zahnbehandlung nicht übrig), er hätte trotz allem nicht geglaubt, ich würde auf seinen bescheidenen Namen Schulden machen. Mich empörte dieses Wort. Er vergaß, vielleicht weil es ihn demütigen mußte, daß er und die Mutter durch ein Jahr fast ausschließlich von dem nur für mich bestimmten Gelde des Großonkels gelebt hatten. Ich beherrschte mich, ich stand als objektiver Beobachter, als Augenzeuge der Tatsachen, da. Aber ich blieb dabei, er müsse mir 20 Mark geben, wenn schon nicht 25 Mark. Aber daß ich ihm dieses Geschenk von fünf Mark machte, brachte ihn noch mehr auf. »Also fünf lumpige Sch...mark wagst du Schandbube mir ins Gesicht zu werfen, nachdem du mich um meinen Ruf hier gebracht hast?« Ich schwieg darauf. Ich hielt still. Ich wußte wohl, worauf sich das bezog. In dem Formular des Mittellosigkeitszeugnisses, das ich mir der Studienkosten wegen hatte ausstellen lassen, war eine Rubrik: Beruf des Vaters. Ich hatte eingeschrieben »Kleinhäusler«. Hätte ich geschrieben Oberingenieur i. R. oder Holzwarenfabrikant in spe, wäre das Gesuch zurückgewiesen worden. So aber war es zu dem Bürgermeisteramt von S. gewandert und mochte dem Renommee meines Vaters hier nicht eben genutzt haben. Meine Mutter trat hüstelnd hinzu, wischte sich die Hände an der Schürze ab (sie schwitzten immer noch, das hing mit ihrer Schwäche zusammen, von der sie sich niemals ganz erholt hat) und redete uns beiden gut zu, besonders ihm. Ich nahm alle Schuld auf mich, bestand aber auf dem Geld. Und bekam es. Vroni war im Dienst, die Kinder waren auf dem Land, bei armen Bauern. Das, was mein Vater von Amts wegen zu zahlen verpflichtet war, reichte nicht »für Hemd und Hosen«, die Kinder waren zarter, als man geglaubt hatte, und ich war entschlossen, mein Wort zu halten. Ich hatte es unter schweren Bedingungen gehalten und mich wohl dabei befunden, und meine Geschwister, die gar nicht liederlichen Bamsen, auch.

Daheim, das heißt bei Kaiser in der Villa, erwartete mich eine Überraschung. Ich war ausquartiert. Ein neuer Gast war gekommen, es war der Schauspieler, Helmuts Freund, der auf dessen verzweifelte Bitten hin hierhergereist war. Helmut hatte sich sofort beruhigt, obwohl ich sah, daß der Schauspieler, ein Mann in reiferen Jahren, mit scharfen, durchgeistigten, sehr wandelbaren und bei aller Routine sehr kindlichen Zügen, ihn als Mann nicht voll nahm. Er schien sich für Katinka viel mehr zu interessieren.

Vater Kaiser sah aber die beiden, Oswald Schwarz und Katinka, in der Folgezeit ohne Eifersucht miteinander plaudern, rudern, schwimmen, tennisspielen, sogar auf die Jagd gehen, von der sie aber nur so klägliches Wild wie einen Kolkraben mitbrachten. Auf einen Mann über fünfunddreißig eifersüchtig zu sein wäre Kaiser

absurd erschienen. Er war eben blind, er sah nicht, was er nicht sehen wollte. Er glaubte, bloß sein vorgerücktes Alter sei an Katinkas Flatterhaftigkeit schuld, und da der Schauspieler fast ebenso viele graue Haare hatte wie er, und das schon mit 35 Jahren, sah er in ihm den Nebenbuhler nicht. Außerdem ahnte er, was seinen Helmut mit dem Schauspieler verband, und sah in dem feingliedrigen, von Schlaflosigkeit und tausend eingebildeten Beschwerden geplagten Künstler keinen brutalen Mann, einen resoluten, rücksichtslosen Frauenräuber am wenigsten.
Er kam also bald in voller Seelenruhe wieder zu mir in mein unter dem Dach gelegenes großes und helles Zimmer, setzte sich ans Mikroskop und arbeitete rauchend und Kognak trinkend mit mir. Da Katinka keine Zigaretten mehr für mich bestellte, gab er mir endlich welche. Am Schnaps lag mir nichts.
Ich war noch im Beginn der Gehirnanatomie. Ich hatte noch nicht mehr als 20 bis 30 Platten hinter mir, da die Präparate genau durchgearbeitet werden mußten und kein einziges etwa deswegen übersprungen werden durfte, weil es nur geringfügige, fast unwahrnehmbare Unterschiede im Vergleich zu dem vorhergehenden und nachfolgenden zeigte.
Das, was ich sah und erfuhr, entzückte mich. Es entzückte mich ganz anders, aber ebenso tief, wenn ich sagen darf, wie das atembeklemmende Entzücken bei dem Traum von der nackten Katinka, es war Tag im Vergleich zur Nacht. Es tat mir wohl. Das Schwimmen und Rudern lockte mich jetzt viel weniger als am Anfang, ich konnte mich von der Arbeit nicht trennen. Ich verglich die Anordnung der Zellen, die in einem rätselhaften, rhythmischen, planmäßigen Zusammenhang standen (obwohl niemand das Rätsel lösen konnte, niemand den Rhythmus erfaßte und noch keiner den Plan auch nur auf eines Millimeters Tiefe und auf eines Quadratmillimeters Umfang aufgedeckt hatte), einmal im Gespräch mit Kaiser mit dem der Milchstraße, die ich nachts von meinem Bette aus sehen konnte, wenn ich, gestört von der Musik und dem Lachen unten auf der Seeterrasse, nicht einschlafen konnte. Gegen solche Vergleiche war mein Lehrer sehr. Sich strikt an das halten, was ist. Alles ignorieren, was nicht ist, war sein Wahlspruch. Nervenzellen waren etwas und eine Milchstraße etwas anderes. Er war Spezialist in diesem und Ignorant in jenem.

Mitte Oktober kehrten wir alle in die Stadt zurück. Der Doktor Kaiser nahm mich in seinem Auto mit. Schon am frühen Morgen waren seine Frau, seine Kinder und der Schauspieler (den kleinen Hund nicht zu vergessen) vorausgefahren. Ich hatte im stillen gehofft, Kaiser würde auf der schönen ruhigen Fahrt über meine Lage sprechen, denn offen gesagt, es graute mir vor der Rückkehr in meine kahle, im Winter eiskalte Bodenkammer und noch viel mehr in den »Abwasch« des »Prinzregenten von Bayern«. Auch meiner Mutter hatte ich beim Abschied Andeutungen gemacht. Sie mußte doch wissen, wie ich lebte und daß ich nicht ohne Entbehrungen lebte. Sie hatte mich aussprechen lassen, hatte lange gezögert und dann gesagt, wenn ich »meine Großmut« wieder zurücknehmen wolle, werde sie es *ihm* sagen. Daraufhin blieb mir nichts anderes, als ihre feuchte, schon etwas zitterige Hand zu küssen. Meine Mutter war noch nicht alt, aber schon ganz grau und trug sich wie eine bejahrte Bäuerin.
Auch Kaiser war nicht sehr entgegenkommend. Aber ich ließ nicht locker. Wenn er sich auch nicht darauf einlassen wollte, mich mit einem festen Monatslohn statt der einzeln bezahlten Diktatstunden abzufinden, so brachte ich ihn, wenn auch diesmal schwerer als sonst, dazu, mir etwas Geld »auf die Hand« zu geben. Ich mußte unbedingt neue 100 Mark haben. Ich hatte mir 90 Mark im Laufe der drei Monate verdient. Meine Gesamtschuld betrug also nun wieder 300 Mark. Aber ich konnte in meinem alten, aus den Fugen gehenden Anzug mich nicht mehr zeigen. Ich mußte Schuhe und Wäsche haben. Wir trennten uns kühl in der Stadt. Vielleicht hatte er erwartet, ich würde überschwenglich danken.
Das Bodenkämmerchen war anläßlich meiner Rückkunft trefflich geräumt, alles blitzte und blinkte, und die Portiersfrau hatte mir einen Strauß Astern hingestellt. Ich dankte ihr sehr herzlich. Denn sie war mir zu nichts verpflichtet. Im Hotel wurde ich ebenso freundlich aufgenommen. Ich hatte im stillen gefürchtet, man würde einen Ersatz für mich gefunden haben, aber die Verwalterin hatte den Platz für mich frei gehalten. Ich war jetzt ein sehr verläßlicher Wäscher. Ich besorgte diese Arbeit nicht anders als ein Fabrikarbeiter an der Maschine, es mußte etwas Besonderes kommen, wenn ich ein Stück zerbrach. Wirkliche Verwüstungen unter dem schönen Geschirr habe ich erst im nächsten Frühjahr nach Ostern angerichtet, als im vierten Semester die praktischen Übungen in Physiologie begannen, und zwar die Experimente an leben-

den Tieren, Vivisektion genannt.
Ich hatte schon lange vorher gewußt, was das war. Helmut hatte es mir im Regen in unserem kleinen Garten erzählt. Schon damals hatte mir ungeheuer davor gegraut. Ich hatte lange dem Geheimrat Kaiser nicht die Hand geben mögen (er übrigens mir ja auch nicht die seine), weil ich daran dachte, er habe sie in das Blut der um der Wissenschaft willen gemarterten Kreaturen getaucht. Ich hätte mir sagen können, dies gehöre eben zu unserem Beruf und würde mir nicht erspart bleiben. Vielleicht habe ich mir das dann auch gesagt und mich damit abgefunden und getröstet, es werde nicht so arg sein, und da ich seelenruhig die Leiche des Enzianbrüderchens hatte sezieren können, werde mir das Herz beim Anblick eines elenden Köters nicht schwach werden. Aber -- ich schildere die Einzelheiten nicht. Ich sage nicht, welcherart das Experiment war, wie sich das Tier dabei benahm und wie die Menschen.
Ich sage nur eines: der ärztliche Beruf war mein einziges Lebensziel. Wenn man will, mein einziges Ideal. Aber wenn ich zwei Jahre früher gewußt hätte, was damit verbunden ist, ich wäre lieber Fremdenführer oder Metallwarenarbeiter oder Holzfurniersäger geworden. Ich hatte herrschen wollen, und ich hatte mein Wissen vergrößern wollen. Aber ich wollte nicht herrschen über ein vom blinden »Schicksal« auserlesenes kluges, menschenähnliches Tier, das leiden konnte wie ein Mensch und vielleicht in seiner Armseligkeit noch mehr, denn es hatte keine Hoffnung, keinen Glauben, keine schönen Erinnerungen und keinen Traum vom Hundehimmelreich.
Ich wollte an einer solchen Kreatur nichts lernen, nicht an seinen mechanischen Zuckungen meinen Wissensdurst stillen. Ich habe später viele Menschen unmenschlich leiden sehen, schon im nächsten Jahre, im ersten klinischen Semester, am Krankenbette, auf dem Verbandstisch. Aber ich konnte einen Menschen tausendmal leichter als ein Tier leiden und schreien, die Zähne knirschen, die Augen rollen und aus allen Poren kaltes Wasser schwitzen lassen, denn ich war nicht schuld an seinen Schmerzen. Ich konnte ihm vielleicht noch nicht helfen, ich war nur der lernbegierige Augenzeuge. Aber mich traf dabei keine Schuld, ich hatte keine Absicht. Aber bei dem Leiden des Hundes oder bei dem der noch kläglicheren Katze, die, weil sie trotziger ist, sich noch fürchterlicher windet und die noch verzweifelter heult, weil sie klüger ist, da wandte sich mir das Herz mit Grausen. Ich wollte an dieser Lektion nicht pro-

fitieren. Konnte ich etwas dagegen tun? Unnütze Frage. Das Grausen war stärker als die Vernunft, es war das alte ZERMALMENDE, das über mich kam. Es war ein Herz, das hier auf dem Tische bloßgelegt arbeitete wie meines, eine Lunge, die atmete wie meine, und es empörte mich am tiefsten, daß es ja gerade diese Menschenähnlichkeit war, die Verwandtschaft des hochzivilisierten Menschen mit dem noch von Urzeiten her unveränderten primitiven Tiere, durch welche die arme Kreatur zu ihrem Schicksal gekommen war. Außer mir vor Entsetzen und Scham fragte ich mich, wer ist der Bestialische, der Mensch oder die Bestie. Plötzlich entsann ich mich des Traumes von der blutüberströmten Katinka, und es graute mir vor ihr. Leichenfahl, mit wankenden Knien, ging ich in den Korridor, wartete, bis die Lektion zu Ende war, holte mir den Hut und trieb mich den ganzen Nachmittag in der Stadt umher. Abends ging ich zur Arbeit in das Hotel. Ich zerbrach, was mir unter die Hände kam. Dabei zitterten meine Hände nicht, es war, wie wenn mir der Teufel die Hände führte. Damals habe ich zum erstenmal an die Existenz des Satans geglaubt, ich habe eingesehen, daß mein bisheriges Bild von der Welt viel zu »putzig« war, daß ich vieles nicht gesehen hatte, weil ich es nicht sehen wollte. Zu allem Unglück klebte sich jetzt auch noch der Geruch von Fett und »angegangenem« Reh, der mich schon lange verlassen hatte, von neuem an mich. Er verließ mich nicht, und es war ein höllischer Tag. Ich dachte daran, nach Hause zu fahren, mich zu meiner Mutter zu flüchten, mich ihr ganz anzuvertrauen. Aber ich schämte mich vor ihr. Ich hatte mir vorgenommen, ein Spartaner zu werden, und konnte nicht einmal das mutig ertragen, was meine Kameraden ruhig, eine Zigarette im Munde und die Augen voll kalter Wissensgier und – Neugier ansahen. Oder sollte ich mich dem Geheimrat anvertrauen? Ihm, der aus persönlichem Ehrgeiz, um eine aufsehenerregende Untersuchung zu machen und in den Augen einer seiner albernen Frauen als hochberühmter Mann dazustehen, wenn er etwa einen wissenschaftlichen Preis, eine hohe Ehrung erhielt, Hekatomben von Tieren – vergeblich, wie es schien – geopfert hatte?

Es blieb nur noch ein Ausweg. Das Studium abzubrechen, heimzukehren und meinem Vater zu helfen. Aber half ich ihm dadurch, daß ich ihm einen ungelernten Hilfsarbeiter ersetzte, ihn aber der 75 Mark beraubte? Daß ich den zwei Geschwistern die 20 Mark abschnitt? Denn der Großonkel gab das Geld nur für die Studien und verlangte jedes Semester die Belege. Was sollte ich tun? Ich blieb drei Tage vom Kolleg weg, bat die Portiersfrau, mir einen Laib Brot und einen halben Liter Milch täglich heraufzubringen mit dem frischen Wasser, und dachte hin und her. Endlich fand ich eine Art Ausweg. Ich verteilte die Last auf beide Schultern. Ich wollte, wenn ich später als Arzt etwas geworden wäre, alle Kräfte einsetzen, um die Vivisektion, die in gewissem geringen Grade unentbehrlich war, aufs äußerste einzuschränken, die Tiere in allen Fällen zu betäuben, einen Fonds zu schaffen, um die erhöhten Kosten dieser humaneren Behandlung zu tragen. Ich glaubte an den Fortschritt, an die Humanität, weil ich es mußte. Das war aber nicht genug. Ich entschloß mich, von jetzt an kein Fleisch mehr zu essen, und blieb dem Vegetarismus bis zum Kriege treu.

Ich habe immer als kaltblütiger, seine instinktiven Regungen gut beherrschender Mensch gegolten, in den Augen eines guten Menschenkenners wie Kaiser. Ich war manuell geschickt, und er riet mir dringend, ich solle mich in der Chirurgie ausbilden, die jedem Arzt – auch dem künftigen Psychiater – als strenge Schule des Charakters von Nutzen sei. Ich hatte auf seinen Wunsch mich im Sommer darauf zu einem freiwilligen unbezahlten Dienst in der chirurgischen Universitätsklinik gemeldet, statt ihn nach S. zu begleiten. Ich habe durch Wochen Nachtdienst gemacht, beobachtend, lernend, mit kleinen Handreichungen beschäftigt, dem »Operateur vom Tag«, einem erfahrenen Assistenten, in Abwesenheit des Professors zur Seite stehend.

Ich gestehe es, damals schwankte ich. Ich hatte zwar für die Chirurgie, den aktivsten der medizinischen Sonderzweige, Interesse, ich hatte aber auch ein gleich großes für die Psychiatrie und Nervenheilkunde, welche den passivsten, in bezug auf Heilung unfähigsten Sonderzweig darstellte. Aber mir wäre am liebsten gewesen, hätte ich mich der universellen, sehr tatkräftigen, aber nicht eben blutigen »inneren Medizin«, der Behandlung der inneren Organe, der Stoffwechselstörungen, Infektionskrankheiten, Vergiftungen, der Tuberkulose, der Tropenkrankheiten usw., die alle in der »inneren Medizin« einbegriffen waren, zuwenden können. Sie war damals in herrlich stürmischem Fortschreiten begriffen, besonders durch die alles bisher Bekannte umwerfenden Ergebnisse

der Röntgenforschung. Sie war an kein Land, an keine Sprache gebunden, wie etwa die Psychiatrie, die Kenntnis von den kranken Seelen (Seele und Sprache sind beinahe eins), und sie war nicht so unpersönlich wie die Chirurgie, die den Menschen nur von der körperlichen Seite her kennt.
Aber ich war Kaiser damals schon zu sehr verpflichtet, und nicht allein mit hohen Geldbeträgen. Er hatte mir in den letzten Studienjahren eine knapp ausreichende Rente gegeben. Und mehr, viel mehr noch, er war mir auch wie zu einem zweiten Vater geworden. Er hatte sich als solcher bewährt und war mir, wenn auch nur Schritt für Schritt, näher gekommen, während mein leiblicher Vater sich von mir immer mehr entfremdete, in unbegreiflicher Weise – und eigentlich ohne zwingenden Grund.
Nach Beendigung meines Studiums verbrachte ich ein Semester als Volontärassistent an der chirurgischen Klinik. Bei einer zufälligen Gelegenheit zeigte es sich, daß Kaltblütigkeit, Überblick und Selbstbeherrschung mir nicht ganz fehlten. Es war eines Nachts ein junger Fleischergehilfe, bewußtlos vor Schock und Blutverlust, eingeliefert worden, der bei einer Rauferei eine tiefe Wunde in der Schenkelbeuge erhalten hatte. Man narkotisierte ihn, desinfizierte die Schenkelbeuge und machte sich alsbald daran, die zerfetzte Wunde vorsichtig zu vergrößern, um die aufgeschnittenen Gefäße unten zu fassen und rasch abzubinden.
Aber die Blutung wurde mit fortschreitender Operation immer stärker. Es mußte ein in den unteren Schichten verlaufendes, sehr großes Blutgefäß angeschnitten worden sein. Man mußte binnen kurzem die Wunde ans Tageslicht bringen, sonst verblutete sich der arme Mensch. Aber wie sie finden? Man sah buchstäblich nichts vor Blut. Das Gesicht war weiß wie ein Tuch, und unten schwamm alles in heißem Rot. Man konnte zwar vorsichtig mit dem Finger in die Tiefe tasten, aber wie sollte man mit Fingern, die mit Gummihandschuhen und Zwirnhandschuhen darüber bekleidet waren, in den vielen Schichten der Gewebe sofort das Blutgefäß finden und dann am Blutgefäß die Wundstelle?
Ein genialer Chirurg hätte sie vielleicht kraft einer Intuition gefaßt und ein Wunder getan – aber wir? Fand man sie aber nicht, mußte man die Operation abbrechen und schnell einen Notverband anlegen. Nicht etwa in der Hoffnung, ein solcher Verband, und wäre er auch mit der höchsten ärztlichen Kunst angelegt, würde die Blutung stillen und das Leben retten. Sondern nur, um den armen Kerl

noch lebend auf die Krankenstation und in sein Bett zu transportieren, damit er nicht auf dem Operationstisch seinen Geist aufgäbe, was mit Unannehmlichkeiten für die Klinik verbunden gewesen wäre, nämlich mit Protokollen, gerichtlichen Untersuchungen und so weiter.

Als wir alle, das heißt der Operateur vom Tage, sein erster Assistent, ich als der zweite und der Narkotiseur, am Ende unseres Lateins waren, kam mir eine Idee. Ich hatte die Zeitschriften genau verfolgt und von der neuen Methode eines deutschen Stabsarztes namens M...b gelesen. Sie bestand darin, in Fällen wie dem unseren einen gewöhnlichen Gasschlauch zu nehmen, ihn um den Bauch des Patienten herumzurollen und dann so fest zusammenzuziehen, bis er die großen blutzuführenden Hauptadern des Bauches zusammenpreßte. Dann entstand in den Beinen Blutleere. Es floß kein Blut vom Herzen herein, es kehrte keines von unten zum Herzen zurück. Hatte man aber die Blutleere erreicht, konnte man klarsehen. Konnte man aber klarsehen, ließ sich auch die Wundstelle aufsuchen und freilegen. Hatte man sie freigelegt, konnte man das Gefäß unterbinden, und der Patient war gerettet, vorausgesetzt, es handelte sich nicht um die große Schenkelschlagader, die unentbehrliche Zufahrtsbahn des Kreislaufs, ohne welchen das Bein dem örtlichen Tode verfallen war.

Diese Überlegungen waren aber unnütz. Es handelte sich nicht um den örtlichen Tod, sondern um den allgemeinen. Der Operateur hörte sich meinen Vorschlag skeptisch an. Da aber sonst kein Ausweg blieb, kein Wunder mehr zu erwarten noch möglich war, vielleicht auch, weil ich ihn trotz meiner Jugend und Unerfahrenheit ein wenig zu führen wußte, ließ er sich einen Gasschlauch kommen, legte ihn um den Bauch des schlanken, fettlosen jungen Menschen, ein Operationsdiener zog rechts und eine alte stoische geistliche Schwester links an. Nach 20 Sekunden war die Wirkung wie mit einem Zauberschlage da, die Blutung stand. Die Wundstelle war in weiteren 30 Sekunden gefunden. Sie befand sich aber leider an der Hauptoberschenkelschlagader. Dieses Gefäß unterbinden, hieß das Leben retten, aber das Bein opfern, man mußte es dann früher oder später amputieren. Amputieren ist aber eine Art Schande für den Chirurgen, wie Zahnziehen für den Zahnarzt, es ist der letzte Ausweg.

Nun war damals noch eine zweite wichtige technische Erfindung gemacht worden, die des amerikanischen Arztes Armand Carell, sie bestand darin, mit einer bestimmten genialen Technik Gefäße zu nähen. Dazu waren sehr dünne Nadeln nötig. Wir hatten keine solchen. Aber die geistlichen Schwestern, die sich in ihren Mußestunden mit feinen Handarbeiten beschäftigten, hatten solche. Sie wurden gebracht, in zwei Minuten sterilisiert, der feinste Faden wurde genommen, die Nähte wurden so angelegt, wie es in der »Internationalen Revue für Chirurgie« für die Ärzte der ganzen Welt beschrieben war.

Man war zum Glück sofort imstande, die Wundränder gut aneinanderzufügen, da die Verwundung durch ein scharfes Instrument, wahrscheinlich ein geschliffenes »Taschenfeitel«, verursacht worden war, wie es die Bauern, Metzger und Holzfäller gern in einer kleinen Tasche über dem Gesäß bei sich tragen. Der Gasschlauch mußte natürlich sehr bald abgenommen werden, denn der Körper ertrug ihn nicht auf längere Zeit. Aber man konnte es wagen. Man mußte es wagen, und die Probe mußte gemacht werden, ob man dem Meister Tod ein Menschenleben wegeskamotiert hatte. Wir sahen, wie das schlaffe, federkieldicke Gefäß sich mit einem Schlage mit dem einprallenden Blute füllte. Die Nähte wurden angespannt, aber sie hielten fest. Der Rest der Operation war ein Kinderspiel. Wir hatten alle einander gut in die Hand gearbeitet und verließen schweißgebadet, aber zufrieden den Operationsraum.

Aber ich blieb Kaiser treu, der mich der Psychiatrie verschrieben hatte, wie eine Mutter ihre allzu keusche oder von der Liebe zu sehr verwundete Tochter dem Kloster verschreibt. Aber nicht ich war liebessiech und herzenskrank. Er hatte einen schweren Kummer, und er brauchte mich.

Der junge Fleischergeselle hat uns übrigens noch Unannehmlichkeiten genug bereitet. Der Blutumlauf war zu stark gestört worden, es trat Brand in den äußersten Teilen seiner Zehenspitzen ein, und das erste Glied eines Daumens und zweier Zehen mußte abgenommen werden. Ein billiger Preis, hätte man denken können, für ein sonst verlorenes Leben. Das war aber nicht seine Meinung, und die Klinik mußte ihm eine gewisse Summe aussetzen, weil er in seiner Arbeit behindert war und außerdem die Verunstaltung seines Fußes als Schönheitsfehler betrachtete.

Aber wir hatten ja nicht auf besondere Dankbarkeit gerechnet. Wir hielten uns für Halbgötter, und solche tun nichts um des Dankes willen.

Die beiden technischen Fortschritte, die dem Fleischergesellen das Leben gerettet hatten, wären ohne lange und systematische Tierversuche nie möglich gewesen. Ich mußte mich also mit den Tierversuchen abfinden, da sie damals unentbehrlich waren. Ein Menschenleben war damals etwas so Kostbares, daß man es einer nicht zählbaren Masse von Tierexistenzen gegenüberstellen konnte, um immer daraus zu folgern: ein Menschenleben ist der höchste Wert, den die Erde besitzt.
Dieser Gedanke machte mir auch die Pläne des Geheimrats annehmbar. Ich glaubte zwar nicht sehr fanatisch an die Idee, die er hatte, nämlich durch Übertragung von Gewebsteilen der Schilddrüse eines gesunden Menschen auf einen geistig kranken oder zurückgebliebenen die Heilung zu bewirken. »Aus einem Kretin mache ich einen intelligenten Menschen«, rühmte er sich im voraus. Aber es war genug, daß von zwei Forschern der eine fanatisch war und alle Hindernisse sprengte, während der andere für gute technische Durchführung sorgte, alles kontrollierte und die nüchterne, unanfechtbare Schlußbilanz zog. Das sollte ich sein.
Es handelte sich vorerst nicht um Heilung echter Geisteskrankheiten, denen man schon deshalb hilflos gegenüberstand, weil man nur im allgemeinen wußte, das Gehirn sei der Sitz des Leidens. Wie, wo, warum, war bei den wichtigsten Geisteskrankheiten niemandem klar. War denn das normale Funktionieren des Gehirns, das Denken, einem Gehirnforscher klar?
Hier nützte auch die genialste Intuition eines gottbegnadeten Gelehrten und Arztes nichts. Alle Systematik war vergeblich geblieben. Ich hatte im Laufe der Jahre unzählige Gehirnpräparate unter dem Mikroskop gehabt und Kaiser noch mehr. Aber wenn wir zusammenfassen sollten, was wir über den Sitz des Geistes und seine Mechanik wußten, mußten wir skeptisch lächelnd schweigen mitten in dem Haufen von Präparaten und Stößen von Protokollen. Vielleicht war meine schwärmerische Äußerung fünf Jahre zuvor, die Anordnung der Ganglien gleiche dem Anblick der Milchstraße, ebenso exakt wie das, was man von dem Sitz der Sprache, vom Zentrum dieser oder jener Muskelbewegungen wußte, wenn man es nicht vorzog zu schweigen.
Es drängte übrigens den alten Gelehrten öfter zum Sprechen, als er es zugeben wollte. Er wollte sein Geheimnis bewahren, das schon lange keines mehr war. Und doch war alles so menschlich, so banal, so tausendmal dagewesen, daß jemand eben sinnlos vor

Leidenschaft sein mußte, um nicht den Verlauf und folgerichtigen Ausgang des Prozesses vor Augen zu haben: Ein alter Mann. Eine junge Frau. Das war alles.
Dieser alte Mann war einmal jung gewesen. Dieser jetzt um Zärtlichkeit bettelnde grauhaarige Romeo war einst nicht wenig geliebt worden. Er, der sich jetzt so einsam fühlte, hatte drei prächtige Söhne und zwei fast erwachsene, wunderschöne Töchter. Aber tröstete ihn das? Er wollte eben jung und schön bleiben, unwiderstehlich, unsterblich trotz welkendem Leibe, er wollte geliebt werden, er wollte den Schein des Halbgottes um seinen knöchern und kahl gewordenen Cäsarenschädel nicht missen.
Katinka liebte ihn nicht. Sie sagte es ganz offen. Er glaubte es nicht und kehrte ihr die Worte im Munde um. Die Hausdame, eine etwas reifere, ohne ihre Schuld geschiedene, immer noch schöne Frau, an die ich mich etwas angeschlossen hatte, erzählte es mir, als ich fragte. Ich und sie waren nicht unglücklich miteinander. Es fügte sich uns alles, vielleicht weil wir so wenig voneinander erwartet hatten. Es ist nichts weiter darüber zu sagen. Wir hingen beide an dem alten Mann. Wir dachten nach, wie wir ihm die Augen öffnen könnten. Aber wie sollte man einem ungewöhnlich klugen, geistig schöpferischen Menschen die Augen öffnen, einem Menschenkenner, dem man nichts Neues sagen konnte und der als Arzt sicherlich so manchem aus dem Gleichgewicht Gekommenen den Rat gegeben hatte, den er sich jetzt vorenthielt.
Nun hatte er immer noch eine Spur Hoffnung. Ich weiß nicht, war es wirklich so, oder stellte es Kaiser nur so hin. Der Schauspieler, den Katinka liebte, nicht bedenkend, daß »Katinka Schwarz« nicht ganz so »putzig« klingt wie »Katinka Kaiser«, auch er war auf dem Abstieg. Man versagte ihm große Rollen, und in den kleinen, die er bekam, enttäuschte er. Denn in kleinen Rollen groß zu sein ist schwer. Er war in Not, hatte einige Menschen zu erhalten und war vor Sorgen mehr gealtert, als ihn die junge Liebe verjüngt hatte.
Kaiser bildete sich ein, wenn er heute seine geistige Kraft durch eine weltbewegende wissenschaftliche Leistung bekunde, werde Katinka ihn morgen zu lieben wiederbeginnen. Er hatte sich niemals zu der Einsicht durchringen können, daß es Frauen geben konnte, die ihn überhaupt nicht liebten, obwohl er sie seiner Liebe würdigte. Er dachte also, wenn er mit den Diplomen des Nobelpreises aus Stockholm heimkäme, würde Katinka ihm um den Hals fallen, seine welk gewordenen Lippen küssen, und »Herr

Schwarz« wäre vergessen, weil er ein Schauspieler zweiten Ranges war. Diese Illusion hielt ihn aufrecht.
Er hatte schon im Laufe der Jahre verschiedene Experimente gemacht, aber sie hatten ihn enttäuscht. An Tieren, an Lebewesen ohne Geist kann man nicht Experimente des Geistes machen. Nun glaubte er sich im Besitz einer genialen Idee, und ich sollte ihn unterstützen; er bot mir an, seinen Ruhm zu teilen, und wenn er auf der Höhe seines Ruhmes seine Tätigkeit aufgäbe, um nur seiner Frau mit der rosigen Stimme zu leben, könne ich sein Nachfolger werden, so versprach er mir oft. Das war der Grund, weshalb er mich in chirurgischer Technik hatte ausbilden lassen. »Ich mache operativ aus jedem Kretin einen intelligenten Menschen«, wiederholte er im Familienkreise Tag für Tag und glaubte damit bei Katinka Eindruck zu hinterlassen, die, zwischen den zwei alternden Menschen schon lange nicht mehr fröhlich und kindlich, verblühte.
Wir gingen also ans Werk, vorerst bei einem Kretin, der von seiner Mutter der Anstalt Kaisers anvertraut worden war. Kaiser bewog die Mutter, ins Sanatorium zu kommen, um sich zu gleicher Zeit operieren zu lassen wie ihr zwerghafter idiotischer Sohn, der mit 20 Jahren nicht größer war als einen Meter zehn, der infolge seines Mixödems kaum ein paar Worte lallen konnte und unrein war. Ich an dem einen Tische, um in Narkose aus der Schilddrüse der Mutter einen Teil herauszuoperieren, er an einem anderen Tische neben mir, um dieses Stück dem armen Gehirnkrüppel in eine kleine Wundstelle am Halse einzupflanzen. Es bestand keine Gefahr. Interessant war es auf jeden Fall.
Der Junge war vor der Operation so verblödet, daß er nicht einmal die Finger seiner Hand hatte zählen können. Welcher Jubel, als einige Tage nach der Operation der bis dahin so trübe tierhafte Blick des Kretins heller und menschlicher wurde! Der junge Mensch wuchs, er sollte in fünf Monaten nicht weniger als zehn Zentimeter gewinnen. Sein strohiges Haar wurde seidig, er sprach 160 bis 170 Wörter, zählte bis 20, lernte die Uhr usw. Er erkannte seine vor Seligkeit fast wahnsinnig werdende Mutter. Man fing an, ihn lesen und schreiben zu lehren. Er fing an, wie ein Erwachsener zu essen, er begann, mit wohlklingender Stimme vor sich hinzusingen, denn er wurde ein Mensch.
Das Glück, das unseren Chef erfüllte, war während dieser Zeit so hinreißend, unwiderstehlich, elementar, daß tatsächlich die süße

kleine Frau ergriffen wurde und der Alte schon vor den öffentlichen Ehrungen von ihr Beweise einer großen Zärtlichkeit empfing, Küsse, Streicheln, Koseworte, anbetende Blicke. Nur ich blieb skeptisch, ich glaubte zu erkennen, daß es immer noch, und mehr denn je, die Triebe einer Tochter waren – und die Regungen eines bösen Gewissens, das sich bei dem Leiden des von ihr geachteten Mannes nicht ruhig hatte fühlen können. Sie ließ es als Zärtlichkeit einer spät erweckten jungen Frau erscheinen. Man konnte sich darüber täuschen, mußte sich aber nicht täuschen lassen.

Was ich aber weiß, ist, daß der Fortschritt im körperlichen und geistigen Wachstum des jungen Kretins bald stockte. Er verlernte allmählich, aber unwiderruflich seine neuen Künste. Er wurde, was er vorher gewesen war. Der Rausch der Schilddrüse war vorbei. Er war erwacht gewesen, jetzt schlief er wieder ein. Seine Mutter und der Chef sahen es nicht. Ich sah es an dem klinischen Verhalten des armen Jungen, ich sah es bei einer Probeexzision an dem eingepflanzten Lebensgewebe. Es war zu banalem Fett geworden. Mit der wissenschaftlichen Umwälzung war es also nichts. Was konnte Kaiser tun? Er tat etwas Unschönes, er erklärte, ich hätte aus Neid seine Ergebnisse gefälscht oder die Operation absichtlich nachlässig ausgeführt.

Der alte Herr schien es mir in seiner Gottähnlichkeit besonders übelgenommen zu haben, daß ich mich kraft des Willens, kraft der Nüchternheit und Selbstbeherrschung solchen Schwächezuständen der Seele bisher einigermaßen entzogen hatte und ihm das gleiche in aller Bescheidenheit anriet. »Was versteht ein Vegetarier vom Fleisch?« rief er verächtlich aus. Vielleicht lernte jedoch unsereins das Fleisch, das »unreine Gefäß« bei Mann und Weib, auch dadurch kennen, daß er seiner Herr wurde.

Darin hatte er aber recht, ich liebte nicht wie er und wollte nicht so geliebt werden wie er. Ich wollte mein ganzes Leben im kühlen Licht der bewußten Vernunft führen. Vielleicht habe ich später aus diesem Grunde unbeschreiblich leiden müssen, weil ich nicht einsehen konnte oder wollte, daß nicht alles in der Vernunft beschlossen ist. Es gibt einen Geist, eine Seele; es gibt aber auch eine Unterseele. In entscheidenden Augenblicken sind es nicht die logischen Gründe, der Geist La Rochefoucaulds oder Voltaires, welche un-

sere Überzeugungen und Entschlüsse bestimmen, sondern unberechenbare Schwankungen der Gefühle.
So hätte ich folgerichtig aus den Tatsachen schließen können, daß ich meinen Chef durch mein objektives Urteil in zwei wichtigen Angelegenheiten seines Lebens, Frau und Berufsleitung, vor gefährlichen Irrtümern geschützt hatte und er mir danken müsse. Und wenn er schon nicht dankte und wenn er, entsprechend dem Wahrwort des Judenkaisers, Dank durch Niedertracht ersetzte, so hätte er alles eher tun dürfen, als mir die längst verjährte Bestechungsangelegenheit meines Vaters vorzuwerfen. Das war zu absurd, seiner nicht würdig. Denn was hatte ich damit zu schaffen? Aber ich erkannte die böse Absicht und kündigte die Stellung. Ich hatte jetzt an der Psychiatrie Geschmack gefunden, an ihren neuen Methoden, die die Krankheiten des Geistes mit geistigen Mitteln, Analyse, Hypnose bekämpft. Ich war ihm noch viel Geld schuldig. Über die erhaltenen Summen stellte ich ihm einen Schuldschein aus, den er zerriß, außer sich vor Wut. Ich sammelte die Papierschnitzel, steckte sie ruhig in ein Kuvert, klebte es zu und ließ es auf seinem Schreibtisch. Er sah mir fassungslos nach, als ich sein Arbeitszimmer verließ. Angelika, seine Hausdame, empört über sein Verhalten, kündigte ihm. Und als wäre damit sein Leben noch nicht genug gestört, sagte ihm Katinka am gleichen Abend, sie könne ohne Oswald nicht leben. Sie wolle ihren Mann nicht betrügen. (Vielleicht wäre ihm dies aber lieber gewesen, als sie ganz zu verlieren.) Sie bat ihn, ihr die Scheidung zu ermöglichen, die er so vielen Frauen gegen ihren Willen aufgedrängt habe. Auf die Abfindung verzichtete sie. Er fragte: »Und wovon wollt ihr dann leben, ihr damisches Hungervolk?« Sie zuckte die Achseln. Er nahm ihren Verzicht auf das Geld an, nicht aus Geiz und Knickerei, sondern aus Bosheit, damit die beiden nicht zu glücklich würden.
Sie reiste noch in der gleichen Nacht mit einem kleinen Köfferchen ab. Er blieb während der nächsten Tage zu Hause, immer am Telefon, einen Anruf von ihr oder von mir erwartend. Wir müßten doch wiederkommen, dachte er, und dabei dachte er nur in Wut und Groll an uns. Ich war zu meinen Eltern gefahren, mein Vater hatte eine kleine Fabrik für die schwedischen Häuschen errichtet, seine Angelegenheiten gingen langsam, aber solide vorwärts. Er hatte immer noch die gewisse süße Bescheidenheit, die mir seine Nähe nicht sehr erfreulich machte; meine Mutter, schon sehr gebückt und das Gesicht sehr durchfurcht, hatte etwas Herbes, Fei-

erliches, dabei aber Inniges und Wahres, und ich fühlte mich bei ihr wohl.

Nach einigen Tagen suchte mich die Hausdame auf. Sie kam im Namen von Kaiser, er bat mich, zurückzubekommen, alles zu vergessen. Er hatte auch Katinka alles abgebeten. Als ich ihn wiedersah, erschrak ich, denn er war die Ruine eines in seiner Art immer noch stark gewesenen Menschen. Der Bart um den Mund zeigte große gerötete Lücken. Das kam daher, daß der Geheimrat in seinem Gefühlsdelirium sich einen Heftpflasterstreifen über die Lippen geklebt hatte, um die Äußerungen seines Schmerzes zu beherrschen, Schweigen zu lernen, Enthaltsamkeit zu lernen. Eine greisenhaft krankhafte Geste »gegen den Wein, gegen das Weinen«, sagte er mit gebrochener Stimme. Er zeigte mir den Entwurf eines Briefes an die geliebte Katinka, in welchem er ihr versprach, sie zur Universalerbin einzusetzen »als Dank meines Herzens für alle Schönheit und Liebe«. Ich sagte, diese allzu große Güte würde Katinka wie Hohn vorkommen, er solle dem Paar lieber ein paar hundert Mark monatlich aussetzen und sie vergessen.

Er strengte sich an, meinem Rat zu folgen. Er simulierte. Er simulierte Neidlosigkeit, reines väterliches Wohlwollen, ich sah aber seinen Blick in leidenschaftlicher Wildheit, seinen Jahren zum Trotz, aufflammen, als er in der Zeitung las, »der routinierte und nur routinierte« Hoftheatermime a. D. O. Schwarz habe alle ins Unrecht gesetzt, die ihn früher so wahnsinnig überschätzt und mit Gold und Lorbeer überschüttet hätten. »Die Arme! Oh! Oh! Nicht einmal Oswald mehr! O. Schwarz! Wenn sie das liest!« sagte Kaiser, mir das Blatt reichend. Er strahlte, wurde fast wieder jung, es war seine erste Freude seit langem.

Freilich, einige Monate nachher war er wieder in tiefster Verzweiflung. Nicht weil etwas Entscheidendes geschehen war, sondern weil nichts geschehen war und er den unerbittlichen Ablauf der Tatsachen des Altwerdens und der Resignation und Einsamkeit nicht ertrug.

Die Hausdame, die auf seine Bitte hin ebenso wie ich geblieben war, hatte nun von früher her gute Verbindungen zum Hofe. Der Alte hatte Ehrungen genug im Leben erhalten. Man konnte sich eigentlich nicht vorstellen, daß ihm der »persönliche« Adel etwas Besonderes bedeuten würde. Aber es war doch der Fall. Die Schwierigkeiten waren groß, weil Kaiser oben als schlechter Katholik und halber Anarchist angeschrieben war. Nun drehte er sich

von einem Tag auf den anderen, Thron, Armee und Altar waren ihm plötzlich die heiligsten Güter, er, der in seiner Wissenschaft die großen Leistungen jüdischer Gelehrter schätzen gelernt hatte, von denen die rein geistige Methode besonders gefördert wurde, entwikkelte sich zum Judenhasser – weil Schwarz aus einer halbjüdischen Mischehe stammte. Er bildete sich ein, Schwarz würde vor Neid erblassen, wenn er erführe, Kaiser sei geadelt worden, und er sagte sich den Namen seiner früheren Frau mit bebenden Lippen tausendmal vor: KATINKA VON KAISER, und fragte mich, ob das nicht prachtvoll klinge. Ich nickte lächelnd. »Und Kat Schwarz dagegen!« spottete er, sich auf die schlechte Gewohnheit beziehend, die Frauennamen jämmerlich zu verstümmeln, Ma, Kat, Lu, Pat, Li, Lo etc.
Alle diese Episoden brachten ihm nur auf Wochen etwas Beruhigung. Er wurde des Lebens müde. Die Arbeit für die Allgemeinheit sagte ihm nichts. Die Politik verachtete er als Tummelplatz der gemeinsten Instinkte und als Herd der banalsten Intrigen. Er wollte ins Kloster, sagte er mir, mit bitterem Lächeln hinzufügend, ja, in ein Kloster für Atheisten. »Und Ihre Familie?« fragte ich, denn ich dachte an Helmut. Er gab mir nicht einmal eine Antwort.
Ich sollte die Klinik übernehmen. Er wollte, ich solle vorher einen akademischen Grad erlangen. Dazu mußte ich eine wissenschaftliche Arbeit vorlegen, eine Dissertation. Meist waren es wertlose Kompilationen, Fleißaufgaben. Ich strebte höher. Mich interessierte eine Erscheinung, die man damals unter dem Einfluß der jungen jüdischen Wiener Psychiaterschule und unter dem Einfluß Charcots tiefer studierte, die Hysterie und die vom Geist hervorgerufenen Störungen, die man psychogene Störungen nannte und die teils mechanischer Art waren wie Gangstörungen, teils mehr seelischer Art wie hysterische Blindheit, hysterische Taubheit, hysterische Sprachlosigkeit, Stummheit, Fühllosigkeit. Es handelte sich darum, den Weg von der Tagesseele zur Unterseele zu finden. Hypnose und Analyse sagten uns viel. Aber einen ganz sicheren Weg fand man nicht. Ich sammelte viel Material, und meine Arbeit war eine bessere Kompilation als die üblichen. Ich legte sie endlich vor und erlangte mit ihr den Doktorhut.
Dieses Gebiet, das bis in die UNTERSEELE hinabreichte, war auch für die Rechtsprechung nicht uninteressant, die psychogenen Störungen hingen mit Simulation zusammen, und ich wurde darin einigermaßen Fachmann.
Damals ging mir plötzlich auf, daß man zwischen Schicksal und

Zufall keinen grundlegenden Unterschied machen konnte. Oswald Schwarz hatte einen Namensbruder; keinen feingebildeten, etwas abgelebten, zarten Frauendieb, sondern einen schweigsamen, tükkischen, fahlen, aus dem Elend kommenden Vagabunden, der wegen Raubmordes an einem Strabanzerkameraden in einer Herberge angeklagt war und der vorgab, mit einem Male erblindet zu sein. Die Sache war nicht klar, da der Vagabund nach der Verübung seiner Tat lange wie geistesabwesend herumgeirrt und schließlich mit blutbefleckten Kleidern an den Ort seiner Tat zurückgekehrt war, in der Tasche noch den blutbefleckten Scherben, mit dem er dem Herbergskumpan die Kehle durchgeschnitten hatte. Er wurde verhaftet, gab irre Reden von sich, verfiel in einen vierundzwanzigstündigen Schlaf – und sah von diesem Augenblick an nicht mehr. Keinem Zuspruch zugänglich, verbissen brütend, hockte er, die Knie hochgezogen, unbeweglich fast, in einem Winkel seiner Zelle, aß nicht, was man ihm nicht in den Mund schob. Man mußte ihn zum Verhör, zum Spaziergang, zum Abtritt führen, und er tappte wie ein Blinder durch die Korridore des Gefängnisses, überall anstoßend und den Körper voller blauer Flecken. Kaiser als bekannter Irrenarzt sollte den Fall begutachten.
Ich bin immer gegen die Rolle des Arztes als Helfer des Gerichtes gewesen. Er soll neben dem Kranken stehen oder über ihm als objektiver Zeuge, aber nicht gegen ihn. Er soll dem Kranken dienen, oder der Wissenschaft Richter muß er sein. Aber richten sollen andere. Trotzdem ist die Zeugenschaft des Arztes eine Notwendigkeit, das sehe ich ein, und genauso wie die Vivisektion eine bittere Wohltat ist, ist die Zeugenaussage des Arztes eine Wohltat, für die Gesellschaft nämlich, die in ihren Besitztümern geschützt sein will, aber auch in ihrer persönlichen Freiheit. Man (ich) muß die Interessen beider Parteien wahrnehmen. Ich mußte auch die Gegenseite verstehen. Ich mußte es lernen.
Kaiser nahm mich zu den Untersuchungen mit. Wir sahen sofort, daß die Blindheit eine »psychogene Störung«, eine Simulation auf hysterischer Grundlage war. Aber damit war der Wahrheit nicht Genüge getan, dachte ich. Ich untersuchte den Kranken viel gründlicher, fast gegen den Willen des jetzt im allgemeinen recht ungeduldig und fahrig gewordenen Geheimrats, und fand meinen Verdacht bestätigt: Oswald Schwarz hatte alle Anzeichen der echten Epilepsie, er hatte seine Tat offenbar in einem epileptischen Dämmerzustand vollbracht.

Von seiner Blindheit konnte ich ihn heilen. Es gelang mir durch Hypnose.
Die Epilepsie blieb. Konnte das einem so erfahrenen Psychiater wie Kaiser entgehen? Sicher nicht. Er mußte mir endlich recht geben, als ich ihm aus meinen Protokollen die Tatsachen klarlegte. Er nahm mir die Akten aus der Hand. Als er aber (hier setzte das Schicksal Oswalds mit einem Zufall ein) den Namen des Vagabunden gelesen hatte, wurde er purpurrot vor Wut, warf das Protokoll auf den Tisch und ließ vom Schreiber nur den kurzen Befund aufzeichnen, daß die Blindheit hysterisch sei. Über den Allgemeinzustand äußerte er sich nicht. Er konnte dem Schicksal den Zufall nicht verzeihen, daß der arme Hirnkrüppel den gleichen Namen trug wie der Mann, der ihm sein Lebensglück geraubt hatte. Er, in seiner Gottähnlichkeit, gab keinen falschen Befund ab. Nein. Er war formal im Recht, denn es ging dem Gericht in erster Linie um die Blindheit. War die Blindheit simuliert – das war die Ansicht des Königlich Bayerischen Staatsanwalts –, dann war auch das Getue nach der Tat simuliert, die Rückkehr zum Tatort motiviert mit dem Wunsch des Täters, mehr zu ergattern oder die Folgen des Mordes durch einen angelegten Brand zu verwischen. Der Fall kam vor eine Jury von Bauern, einfältigen Gemütern, denen der Besitz alles war. Oswald Schwarz hatte viele Diebstähle, Gewalttaten, auch Sittlichkeitsdelikte hinter sich. Man machte kein langes Hin und Her und verurteilte ihn zum Tode. Er wurde hingerichtet am 30. Juli 1914. Auch das war Zufall – Schicksal. Hätte der Strafvollstreckungsbeamte sich mit der Erledigung des Aktes Oswald Schwarz ein paar Tage länger Zeit gelassen, hätte man den Mörder wahrscheinlich begnadigt, wie man es damals im Taumel der ersten Kriegsbegeisterung mit zahllosen anderen tat.
Mit einem Schlage gab es kein Europa mehr, die Grenzen waren gesperrt, und überall floß Blut. Im Norden, im Osten, im Süden, im Westen. Der Kosmopolitismus war zu Ende. Es gab keine Reisen ins »Ausland« mehr, es gab keine Rechte des einzelnen mehr, keine Pressefreiheit, also keine Denkfreiheit, keine Forschungsfreiheit. Keine Kritik. Keine Vernunft. Es herrschte Kriegsrecht, Notrecht, also kein Recht. Das universale Völkerrecht war dem geheiligten Recht der sich verteidigenden einzelnen Nation unterlegen, die gegen eine oder einige andere Nationen kämpfte, die sich ebenfalls verteidigten. Wenn sie sich alle gegen alle verteidigten, hätten sie ebensogut daheim bleiben können, das wollten sie aber

nicht mehr, selbst wenn es noch möglich gewesen wäre. Die bestialischen Triebe, die UNTERSEELEN waren erwacht, man rühmte sich der unerschütterlichen, mitten im strömenden Blut, in furchtbaren Leiden und Schmerzen wie Eisen so starren Herzen, der von keinem Jammer und keinen Wunden zu rührenden Gemüter. Alles war gesund, mutig und gut, alles war patriotisch, alles war stolz auf seine Nation. Eine süßliche Woge von Sentimentalität ließ alt und jung, arm und reich sich miteinander am Fuße des Altares des bedrohten, tugendhaften Vaterlandes vereinen. Jeder gab sein Scherflein. Der Große und Reiche ein kleines, und der Kleine und Arme auch nur ein kleines. Kalt lächelnd oder mit gemütvollen Tränen in den Augen lasen die Menschen aller Länder ihre Heeresberichte, die von Tausenden Toten, Zehntausenden Verwundeten, hunderttausend Gefangenen an einem Tage, zum Beispiel anläßlich der Masurenschlacht, berichteten oder anläßlich der »gerechten Zerschmetterung« des kleinen Serbenvolkes. Keiner hoffte auf etwas außer auf den Sieg.
Aber was dann? Was waren die Ziele des Krieges? »Davon wird die Rede sein, wenn wir den infamen Gegner auf die Knie gezwungen haben«, hieß es, schlicht in der Gesinnung, phrasenreich in der Form. Es gab also keine greifbaren Ziele. Wie hätten die Ziele denn jetzt im Chaos bestehen sollen, wenn schon vorher, in der scheinbaren Ordnung, die Massen keine Ziele gehabt hatten, es sei denn warmes Essen, gutes Wohnen und viel Zerstreuung und ein langes bequemes Leben? Da aber alle Europäer diese Ziele hatten und der Krieg sie im Falle des Sieges im besten Falle nur einer einzigen Partei bringen konnte, war jedem logisch denkenden Einzelmenschen der Ausgang von Anbeginn klar. Aber der einzelne war nichts mehr. Der Staat brauchte Massen, den letzten Mann, und die letzten Männer wurden durch Addition groß und fühlten sich und waren als Sklaven die Herren.
Auf die Massen kam es an, und man sprach zu ihnen. Es setzte eine maßlose Propaganda ein. Eine fette und erfreuliche Lüge (zum Beispiel wollten alle, Freund wie Feind, nur Opfer eines ungerechten Angriffs sein) war im Dienste der guten Sache besser als eine bittere und triste Wahrheit. Was den Menschen zum Menschen macht, Vernunft und Maß, das galt plötzlich als vaterlandsfeindlich: »Denken polizeilich verboten! Bis zum Siege schweigen, durchhalten, Maul halten.« Anfangs widerstrebten ein paar wenige. Auf die Dauer fast keiner. Ob jeder eine Seele hatte, blieb da-

hingestellt, eine UNTERSEELE hatte jeder. Jeder wollte der Stärkere sein und als der Stärkere im Recht. Der Sieg war das Recht und Sparta das Gesetz aller.
Die ganze Nation trat mit der Zeit voll in den Dienst des Krieges, der allmählich alles umfaßte und nichts mehr aus seinem Rachen wiedergab. Nicht mehr groß und klein, alles war wertvoll als Masse, wertlos als Einzelerscheinung. Ob ein Angriff 100000 oder »nur« 10000 Menschenleben wert war, entschied die strategische Lage. Niemand von den Menschen, die zugrunde gingen, wurde gefragt. Alles leistete den Eid, weil den Eid verweigern Selbstmord war. Alles gehorchte allen. Dies war ihre Ehre. Ein paar Techniker leiteten den Krieg, eben als Techniker, ohne sich als Spezialisten der Schlachten darum zu kümmern, weswegen er geführt wurde und wann und wie er enden sollte. Nur strategische, politische – keine moralischen, religiösen Ziele. Die Nation als Gott. Unten war jeder an einen Platz gestellt, dort hatte er zu bleiben, zu arbeiten oder zu schießen oder in der Fabrik zu wirken. Den meisten Menschen tat es aber wohl, daß sie nicht gefragt wurden. Der passive Gehorsam betäubte Sorgen, Gewissen, Angst um das Leben. Keiner kam zur Ruhe und niemand hatte ein Recht darauf.
Notwehr, Notrecht des Staates, jeder als Mittel zum Zweck, so auch ich. Niemals hatte ich so rasend viel zu tun, und niemals habe ich weniger gehandelt und einen Willen gehabt als damals.

Zuerst hatte ich noch in Geheimrat Kaisers Diensten gestanden, weil dieser mich als »unabkömmlich« beim Generalkommando angemeldet hatte und mich vor dem Kriegsdienst bewahrte. Ich leitete gemeinsam mit seinem alten Oberarzt seine Anstalt, bis die Ernährungsschwierigkeiten und der Mangel an geübten, verläßlichen Pflegern es uns unmöglich machten, die Kranken zu behalten. Sie wurden teils in Provinzialanstalten gebracht, teils in auf dem Lande gelegene Sanatorien, wo die Lebensmittelbeschaffung weniger schwierig war. Der Staat, auf der Höhe seiner Macht und Autorität, konnte weder seinen Untertanen das Leben und die Erhaltung der Existenz garantieren, noch die Menschen, Mann, Weib, Greis und Kind, krank und gesund, vor Hunger, Kälte und Nacktheit schützen. Aber er blähte sich nur um so mehr auf.

Mein Vater lebte weiter in S. Er hatte seine Fabrikation auf Kriegsmaterial umgestellt und erzeugte Gewehrschäfte. Die erforderlichen Rohstoffe wurden von Tag zu Tag minderwertiger, da es sich aber um jenen Teil der Waffe handelte, der keiner groben Abnutzung unterliegt, kam er zurecht und steigerte sogar die zunächst nur von ein paar Arbeitern betriebene Erzeugung. Dann mußte er aber, um der guten Sache willen, zwar nicht mit übergroßer Freude, seine bescheidenen Gewinne in Kriegsanleihen anlegen. Er hatte Angst, trotz seinem Alter eingezogen zu werden, zahlte ein und trug seinen Patriotismus nun doppelt zur Schau, stolz auf seinen Sohn, stolz auf seine Fabrik und stolz auf sein siegreiches Volk.
Auch der alte Judenkaiser hatte seine schwachen Kräfte dem Vaterland zur Verfügung gestellt und ging im schwarzen, abgeschabten Zivilanzug, aber auf der Brust das Eiserne Kreuz, das er als Freiwilliger 1870/71 bekommen hatte, von einem Hilfslazarett zum anderen. Die jungen Ärzte brauchte man an der Front. Seine Tochter hatte einen sozialistischen Abgeordneten, den Arbeiterführer Leon Lazarus, geheiratet. Dieser kluge und erfahrene Mann war der allgemeinen Ansteckung des Kriegswahns nicht entgangen, er hatte sich freiwillig gemeldet, und man hatte ihn eingezogen, obwohl er als Abgeordneter dem Kriegsdienst nicht unterlag. Es fehlte ihm weder an Überzeugung noch an Mut. Ich habe später erfahren, daß er, um dem Konflikt zwischen seiner internationalen pazifistischen Überzeugung und seiner Pflicht als nationaler Deutscher zu entgehen, sich an die Westfront gemeldet hatte. Das Schicksal kümmerte sich um seine Beweggründe nicht, er war gutes Kanonenfutter und fiel bei seinem ersten Gefecht. Seine Witwe, in ihrer Trauer schöner denn je, litt sehr, aber sie schwieg, ertrug alles und trat als Pflegerin in ein Mannschaftslazarett ein, nachdem sie einen Kurs durchgemacht hatte.
Auch ich wurde eingezogen. Man hatte mich als jungen Studenten nicht als militärdienstleistungsfähig anerkannt, weil meine Rippen infolge meiner Verletzung etwas deformiert waren und der Staat auf tadellos gewachsene Soldaten Wert legte. Nun war er nicht mehr so wählerisch. Ich machte also meine Ausbildung mit, sprach kein unnützes Wort, ertrug stoisch die Strapazen. Ich hatte meinen alten La Rochefoucauld wieder vorgenommen und lernte in den Mußestunden Französisch, denn alle Wahrscheinlichkeit sprach dafür, ich würde an die Westfront kommen. Angelika, mit der ich

seit Jahren zusammen lebte, mußte ihren Platz als Empfangsdame und Hausdame bei Kaiser aufgeben. Sie hatte etwas Geld, legte es, meinem Wunsch entgegen (es war unser erster Zwist), in Kriegsanleihe an, weil diese sich hoch verzinste und sicherer schien als pures Gold. Sie hatte vor, später in irgendein Offizierslazarett als Wirtschaftsleiterin einzutreten, wollte sich mir aber so lange ausschließlich widmen, als ich noch im Hinterland war. Sie sprach ein fast fehlerfreies Französisch, und wir begannen uns in dieser Sprache sehr formell zu unterhalten. Lag es an dem, lag es daran, daß ich in der Unmenschlichkeit dieser Zeit, aus meiner Tätigkeit gerissen, ohne Ziel und Hoffnung, einer so harmonischen Beziehung, wie es die unsere bis dahin immer gewesen, nicht mehr fähig war – wir entfremdeten uns einander. Dafür versöhnte sie sich mit ihrem geschiedenen Mann, bevor dieser ins Feld abging.
Ich hing gewiß sehr an ihr, konnte ihr aber nicht sehr nachtrauern. Alles war stumpf und starr in mir, und ich erwartete mit Sehnsucht den Tag, wo ich ins Feld abreisen sollte, und zwar als Feldunterarzt. Meine Mutter bot alles auf, um mich umzustimmen. Es hätte Wege genug gegeben, mir ein sicheres Plätzchen im Hinterland oder wenigstens in der Etappe zu sichern, aber ich wollte nicht.
Ich war als junger Arzt ein guter Operateur gewesen, und als man mich fragte, welche Spezialfächer ich am besten beherrsche, nannte ich die Chirurgie als erstes und Nervenheilkunde als zweites. Es wunderte mich daher nicht, daß man mich an die Westfront, in den Abschnitt von La Fierté Lescoudes, in einer heiß umkämpften, völlig zerschossenen Gegend, in ein Divisionslazarett kommandierte.
Ich kam spätabends an, und schon in der gleichen Nacht hatte ich die ersten Operationen vorzunehmen. Es kamen, da sich das Lazarett sehr nahe der ersten Linie befand, vor allem diejenigen Verletzten zu uns, die eines sofortigen chirurgischen Eingriffs bedurften; also hatte man meist zu amputieren. Die Verwundeten waren gesiebt, und viel zu überlegen gab es weder für den Arzt noch für die Verwundeten. Lieber als Krüppel weiterleben als sterben – das leuchtete allen ein.
Die schweren Kämpfe flauten dann in dem Abschnitt plötzlich ab, wir hatten mehrere Monate fast nichts zu tun. Dann schwoll der Kanonendonner zu ununterbrochenem Dröhnen an, die Erde zitterte, französische Flieger surrten, aber ohne Bomben abzuwerfen, niedrig über unseren durch riesige rote Kreuze gekennzeichneten

weißen Operationszelten, und nach kaum einer Stunde begannen die ersten Ambulanzautos, mit Schwerverwundeten in mehreren Etagen besetzt, in schnellstem Tempo anzurollen. Wir erlebten nun sechs Wochen ununterbrochener Riesenangriffe. Wir kamen nicht aus den Kleidern. Ein paar Stunden unruhigen Schlafs ausgenommen, während deren wir nur Schuhe und Strümpfe ablegten, standen wir an einem der vielen Operationstische und wateten buchstäblich im Blut. Wie mich als Hungerstudent der Geruch von Fett umschwebt hatte, so jetzt der nach blutigem Menschenfleisch.
Die Operationen nahmen kein Ende, die schauererweckende Kette riß nicht ab. Man sah kein Menschengesicht mehr. Dieses lag erdfarben unter der weißen Chloroformmaske. Man hatte keine Entscheidung zu treffen, alles war durchorganisiert, die Soldaten kamen (Mannschaften und Offiziere ohne Unterschied) schon vorbereitet und annarkotisiert zu uns wie Werkstücke am laufenden Band, um die Methode Fords auf diese Menschenoperationsfabrik anzuwenden, wir griffen mit unseren Händen zu, und wir arbeiteten flink und sicher, nicht anders als geübte Fabrikarbeiter.
Nach einigen Wochen war ich wie verblödet, vertiert, ohne Energie und doch immer angespannt, nicht fähig, einen Brief zu lesen oder zu schreiben, den Heeresbericht zu verfolgen, ein Buch vorzunehmen oder in den kurzen Pausen Karten zu spielen oder Grammophonmusik zu hören. Operieren fort und fort, Hautschnitt in Zirkelform nach Anlegung der blutabschnürenden Binde, Fassen der oberflächlichen Blutgefäße, Durchtrennung der Muskeln und Gefäße und Nervenstränge in einem glatten Schnitt, die Knochensäge heran und blitzschnell sägen. Und dann fiel ein Glied, man brachte es schnell fort. Denn Zeit war Geld oder mehr als Geld, Zeit war Menschenleben, und wenn der Staat auch das Menschenleben nicht mehr achtete, so wollte er doch keinen, den er vielleicht später noch brauchen konnte, unnötigerweise zu früh sterben lassen. Dann kam das präzise Aufsuchen und Abbinden der tiefen Adern, die immer dort lagen, wo sie zu liegen hatten, die Versorgung des Knochenstumpfes, wichtig besonders bei Oberschenkelamputationen, dann die Toilette der Wunde, die Hautnaht, und schnell der nächste. Nach Armen und Händen kamen wieder Arme und Hände oder Unterschenkel oder Oberschenkel, und das ging viele Wochen so fort.
Die meisten von uns Ärzten begannen viel Alkohol zu trinken, ich

tat es nicht. Das Essen war gut und reichlich, aber alles schmeckte nach Amputation. Unsere Tätigkeit war human und notwendig. So wie wir anderen halfen, so mußte auch uns geholfen werden durch gute Kameraden.

Unser Leben war nicht gesichert. Schwere Geschosse schlugen einmal in die Operationsbaracke ein. Ich war nicht anwesend. Ich hatte meine letzte Energie zusammengerafft und war bei schönem klarem Wetter mit einem kleinen Wagen ausgefahren. Meine Kameraden, Ärzte, Pfleger, Feldgeistliche, Ordonnanzen und Köche wurden ebenso wie die eingelieferten Soldaten und Offiziere schwer verwundet oder getötet. Es sei nicht zu vermeiden, hieß es. Es war nicht einmal nachzuweisen, daß »der Engländer«, dem die schwere Geschützbatterie, eine Marinebatterie, gehörte, mit Absicht den Verbandsplatz beschossen hatte. Es wurde schleunigst Ersatz geschafft, und ich operierte am Tage darauf mit ganz neuem Material und mit mir bis dahin unbekannten Kollegen. Aber auch sonst wechselten die Ärzte, lange hielt es niemand aus, ich war noch einer der zähesten. Der Alkohol half ihnen nur zeitweise und schädigte die Arbeitskraft sehr, vom Morphium ganz zu schweigen.

Ich bezwang mich, und dank meiner Willenskraft hielt ich mich frei von beiden. Man wollte uns, wenn die Arbeit etwas nachließ, aufheitern, unseren patriotischen Sinn stärken und auf andere Gedanken hinlenken. Man stellte ein paar Kilometer hinter der Front improvisierte Bühnen auf, und kleine Schauspielertruppen spielten, so gut sie konnten, meist hastig und fahl vor Angst hinter ihrer dicken Schminke. Bei einer solchen Vorstellung sah ich Oswald Schwarz. Er war fast unerkennbar. Dick geworden, aufgeschwemmt, hatte der frühere Charakterdarsteller sich als Komiker herausgemacht und war schon so weit in seiner neuen Kunst, daß er die Theaterbesucher, Mannschaften und Offiziere, zum Lachen brachte.

Ich hielt es nicht lange aus und ging. Ein Kollege forderte mich auf, ihn in das Offiziersbordell zu begleiten. Ich ging mit, ich ekelte mich aber beim Anblick der Weiber ebenso über sie wie über mich und zog wieder ab.

Die Schlacht an dem betreffenden Abschnitt war abgeschlossen,

und zwar zu unseren Gunsten. Die Sanitätstruppe packte unser Material in numerierte Kisten zusammen, brach auf und stellte ihre Zelte ein paar Kilometer weiter vorn auf. Wir warteten nicht lange auf Arbeit. »Der Franzose« warf uns einen Gegenstoß entgegen, und es folgten wiederum vier Wochen ununterbrochenen Operierens. Dann hieß es, der Abschnitt sei nicht wichtig, er sei die großen Menschenopfer nicht wert, wir packten ein und zogen uns dorthin zurück, von wo wir vor einigen Wochen aufgebrochen waren. Ich erhielt Urlaub, weil ich an der Reihe war. Die Bürokratie arbeitete gut. Wir waren immer einigermaßen verpflegt, und die Qualität des medizinischen Materials verschlechterte sich nur allmählich in demselben Grade wie das Menschenmaterial.
Ich suchte meine Eltern auf. Sie freuten sich beide, der Vater diesmal fast mehr als die Mutter, schien es mir. Ich hatte den Maßstab verloren, konnte mich kaum zusammenhängend unterhalten. Man wollte auch keine wahrheitsgetreuen, sondern nur sonnige, hoffnungsvolle, nämlich soldatische, spartanische Berichte. Von einer Aussprache war nicht die Rede. Ich sah Viktoria wieder, staunte sie an und sie mich. Ich sie wegen ihrer Schönheit und sie mich wie ein fremdes Tier.
Im Hinterlande herrschte eine merkwürdige Stimmung, teils unsinnig übermütig, teils unsinnig verzweifelt. Die Massen begannen, den Krieg auch in dem Hinterland kennenzulernen. Es meldeten sich ein paar Friedensschwärmer und sprachen mutig von einem Frieden ohne Sieger und Besiegte, von einem Abschluß der Feindseligkeiten ohne Annexionen und Kriegsentschädigung. Sie setzten sich nicht durch. Der Staat, der nichts konnte als stur weiterkämpfen, weil er kein festes Ziel hatte außer dem, sich selbst zu erhalten und größer zu werden, als er vorher war, warf eine gewaltige Gegenpropaganda in den Kampf der Meinungen. Obwohl die Friedensfreunde im Parlament eine große Majorität gehabt hatten, mußten sie unterliegen, da sie die Exekutivgewalt nicht hatten. Diese hatte ein Mann ohne Verantwortung inne, ein Diktator im Marschallrang, dem alles blind zu gehorchen hatte, ohne zu überlegen, ohne zu zaudern. Da er persönlich untadelhaft war und wie seine Helfer nur für den Sieg lebte und eine unermeßliche Arbeit leistete, schenkte man ihm Vertrauen und klammerte sich an ihn, als wäre er das Schicksal und Gott.
Ich kehrte ins Feld zurück. Aber es widerstrebte mir aus Herzensgrunde, eine Sache durch meine Wissenschaft und Kunst als Arzt

zu unterstützen, die ich verabscheute – und an deren Erfolg ich nicht mehr glaubte. Oder war es ein anderer Grund, der mich dazu bewog, mich zur Kampftruppe zu melden statt zur Sanitätstruppe?
War es auch bei mir die UNTERSEELE, die an die Oberfläche wollte, hatte auch ich Blut geleckt (mir war oft genug ein Tropfen heiß ins Gesicht gespritzt) und wollte einer von denen sein, die wissen, wie es ist, wenn man Menschen tötet, statt bloß hinten zu warten und das gutmachen zu wollen, was man vorne mit Absicht schlecht gemacht hatte? Welchen Sinn hatte es, Menschen vom Tode zu retten, wenn der Staat sie, kaum genesen, wieder ins Spiel einsetzte? Amputierte kamen zwar nicht mehr an die Front. Aber man ließ sie methodisch turnen, man erzog sie für den nötigen Beruf, brachte die Ersatzgliedmaßen zur höchsten Vollendung. In der Etappe und im Hinterland machten sie sich dann auf irgendeine Weise nützlich und machten dadurch andere Männer frei, die Kanonenfutter wurden. Auch die Frauen wurden eingestellt, im gleichen Sinn. Aber das alles ist es nicht, ich gestehe es ein. Es zog mich, meine ganze Energie strebte nach etwas, wogegen sich die Vernunft vergeblich sträubte. Was hilft es, sich durch logische Gründe klarmachen zu wollen, was aus »unberechenbaren Schwankungen des innersten Gefühls« hervorkam? Ich habe dann bei einem »Stoßtrupp« für besondere Gelegenheiten, von langweiligem Schanzdienst und Wachdienst befreit, mehr als einen Nahkampf mitgemacht, ein paar handfeste, kaltblütige, mutige Kameraden neben mir. Ich bin an der Spitze meiner Kerle mehr als einmal bei Tag und auch bei Nacht vorgebrochen, ich habe Handgranaten geschleudert und habe am Maschinengewehr gesessen und habe das Wasser im Kühler summen gehört und habe die hölzerne Handhabe der Mitrailleuse (vielleicht ein Erzeugnis meines Vaters) hin und her bewegt und habe mich vor dem Tode nicht gefürchtet. Ich habe nicht nur für meine Person einen guten Stürmer abgegeben, sondern habe meine Leute so in der Hand gehabt, daß sie mir in den sicheren Tod gefolgt wären, ohne mit der Wimper zu zucken. Ich sah sie an, nichts weiter. Nie hat sich einer geweigert. – Nicht allen Offizieren ist dies gelungen. Ich habe schon als Arzt oft genug die Kranken besser bezwungen, durch Wachsuggestion oder Hypnose, als der alte Kaiser. Das war jetzt sehr gut. Solange ich nicht mit dem Feind (uns standen indische Truppen, sogenannte GURKHAS, gegenüber) in persönlichem Kampf war, war

alles einfach. Der technische Kampf, aus der Distanz geführt, gibt einem nichts. Aber man muß es einmal erfahren haben, was das andere ist, was die Urgeschlechter vor Jahrtausenden gekannt und geliebt haben, man muß einmal kampffreudig mit dem blanken Bajonett vorgegangen sein. Man muß einmal über die knirschenden Sandsäcke, die Eierhandgranaten in den Fäusten, eine rechts, eine links, vorgedrungen sein, man muß den Stacheldraht an seinen Hosen und den dicken Wickelgamaschen einen zurückzerren gespürt haben, man muß sich unter unbeschreiblichem Gefühl zugleich davor gegraut und danach gesehnt haben, den riesenlangen braunhäutigen Kerl mit dem Turban auf dem Kopf, in Khaki untadelig gekleidet, vor seiner Brust zu haben und mit ihm zu ringen, wenn die ihm entgegengeschleuderten Handgranaten nicht explodiert waren. Man muß sich, während er sich etwas bückte, um gedeckt die seine nach einem zu schleudern, das Gewehr mit aufgepflanztem Bajonett von der rechten Schulter herabgerissen haben, man muß ihm mit einem geschickten Stoß an der richtigen Stelle das Bajonett zwischen die Rippen gebohrt haben, man muß ihn in seiner fremden kehligen Sprache aufheulen gehört haben, ihn erblassen gesehen haben und wie er seine Augen mit dem riesigen gelblichen Weiß um die Pupille hin und her wälzte, wie er nach vorn griff, wie seine Hände sich blutig schnitten im Bemühen, das Bajonett aus der Wunde zu ziehen, während ich es in der Wunde mit Mühe umdrehte und tiefer in seinen Körper eindrang, damit schon alles schnell zu Ende sei, er erledigt und ich weiter zu andern – man muß erlebt haben, wie sich sein sterbender, erlahmender Körper auf das Bajonett so schwer auflastete, daß ich es bis in die Schulter spürte, wie sein Kopf niedersank und wie es Zeit wurde, das Bajonett herauszuziehen, den bereits weit vorgedrungenen Kameraden durch neue Stacheldrahtlücken zu folgen und dieselbe Sache ein zweites- oder drittesmal zu tun. Was ich erzähle, sind nur die äußeren Folgen. Das innere, DAS ZERMALMENDE und das prachtvoll Bestialische, das Barbarenglück, den Barbarenrausch, den beschreibt man nicht. Man kann ein Delir nicht mit Worten beschreiben. Man kann nicht die Worte in einem stillen Zimmer niederschreiben, und ein anderer, in einem anderen stillen Zimmer, für sich allein, die Zigarre im Mund, den Hund zu seinen Füßen, soll dies begreifen und dann wissen, wie einem dabei zumute ist. Einer für sich allein erlebt dies nicht. Ich habe es nur als einer in der Masse erlebt. Die Meinen waren vor mir, sie waren neben mir,

sie waren hinter mir. Wenn einer fiel, die anderen waren immer noch da. Einer war am Ende, aber das Leben nicht. Ich war ein guter Stoßtruppführer, zu verbissen und wagemutig vielleicht, und ich hatte viel Verluste unter meinen Leuten, den Elitesoldaten. Mein Hauptmann, der mir das Eiserne Kreuz anheftete auf die linke Brustseite, hielt mich oft warnend zurück. Es trieb mich. Eines Nachts wurde ich durch eine verirrte Gewehrkugel verwundet. Im Distanzkampf hatte ich eben kein Glück. Lungenschuß. Keine Lebensgefahr, keine Folgen, keine Verkrüppelung. Wäre es nicht die unselige rechte Seite gewesen, wo ich noch die Rippenfellnarbe von meiner Verwundung als Kind hatte, wäre es eine Sache von ein paar Wochen gewesen. So mußte ich ins Hinterland. Was mir bei der etwas schwierigen Behandlung meiner Wunde auffiel, war, daß ich wenig Schmerzen fühlte. Es war die alte Stelle, ich hätte eigentlich mehr Schmerzen haben müssen als damals als junger Mensch. Ich spürte aber oft fast nichts. Meist sind Ärzte sehr empfindlich am eigenen Leib. Ich erntete viel Lob für meine Standhaftigkeit und nahm es phlegmatisch entgegen.
Als ich genesen war, stand mir ein Erholungsurlaub zu. Aber ich wollte arbeiten. Erholung war unmöglich in dieser Zeit, Anfang 1918. Ich wollte Dienst leisten. Man durchforschte meine Personalpapiere und kam mit Staunen darauf, daß ich auch Spezialist in Geistes- und Nervenkrankheiten war. Man versetzte mich in eine Spezialanstalt für solche in P. in Norddeutschland, wobei man mich gleichzeitig außer dem »Rang« zum Stabsarzt beförderte. Ich schrieb anfangs niemandem davon, und kein Brief erreichte mich. Dann kehrte ich allmählich zu meiner früheren Existenz zurück.

Ich wurde dem Reservelazarett in P. zugeteilt und bekam hier zahlreiche Kriegskrüppel unter die Hände, aber nicht etwa Amputierte, sondern geistig Verkrüppelte, denen durch methodisches Turnen und durch ingeniöse Kunstglieder nicht zu helfen war. Es waren ebensoviel »echte« Kranke da wie Simulanten, schwere Geisteskrankheiten im Anfangsstadium, Hysterie auf der Höhe, und ich konnte meine Studien aus der Zeit in Kaisers Anstalt fortsetzen.
Draußen ging der Krieg an vielen Fronten mit unveränderter Heftigkeit, ja noch verzweifelter als früher, weiter. Manchmal schien

es aber, als ob der Glaube an den Endsieg im Volk doch wankte. Die Durchbruchsversuche an der Westfront nach vieltägigem Trommelfeuer, das ein nervengesunder Mensch nicht ertragen konnte, geschweige denn ein nervöser, empfindlicher, ein Hysteriker, Neurastheniker, hörten nicht mehr auf. Sie kosteten ungeheure Opfer »an Menschen und Material« und entschieden nichts.
Es kamen Männer zu uns, die sich die Ohren zuhielten, weil sie das Dröhnen der schweren Mörser immer noch hörten, andere sahen die vorspritzenden Flammen der Flammenwerfer vor sich, andere schwankten, als ob die Erde bebte, und verkrochen sich in dunkle Winkel, Bettstücke wie Sandsäcke vor sich aufstellend, um sich zu decken, andere taten kein Auge zu, andere verfielen in einen so schweren Schlaf, daß man sie zu den Mahlzeiten, zur Verrichtung ihrer Bedürfnisse wecken mußte, sie waren in einem Dämmerzustand, in einer Vertierung, einem Stupor, hatten nur noch das Vegetative des Menschen, ihre Seele war so entgeistert, daß sie nicht einmal klagten und weinten. Andere konnten die »Schmach« nicht ertragen, weinten wie Kinder, verzweifelten, suchten sich das Leben zu nehmen. Mehr als einem gelang es, jetzt, da das Kriegsende nahe war.
Ein großer Teil unserer Mühe, das heißt der Mühe der Ärzte, der das Lazarett kommandierenden Offiziere und der überarbeiteten Pflegemannschaften, ging dahin, die Kranken vor sich selbst zu schützen. Nicht allein jeden vor sich selbst, sondern auch die einzelnen Gruppen voreinander. Die unseligen Menschen hatten oft an dem überstandenen Krieg nicht genug, sie setzten ihn hier fort, gingen mit entmenschter Brutalität gegeneinander los, nachdem sie sich durch Stichelreden, meist politischer Art, bis zur besinnungslosen Wut erhitzt hatten.
Ich konnte mich nicht um jeden Kranken meiner Abteilung kümmern. Ich habe mir bei den meisten bloß ein paar kurze Notizen gemacht, die ich später zu einer wissenschaftlichen Arbeit über die Kriegspsychosen verwenden wollte. Nur ganz wenige habe ich zu studieren, aus dem Seelengrunde zu verstehen, irgendwie zu behandeln, zu heilen versucht, unter ihnen einen von Schlaflosigkeit zermürbten, aufgeregten Kriegsblinden, einen Gefreiten des bayrischen Regimentes List, Ordonnanz beim Regimentsstab, A. H.
Man hatte mich von zwei Seiten auf ihn hingewiesen, und zwar hatte ein Unteroffizier, ein ehemaliger Lokomotivführer aus Es-

sen, dem der Saal, wo H. sich befand, militärisch zwecks Aufrechterhaltung von Ordnung und Disziplin unterstellt war, mir den Mann ans Herz gelegt. Ein anderer Unteroffizier, der für die Behandlung der Kranken in diesem Saal verantwortlich war, für die Verteilung der Medikamente, mit denen man sehr sparen mußte, für das Anlegen der Verbände (denn mehr als einer hatte körperliche Wunden neben den geistigen), hatte mich auf ihn als einen ewigen Störenfried, einen fanatischen Aufwiegler, Rädelsführer, Querulanten aufmerksam gemacht, den man disziplinarisch bestrafen müsse.

Der Gefreite A. H. hatte angegeben, er sei durch eine Gelbkreuzgranate, welche die Engländer abgeschossen hatten, bei seinem letzten Patrouillengang vergast worden, seine Augen hätten wie glühende Kohlen gebrannt, er sei wie ein Blinder zurückgewankt mit seiner Meldung zum Regimentsstab, und dann habe man ihn alsbald ins Hinterland gebracht. Nun lag er aber nicht in einem der für die Vergasten hergerichteten Feldlazarette unter anderen Vergasten, deren Augen tatsächlich oft furchtbare Verätzungen durch das Giftgas, Senfgas und Blaukreuzgas davongetragen hatten, sondern er war bei uns unter den geistigen Kriegskrüppeln. Der Gefreite weigerte sich, sich die Augen von dem Unteroffizier behandeln zu lassen, weil, wie er von dem Lokomotivführer erfahren hatte, dieser Jude war. Judenhaß war so stark bei ihm, daß er sich weigerte, an einem Tisch zu essen, wo Juden aßen. Er wich ihnen aus und behauptete, sie am Geruch zu erkennen.

Er schlief nicht. Nachts tappte er in seiner fieberhaften Unruhe durch die Korridore oder warf sich ruhelos auf seinem Lager umher. Die Zimmerkameraden mußten dann still sein. Sie durften nicht rauchen, denn er war Nichtraucher und vertrug den Rauch nicht, durften nicht trinken, denn der Geruch des Fusels bereitete ihm Übelkeit. Er war abstinent. Manchmal kam ihn die Lust an, mitten in der Nacht ein paar Freunde (es gab einige wenige, die fanatisch an ihm hingen) zu sich an sein Bett zu befehlen (trotz seines niedrigen Ranges hatte er sie in der Hand) und ihnen endlose Predigten über seine politische Überzeugung zu halten, mit solchem Feuer, daß sie nachher ebensowenig schlafen konnte wie er.

Daß die anderen ein Recht auf Schlaf und Ruhe hatten, wie er es für sich so leidenschaftlich verfocht, kam ihm nicht zu Bewußtsein. Daß sie überhaupt Rechte hatten, wenn *ihm* etwas nicht recht war, hielt er für eine persönliche Beleidigung und empörte sich.

Er hatte simple, aber einleuchtende Ideen und war so von ihnen durchdrungen, daß sich sein Kreis ständig vermehrte, der der Ruhefreunde im Saal aber ständig abnahm. Er, der Blinde, hatte im Geist ständig die Landkarte vor sich und entwarf oder zerstörte Reiche mit einem einzigen Wort.
Die Deutsche Vaterlandspartei, ein letzter Versuch zur Wiedererweckung der Begeisterung von 1914, war 1917 gegründet worden. Sie sollte die einzige patriotische, echte vaterländische Partei sein und drückte dies schon in ihrem Namen aus. Es durfte keine Klassen, keine anderen Parteien mehr geben. Es gab auf Erden nur ein großes Volk, das deutsche, das von Gott gerechterweise ausersehen war, auf daß die Welt genesen sollte an ihm, es war der König unter den Völkern wie Christus unter seinen Aposteln, der Völkermessias des kommenden Geschlechts, das Herrenvolk dank der Geburt, kraft des Geistes seiner Kultur, aber noch mehr kraft des unbesieglichen deutschen Schwertes und der Gewalt. So sollte das deutsche Schwert zunächst alle Deutschsprachigen, Reinrassigen Europas unter der Fahne Alldeutschlands vereinigen, und dann sollte dieses geeinte Reich von 100 Millionen Europa und damit die ganze Welt beherrschen. Eine solche großartige Idee wäre 1914 noch annehmbar gewesen bei den ersten gewaltigen Siegen der Armee. Jetzt, als der Rückzug an der Westfront unaufhaltsam war, als Zehntausende von Menschen, besonders Kinder, Greise und Frauen, im Hinterland an Hunger, Frost und Entbehrungen zugrunde gingen, war sie absurd. Aber gerade das Absurde an ihr, das WUNDER, gewann dieser Idee gläubige Anhänger. Aus einer politischen Richtung wurde eine Religion. Das war auch das Programm des blinden Gefreiten A. H. Aber als Gegenstück zu dieser göttlichen Sendung der Deutschen predigte er den Haß gegen die schwarze Pest, gegen die Urheber des Krieges (den er vorher gerade als den einzigen Weg zur Macht gepriesen hatte), gegen den »Judt«, wie er ihn in seinem österreichischen Dialekt nannte. Widerspruch duldete er nicht, sein Gefühl schwoll dann mit einem Male explosionsartig an, er heulte, krächzte, säuselte und flötete wie im Delir, und oft schrie er so stark, daß in den Nachbarsälen die Kranken trotz der Schlafmittel wach wurden. »Dor Judt« war an allem schuld. Er sagte von ihnen, daß diese schwarzen Völkerparasiten planmäßig unsere unerfahrenen blonden Mädchen schändeten und dadurch etwas zerstörten, das auf dieser Welt nicht mehr gutgemacht werden könne. »Verführt werden Hunderttau-

sende von Mädchen durch krummbeinige widerwärtige Judenbankerte.« Aber damit war es nicht genug. Walter Rathenau war für ihn nur der teuflische Vertreter des jüdischen Weltkapitals, das sich gegen Deutschland verschworen hatte, nicht aber der große, kühle, erfolgreiche Organisator der deutschen Kriegswirtschaft, ohne den der Krieg schon Weihnachten 1914 verloren gewesen wäre. Nein, er war verloren worden, weil diese »Judensau«, nach der Obersten Heeresleitung der mächtigste Mann des Reiches, das Reich, das sich ihm anvertraute, verraten und verkauft hatte zum Zwecke des Gelingens der jüdischen Weltverschwörung. Juden säten jetzt im Hinterland und sogar an der Front das gefährliche, zersetzende Revolutionsgift, auf das die dummen arischen Massen hineinfielen. Er blieb dabei, der »Judt« arbeite nicht, nähre sich nur von betrügerischem Schacher, kenne kein Recht, sondern nur Lüge, Betrug, Schwindel.

Man konnte ihm Gegengründe bringen, soviel man wollte. Alles war vergebens. Und dabei war er ein Mann von schneller Auffassung, er war klug. Wenn er log, glaubte er die Wahrheit zu sagen, und er ergriff die anderen durch seinen Idealismus, er rührte sie durch seine Schlichtheit, und viele folgten ihm ohne Kritik, wollten nicht nachdenken und noch einmal zu zweifeln beginnen. Wenn die einen ihm vorwarfen, er habe es trotz seiner angeblich so großen Tapferkeit und seiner großartigen Abenteuer nur zum Gefreiten gebracht (er behauptete, er habe einmal als einzelner Patrouillengänger 12 oder 25 Franzosen »verhaftet« in einer verlassenen Ortschaft an der Somme in einem Keller), so sahen die anderen in ihm einen ungerecht behandelten Heldensoldaten, ein Opfer der Willkür und Ungerechtigkeit, so sehr hatte er sich in ihr Herz hineingeliebt in seiner abgeschabten Litewka, die schweißige alte feldgraue Mütze schief auf dem Kopf.

Er terrorisierte die anderen, als gäbe es keinen anderen außer ihm, begehrte auf, verlangte immer einen Mann zu seiner Verfügung, der ihn in seiner Blindheit zu betreuen, anzuziehen, zu füttern, zum Spaziergang und auf den Abtritt zu führen hatte. Aber wir hatten kaum Pflegepersonal genug für die Tobsüchtigen. Die Majorität rächte sich an ihm, hänselte ihn, zweifelte sein Eisernes Kreuz Erster Klasse an. Er sollte den Zwischenraum zwischen den zwei Strichen der II mit Tinte ausgefüllt haben in seiner Stammrolle, um daraus eine I zu machen. Man wurde aus den Akten nicht klug, die Personalpapiere wurden oft flüchtig geführt. Man wollte ihn nicht ertragen und begehrte Ruhe. Man stieß ihn aus dem Bett heraus, wenn er nachts keine Ruhe geben wollte, man schüttete ihm Saccharin statt Salz in die Suppe, führte ihn irre, statt auf den Abtritt in den Vorraum der Offiziersmesse. Er war ja blind oder gab sich dafür aus. Die zwei Unteroffiziere gerieten einander in die Haare seinetwegen, und das beste wäre gewesen, den Mann aus der Umgebung von geistig Gestörten fortzunehmen und ihn unterzubringen in einem anderen Reservelazarett, wo er in der Umgebung von körperlich kranken, aber geistig unangegriffenen Menschen die Entwicklung der Dinge abwarten konnte. Ihn aber heilen? Wie sollte das möglich sein?

Es wäre im Sinne meiner alten Auffassung gewesen, daß man die Geisteskranken, die man nicht für dauernd heilen konnte, vor der Gesellschaft zu schützen habe. Aber noch viel mehr die Gesellschaft vor ihnen. Hier stand A. H. lauter Menschen gegenüber, die aus dem geistigen Gleichgewicht gekommen waren. Auch ich war es, und ich mußte noch viel erleben, bevor ich wieder zu dem Menschen wurde, der ich vor dem Krieg gewesen war.
Und wie stand es damit, die Gesellschaft vor ihm zu schützen? War er nicht gefährlich? »Rücksichtslos, brutal«, diese Worte kehrten bei ihm immer wieder. Ich habe mehr als einen Kranken seiner Art behandelt, ohne ihn freilich im Grunde zu ändern. Denn der Urgrund solcher Menschen, ihre Wandelbarkeit, ihre Unwahrhaftigkeit, ihre Unersättlichkeit, die Unkenntnis ihrer selbst, ihre Unfähigkeit, in einem anderen Menschen aufzugehen, ja auch nur das Minimum an Lebensrecht eines andern zu begreifen, ihr Undank, ihr egozentrisches Feuer, ihr Hunger nach Zärtlichkeiten und nach Aufsehen – das alles hätte nur ein GOTT von Grund aus ändern können. Unsereins aber dünkte sich gottähnlich, immer noch.
Ich entsann mich noch der Wundertat des Judenkaisers an meinem Bette, als mir die gebrochenen Rippen durchs Brustfell gedrungen waren. Ich glaubte, den Gefreiten von den hervorstechendsten Krankheitsleiden befreien zu können, von seiner Blindheit, von seiner Schlaflosigkeit. Er stand allein, hatte nie ein Liebesgabenpaket bekommen, erhielt keinen Brief von der Familie, Vater, Mutter, Bruder, Schwester, Frau oder Braut. Er hatte keinen wahren Freund, während des Tages hockte er schweigsam, mit geschlosse-

nen Augen, seinen langgezwirbelten Polenschnurrbart über den Lippen, mürrisch in einem Winkel, und seine Gegner gingen vorbei und sagten: »Sieh doch, wie der spinnt.« Er spann aber keinen hellen Schicksalsfaden, sondern nur einen schwarzen. Lachen hat man ihn nie gesehen, Humor war ihm ebenso fremd wie Ritterlichkeit. Außer seinen zwei, drei Gedanken war er blind für die Welt. Das einzige, was ihn interessierte, war die Politik, er brachte einen seiner Kameraden dazu, ihm die Zeitungen vorzulesen, er konnte nicht genug davon haben. Er faßte sie schnell und sicher auf. Er begriff das Wesentliche mit intuitivem Blick. Kaiser, Reich, Tradition, Grenzen imponierten ihm nicht.

Es gab damals noch Witzblätter, trübe, schwächliche Witze, auch groteske und grausame, alles, um über die trostlose Zeit hinwegzukommen. Er lehnte sie mit Entrüstung ab, und der Kamerad wurde es etwas müde, stets nur die politischen Neuigkeiten, im Grunde immer die gleichen, aus den Blättern der nationalen, der sozialistischen oder demokratischen Richtung vorzulesen. Aber der Gefreite setzte es durch. Mit verbissener Wut hörte er sich die Artikel der liberalen Blätter an. In manchen wurde dem FEIND Gerechtigkeit zuteil, man wagte jetzt anzuzweifeln, was bisher als unumstößliche Tatsache gegolten hatte, daß nämlich Deutschland gegen seinen Willen in den Krieg hineingerissen worden sei. Er ließ sich das Blatt geben und zerfetzte es. Er wollte die Blätter nicht herausgeben, sondern sie an geheimem Ort verwenden. Die anderen Saalgenossen warteten aber schon auf das Blatt, und es entspann sich eine neue Schlägerei, bei der der Gefreite den kürzeren zog. Ein Artillerist jüdischen Glaubens kam, mit seinen schweren Stiefeln dröhnend und sporenklirrend, auf ihn zu, riß ihn an den Achseln hoch, sah ihm fest in die Augen, mit denen H. angeblich nicht sah, faßte dann H.s Kopf mit beiden Händen und warnte ihn, wenn er noch einmal Stunk mache, werde er ihm den Kopf so an die Wand schlagen, daß er es nie mehr vergesse. Dann zerrte er ihm die Papierfetzen aus den geballten Fäusten und ging davon. Er schlug den Kriegsblinden nicht. H. höhnte nur darüber. Er hätte, sagte er, an seiner Stelle anders gehandelt. Hilf dir selbst, so hilft dir Gott, war sein Wahlspruch, dem Stärkeren war alles erlaubt. Für den Gegner war auch die geringste Achtung zuviel.

Am gleichen Abend erzählte er seinen am Bettrand aufgepflanzten Kameraden, er habe es nie verstehen können, daß man gefallenen französischen Offizieren die gleiche Ehre erweise wie deutschen, zum Beispiel französischen Fliegern, die abgeschossen wurden. Die Franzosen dürfe man nicht einmal verscharren, wenn sie tot seien, aber was die Judt anlangt, so dürften sie nicht einmal die Ehre haben, in deutscher Uniform zu kämpfen, man müßte ihnen gelbe Aufschläge geben usw.

Um das alles hatte ich mich als objektiver Arzt nie zu kümmern. Er war abstoßend, aber es war sein Recht, abstoßend zu sein. Für mich hieß es nicht, sich für oder gegen ihn zu entscheiden, ich hatte ihn nicht zu richten.

Ich hatte die Wahl, entweder den Fanatiker abzuschütteln oder aber ihn mit allen meinen Mitteln von seinen Leiden zu befreien und von der Zeit zu erwarten, daß sich die große Energie dieses Menschen anderen, humaneren, besseren Zielen zuwende. Ich habe nie begriffen, daß ein Mensch so von sich hypnotisiert sein kann, daß er nie lernt, nie zweifelt, nie zulernt. Aber H. war einer von diesen.

Aber er verstand, mit Menschen umzugehen, er paßte sich an, er sah uns, obwohl er uns nicht sah. Er wußte den Großen, zum Beispiel mir, dem Arzt im Hauptmannsrang, der an der Front als Kombattant gewesen und das Eiserne Erster erworben hatte, entgegenzukommen. Er brachte es, ich weiß nicht wie, dazu, daß ich mich um ihn besonders kümmerte.

Ich begab mich eines Nachts, als auch ich von Schlaflosigkeit geplagt war (ich sorgte mich um meine Mutter, die schwer unter den Enbehrungen litt), in mein kahles Arbeitszimmer und rief H., der im Korridor umhertappte wie ein Schlafwandler, zu mir. Ich setzte ihn ins Licht, hielt mich im Dunkel, so weit entfernt von der Lampe, daß ich eben meine stenographischen Aufzeichnungen machen konnte. Ich ließ ihn sprechen, und er sprach stundenlang ohne Unterbrechung fort. Ich erfuhr, daß er Oberösterreicher war. Aus Liebe zu Deutschland hatte er den Dienst im österreichischen Heer verschmäht – »ich wollte nicht für Habsburg fechten« – und war in den Dienst der Deutschen getreten. Er hatte den Krieg mit Jubel begrüßt als seine Rettung, als Rettung der Welt. Sein Vater war ein Bauer, ein Kleinhäusler, dann hieß es, er sei ein k.u.k. Zollamtsoffizial gewesen, ein kalter, förmlicher, strenger Mensch. Der Vater war mehrmals verheiratet gewesen, hatte Kinder aus drei Ehen (fast wie der meine). Die Mutter hatte H. bald verloren (ich dachte an die meine, von der nicht die besten Nachrichten kamen).

Er sei ein armer Kunststudent in Wien gewesen, habe kleine Bilder in Öl in Postkartenformat gemalt und sie im Bratofen geröstet, bis sie schön braun wurden und Akademieton erhielten. Aber dann habe er die Aufnahme in die Akademie nicht erreichen können, man habe ihn für einen großen Baumeister gehalten, der zu schade sei für die Malereiklasse. Er habe, in Not, als Anstreicher an einem Neubau gearbeitet, sei von den organisierten, unter Judenherrschaft stehenden Arbeitern verhöhnt und weggejagt worden ohne Grund, einfach weil die Proleten den besseren, gebildeten Menschen, einen Nichtraucher, Vegetarier, Abstinenten haßten. Er habe sich in den Straßen umhergetrieben, oft habe ihn ein gutherziger »Plattenbruder«, ein heimloser Vagant, wie es deren viele gab, die sogar in verlassenen Kanälen des Wienflusses unter der Erde nächtigten, mit ein paar Kreuzern oder einem Viertellaib Brot unterstützt. Er hatte eine sehr harte Jugend gehabt, viel härter als ich.
Er habe oft im Männerheim im 20. Wiener Bezirk genächtigt, habe nachts oft von dort weglaufen wollen, weil ihm der Geruch der Vagabunden unerträglich gewesen sei, aber seine Kleider seien beim Entlausen gewesen, er hätte sie erst am nächsten Morgen, ganz »verwurstelt« und häßlich geworden durch den heißen Desinfektionsdampf, zurückerhalten.
Er habe sich immer für Politik interessiert, er stamme von der Grenze und habe Deutschland aus der Nähe gesehen, sich immer gesehnt, ein Deutscher zu sein, weil das neue Deutschland von 70/71 groß und hart, das alte Österreich von 1866 aber weich und morsch sei. Der Judt habe es vergiftet, niemand anders, wie er auch Galizien vergiftet und »ratzekahl« gefressen habe. Er kam immer wieder auf die Juden zurück. Sie seien die schwarze Rasse im eigentlichen Sinn, die Todfeinde der Deutschen als der weißen Rasse. Christusrasse gegen Judenrasse. Christus sei Arier gewesen, Judas das Urbild des Judt. Der eine müsse leben, der andere zugrunde gehen. Ich wollte ihn ablenken. Um ihn auf eine andere Sache zu führen, die in der UNTERSEELE schlummern mochte, fragte ich ihn, ob er nicht von Frauen enttäuscht worden sei, ob er vielleicht eine jüdische Frau kennengelernt habe, die ihm nicht gut gewesen sei. Er wurde zuerst glühend rot, dann blaß vor Wut. Aber er bezwang sich, denn er wollte es nicht mit mir verderben. »Herr Stabsarzt wissen ja ohnehin alles«, sagte er spöttisch. Und damit war das Gespräch abgeschnitten. Er sprach nicht mehr, und sein leeres, wie

Porzellan glänzendes Auge wanderte zerstreut umher. Jetzt sah er nichts.
Er hatte eine rauhe, tiefe, mißtönende Stimme, aber man konnte sich ihr nicht leicht entziehen. Ich hatte viel Arbeit für den nächsten Tag vor, und trotzdem hätte ich ihm noch lange zuhören mögen. Er war übrigens auch einer »schönen Musi« sehr zugänglich und liebte Wagners, des Judenfeindes, Werke am meisten.

Das Los eines mit hysterischer Blindheit geschlagenen Menschen ist immer sehr schwer. Er ist mehr Krüppel als einer, der auf zwei Prothesen daherhumpelt. Er ist unglücklicher als ein »echter Blinder«. Ein solcher Mensch findet sich oft sehr schnell mit seinem Unglück ab. Die echten Blinden sehen nach innen. Sie arbeiten sehr gerne, sind anstellig, bescheiden, lernen ein Blindengewerbe ausüben, lernen Blindenschrift lesen. Oft gründen sie eine Familie, und man ist überrascht von ihrem zufriedenen Gesichtsausdruck. Man bemitleidet sie, was sie gar nicht wollen, und hilft ihnen. Anders ist es aber mit den hysterisch Blinden. Hier im Lazarett hatte H. gut Sympathien sammeln. Er war hier noch von Staats wegen und auf Staatskosten untergebracht, er litt keine äußere Not, hatte sogar viel Gesellschaft, er war mit allem Nötigen versehen. Der Krieg ging aber zweifellos seinem Ende entgegen. Was konnte dann für diesen Mann kommen? Wer nahm ihn auf? Nicht die Blindenanstalt, nicht die Heimatgemeinde, nicht einmal eine Irrenanstalt. Er hatte keine Familie, seine Heimat war die Kaserne. Er war nicht richtig avanciert, denn der Unteroffizier beginnt erst beim Sergeanten, aber er war ein guter Soldat, der Gefreite. Er war Soldat, Soldat, Soldat und sonst nichts.
Aber selbst wenn die alte Armee weiterbestünde, was sollte sie mit einem Menschen beginnen, der nicht sehen konnte? Er, der schon einmal beinahe gebettelt hatte, der auf Hausieren mit Postkarten angewiesen war, er konnte weiter betteln; Postkarten zu bemalen war er aber nicht mehr imstande.
War ihm zu helfen? Ich dachte lange nach, und endlich ging es mir auf. Ich konnte versuchen, durch eine ingeniöse Verkuppelung seiner zwei Leiden mit seinem Geltungstrieb, seinem Gottähnlichkeitstrieb, seiner Überenergie einen Weg zu finden, ihn von seinen Symptomen zu befreien. Daß ich ihn damit nicht von seiner

Grundkrankheit heilen konnte, gestand ich mir nicht ein. Da war ich blind. Ich wollte es nicht sehen, weil mich eine Art Leidenschaft ergriffen hatte. Auch ich wollte wirken, ich mußte handeln. Ich wollte herrschen, und jede Tat ist mehr oder weniger ein Herrschen, ein Verändern, ein Sich-über-das-Schicksal-aktiv-Erheben. Auch H. hatte sich über das Schicksal erhoben. Er wurde lieber blind, als daß er sich den Untergang Deutschlands ansah. Seine Blindheit war ein Zeichen seines außergewöhnlich starken Willens.

Ich mußte diesen Mann, der bei aller seiner Nüchternheit beim Wein in seinem Größenwahn ein hemmungsloser Phantast war, mit der Phantasie fassen. Er, der vielleicht im einzelnen nicht immer mit Absicht, Ziel und Zweck log, sondern im ganzen ein Stück gigantischer Lüge war, für den es keine absolute Wahrheit gab, sondern nur die Wahrheit seiner Phantasie, seines Strebens, seiner Triebe, ihm mußte ich nicht mit logischen Überlegungen, sondern mit einer großartigen Lüge kommen, um ihn zu überwältigen.

Ich ließ ihm durch den ihm so sehr gewogenen Unteroffizier mitteilen, ich interessiere mich für seinen Fall, der etwas Außergewöhnliches sei und der vielleicht in einer Stunde geheilt sein könne, und ich würde ihn im Laufe des Tages sofort holen lassen, sobald ich eine freie Minute hätte. Er setzte eine abweisende Miene auf, berichtete man mir, vielleicht hatte er Angst, ich könnte ihn durchschaut haben. Ich ließ ihn gar nicht erst kommen. Ich hatte tatsächlich andere Arbeit genug. Er sollte gespannt sein. Er sollte nach mir rufen, er sollte mich sehnsüchtig erwarten, und er war es, der eines Abends durch den verlassenen Korridor angetappt kam und Einlaß begehrte. Ich ließ ihn eintreten, schrieb aber seelenruhig weiter, das Kritzeln der Feder mußte er hören. Er wagte nicht, mich anzusprechen. Ich ließ ihn stehen und ging aus dem Raum. Er kehrte erst viel später in den Korridor zurück.

Ich ließ mir Zeit. Ich wußte, er schlief jetzt gar nicht mehr. Die Aussicht, ich könne ihm den Schlaf wiedergeben, erregte ihn so, daß er nicht einmal zwei bis drei Stunden schlief, was er vorher getan hatte. Endlich glaubte ich, er sei vorbereitet. Ich ließ ihn eintreten, zündete zwei Kerzen an und begann, seine Augen mit dem Augenspiegel zu untersuchen. Die Hornhaut spiegelte, sie war glatt, die Bindehaut war etwas gerötet, eine Folge der Schlaflosigkeit. Die Augen, etwas hervorstehende, blaugraue Augen von merkwürdig stechendem, bestechendem Ausdruck, tränten ein wenig. In seinen Zügen drückte sich furchtbare Spannung aus, ich sah, er fürchtete, ich würde ihm sagen, was ihm bisher alle Ärzte und der jüdische Pfleger gesagt hatten, daß er lüge, daß seine Augen gesund seien und daß er doch sehen *müsse*, wenn er nur wolle. Ich tat das Gegenteil. Aufseufzend tat ich den Augenspiegel wieder in das Futteral zurück, löschte die Kerzen aus und sprach im Dunkel mit ihm. Eigentlich war es ja nur für mich dunkel geworden, für ihn war es immer so gewesen seit seinem Abgang oder seiner Flucht von der Front. Ich sagte ihm, meine ursprüngliche Ansicht habe sich nach verschiedenen Zweifeln doch als wahr erwiesen, seine Augen seien durch das Gelbkreuz furchtbar geschädigt, er könne tatsächlich nichts sehen. Ich hörte ihn aufatmen. Ich fügte hinzu, ich hätte auch niemals annehmen können, daß er, ein reiner Arier, ein guter Soldat, ein Ritter des Eisernen Kreuzes Erster Klasse, lüge und etwas vortäusche, das nicht bestehe.

Leider sei damit auch meine Möglichkeit, ihm zu helfen, abgeschnitten. Es wäre mir ein leichtes gewesen, ihn von seiner Schlaflosigkeit zu befreien, wenn er meinen Blick hätte aufnehmen können oder wenn er seinen Blick auf irgendein glänzendes Objekt hätte konzentrieren können. Die Hypnose wirke durch das Auge. Blinde könne man nicht hypnotisieren, ich wenigstens könne es nicht. Jedermann müsse sich in alles schicken, gegen das Schicksal sei nichts zu tun. Außer diesen wenigen Sätzen sagte ich nichts. Er tat, als wolle er von seinem Stuhl aufstehen und fortgehen, aber ich hatte ihn schon gebannt, und er setzte sich wieder hin. Er schüttelte den Kopf. Er wehrte sich gegen mich, aber jetzt war ich der Stärkere, da ich auf die UNTERSEELE dieses Menschen wirkte. Denn im Grunde seiner Seele wollte er wieder sehen, und sein Wunsch war, ich sollte ihn mit Gewalt dazu zwingen. Voll Freude an meiner Übermacht fühlte ich, ich hatte ihn in der Gewalt. Ohne es ihm zu befehlen, dachte ich mit aller Energie daran, er solle seine Hände über dem Schoß falten. Er tat es. Er solle an seinem Eisernen Kreuz nesteln, als wollte er es abnehmen. Er gehorchte. Ich befahl ihm, er solle mir sein Geheimnis mit den Frauen mitteilen. Ich überwand den Widerstand, und er sprach. Ich befahl ihm, er solle den rechten Arm ausstrecken, er zögerte, aber dann tat er auch dies. Kein Wort mehr, ich wußte, was ich wissen mußte. Alles ging jetzt stumm vor sich, Geist gegen Geist. Ich sah, er hatte Durst. Ich brachte ihm kein Wasser, wozu auch? Es wäre Wahnsinn gewesen, die Sitzung jetzt zu unterbrechen.

Nachdem ich alles in Erfahrung gebracht hatte, hieß es wirken. »Es geschehen keine Wunder mehr«, sagte ich. Er ließ den Kopf auf die Brust sinken und antwortete nicht. »Aber«, setzte ich fort, »das gilt bloß für Durchschnittsmenschen. Es sind an auserwählten Menschen dennoch oft Wunder geschehen, es muß doch Wunder geben und große Menschen geben, vor denen die Natur sich beugt, glauben Sie nicht?« – »Wie Sie denken, Herr Stabsarzt«, sagte er heiser. – »Ich selbst bin kein Scharlatan, kein Wundertäter«, sagte ich, »ich bin ein einfacher Arzt, aber vielleicht haben Sie selbst die seltene, in allen tausend Jahren einmal vorkommende Kraft, ein Wunder zu tun. Jesus hat solche getan, Mohammed, die Heiligen.« Er antwortete nicht, sondern starrte vor sich hin und atmete schwer. »Ich könnte Ihnen nur die Methode angeben, mit deren Hilfe Sie sehen würden, obgleich Ihre Augen verätzt sind vom Gelbkreuz. Ein gewöhnlicher Mensch wäre mit Ihrem Augenbefund blind auf Lebenszeit. Aber für einen Menschen von besonderer Willenskraft und geistiger Energie gibt es keine Grenzen, die naturwissenschaftliche Erkenntnis gilt für ihn nicht mehr, und der Geist sprengt die Mauern, bei Ihnen die dicke weiße Schicht in der Hornhaut, aber vielleicht haben Sie diese Kraft zum Wunder nicht.« – »Wie kann ich es denn wissen?« fragte er. »Das müssen Herr Stabsarzt wissen.« – »Trauen Sie sich aber den Willen zu?« antwortete ich. »Dann versuchen Sie es, öffnen Sie die Augen weit. Ich werde jetzt meine Kerze mit einem Zündhölzchen anzünden. Haben Sie den Funken gesehen?« – »Ich weiß nicht«, sagte er, »ein Licht nicht, aber eine Art weißen runden Schimmers.« – »Das ist nicht genug«, sagte ich, »das reicht nicht. Sie müssen blind an sich glauben, dann werden Sie aufhören, blind zu sein. Sie sind jung, es wäre schade um Sie! Sie wissen, daß Deutschland jetzt Menschen braucht, die Energie und blindes Vertrauen in sich haben. Mit Österreich ist es zu Ende, aber mit Deutschland nicht.« – »Das weiß ich«, sagte er mit ganz veränderter Stimme, stand auf und hielt sich an der Tischkante fest. Aber er zitterte noch. »Hören Sie«, sagte ich fest, »ich habe hier zwei Kerzen, eine rechts, eine links. Sie *müssen* sehen! Sehen Sie sie?« – »Ich fange an zu sehen«, sagte er, »wenn es doch möglich wäre!« – »IHNEN IST ALLES MÖGLICH! GOTT HILFT IHNEN, WENN SIE SICH SELBST HELFEN! In jedem Menschen steckt ein Stück Gott, das ist der Wille, die Energie! Fassen Sie alle Ihre Kraft zusammen. Noch mehr, noch mehr, noch mehr! Gut! Jetzt genug! Was sehen Sie jetzt?« – »Ich sehe Ihr Gesicht,

Ihren Vollbart, Ihre Hand und den Siegelring, Ihren weißen Kittel, die Zeitung auf dem Tische und die Aufzeichnungen über mich.« – »Setzen Sie sich«, sagte ich, »ruhen Sie sich aus. Sie sind geheilt, Sie haben sich selbst sehend gemacht.« Ich stand auf und ging im Zimmer umher. H. folgte mir jetzt mit seinen Blicken, ganz wie es ein Mensch mit normalem Auge tut. Er sah auch auf den Tisch und versuchte, meine Aufzeichnungen über ihn zu entziffern. »Sie haben sich wie ein Mann gehalten«, sagte ich, »und wenn Sie in Ihre Augen Licht gebracht haben kraft Ihres Willens, so werde ich in Ihre Gehirnzellen kraft meines Willens etwas wohltätige Dämmerung bringen, und Sie werden von heute an wieder beginnen zu schlafen. Sie werden bis auf Widerruf alles tun, was ich, zu Ihrem Wohl, befehle. Wollen Sie das?« – »Wie Herr Stabsarzt befehlen. Schlafen! Wenn Sie aber das zustande bringen könnten?!!« Ich sagte nun nichts mehr, ließ ihn nochmals aufstehen und sich von mir auf den Untersuchungstisch betten lassen. Ich schob ihm die in die Stirn hereinfallende Stirnlocke zur Seite, strich ihm über die feuchte kalte Stirn und suggerierte ihm, ohne ein Wort, ihm unablässig in die Augen blickend, er werde die Augen schließen und werde sie, auch wenn ich sie ihm auseinanderzuziehen suche, nicht mehr öffnen können und werde dann ohne einen Traum bis zum nächsten Morgen schlafen.
Alles geschah, wie ich es wollte. Ich hatte das Schicksal, den Gott gespielt und einem Blinden das Augenlicht und den Schlaf wiedergegeben. Am nächsten Tag schrieb ich an Helmut, der im Kriegsministerium diente, er möge versuchen, einem Gefreiten A. H. einen Druckposten zu verschaffen. Druckposten hieß leichter Posten, wo ein solcher Mensch sich erholen konnte.

In jene Zeit fiel ein in der »Vossischen Zeitung« veröffentlichter Aufruf des Juden Walther Rathenau zu einer Erhebung des gesamten Volkes, einer levée en masse, um die Grenzen zu schützen. Der Aufruf fand keinen Widerhall, denn Rathenau hatte keine Autorität und wußte die Massen nicht zu packen. Das Heer zog sich zurück. Die Dynastien sanken eine nach der anderen ohne Kampf und ohne Klage von den Thronen, und es gab keine Ordnung mehr. Man warf den früheren Herrschern vor, sie hätten das Volk belogen und getäuscht. Niemand wollte zugeben, daß der Krieg

verloren war und das Volk diese Lügen und Täuschungen verlangt hatte.
Die Soldaten und Offiziere strebten nach Abschluß des Waffenstillstands der Heimat zu. Das Lazarett leerte sich schnell. Die Gewißheit, vor der Kugel geschützt zu sein, bewirkte so viele Heilungen von Gelähmten, Zitterern, Kriegsblinden und -tauben, wie es kein Arzt hatte zustande bringen können. Ich nahm Urlaub. Im Lazarett herrschte Unordnung, Trubel, es bestand kein Kommando mehr, seit es keinen »obersten Kriegsherrn« mehr gab. Ich sammelte die Krankengeschichten verschiedener Patienten, unter ihnen waren meine Protokolle, welche sich auf A. H. bezogen. Sie konnten mir dienen, wenn ich in einer wissenschaftlichen Arbeit Exempel über die Folgen gewaltigster Leiden seelischer und körperlicher Art für den Menschen beibringen wollte.
Ich reiste nach M. zurück und nahm dort Quartier in dem besten Zimmer des Hotels »Zum ehemaligen Prinzregenten von Bayern«, wo ich als Student Teller gewaschen hatte. Niemand erkannte mich. Das Personal hatte gewechselt. Es bestand jetzt aus alten Männern und jungen Frauen. Die jungen Männer hatten ins Feld gemußt.
Der Regent des Landes Bayern existierte nicht mehr. An seiner Stelle kommandierten die Arbeiter- und Soldatenräte. Aber sie herrschten nicht. Da niemand wußte, was das Dringendste war, und da man vor allem kein gemeinsames Ideal und politisches Ziel hatte, kam man aus den endlosen unfruchtbaren Diskussionen um die Macht nicht heraus. Das offizielle Ministerium hatte noch weniger Macht als die Räte, denn woher sollte seine Autorität kommen? Vielleicht wollte niemand mehr herrschen und führen; die anderen so wenig wie ich.
Mein erstes war, mich mit meinen Eltern in Verbindung zu setzen. Da die Eisenbahnen ausschließlich dem Truppentransport dienten und kein Auto zu haben war, nahm ich einen klapprigen Wagen mit einem lahmen, furchtbar abgemagerten Pferd und fuhr nach S., ohne mich vorher anzukündigen. Ich klopfte an die Tür unseres Häuschens, nachdem mir auf das Läuten der alten Schelle niemand durch den hohen Schnee des Gartenweges entgegengekommen war. Die sehr leise, von furchtbaren Hustenstößen unterbrochene Stimme meiner Mutter antwortete mir. Ich trat ein.
Das Zimmer war von dem üblen Dunst erfüllt, den der schwelende Torf gibt, wenn man ihn verheizt. Kohlen schienen sie nicht be-

kommen zu haben, und es lagen zum Trocknen ganze Haufen von schwärzlich grauen Torfwürfeln am Ofen. Meine Mutter umarmte mich mit ihren dünnen Armen, dann legte sie sich, vor Schwäche schwankend, über ihren alten Kleidern einen wollenen Sweater, auf ein Sofa nahe dem Ofen und zitterte vor Fieber. Sie war kaum zu erkennen. Was mir da weinend an der Brust gelegen hatte, war ein von Lungenschwindsucht und von Kummer ausgehöhltes Wesen, nur noch der Schatten der Frau, die ich noch vor einem Jahr gesehen hatte. Sie hustete fast ohne Unterlaß. Ihre einst so prachtvollen Schwarzkirschenaugen lagen tief in den Augenhöhlen, sie brannten in krankhaftem Feuer. Sie sprach viel und leise, atemlos, überhastete sich, doch schien sie alles überlegt, vorausbedacht zu haben.

Ich wollte näher an ihr Sofa rücken, in das sie zurückgekehrt war, ihre Decke bis an ihr spitz gewordenes Kinn ziehend, aber sie, in der Befürchtung, mich anzustecken, flehte mich an, ich solle ihr nicht zu nahe kommen. Mein Vater war auf der Post, um nach Briefen von mir zu fragen. Die Postboten waren in einen Proteststreik getreten und hatten ihre Bestellgänge eingestellt, leerten die Postkästen nicht, und mein Vater wußte nicht, ob die Briefe und ein Telegramm, die er in den letzten drei Tagen an mich geschickt hatte (so lange hatte meine Reise von P. hierher infolge der schlechten Eisenbahnverbindung gedauert), mich noch in P. angetroffen hatten. Sie fragte mich, ob ich nicht in Not sei, ob ich gegessen habe, ob ich ein Quartier habe. Ich beruhigte sie. Ich hatte viel Geld gespart, denn in P. hatte ich fast nichts ausgeben können. Ich bot ihr Geld an. Vielleicht war sie es, die in Not war, fiel mir schwer aufs Herz. Sie nahm hastig das Geld und verbarg es unter dem Kopfpolster.

Sie erzählte mir, stockend jetzt und wie von Scham gehemmt, sie lebe nicht mit meinem Vater allein, sondern es sei auch der Sommergast wiedergekommen, das blonde Kind, das ungetreue, »abgefeimte« Wesen, die verstockte Lutheranerin. Mein Vater und sie hätten sich bereits untereinander verabredet, sie wisse genau, wie es um sie stehe. Man wolle es ihr verheimlichen und ihr trügerische Hoffnungen machen. Mein Vater sei fast den ganzen Tag aus dem Haus, aber Heidi habe sich geweigert, den Geistlichen heute nochmals kommen zu lassen, nachdem er schon gestern dagewesen sei. Aber gestern hätte sie sich noch nicht so todesnah und klar gefühlt wie heute. Vielleicht habe sie auf mich warten müssen. Ihr sei jetzt wohl. Ich solle ihr die Liebe tun, sofort zu ihm zu gehen und mich weder von meinem Vater noch von der Lutheranerin abhalten lassen.

Ich sah, sie war bei vollem Bewußtsein trotz des hohen Fiebers, $39^1/_2$ Grad. Die UNTERSEELE hatte keine Gewalt über sie, da ihre Vernunft durch den katholischen Glauben an das Jenseits aufrechterhalten wurde. Sie hielt mich aber noch einen Augenblick zurück, die Worte mehr mit den Lippen formend als mit dem Atem, da offenbar ihre starken Schmerzen das tiefe Luftschöpfen und das Sprechen fast unmöglich machten. Sie flüsterte, sie wisse, sie habe mir Unrecht getan, ich sei an Vroni nicht schuldig gewesen, auch Vroni sei nicht an dem ganzen Unheil schuld gewesen, und sie habe in ihrem Letzten Willen bestimmt, sie und meine unehelichen Geschwister sollten etwas aus ihrem Vermögen erhalten, Vroni sollte die schönen Kleider von einst bekommen, die noch in der Truhe lägen. Sie verzeihe ihr, auch ihrem Mann, nur dem Heidi nicht, so nannte sich das blonde lutheranische Fräulein, eine Lehrerin aus Pommern. Dann hauchte sie, meine Hände mit ihren fast gewichtslosen Händen streichelnd und sie dann eine nach der andern an die Lippen und an ihre Brust führend, als könnte ich ihr die Lippen kühlen oder den Schmerz in der Lunge besänftigen, ich solle noch Geduld mit ihr haben und bei ihr bleiben, bis es zu Ende sei. Den Arzt wollte sie nicht mehr, die Spritzen schmerzten, aber halfen nicht mehr, die Wissenschaft sei eitel Trug, das wisse sie seit dem Judenkaiser. (Daß sie damit auch mich und meinen Beruf angriff, kam ihr nicht in den Sinn.) Sie müsse sich in ihr Schicksal schicken, deshalb heiße es Schicksal, sagte sie mit einem herzzerreißenden, schelmisch sein sollenden Lächeln. Sie gab mir, plötzlich verstummend, das Geld zurück und meinte dann, sie brauche es ja nicht mehr.

Wahrscheinlich hatte sie lange Zeit hindurch den Wunsch gehabt, über Geld zu verfügen. Aber Heidi führte die Wirtschaft.

Sie irrte unruhig mit den Blicken umher, auch mit einer Art Angst, als wollte sie den Ausgang finden. Dann faßte sie sich. Ich sollte nach dem Begräbnis dem Ortspfarrer persönlich eine Summe übergeben für soundsoviel Messen, hier und in ihrem Heimatort zu lesen. Sie wisse nicht, ob das ausreiche, alles sei jetzt so teuer geworden. Aber ich solle ja nicht sparen damit, auch wenn ich nicht ans Fegefeuer glaubte. Begraben wolle sie in M. werden. Alles in größter Einfachheit. Sie sterbe nicht gern. Sie habe sich sehr auf

mich gefreut, und sie habe viel gebetet und gut gebetet. Denn Gott und die Hl. Jungfrau hätten sie erhört, daß ich den Krieg überlebt habe, der soviel prächtigen jungen Menschen das Leben gekostet habe. (Ein Schatten kam an den Fenstern vorbei.)
Sie sprach jetzt noch leiser, ich mußte ihre Lippen ganz nahe ansehen, um sie zu verstehen. Der Torf prasselte, knallte auf, einen Augenblick wurde es im Zimmer hell, dann wurde es wieder dämmerig. Sie wollte nicht, daß ich schon Licht machte. Ich glaube, sie wollte mich nicht erschrecken durch ihr elendes, verwüstetes Aussehen. Die weibliche Eitelkeit war nicht ganz erloschen. Sie hatte alle ihre Ringe noch, auch den, den mein Vater ihr gelegentlich des »Operatiönchens« gekauft hatte. Die Erinnerung kam über mich, der Schmerz stieg mir die Kehle hoch, und die Tränen waren da. Sie sah es mißbilligend und zog sich etwas an die Wand zurück. Ich dachte mir, sie würde sich wohler fühlen, wenn sie statt Kleid und Sweater ein Nachthemd und eine Flanelljacke anzöge. Sie schüttelte den Kopf, es war ihr nicht recht. Sie wollte bleiben, wie sie war, und sie wollte nicht, daß ich ihr durch meinen Schmerz das Unvermeidliche schwerer machte. Sie wollte gut und fromm, das heißt freudig und getröstet sterben. »Geh jetzt, geh!« sagte sie, ließ mich aber nicht los, sie hielt mich unabsichtlich fest, so wie sie es früher des öfteren getan hatte. Ich sah, sie hatte noch etwas auf dem Herzen, und da sich wieder der Schatten am Fenster gezeigt hatte und ich nicht wußte, ob wir im Laufe des Abends noch allein sein würden, bat ich sie, es mir schnell zu sagen. Sie erhellte sich sofort und kam näher zu mir, sich angestrengt auf dem Sofa bewegend, sie nickte, ich hatte ihre Gedanken erraten. »Aber du versprichst mir«, sagte sie, »daß du niemals böse bist darüber. Und daß du es mir nie in Gedanken vorwirfst, wenn es dir dann doch nicht leicht wird. Auch mußt du nicht sofort antworten, du kannst mir morgen sagen, ob du dich binden willst. Nein, aber nein«, sagte sie nach einem furchtbaren Hustenanfall, und die dunklen Augenlider flatterten vor Erregung über ihren brennenden tiefliegenden Augen, »morgen ist vielleicht nicht mehr Zeit, sage es sofort, ja oder nein, nur zwinge dich ja nicht. Aber ich würde doch viel beruhigter sterben, wenn...« Sie hatte doch nicht den Mut, davon zu reden. Sie kam auf den Partezettel zu sprechen, es solle ausdrücklich darin stehen, sie habe ihre lange und qualvolle Krankheit »mit christlicher Geduld« ertragen. »Wirst du dir das merken?« Ich nickte unter Tränen. Dann wollte sie eine Aufzählung der Men-

schen machen, die wir benachrichtigen sollten, damit sie an der Seelenmesse und Einsegnung in der Kirche von M. teilnehmen könnten. Ich ließ sie aber die Liste nicht vollenden und sagte ihr: »Sprich lieber schnell von dem, was du wirklich auf dem Herzen hast, Mutter, sage mir das, was am wichtigsten ist. Ich werde dir folgen.« – »Du bist noch jung«, sagte sie mit verhältnismäßig sehr klarer Stimme. »Du bist jung und mußt leben. Du wirst heiraten. Ohne Ehe kann der Mensch nicht sein, besonders jetzt nicht, in dieser Zeit. *Ihn* kann ich nicht hindern, er mag tun, was er will. Du aber versprich mir, du heiratest keine Lutheranerin, keine Jüdin gar. Es würde euer Segen nicht sein. Dein Vater hat niemals an die Hl. Dreifaltigkeit geglaubt. Deshalb hat er dich mir abspenstig gemacht, und wir sind unglücklich geworden. Du sollst eine brave Frau, eine gute Katholikin heiraten, arm oder reich, ganz gleich, darauf wirst du nicht sehen. Glaube mir...« Ich ließ sie nicht mehr mit langen Reden sich anstrengen und versprach es ihr.
Mein Vater kam, in einem kurzen Jagdpelz, den Opossumkragen voll Schnee. Das Heidi kam gleich hinter ihm. Er war sehr froh, daß ich da war, und zeigte mir ein paar Briefe, die er mir geschrieben hatte, die zurückgekommen waren und welche der Postmeister ihm eben gegeben habe. Heidi machte sich am Bette meiner Mutter zu schaffen, die ihre geschickten Dienste dankbar und viel geduldiger entgegennahm, als ich gedacht hatte. Sie sprach nicht mehr viel, lag da, keuchte, hustete, und ihre Hände bewegten sich scheu auf der Decke. Ich ging und holte den Geistlichen. Er kam gegen acht und gab ihr die Letzte Ölung. Draußen lag tiefer Schnee, und Heidi schaufelte im Licht eines Kienspans (Kerzen gab es hier wohl schon lange nicht mehr) mit kräftigen Schneewürfen den Weg zum Gartentor breit aus.
Wir dachten, um Mitternacht sei es aus, aber es dauerte bis zum Morgen. Ich lag an dem Bette der Armen, mit der Stirn an der hölzernen Kante der Bettstelle. Ich hätte gerne gebetet, die liturgischen Worte kamen mir ins Gedächtnis zurück, aber beten konnte ich nicht. Und ich wußte, wenn ich es jetzt nicht konnte, würde ich es nie mehr können, komme, was wolle.
Mein Versprechen war mir nicht weiter schwergefallen. Heiraten und Lutheranerinnen lagen mir jetzt nicht im Sinn. Ich dachte nur an etwas anderes, das ich bereute, nämlich, daß ich zu ihrem Schmerz vor Jahren meine Tagebücher in griechischen Lettern und dann in Runenschrift geschrieben, daß ich mein unnützes Geheim-

nis vor ihr verborgen, daß ich ihr das Unrecht niemals ganz verziehen, daß ich sie nicht genug geliebt hatte, daß ich allein gelebt hatte mit Kaiser als Vater und ohne Mutter. Aber sie liebte ich doch! Und ich hatte sie mit meinem ganzen Herzen geliebt. Ich hatte wohl nur mittlere Gaben, und etwas Ungeheures war mir nicht gegeben. Es ist etwas Ungeheures, ein Unrecht zu vergessen und auf einen Schlag mit einem Kuß zu antworten. Es geht über Menschenkraft und tut doch not. Ich verstand jetzt, daß sie mir gegrollt hatte, daß sie immer auf mich gewartet hatte im Glauben, ich würde mich überwinden, ich würde auch ein Unrecht auf mich nehmen und sie mehr lieben als sie mich. Jetzt hörte ich, durch das Brett des Bettes fortgeleitet, genau den immer leiser werdenden Schall ihrer Atemzüge. Ich war Augenzeuge auch jetzt, unter Tränen, Seufzern und in meinem Leid. Gegen Morgen stand ich dann auf, als alles aus war, und erlaubte meinem Vater und Heidi nicht, näher zu kommen. Ich drückte ihr die Augen zu. Ich legte ihr die Hände zurecht, die noch ein wenig von dem heiligen Öl der Sterbesakramente an sich hatten, womit man sie am Abend gesalbt hatte. Sie konnte in dem schwarzen Kleid bleiben, nur der Wollsweater paßte nicht zu ihr. Ich tat ihn weg, ebenso wie die vielen unnützen Arzneien.

Dritter Teil

Meine Eltern hatten schon vor vielen Jahren im »Waldfriedhof« von M. eine Begräbnisstätte gekauft. Mein Vater war aber jetzt nicht dafür, die sterblichen Überreste meiner Mutter nach M. transportieren, dort einsegnen und beisetzen zu lassen. Heidi fand es überflüssig und murmelte etwas von süddeutscher Sentimentalität. Ich gab ihr keine Antwort und ordnete alles so an, als wäre ich es, der zu bestimmen hatte. Meine Mutter hatte den Ort S. nie geliebt. Sie hatte oft, zu Zeiten, als sie sich sehr elend fühlte, ihr künftiges Grab in M. besucht und mir sogar die Blumen genannt, die sie darauf gepflanzt haben wollte. Mein Vater gab mir, etwas beschämt, nach.

Ich als Kriegsteilnehmer mit meinen Auszeichnungen, meinem Stabsarzt- oder Hauptmannsrang, imponierte ihm, und er gestand mir auf der Reise nach M., er persönlich hätte immer gewünscht, es solle alles im Sinne der teuren Dahingeschiedenen geschehen, aber das »gar praktische« Heidi habe ihn auf den Gedanken gebracht, daß die Begräbnisstätte in M. ebenso wie alles seither im Preis gestiegen sei und daß man, ohne jemand zu schädigen, etwas Geld gewinnen könnte, wenn man meine Mutter, die doch nichts mehr wisse und im Himmel sei, auf dem billigen Friedhof von S. beisetze und die Begräbnisstätte in M. verkaufe.

Ich brachte meinen Vater in dem Zimmer neben dem meinen im »Ehemaligen Prinzregenten von Bayern« unter. Wir hielten die Verbindungstür offen und ließen uns jeder an einem Tisch nieder – er dort, ich hier –, um die vielen Partezettel und Telegramme an alle näheren und ferneren Bekannten aufzusetzen. Mein Vater vergoß häufig Tränen. Mir war dies nicht gegeben. Ich konnte nur sehr selten weinen.

Ich hatte vielleicht damals noch nicht ganz begriffen, wie groß mein Verlust war. Die Leiche war in einem geschlossenen Wagen nach M. gebracht und dort aufgebahrt worden. Als mein Vater und ich vor der herrlichen Kirche standen, der gegenüber ich als junger Student gewohnt hatte, entsann ich mich der großen Sehnsucht nach ihr und der innigen Zärtlichkeit, die mich damals bei aller meiner Not als Hungerstudent erfüllt hatte, wie ich das heiße Grogglas im »Abwasch« an meine Wangen gepreßt hatte, ihrer gedenkend, und wie ich, aus dem Fenster blickend, ihrer Fotografie die Alpenlandschaft und den Turm der Kirche gezeigt hatte, in deren Innern sie jetzt auf dem mit silbernem Zierat und Kreuzen bedeckten schwarzen Katafalk lag.

Unversehens waren mir die Tränen gekommen. Ich kniete nun an ihrem Sarge, mein Vater neben mir. Inzwischen hatte sich das Kirchenschiff mit einer Menge Personen gefüllt, und man hörte immer noch Autos und Wagen ankommen.
Als die Trauermesse zu Ende war, gingen wir an der Spitze eines ziemlich großen Leichenzuges still und feierlich zur Kirche hinaus, und es fuhren eine Menge von Pferdedroschken bei strahlendem trockenem Schneewetter zum Friedhof. Dort wurde die Leiche nochmals eingesegnet, es wurde ein kurzes Gebet gesprochen, dann trat ein Totengräber auf meinen Vater zu und drückte ihm, der vor Tränen nichts sehen konnte, eine blanke Kelle in die Hand, damit er etwas Erde in die Grube schütte, in welche man inzwischen an knarrenden Seilen den schwarzlackierten Sarg versenkt hatte.
Ich sah alles klar, und mit fester Hand schüttete ich ein Stück harte, wie zu Stein zusammengefrorene Erde in die Grube.
Jetzt hatten wir den unangenehmsten Teil vor uns, den Trauergästen als Leidtragende zu danken und ihnen allen die Hand zu drükken. Ich wußte nicht, sollte ich dazu meine schwarzen Handschuhe ausziehen oder nicht. Mein Vater behielt sie an, es war kalt, und er hat immer sehr empfindliche Hände gehabt. Er lächelte schmerzlich und bescheiden, aber es ehrte und erfreute und tröstete ihn, daß viele seiner Freunde aus seiner besten Zeit sich auf die Traueranzeige in der Tageszeitung hin seiner erinnert hatten und gekommen waren, so der Direktor und dessen Frau, beide in prachtvollen Pelzen, der Besitzer des Hauses, in welchem ich meine Kindheit verbracht hatte, der Anwalt, der ihn verteidigt hatte, seine Freunde vom Stammtisch. Auch von meinen Bekannten waren viele gekommen. Geheimrat v. Kaiser, immer noch ungebeugt, mit seinem seltsam verwitterten Gesicht, seinen feurigen Augen unter den buschigen schneeweißen Brauen. Sein Sohn Helmut, der mir warm und vertraulich zulächelte und den ich leise bat, er möchte mich doch bald aufsuchen. Er war in Uniform wie ich. Auch der alte Judenkaiser war erschienen, und er war einer der wenigen, die weinten. Er hatte mit seinem guten treuen Herzen alles vergessen, was zwischen ihm und ihr gewesen war, und sich nur erinnert, daß sie jahrelang in seiner Pflege gewesen war und daß er uns allen hatte helfen wollen. Auch seine Tochter war da, schöner denn je. Mir ging trotz der schweren Zeit ein Schauer des Entzückens durch das Herz, als sie mir die Hand drückte und mich

mit ihren großen, klaren, blaugrünen Augen anstrahlte, welche meinen Blick beherrschten. Sie schien aber nicht wie ihr Vater alles vergessen zu haben. Etwas Bitteres, Herrisches war geblieben, und ich hatte wohl gesehen, daß sie die Erde auf den Sarg meiner Mutter nicht etwa sanft aus der Kelle hatte herabgleiten lassen, sondern mit Gewalt hinabgeschleudert hatte.
Der Sommergast, das blonde Heidi, war nicht bei der Trauermesse in der Kirche anwesend gewesen, vielleicht liebte sie als Protestantin solche Zeremonien nicht. Jetzt war sie hier, sie hielt sich, ohne aufzufallen, dunkel und einfach gekleidet, nahe bei meinem Vater, dem ihre Nähe sichtlich wohltat. Erdschollen warf sie nicht hinab.
Außer diesen Trauergästen, mit denen man mehr oder weniger gerechnet hatte, waren noch vier andere gekommen, die unerwartet waren. Vroni, sehr abgearbeitet, aber immer noch mit einer Art herber bäurischer Schönheit in den Zügen und in der Haltung, war da mit ihren beiden Kindern, die jetzt 13 Jahre alt waren und von ihr die Schönheit geerbt hatten, die aber bei ihnen noch zart und weich war, und die meinem Vater ähnlich sahen – und mir. Sie alle waren sehr ärmlich gekleidet. Es fiel mir auf, daß die früher kohlschwarzen Haare und die einst so frische blühende Haut der früheren Geliebten meines Vaters messinggelbe Flecke hatten, wie sie die Arbeiterinnen in den Munitionsfabriken bekamen, die mit dem Einfüllen von nitroglyzerinhaltigen Explosivstoffen zu tun hatten. So waren die Spuren des Krieges bis hierher zu sehen.
Wenn das Erscheinen dieser Personen für meinen Vater und dessen Heidi eine unliebsame Überraschung war, so war es für mich das Auftauchen der Angelika C., der früheren Hausdame Geheimrat Kaisers, die ich nicht mehr wiederzusehen erwartet hatte. Sie war aber gekommen, sehr würdig in einem gut geschnittenen, tadellos sitzenden Trauerkleid. Ihr Mann, der Major, sei in den Rückzugsgefechten auf dem Feld der Ehre an der Westfront gefallen, teilte sie mir mit, und ich mußte ihr kondolieren wie sie mir. Sie hielt meine Hand länger als nötig fest. Und ich muß sagen, so wie mich die schöne, stolze, unversöhnliche Viktoria entzückt hatte, so tat es mir jetzt wohl, daß die alternde demütige Angelika meine Hand nicht aus der ihren lassen wollte und daß sie mich mit einem bittenden Blick anflehte, das Vergangene zu vergessen. Was hatte ich ihr zu verzeihen? Wir hatten jahrelang zusammengelebt und waren uns dann jahrelang aus dem Wege gegangen. Zu verzeihen gab es nichts.

Inzwischen hatte sich der Gottesacker (so hatte meine verstorbene Mutter immer den Waldfriedhof genannt) geleert. Blutrot ging die Sonne über den klar und silbergrau und schneebereift herüberscheinenden Gebirgen unter, es wehte herb und kühl von dem nahen Flusse her, in welchem das Eis krachend trieb. Wir kehrten stumm nach Hause zurück durch die spärlich erhellten Straßen. Vor den Lebensmittelläden standen, wie schon seit bald drei Jahren, die langen stummen »Schlangen«. Die Kanonen waren verstummt, die Flammenwerfer erloschen, die Gasgranaten platzten nicht mehr, und die Flieger schwiegen, der Himmel mit Wolken, Sternen und Blau war wieder zum Himmel geworden, aber es war kein Friede. Der Krieg war aus, die Blockade dauerte an. Hunger, Kälte, Not. Kein Brot kam herein. Wir, als wir abends nach S. heimkamen, waren froh, daß uns das praktische Heidi etwas zum Essen aufgetrieben hatte, es war ein »schwarz«, das heißt heimlich geschlachtetes Spanferkel. Sie hatte es sogar zustande gebracht, für den großen Ofen im Wohnzimmer ein paar Stück Kohle und ein paar ordentliche Scheite Holz heranzuschaffen. Vielleicht hätte ich mich an diesen Tisch nicht hinsetzen, an diesem Ofen nicht wärmen dürfen, aber ich habe es trotzdem getan. Ich bin im Laufe des Abends nur auf eine Stunde fortgegangen, um ihn und Heidi allein zu lassen, damit sie alles miteinander besprechen konnten, und bin beim Ortsgeistlichen gewesen, um ihm das Geld für die Seelenmessen zu bringen, wie die Selige es gewünscht hatte. Er hat mich aber etwas länger bei sich festgehalten, als ich angenommen hatte.

Ich lernte in dem Geistlichen einen gütigen, unfanatischen, aber durch die überschwere Zeit schon etwas verbrauchten Mann kennen. Er mußte sich Mühe geben, sich meiner Mutter zu erinnern, obwohl sie durch Jahre jeden Sonntag in seine Kirche gekommen war und er ihr die Letzte Ölung gegeben hatte. Der Geistliche notierte sich die ihm bestimmte Summe in ein dickes Buch und bezeichnete im Kalender das Datum der ersten dieser Gedächtnismessen. Er ließ mich nicht gehen, bevor er mir nicht ein Glas Schnaps angeboten hatte, wie ihn die Bauern hier heimlich brannten und das ich am liebsten sofort ausgespien hätte, denn Alkohol, auch in kleinen Mengen, tat mir seit einiger Zeit, seit den Gurkhastürmen wohl, nicht gut.

Er bemerkte meine Verwirrung, ließ mich nochmals niedersetzen und erging sich in Gesprächen über die Sittenlosigkeit der Bauern oder vielmehr der Bäuerinnen, die mit den stämmigen russischen Gefangenen, die sommers auf den Feldern mit ihnen arbeiteten, im Winter mit ihnen am Herde saßen, in heidnischer Weise zusammenlebten, zahlreiche Kinder zur Welt brachten, von denen nur eins feststand, daß der Vater kein katholischer Christ aus dem Orte war. »Und wie wird es erst jetzt, wo wir keinen König mehr haben und alle Behörden und Gerichte abgeschafft werden sollen?« Jetzt war ich es, der ihn beruhigte, denn ich glaubte, das Chaos würde nur bis zum Friedensschluß dauern, und dieser sei dank der Nachgiebigkeit der deutschen Heeresleitung und der Friedenssehnsucht des Volkes sehr nahe gerückt.
Er fragte mich nach meinen Erfahrungen und meiner Tätigkeit im Kriege. Ich antwortete nur, ich sei als Arzt im Feld gewesen, von dem Stoßtrupp schwieg ich. Und doch war mir die kurze Zeit als Stoßtruppsoldat tiefer zu Herzen gegangen als die lange der Amputationen, von den geistigen Kriegsruinen in P. ganz zu schweigen. Er meinte, es würde hier in der Gegend ein junger tüchtiger christkatholischer Arzt recht sehr erwünscht sein. Er nahm großen Anteil an seinem Pfarrsprengel, ich sah, ich hatte mich getäuscht, wenn ich ihn für schwachsinnig gehalten hatte. Der frühere Landdoktor, der allgemein beliebt gewesen sei, sei an Flecktyphus 1916 in den Karpaten als Stabsarzt d. R. bei der bayrischen Südarmee zugrunde gegangen, erzählte er, und die jungen Ärzte, die vertretungsweise hier geschafft hätten, seien einer nach dem anderen eingezogen worden, und der letzte sei infolge des flüchtigen Studiums so untüchtig gewesen, daß kürzlich erst eine Holzfällersfrau im Ort Schrangen an einer Geburt gestorben sei. Das Kind, leider ungetauft, sei mit ihr »abgeschieden«, während der junge Arzt dabeigesessen sei und sich die Haare gerauft habe. Ob ich nicht Lust hätte, hier mich ansässig zu machen? Ich sagte, ich wolle es überlegen, und kehrte zu meinem Vater und Heidi zurück.
Die beiden hatten schon in der kurzen Zeit, die seit dem Tode meiner armen Mutter verstrichen war, die Wohnung ganz nach ihrem Geschmack umgemodelt. Manches war hübscher geworden, ich gebe es zu, es waren eben Menschen, die dem Leben und dem Genießen geneigt waren und die nicht mit dem Jenseits rechneten, deshalb wollten sie es hier möglichst gemütlich haben, schonten sich und nahmen nichts ernst außer ihrem Wohlbefinden, sie waren

gesund und freuten sich des Lebens. Ich hielt mich von ihnen abseits, das Bild meiner Mutter trat immer mehr vor mein Auge, und nachts geschah etwas, das ich seit meinem ersten Studienjahr nicht mehr gekannt hatte, meine Lippen bewegten sich, ich sprach mit ihr, lange, fast die ganze Nacht hindurch, aber leise, so daß es weder Heidi noch mein Vater im Nebenzimmer hören konnten.
Ich sank dann in einen sanften Schlaf. Keineswegs sanft war aber mein Traum. Er führte mich mitten hinein in einen Sturmangriff gegen die GURKHAS und verband sich in sinnloser, aber suggestiver Weise mit den Erinnerungen an die Amputationen. Ich wollte diesen Traum vergessen, aber er verließ mich auch am Tage nicht. Auch ich war also noch im Kriege, und es war noch kein Friede da.
Ich nahm mir vor, einen Kurs in der Gebärklinik von M. zu besuchen, da mir durch die Erzählungen des Pfarrers zu Bewußtsein gekommen war, daß ein Landarzt in einer solchen Gebirgsgegend eine große Verantwortung hatte und in der Geburtshilfe gut beschlagen sein mußte, um die Entbindungen auch in einer ärmlichen Holzfällerhütte ohne Licht und ohne viel Hilfsmittel zum glücklichen Ende bringen zu können.
Die allgemeine Not, statt endlich abzunehmen, wuchs immer mehr. Die Geburten waren freilich leicht. Man brauchte keine »Zange«, kaum einmal eine »Wendung«, nie einen Kaiserschnitt, denn die wahrhaft kläglichen »Früchte« der Frauen nach vier Kriegsjahren waren so dünn, so schlaff, daß die Geburten sehr leicht vor sich gingen. Auch der Blutverlust der armen halbverhungerten Mütter war meist gering. Entstand aber trotzdem ein Blutverlust, waren die Armen verloren, denn wie sollten sie das Blut ersetzen? Auch hatten sie die größte Mühe zu stillen, und viele wollten verzweifeln. Ich nahm meine ganze Kraft und Suggestion zusammen, ihnen noch Hoffnung auf eine bessere Zukunft zu machen.
Endlich kam es im Sommer 1919 zu dem furchtbaren, alle meine Hoffnungen zu Boden schmetternden Frieden von Versailles.
Und dann trieb es mich damals oft in die Kirche. Wenn die Orgel dröhnend erscholl, wenn plötzlich in der eisigen Stille vor der Hl. Wandlung das Glöckchen leise und doch alles durchdringend erklang, ging ein gewaltiger Schauer durch mich hindurch. Ich versank in einen Rausch, der mich nach oben trieb, durch die gotischen Wölbungen hindurch, meine Wangen brannten, das Herz

klopfte, ich warf mich gehorsam und demütig mit den anderen zusammen auf die Knie. Ich betete, obgleich ich nicht glaubte.
Oft zog es mich nun aber auch zu den Massen, die ich bis dahin gescheut hatte. Die katholischen Prozessionen, in denen meine Mutter einst Trost und Vergessen ihrer Leiden gefunden hatte, fanden nicht mehr statt, aber es bildeten sich alle Tage in der Stadt, meist in den Fabrikbezirken, riesige Massenzüge. Die Menschen, fahl, in zerschlissenen Kleidern, mit verbissenen, verhungerten, verhärmten Gesichtern, die Fäuste geballt in den Taschen ihrer schlotternden Röcke, viele in Uniform ohne Rangabzeichen, marschierten dahin, stießen dauernd wie aus einem Munde ihre Rufe, ihre Flüche und Verwünschungen, den Namen ihrer politischen Führer oder andere Schlagworte aus. Ich, der ich den Vormittag in der Klinik verbracht hatte als ein klar beobachtender, verantwortungsvoller klinischer Arzt, ein einzelner, hier ging ich in der Masse auf, sie trieb mich unwiderstehlich mit sich. Und ich vergaß mich, die Zeit und ihre Not. Ich muß sagen, ich vergaß, wenn ich in Reih und Glied marschierte, alles Elend leichter als in der Kirche.

Die Not wurde immer drängender. Wenn man geglaubt hatte, sie könne keinen höheren Grad erreichen, stieg sie doch, und kein Ende war abzusehen.
Kriege kannte man, seitdem man Geschichte kannte. Unsere bescheidene Dynastie war nicht die erste, die durch eine bescheidene Revolution gefallen war. Was aber unbekannt war, das war die allgemeine, von der machtlosen, um ihre Existenz kämpfenden Obrigkeit nicht behebbare Hungersnot, die Ohnmacht der Behörden, die Unsicherheit der Straßen, der Mangel an Kohle, Kleidung, an allem Notwendigen – und vor allem die Entwertung des Geldes. Das Geld war nicht mehr heilig, nachdem der König nicht mehr heilig war und die Kirche nicht mehr. Niemand konnte sich diesem Schwunde, diesem sumpfigen Untersinken des Geldes entziehen. Reich war nicht mehr reich, denn alles wurde ärmer mit jedem Tag, nur ein paar ganz Listige ausgenommen, die ihre Künste für sich behielten. Es war, wie wenn ein Schiff, das sich bereits lange Zeit durch Wind und Wetter durchgekämpft hat und sich gerettet glaubt, einfach strandet, weil das Meer sich unter seinem Kiel in

den Urgrund, das Nichts, verzieht. Die Meeresmassen, die das Schiff getragen haben, fliehen nach allen Seiten fort. Niemals ist das Wort »man sitzt auf dem trocknen« unbarmherziger und wahrer gewesen als jetzt. Es schwand Treu und Glauben. Was man gestern für 100 Mark gekauft oder verkauft hatte, war heute mehr oder weniger wert. Kein Kontrakt, kein Kurs galt, und man zweifelte an allem, nachdem man angefangen hatte, an dem gleichbleibenden Preis zu zweifeln, den ein Laib Kriegsbrot, eine Nacht im Hotel, ein Kleidungsstück aus Ersatzstoff auf Bedarfsschein kostete – oder ein Buch, ein ärztlicher Besuch, ein Stück Seife, eine Briefmarke.

Ich hatte zwei Wohnungen, eine in T., wo ich meine Praxis als Landarzt einrichten wollte, und eine zweite im »Ehemaligen Prinzregenten«. Ich sah alles von der Großstadt und vom flachen Lande aus.

Mit der Kleidung haperte es sehr. Ich hatte meine alten guten Uniformen etwas herrichten lassen, indem ich die Schulterspangen und andere Rangabzeichen abgetrennt hatte. Diese militärähnlichen Anzüge und die dazu passenden langen Offiziersmäntel trug ich in der Stadt. Für das Land hatte ich von meinem Vater ein paar noch erträgliche Kleidungsstücke erhalten. Er kleidete sich neu ein, wohl dem Heidi zuliebe, vor dem er als eleganter, noch lebensfreudiger und gut gekleideter Mann erscheinen wollte. Meine Kleidung aus der Vorkriegszeit hatte ich großmütiger-, dummerweise fortgeschenkt, als ich ins Feld gezogen war. Wer hätte gedacht, ich würde in einer Zeit wiederkehren, in der es keinen echten Faden mehr gab? Auch mein Vater hätte sich nicht einmal ein neues Hemd leisten können für seine Hochzeit, hätte er nicht schon vom zweiten Kriegsjahr an angefangen, zu hamstern und sich gute Sachen auf Vorrat zuzulegen, Leinwand, Stoff, »Edeldevisen« und alles mögliche bis zu reinem Fett, »Edelfett« in steinernen Töpfen.

Manchmal blieb mir eine freie Stunde in meiner Arbeit. Ich rief Viktoria an. Sie ließ sich nicht bitten und kam. Wir trafen uns, bald hier, bald dort, fast immer in Gegenwart Dritter.

Sie blieb kühl, das hatte ich erwartet. Aber sie wurde es immer mehr, das tat mir weh. Ich wußte nicht, was sie wollte. Sie begriff mich sehr gut in meiner Verzweiflung über mich und die Zeit, aber sie tröstete mich nicht. Liebte sie noch ihren verstorbenen Mann? Ihr alter Vater brachte in einer Minute mehr Wärme und Güte für mich auf als sie während vieler Monate.

Ich entsann mich meiner Mutter und meines Versprechens auf dem Totenbett. Ich wollte nicht lieben. Ich wollte frei bleiben. Ich wollte keine Jüdin heiraten. Aber ich liebte, zum erstenmal. Ich mußte es. Ich fragte nicht mehr, ob das »Gefäß« rein oder unrein sei. Ich hatte mein Wort am Totenbette meiner Mutter gegeben. Meine Mutter war tot. Viktoria lebte und war schön, um so schöner, je kälter sie war. Ich hätte immer an ihren Lippen hängen mögen, aber diese Lippen waren hart, ironisch, herrisch und gaben weder eine Liebkosung noch ein gutes Wort.

Es war schon sehr viel, wenn sie mir einmal mit abgewandtem, blassem Gesicht gestand, sie habe nichts gegen mich, im Gegenteil, aber sie könne ihren im Krieg gefallenen Mann nicht vergessen, sie habe die Entwürfe seiner Reden gestern verbrannt und dabei unter wütenden Tränen an mich gedacht. Er hätte sein Volk, das deutsche, nicht das jüdische, mehr geliebt als sie. Aber war das der wirkliche Grund? Ich zweifelte.

Mein Vater riet mir, mich an seiner kleinen Holzindustrie zu beteiligen. Er hatte sich umgestellt und war zu der Erzeugung von Möbeln übergegangen. Er sei immer bescheiden geblieben, lächelte er mir vertraulich zu, stehe aber auf festeren Füßen als so mancher andere. Tatsächlich hatte er eine Menge gutes Holz in seinen Schuppen lagern, und er war einer der ersten, die Zahlungen nur in fremder Währung oder auf Grund eines bestimmten Schlüssels annahmen. Da er »Sachwerte« fabrizierte, die von allen Seiten gesucht wurden, ging man auf seine Bedingungen ein, und seitdem ihm das »Pech« mit dem schlechten Material der Brücke zugestoßen war, hielt er große Stücke auf gute, solide Rohstoffe, ausgetrocknetes Holz usw.

Es hatte sich in S. eine Ortsgruppe der Demokratischen Partei aus Kriegsteilnehmern, aber auch aus ganz jungen Männern und Frauen gebildet. Man forderte mich zum Beitritt auf. Man versprach sich sogar viel von meiner Tätigkeit, da ich sowohl als ehemaliger Offizier als auch als Arzt Vertrauen genoß und von mir eine gewisse ruhige Kraft ausgehen sollte. Ich könnte reden und überzeugte, hieß es, und ich glaubte es schließlich, obwohl ich stets nur ein mittelmäßiger, beherrschter Redner war.

Mich hemmte die Anwesenheit einer größeren Menge nicht. Sie feuerte mich aber auch nicht an. Ich sah wohl ein, daß es meine Aufgabe wäre, hier mitzuwirken, denn das Programm war human und politisch einsichtig, es predigte Freiheit, das heißt Ausgleich zwischen dem Herrscherwillen des einzelnen und den Interessen der Massen, es verlangte Ruhe, Geduld und Einsicht in die begangenen Fehler der Kriegsjahre, es stellte klare und mäßige Ziele auf im Gegensatz zu der Ziellosigkeit der Vaterlandspartei, die sich sofort nach dem Zusammenbruch aufgelöst hatte, deren Geist aber noch sehr lebendig war. Aber ich muß es zu meiner Schande gestehen, der Gedanke an Viktoria ließ mich nein sagen, als man mich aus der Menge der Mitglieder herausheben, an verantwortliche Stelle setzen und zum Kandidaten des Landkreises nominieren wollte. Ich glaubte, in ihren Augen zu steigen, wenn ich ein Opfer auf mich nahm und politisch entsagte, denn sie wollte keinen Politiker zum Mann. Aber es machte keinen Eindruck auf sie. War sie vorher kühl gewesen, wurde sie jetzt eisig.

Ich konnte nicht ohne sie leben, das heißt nicht ohne Hoffnung auf sie, und wer konnte mir die Hoffnung geben, wenn ich sie nicht sah? Also zog ich es vor, sie gar nicht mehr zu treffen, und blieb ihr ohne Erklärung fern. Ich versuchte, mein Gefühl durch den Willen zu überwinden.

Ich schloß mich in dieser Zeit meinem Jugendfreund Helmut enger an denn je. Er war dem bayrischen Generalstab zugeteilt, ich weiß nicht, ob wegen seiner besonderen militärischen Fähigkeiten oder wegen seiner Beziehungen zu dem Hauptmann R., der damals der geistige Leiter des Generalstabs in Bayern war.

Die ungarische und die bayerische Räterepublik waren zusammengebrochen, und der Kampf gegen die gemäßigte schwache, schwankende deutsche Republik, Weimar genannt, bereitete sich nun vor. R., ein abgrundhäßlicher, der Männerliebe ergebener, noch junger und ungebrochener, skrupelloser, brutaler Mann von gewaltiger Willensstärke und ungewöhnlich klarer Einsicht in die Dinge, sah natürlich in dem kleinen Helmut nicht seinesgleichen. Er vertraute sich ihm an, aber so, wie sich ein in verantwortungsvoller Stellung befindlicher Bruder seinem »Benjamin« anvertraut, und Helmut hatte keine Geheimnisse vor mir.

R. machte aus seiner Gesinnung kein Hehl. Er war zwar als Offizier auf Weimar und den Reichspräsidenten vereidigt, und er bezog ebenso wie Helmut seinen bedeutenden Sold von der allzu vertrauensseligen Republik, aber er trat ihr als offener Gegner entgegen. »Ich bin nicht gewillt«, sagte er, wenn man ihn fragte, »auf mein Recht zum politischen Denken und Handeln im Rahmen der mir zugewiesenen dienstlichen Tätigkeit zu verzichten. Ich werde davon Gebrauch machen.« Was strebte aber das Offizierskorps an? Die Wiederkehr, ja die Übersteigerung der Zustände vor 1914, die Herrschaft des Schwertes, die »restlose« Militarisierung der Nation und den Revanchekrieg.

Die Ziele waren einfach und brutal, die Methoden aber vielfältig und listenreich. Auf Betreiben des Offizierskorps, das die einzige Stütze von Weimar war, da die Arbeiterschaft in einen konservativen, liberalen, bürgerlichen und einen revolutionären, proletarischen, internationalen Flügel geteilt war, wurde den deutschen Heeresangehörigen das Wahlrecht versagt. Den republikanischen, den revolutionären Parteien, den sogenannten Novemberparteien, wurde verboten, Angehörige in der Armee zu werben. November, die große Revolution ohne Blutvergießen, galt in diesen Kreisen einfach als Schmach, als Fahnenflucht vor dem Feind, als Dolchstoß in den Rücken der unbesiegten Armee.

Die Vorgesetzten konnten jetzt in der neugebildeten Musterarmee kleinen Maßstabs, der Reichswehr, ihre Untergebenen wie Wachs modeln und ihnen ihre Ideale, ihre Ziele, ihre Methoden einimpfen. Für sie war der Krieg nicht zu Ende. Ich fühlte ja auch, es konnte nicht so bleiben.

Helmut und R. waren mir dankbar gewesen, daß ich sie im Herbst 1918 von P. aus auf A. H., den Kriegsblinden, den wunderbar geheilten Fanatiker, diesen scheinbar so einfachen, aber mit unheimlichen Kräften begnadeten Mann aufmerksam gemacht hatte. Sie hatten eben diese »unheimlichen Kräfte« entdeckt, und er besaß etwas, was sie sehr brauchten.

Die Truppenteile in M. hatten damals Untersuchungen veranstaltet, welche von ihren Angehörigen an den revolutionären Vorgängen, Novemberschmach und Räterepublik, beteiligt gewesen waren. Man hatte den Gefreiten A. H. zu einer solchen Untersuchungskommission kommandiert. Er hatte sich bewährt. Er hatte alle verurteilt, die vor sein Tribunal kamen, ohne Ausnahme, wahrscheinlich auch ohne Unterschied und ohne Gerechtigkeit. Aber daran hätte man bloß seinen Fanatismus erkennen können, nicht aber die unheimlichen Kräfte. Diese sollten bald nachher entdeckt werden. Jetzt ließ man ihn nämlich an einem Kurs teilneh-

men, in dem die Soldaten politisch »belehrt« wurden. Er sollte dem sozialistischen und republikanischen Gift durch Reden entgegenarbeiten. Er hatte sich als verläßlich erwiesen. Er stand auf der rechten Seite, auf der der Mächtigen.
Der Generalstab versuchte, Agitatoren auszubilden, vorerst für die Propaganda im engsten Kreis. Die politischen Kurse der bayerischen Reichswehr bestanden nicht in langweiligen Diktatstunden, sie bestanden aus Vorträgen mit hitzigen Diskussionen. Eines Tages war für den Gefreiten die Gelegenheit gekommen, in die Diskussion einzugreifen.
Es ging um die Juden. Ein paar Redner waren nicht sehr für sie, andere nicht sehr gegen sie. Jetzt aber kam H. Mit besinnungsloser Wut stürzte er sich in die Diskussion und redete sich, wie er es schon in P. getan hatte, in einen Rausch, ein Delir hinein, dem niemand widerstehen konnte. Er schlug, schmetterte den Gegner zu Boden, ließ kein Gegenargument, keine Logik, keine historische Tatsache gelten. Er machte dem Gegner niemals die geringste Konzession, er wurde immer fanatischer, je länger er sprach. Er wurde unersättlich, schrankenlos, dämonisch, er hypnotisierte so die Anwesenden, wie ich ihn einmal hypnotisiert hatte, durch die Energie des tausendmal eingehämmerten Gedankens, durch die Verengung des geistigen Gesichtsfeldes. Keine Fülle des Geistes. Kein Zweifel. Kein Umlernen. Kein Zulernen. Ein Gedanke, zwei, höchstens drei, diese aber immer wiederholt, mit immer gewaltigerer Glut, im Schweiße des Angesichts, blind, mit religiösem Fanatismus, mit Gebärden voll prachtvoller Wucht, Tränen im Auge, außer sich, fast außer der Welt. So sah ich ihn nach Jahren wieder, als ich, zwischen Helmut und R. sitzend, in der Au-Kaserne seiner ersten großen Rede lauschte.
Der Saal kam mir bekannt vor. Es war ein Mannschaftszimmer jener Kaserne, die jetzt in eine Reichswehrkaserne umgewandelt war. Es war der gleiche Raum, in den man mich nach meiner Verletzung gebracht hatte, der jetzt als Vortragsraum diente. Er war bis zum Bersten gefüllt und widerhallte von tobendem Applaus. H.s Triumph war groß. Hauptmann R. trat zu dem Gefreiten, der sofort stramme Haltung annahm, und versprach ihm, ihn zum *Bildungs*-Offizier zu ernennen. Schon in der letzten Kriegszeit hatte man Offiziere zwecks Stärkung der Moral zur Fronttruppe beordert und sie dann als Unterrichtsoffiziere bezeichnet.
H. hatte mich erkannt. Er wurde blaß und wandte zuerst den Blick

ab. Dann bezwang er sich und gab mir die Hand. Ich sah, er hatte eine Scheu vor mir. Das flößte mir aber ein gutes, warmes Gefühl ein, ich wollte ihm weiterhelfen, gerne. War er nicht mein Werk?

In diesen Zeiten, die härter waren als alle früheren, war ich schmerzempfindlicher geworden denn je zuvor. Meine Liebe zu Viktoria war eine Quelle steter Leiden. Ich kann selbst jetzt nicht ausdrücken und begreife es heute nicht mehr, wie tief es mir ging und wie unglücklich ich war. Die Einsamkeit half mir nicht, und der Wille versagte vor dem Gefühl. In der Kirche, wohin es mich immer wieder zog, obwohl ich weder an Gott noch an Christus und das Wunder glaubte, betete ich, aber die Gebete widersprachen sich: einmal betete ich, ich möchte Viktoria vergessen können, ein andermal, daß ich trotz allem mit ihr glücklich werden möchte. Und obwohl ich nicht an Gott glaubte, suchte ich ihn als einen Willen über mir.

Ich hatte noch von früher her einen väterlichen Freund, einen Mann von hoher geistiger Autorität, der mich als Student, als jungen Arzt bis Kriegsausbruch erzogen und geführt hat, da ich in solchen Zeiten nun einmal nicht ganz ohne Führung leben konnte, sowenig wie unzählige andere. Wie gern hätte ich mich also dem Geheimrat v. Kaiser anvertraut! Wie oft habe ich daran gedacht, ihn aufzusuchen, bis der Zufall oder das Schicksal ihn mir in den Weg führte – führen mußte, weil er in einer ähnlichen Lage war wie ich. Ich sah diesen Mann – in der Kirche wieder. Er lag auf den Knien neben mir, und wir erkannten einander in der Dämmerung erst, als wir aufstanden. Seine verwitterten Züge drückten weder Andacht noch Trost im Himmlischen Vater, noch Hoffnung auf die Erlösung des frommen Christen im Jenseits und Dankbarkeit für das Leiden aus, sondern nur die bare Verzweiflung. Ich sah mich selbst im Spiegel.

Freilich war er ein Mann an der Schwelle des Alters, und ich war wenig über Dreißig. Um so trauriger, daß selbst ich in meiner Manneskraft und bei meinem klaren Verstand und Wissen der Verwirrung und Verzweiflung einer entwurzelten Zeit keinen Widerstand leisten konnte und der zwar schwierigen, keineswegs aber aussichtslosen Liebe zu einer Viktoria nicht gewachsen war.

Ich begleitete Kaiser heim. Ich erfuhr, was ich schon vorher geahnt hatte, daß er seinen Trost in der Kirche suchte, nicht weil seine Katinka fern war, sondern weil sie zurückgekehrt war zu ihm. Freilich war es eine andere Katinka, nicht mehr das kindliche Ding mit der rosigen Stimme, sondern ein abgestumpftes, illusionslos gewordenes altes Kind, das vom Tag in den Tag lebte und sich irgendwie berauschte. Von Oswald Schwarz hatte sie sich »in aller Liebe und Güte« getrennt, da dieser seinen alten Neigungen zu Männern, die ihm außer Zärtlichkeit auch geistige Anregung entgegenbrachten, auf die Dauer nicht hatte entsagen können.
Vater Kaiser hatte also zwei Menschen unter seinem Dach, die von Oswald Schwarz angezogen und dann abgetan worden waren, Helmut und sie. Sie ließ sich jetzt gern die Zärtlichkeiten des greisen Freiers gefallen, ja sie forderte sie sogar heraus. Sie wollte geliebt sein. Er sei der einzige Mensch, versuchte sie ihm zu schmeicheln, der noch eine Rolle in ihrem Leben spiele, als ob die verliebten Frauen, die sie an sich zog und von sich stieß und mit denen sie so spielte, wie zum Schluß Oswald Schwarz mit ihr gespielt hatte, für nichts gezählt hätten.
Der alte Kaiser wußte wohl, woran er war. Er hätte sich jetzt aus freien Stücken von Katinka trennen, sie sich selbst überlassen, ihr nur den Lebensunterhalt sichern können, wozu er dank seines in der Bank von England gut angelegten Vermögens imstande war. Aber er zog es vor, von den Brocken zu leben, welche die zur Bettlerin in der Liebe gewordene Katinka ihm je nach Laune und Stimmung hinwarf.
Dabei war sein Licht noch nicht erloschen, seine dunklen Augen funkelten in leidenschaftlichem Feuer, die Klarheit seines Geistes war nicht getrübt. Er sah vieles, vielleicht alles klar. Er ist es gewesen, der seinen Widerwillen gegen die Juden zuerst überwunden und die drei großen Leistungen des Juden Rathenau anerkannt hat. Aber gerade das warf ich ihm vor, daß er sich jetzt zu den Juden ganz persönlich gut stellte, seit Oswald Schwarz nichts mehr von Katinka wissen wollte. Er sah in dem großen Juden den Retter des niedergeschmetterten, tief gesunkenen Reiches. Erstens kraft seiner Leistung während des Krieges, der Organisierung der deutschen Kriegswirtschaft, dann kraft des Aufrufs im November 1918 zur *levée en masse* und schließlich kraft seiner letzten staatsmännischen Tat, nämlich des im April 1921 geschlossenen Vertrags von Rapallo mit den Bolschewisten. Dieser Vertrag bedeutete den er-

sten Schritt zum Wiedereintritt Deutschlands in die Weltpolitik. Das alldeutsche Programm der Vaterlandspartei lebe mehr denn je. Es sei nicht etwa durch den strategischen Verlust des Krieges unmöglich geworden. Nur die Schlachten seien verloren worden, die alten Ziele seien zu sehr verschwommen gewesen. Aber Deutschland habe die Katastrophe überlebt, also gesiegt. Der Krieg sei gewonnen. Nur zwei Bedingungen müßten erfüllt werden (die beide Rathenau erfüllt hat): Deutschland müsse die von Bismarck verlangte Rückendeckung im Osten haben, zu Rußland mit seinen riesigen Bodenschätzen, mit seiner gewaltigen, menschenarmen, leicht urbar zu machenden Fläche bis Ostasien hin, mit seinem stumpfen, zu allem Großen fähigen Menschenmaterial, das der deutschen Schule, der deutschen Disziplin und Überdisziplin und des deutschen Organisationsgenies bedürfe. Aber man lasse in nationalen Kreisen und in der Reichswehr Rathenau nicht als Staatsmann gelten. Das Bündnis mit Rußland sei zwar unter den Generälen sehr populär, aber der Judenhaß verblende alle. Und zweitens – warum sollte sich Deutschland nun nicht auf den Geist des Kosmopolitismus, auf die Juden stützen, die stets, trotz aller ihrer Schwächen, obwohl man ihnen nur einen bescheidenen Platz im Reich eingeräumt hatte, zu den besten deutschen Patrioten gezählt hätten? Er erwähnte den sozialistischen Abgeordneten Lazarus, den Mann Viktorias, der für sein Vaterland in den Krieg gegangen und gefallen sei, und das Beispiel des Gründers der deutschen Handelsflotte, Ballin, der den Krieg nicht wie sein Gönner, der Exkaiser, habe überleben wollen, sondern der durch Selbstmord geendet habe aus Liebe zu seinem Lande, nicht aus Liebe zu seinem Blut. Ich sah alles ein, er hatte weitreichende, vielleicht plausible Ideen. Dennoch folgte ich ihm nicht. Er riß mich nicht mit. Er war Mensch wie ich, er liebte wie ich. Seine Persönlichkeit wurde der meinen nicht Herr (nun nicht mehr), so wie Rathenaus Persönlichkeit des deutschen Volkes nicht Herr geworden war.
Er suchte in mir den Freund. Ich nahm die Freundschaft an. Sie war besser als nichts. Aber ich verschwieg ihm meine eigenen Erlebnisse, und als er bei mir Zuflucht suchte, weil seine Katinka ihre verliebten »Mäuschen«, ihre Freundinnen, im gemeinsamen Haushalt einquartierte, konnte ich über seine Schwäche nur mitleidig lächeln.
Rathenau fiel in dieser Zeit unter den Kugeln jugendlicher Fanatiker. Diese hatte man aus ihrer Entwurzelung herauszureißen und

durch fanatische Irrlehren für ihr furchtbares Ziel zu begeistern gewußt. Sie waren des Glaubens gewesen, durch ihren grauenvollen Mord ihr Vaterland von einem jüdischen Verräter zu befreien.

Deutschland blieb still. Niemand empörte sich. Man bedauerte den armen Rathenau, man bedauerte die armen Fememörder, als sie sich, von allen Seiten auf einer verlassenen Burgruine eingeschlossen, das Leben nahmen. Man suchte nicht ernstlich nach den wahren Urhebern der Tat, von denen ich durch Helmut und seinen Freund R. wohl wußte, wo sie zu finden waren, und der entfesselte Patriotismus der zwei Fanatiker schien vielen eine Entschuldigung. Es wäre der Augenblick für eine Revolution gewesen, es wurde aber nur ein Ehrenbegräbnis für Rathenau.

Mein Vater kam zu mir. Er teilte mir mit, er wolle das Heidi heiraten. Vroni und die Kinder hätten das Geld von meiner Mutter angenommen und dadurch gezeigt, daß sie mit Geld abzufinden seien. Er habe Vroni sicherlich geliebt, aber er müsse Heidi seine Dankbarkeit beweisen, das verlange seine Ehre als Mann. In seiner falschen Bescheidenheit tat er, als wollte er Heidi durch den Ehering für die Dienste belohnen, die sie meiner Mutter im Laufe der Krankheit erwiesen hatte. Ich wußte es besser. Ich wußte, meine Mutter war bei Torffeuer gestorben, und zwei Tage später hatte man Kohlen- und Holzfeuer gehabt. Aber ich widersetzte mich nicht. Vielleicht hätte sich mein Vater durch mich abhalten lassen, denn er schwankte noch, er kannte alle drei Frauen, meine strenge Mutter, die Vroni, das Heidi, und fürchtete als alternder Mann Heidis Herrschsucht. Vielleicht kam er deshalb zu mir, denn meiner Zustimmung bedurfte er nicht. Vroni wäre eine Sklavin gewesen.

Aber irgend etwas trieb mich, wie schon als jungen Menschen, allen gerecht werden zu wollen und, wie meine verstorbene Mutter sich ausdrückte, auf beiden Achseln zu tragen. Vroni hatte sich während der Kriegsjahre mühselig mit meinen Geschwistern durchgeschlagen und hatte mehr als einmal die Gelegenheit zu einer Ehe mit einem Arbeiter oder einem Kleinbauern durchgehen lassen, weil --. War es meine Schuld? Und doch! Niemand anders als ich hatte sie durch meine Zuwendung der 20 Mark allmonatlich

durch viele Jahre in den Glauben versetzt, mein Vater liebe sie noch, mehr denn je, denke aufrichtig besorgt an sie und an die zwei Kinder und werde als ein »feines Geschirr« ein altes ungeschriebenes und unverbrieftes Versprechen einlösen, sie nach dem Tode meiner Mutter zu heiraten. Nun war meine Mutter nicht mehr auf der Welt. Mein Vater war frei, er war wieder vermögend, gesund, unabhängig, er konnte tun, was er wollte. Ich stand objektiv über den Parteien, dachte ich. Auf der einen Seite die verblühte, alternde Vroni mit der unheilbaren Verbitterung über die verlorenen schönen Jahre, ohne Bildung und uns allen als Proletarierin im Grunde abgeneigt (ihre Blicke am Grabe meiner Mutter sprachen zu deutlich), und auf der anderen Seite Heidi, eine Lehrerin, aus gutem Hause, blühend, optimistisch, nicht ohne Geld und mit guten gesellschaftlichen Fähigkeiten, eine ausgezeichnete Hausfrau. Ich ließ also den Dingen ihren Lauf, und sie endeten zum Entsetzen und zur furchtbaren Enttäuschung Vronis mit der Verheiratung meines Vaters mit Heidi. Mein Vater liebte mich deshalb nicht mehr als früher. Heidi hatte mir nie getraut, und Vroni haßte mich, weil sie glaubte, ich sei es, der meinen Vater gegen sie aufgehetzt und die Ehe hintertrieben hätte.
Ich war auf einen anderen Ausweg gekommen und bot ihn Vroni und ihren bald schon erwachsenen Kindern aus freien Stücken an. Ich brauchte eine Haushälterin in meinem Arzthause an der Straße von S. nach T. Ich hätte gern Vroni und ihre Kinder bei mir aufgenommen. Ich hätte versucht, die Kinder zu erziehen und zu fördern, ich wollte Bruder und Schwester in ihnen sehen, was sie doch von Natur aus waren. Nichts davon geschah. Vroni spie Gift und Galle, als ich ihr dies anbot. Sie sei lange genug Dienstbote und Fabrikarbeiterin gewesen, sie wolle die Frau meines Vaters sein oder gar nichts, das habe sie durch ihre Treue verdient usw. Sie ging sogar so weit, daß sie schrie, sie werde uns die Abfindung vor die Füße werfen, welche meine Mutter ihr zum Hohn vermacht habe, um ihr die Ansprüche abzukaufen, die sie auf meinen Vater hätte. Sie schmähte und grollte in so furchtbaren Ausdrücken, daß ich das Gespräch abbrach, denn es war nicht geeignet für die Ohren meiner Geschwister, die anwesend waren.
Ich war nicht alt. Mir fehlte die Frau. Angelika liebte ich nicht mehr. Ich hatte sie eigentlich nie geliebt, hatte sogar geglaubt, ich wäre einer tiefen Leidenschaft nicht fähig und wir hätten nur wie zwei Kameraden zusammengelebt. Nun liebte ich Viktoria und

konnte sie nicht gewinnen, sie aber auch, mit aller Gewalt, nicht vergessen.
Angelika kam zu mir. Sie weinte, sie flehte mich um meine »alte Liebe und Güte« an, sie warf sich mir zu Füßen, als hätte sie mir etwas Furchtbares abzubitten. Ich hob sie kalt auf. Ich redete ihr wie einer Kranken gut zu. Sofort wurden ihre Augen trocken, sie setzte sich in einem Lehnstuhl bequem zurecht und sah sich mit den Augen einer Hausfrau in dem etwas vernachlässigten Raum voll Staub und Spinngeweben um. Das Haus war außen mit Efeu umwachsen, allerlei Insektengetier trieb sich im Arbeitszimmer, in welchem ich meine Patienten empfing, umher.
Wir sprachen jetzt nicht mehr über unsere Zukunft, wie wir es in der guten Zeit getan hatten. Angelika war klug und mußte wissen, daß ich sie nicht liebte. Ich hätte sie nicht bei mir aufnehmen sollen. Ich tat es dennoch aus Angst vor Einsamkeit, und mir war etwas leichter zumute, als sie ihre Sachen in meinem Haus, aber nicht in meinem Zimmer untergebracht hatte. Sie kam mir nicht zu nahe.
Abends, wenn ich todmüde heimgekehrt war, fand ich alles bestens vorbereitet. Was mir von den Kranken zu melden war, hatte sie im Verlauf meiner Abwesenheit aufgenommen, ich konnte mich auf ihre Angaben verlassen, meine Fälle mit ihr besprechen. Sie hatte nicht ohne Nutzen so viele Jahre in dem Haus eines Arztes wie v. Kaiser zugebracht. Sie forderte keine Zärtlichkeit, keinen Kuß, ihr Händedruck, auch ihr Blick blieben eher kameradschaftlich kühl. Ich dachte, ich müßte ihr dankbar sein und gerecht werden. Das gleiche Argument, das ich als hohl erkannte, als es mein Vater vorgebracht hatte, um seine Ehe mit Heidi zu rechtfertigen, für mich nahm ich es in Anspruch. Ich zog sie eines Abends in meinen Schlafraum, dann graute es mir plötzlich vor ihr, vor mir, ich schob sie fort, sie lag mir wieder zu Füßen, als wollte sie getreten sein, aber auch wieder aufgenommen, emporgerissen, ich ahnte nur zu gut, wohin. Denn es waren nicht mehr die gemäßigten harmonischen Zärtlichkeiten wie vor dem Kriege, sondern ich gab nun meinem dumpfen Triebe nach, den ich nach den Gurkhastürmen in mir erkannt, und sie dem ihren nach Schmerzseligkeit, nach Dienen, Sklavin sein. Wenn wir früher nach einer »netten Stunde« ruhig auseinandergegangen waren, jeder eine Zigarette im Munde, dauerten jetzt die Küsse und der Rausch fast die ganze Nacht. In den Zwischenzeiten preßte sie sich mit solcher Gewalt an mich,

daß mich meine nach dem Lungenschuß schlecht zusammengeheilten Rippen schmerzten.
Sie erzählte flüsternd, mit heißem Atem wie von einem herrlichen Geheimnis, von H., zu dessen glühendsten Bewunderinnen sie gehörte, weil er so rein sei und angeblich niemals ein Weib berührt habe. Sie wußte, ich kannte ihn aus den letzten Tagen des Krieges. Wie gerne hätte sie mehr über ihn gewußt!
Ich erzählte ihr, der ich ihr trotz aller überhitzten Leidenschaft entfremdet blieb, niemals von A. H., auch nie von Viktoria. Ich dachte, sie ahne nichts davon. Aber sie, dem Anschein nach die ehrliche, mir treu ergebene Seele, »die Sklavin ihres hohen Herrn«, wie sie sich süßlich bescheiden nannte, wußte wenigstens das eine, daß sie nicht alles wußte. Sie vermied es mit Absicht, von dem fanatischen Judenhaß H.s zu sprechen. Sie sah in ihm einen von jedem Haß freien, bloß von Liebe, Vaterlandsliebe erfüllten Mann, dem alles gut sein müsse. So hatte sie kaum eine seiner vielen Versammlungen ausgelassen, in denen er als Redner seine Triumphe feierte.
Eines Abends hatte sie mich dazu gebracht, mit ihr nach M. zu fahren und die Obhut meines Fernsprechers dem Heidi zu überlassen, mit dem sie sich sehr schnell angefreundet hatte. Wir wollten aus M. telefonisch in S. anfragen, um zu erfahren, ob ich nicht inzwischen zu einem Kranken gerufen worden sei.
Ich hörte H. nicht zum erstenmal als Redner, sondern zum drittenmal. Zum erstenmal war er mir im Lazarett von P. entgegengetreten. Einer gegen einen. Das zweitemal in der Mannschaftsstube, er auf der einen und eine dichtgedrängte Menge von Soldaten und Reichswehroffizieren auf der anderen Seite. Jetzt sah ich ihn aber zum erstenmal in der Masse, einer gegen dreitausend. Er stand über der Masse, denn er war gänzlich unberührt von ihr, sie imponierte ihm jetzt so wenig wie früher. Er verachtete sie. Sie dagegen war vollständig unter seiner Faszination.
Er hatte die Gewohnheit, nur abends zu sprechen. Dann waren die Zuhörer abgearbeitet, nicht widerstandsfähig, sie wollten im Wachen schlafen, träumen, sich berauschen lassen, ihn anbeten, blind gehorchen, vom Geist besessen sein. Er ließ kaum einen kalt, denn er berauschte sich selbst. Er zeigte es allen, wie herrlich es ist, von einer einzigen mächtigen irdischen Idee besessen zu sein. Selbst Menschen wie ich, die skeptisch und mit der ärztlichen Diagnose in die Versammlung gekommen waren, verfielen ihm. Nur für Au-

genblicke, aber vollständig überwältigt. Das wollte er, damit erfüllte man seine Erwartungen. Diese Freude mußte man ihm machen. Sein Gefühl wirkte auf unser Gefühl.
Sein Instinkt, nicht sein Bücherwissen, hatte ihm verraten, wie ein einziger Macht bekommt über alle, wie einer oben spricht und die anderen unten lauschen, Herr über Knechte, ein Magier, ein Despot, ein Zauberer und grausamer, harter Priester in einem.
Aber war er denn selbst ein so starker Mensch, daß es unsereinem, Mann wie Weib, mir, dem Augenzeugen, dem objektiven, erfahrenen Arzt ebenso wie Angelika, der schmerzsüchtigen Sklavin, süß war, seine Faust zu spüren und ihm zu unterliegen? Hatte er in der höchsten Gefahr sich bewährt und war Mann geblieben? Hatte er, einem Mann wie Rathenau gleich, dem Schicksal einen heroischen Aufruf zur verzweifelten Gegenwehr entgegengeschleudert? Hatte er sich nicht vielmehr vor den Tatsachen versteckt, war von der Front »gewankt«, hatte sich feig hinter seine Blindheit, hinter seine Hilflosigkeit verkrochen, bis wieder bessere Zeiten gekommen waren und die Reichswehr ihm die Zunge gelöst, in ihm das heilige Feuer entfacht, ihn unter ihre Fittiche genommen hatte?
Nichtige Erwägungen meines Gehirns, nichtiger Widerstand meines Willens.

Er sprach, ich unterlag. Er redete uns nieder, Kluge und Törichte, Mann und Frau, alt und jung. Er ließ es nicht enden, viertelstundenlang, halbe Stunden lang, drei, vier Stunden lang das gleiche, nie etwas anderes, ewig im Kreise, er bohrte, bis er ins Tiefste gedrungen war. Nicht siebenmal, sondern siebenundsiebzigmal wiederholte er es, und doch war es ihm nie genug!
Nach einer Viertelstunde troff er vor Schweiß, sein Halskragen klebte ihm als nasser Fetzen am Halse, an der Stirn waren die Adern geschwollen, er zitterte wie im Fieber, mit großartigen Gesten drohte, lockte, beschwor er uns unten, die Haarlocke hatte er wie in P. wüst in die Stirn geschmissen, und immer noch endete er nicht, und niemand wollte es, daß er schon ende. Man zitterte vor Erwartung vor etwas Ungeheurem, und ich, an Angelika eng angeschmiegt, zum erstenmal seit langer Zeit, merkte schaudernd, daß ich zitterte wie alle und daß ich ein Atom der Masse geworden war.
Ich war gewarnt worden. Mir hatte Kaiser erzählt, wie es in H.s Versammlungen zuging.
H. hatte von vornherein das abgewiesen, im Bewußtsein seiner

ÜBERMACHT, was die anderen Parteien, unter ihnen die unsrige, brauchten: die Polizei als Saalschutz. Er sagte sich mit Recht, die Massen, auf die allein es ihm ankam, würden darin ein Zeichen seiner Schwäche sehen. Er war der Herr, er hatte das Herrenrecht. Er hatte recht. Er war das Recht. Des Teufels war, wer anders zu denken wagte als er. Er rühmte sich dessen, wie sich ein Hauptmann R. seines Herrenrechts gegenüber der schwachen Weimar-Republik rühmte, »wir haben dieses Herrenrecht ununterbrochen, in jeder Minute schärfstens betont. Unsere Gegner wissen genau, daß, wer jemals provoziert, unnachsichtig hinausfliegt«. Dies war sein Grundsatz. Die Form war banal, die Sprache ordinär, aber es war keiner, der sie nicht verstand. »Jeder Störungsversuch würde von meinen Kameraden sofort im Keim erstickt. Die Unruhestifter fliegen mit zerbeulten Köpfen die Treppe hinunter.«
Gleich zu Beginn dieser Versammlung erlebte ich es (und ohne daß ich zu mucksen wagte), daß in einer Ecke ein kleines mageres Männchen mit krähender hoher Stimme den Redner mit dem dünnen, schrillen Ruf FREIHEIT unterbrach. Es dauerte keine zehn Sekunden, und ein paar stämmige, hochgewachsene Männer mit jenem Ausdruck in den Augen, wie ihn meine Kameraden und wohl auch ich bei den Stürmen auf die Gurkhas gehabt hatten, stürzten sich auf den armen kleinen Wicht, trommelten ihm den Kopf auf die Erde, hieben ihm das Gesicht blutig, nahmen ihn wie eine Feder auf und schleuderten ihn im wahrsten Sinne die Treppe hinab. Die anderen machten »die Gasse«. Der Redner aber auf der Tribüne hatte sich nicht unterbrechen lassen, er kannte uns und seine Leute. Es war seine Leibgarde, ein Haufen von gefährlichen und rohen Menschen, die, wie ich wußte, oft genug fremde Versammlungen, demokratische, kommunistische, katholische mit brutaler Gewalt, Totschläger in der Faust, gesprengt hatten. Sie beteten wie Wilde ihren Götzen an, schlugen ihr Leben in die Schanze, sie waren sein sicherster Schutz. Sie nannte er »die treuen Kameraden«, die Gegner waren »Banditen«. »Ein entschlossener Bandit soll es also jederzeit in der Gewalt haben, mir, dem anständigen Menschen, seine politische Betätigung unmöglich zu machen?« hatte er früher zu Hauptmann R. gesagt. R. hatte gelächelt. Er hörte H. geduldig zu, wenn dieser von »marxistisch-jüdischen« Untermenschen mit fanatischem Haß sprach, dabei aber zugab, niemals Marx gelesen zu haben. Er sagte, ihn leite sein Blut, das deutsche Blut. Es könne nie irren. Er könne nie irren.

Ich wußte, was er war, ich war sein Augenzeuge, sein Erwecker gewesen, ich war der erste Wundertäter an diesem Wunderwesen – und dennoch bin ich ihm unterlegen. Es sind diesem Mohammed ohne Gott 70 Millionen Menschen unterlegen, warum soll ich mich rühmen, stärker gewesen zu sein als sie? Ich merkte an den Gesichtern rings um mich, an den gespannten aufgewühlten Zügen, an den bebenden Gliedern der Angelika, daß der Höhepunkt noch nicht erreicht war, aber in den nächsten Sekunden kommen mußte. Nach einem ungeheuerlichen, unfaßbaren Haßerguß gegen die »marxistische Judenbrut« kam es über ihn und über uns. Es war der Augenblick, wo der Redner mit seiner heiseren Stimme, seinem österreichischen Akzent plötzlich den Boden unter den Füßen verlor. »Deutsches Blut! Deutsches Blut! Deutsches Blut!« schrie er, man wußte nicht, ob in Liebe zu diesem Blut oder in Angst um dieses göttliche Blut. Wußte er es denn selbst? Er sprach in Zungen. Es überwältigte ihn, es überwältigte uns, und wir waren nicht mehr die, die wir früher waren. Vielleicht, wäre ich allein mit ihm gewesen und hätte er die gleiche Ekstase in dem Untersuchungsraum von P. gehabt, ich hätte ein kalter Augenzeuge bleiben können. Vielleicht. Vielleicht auch nicht. Hier aber nicht. Es sprang von Mann zu Mann, dreitausend wurden *eine* Seele. Von oben nach unten, von einem Winkel des Raumes zum anderen. Unwiderstehlich, mit Blitzesschnelle, ein ungeheurer Katarakt, das entfesselte Element. Er stand nicht mehr oben auf der roh zusammengezimmerten Tribüne, er war neben uns, in uns, in dem Verborgensten wühlte er umher, und er zermalmte uns mit seinem sklavischen Wollustglück, gehorchen, sich auslöschen, unten sein, nichts mehr sein. Zum erstenmal habe ich begriffen, was es heißt, Weib sein und dem Mann, der das Weib zuerst gegen ihren Willen und dann plötzlich mit ihrem Willen, mit ihren brennenden Schmerzen, mit noch tausendmal mehr brennender Wollust zersprengt, unterliegen, in ihm aufgehen, mit ihm zusammenwachsen, als ob es auf ewig wäre. Ist Liebe also nur Knechtschaft, Knechtseligkeit? Er stand dort oben, schluchzte, er schrie, gurgelnd brach etwas Unerklärliches, Urhaftes, Nacktes, Blutiges aus ihm heraus, er konnte es nicht halten, es waren keine fest gebauten Sätze mehr, keine artikulierten Worte, die UNTERSEELE, die immer verhüllte, der schwarze heiße Ort der Mütter war nach oben gedrungen, und niemand konnte widerstehen. »Deutschland! Deutschland! Deutschland!« Was war die klägliche Übermacht des im Kampf gegen den

Tod hilflosen Arztes gegen die seine? Seine Übermacht war Haß, Wut, Ekstase, Ausbruch, Kampfgeheul, bloß ganz in der Ferne, ein Regenbogen nach dem Gewitter, schien ein hellerer Raum, sein blasses, blumiges, wohlgesittetes Ideal von einem neuen keuschen und schwertfrohen Deutschland, der sentimentale Abgesang nach dem brutalen Haßgesang. Alle atmeten auf. Die Wände zitterten vor Beifall, und die Hymnen seiner Garde gingen unter in frenetischem Getöse.
Wie damals bei den Gurkhastürmen war mir jetzt heißes Menschenblut zwischen die Lippen gespritzt. Und Angelika, die ewige Hausdame, die adelige Witwe, stöhnte tiefer auf als in meinen Armen, Schauer über Schauer rann über ihr schon so welkes Gesicht, das Gesicht, abwechselnd verkrampft und in höchster Lust aufgelöst, war aber jetzt kindlich geworden, voll Dankbarkeit – und Reinheit. Nicht mir, ihm war sie verfallen. Ich war ihr ein Mann, er ein Gott. Ich tat ihr gut, er tat Wunder.

Ich fuhr schweigsam heim. Ich war schnell wieder zu Bewußtsein gekommen. Ich war für meine Person der geistigen Übermacht H.s entgangen, denn ich sah die Gefahr. Vielleicht bereute ich einen Augenblick lang, was ich im Herbst 1918 getan hatte. Ich hatte eingreifen, handeln, herrschen wollen. Ich war dem Schicksal unterlegen, während ich es in meiner Gottähnlichkeit hatte kommandieren wollen. Ich war machtlos, denn ich war allein.
Zu Hause erwartete mich eine kurze Nachricht von Heidi, die Torfstecher aus dem Moor seien dagewesen und hätten mich gebeten, so schnell wie möglich zu ihnen zu kommen, weil die Frau schwer krank sei. Ich trennte mich von Angelika, nahm meine Tasche mit Instrumenten, vorher aber ging ich an das Fenster und holte aus einer kleinen Nische im Mauerwerk, die von dem wuchernden Efeu verdeckt war, eine Kassette hervor, welche die Papiere über A. H. enthielt. Ich überlas sie noch einmal. Vielleicht waren sie eine Waffe gegen ihn, eine Stütze für die, die ihm nicht verfallen durften, die nicht blind sein durften wie die Masse und er. Ich wollte die Papiere also verbergen. Vielleicht konnten sie der Welt noch von Nutzen sein.
Während ich den Weg zum Moor einschlug, der mir aus Jugendjahren wohlbekannt war, überfiel mich eine gute Müdigkeit. Ich

freute mich darauf, nach kurzer Zeit wieder heimzukehren und tief zu schlafen. Es kam mir dabei etwas in den Sinn, was ich bis jetzt nicht bedacht hatte, seine schwere Schlaflosigkeit und seine völlige Liebeslosigkeit. Seine Unersättlichkeit, das fressende, alles an sich heransaugende, alles in sich verschlingende Feuer seines Wesens. Vielleicht war er deshalb so fanatisch, so engherzig, unritterlich, böse, so haßerfüllt, weil ihm sowohl die Liebe als auch der Schlaf versagt waren.

Es war eine kalte, sternklare Nacht, das Moor war gefroren, man konnte sich ruhig vorwärts wagen. Die Osterseen waren wie festes Land, das Eis federte nicht unter meinen Schritten. Dies kürzte meinen Weg sehr ab. Bald hatte ich die Stelle erreicht, wo ich als junger Mensch in Lebensgefahr geraten war. Ich hatte vor, an dieser Stelle die Kassette zu vergraben, hier konnte sie niemand vermuten. Leider hatte ich nicht damit gerechnet, daß der Boden steinhart war, ich ließ es also vorläufig sein, ging zu den Torfstechern, versorgte die Frau und kam wieder heim.

Als ich die Kassette am nächsten Tag aus ihrem Versteck hinter dem Efeugerank herausholte, kam es mir vor, als ob sie nicht mehr in der gleichen Lage sei. Einerlei, sie war nicht geöffnet worden, glaubte ich, und das zweitemal gelang es mir, sie tief genug im Moor einzugraben. Ich sagte mir freilich, ich müsse sie noch vor Anbruch der warmen Jahreszeit wieder hervorholen, sonst versank sie im Sumpf. Der Frau des Torfstechers ging es über Erwarten gut, und in einigen Tagen war sie ganz außer Gefahr. Ich nahm kein Geld von den armen Leuten.

Bei diesem kleinen und für mich gefahrlosen Zeichen von Widerstand gegen H. blieb es nicht. Helmut kam im Auftrag des Hauptmanns R. zu mir, sagte mir, große Dinge seien im Gange, auch ich hätte nun das WUNDER A. H. erlebt, man zähle mit mir und erwarte etwas. Zu großen Zielen gehörten auch große Geldmittel. Ich sah ihn erstaunt an, denn er mußte wissen, meine Einnahmen waren klein und reichten gerade nur zum Leben. Angelika besaß fast nichts mehr, seitdem ihren Ersparnissen die Entwertung der Kriegsanleihen den Rest gegeben hatte. Als ich es von ihr erfuhr, habe ich nicht triumphiert, weil sich meine Vorhersage aus dem Jahre 1916 durch die Inflation bewahrheitet hatte. Ich habe sie bemitleidet, getröstet, habe versucht, ihren fanatischen Haß gegen Weimar, das sie statt der Niederlage für die Katastrophe verantwortlich machte, abzuschwächen.

Sie gab aber nur scheinbar, mit Küssen und Liebkosungen, nach, sie blieb im Grunde fanatisch und verstockt. Und sosehr die alternde Frau mir zu Füßen lag, so tierisch demütig sie auf meine Liebkosungen wartete, so lauerte doch manchmal etwas wie Haß in ihren Augen, und ich merkte wohl, sie verzieh mir ihre Demütigung, die ich nie verlangt hatte, nicht.

Wir konnten also keineswegs viel für die »große Sache« H.s geben, selbst wenn wir es wollten. Aber Helmut lächelte von oben herab über mein Mißverständnis. Ich sollte eine bestimmte Summe Geldes, die, in einer kleinen oberitalienischen Stadt von unbekannten Gönnern zum Kampf gegen die bolschewistisch-jüdische Weltverschwörung gesammelt, bereitlag, übernehmen, und ich sollte sie als Vertrauensmann H.s hierhertransportieren. Ich gelte als Demokrat. Das würde die Mission sehr erleichtern, sagte er so zynisch, wie ich ihn nicht kannte. Aber auch er kannte mich nicht. Ich überlegte nicht lange, ich lehnte ab. Helmut konnte es nicht glauben und Angelika noch weniger. Er drohte, und ich sah, er fürchtete für mich üble Folgen. Aber ich blieb fest. Ich ging noch weiter, trat der demokratischen Partei wieder aktiv bei, denn es war mir bei der Rede des H. aufgegangen, es sei nicht mehr die Zeit für den wissenschaftlichen Beobachter des Weltuntergangs, für den objektiven Augenzeugen. H. war für rücksichtslosen Kampf, er war ein Soldat, ein wahnsinniger Soldat, aber Soldat. An Frieden, Waffenstillstand, Pardon, Verständigung dachte er nicht. »Immer feste drauflos!« Alle Mittel waren recht. Der Angriff war nicht etwa die beste Verteidigung, sondern er war das Recht an sich. »Das Volk sieht zu allen Zeiten im rücksichtslosen Angriff auf einen Widersacher den Beweis des eigenen Rechts«, das war sein Wort.

Konnten wir ihm auf der anderen Seite etwas Gleiches entgegensetzen? Wir konnten es nicht. Wir hatten uns in den Gegner zu sehr hineingelebt. Das war unsere tödliche Schwäche. Es fehlte uns die naive Brutalität ebenso wie die naive Sentimentalität, die Faust, die Träne und die Lüge.

Man steigt zu der Masse nicht hinab, ohne sich der Skrupel und des Gewissens, die den einzelnen adeln, entledigt zu haben. Wir wollten mit den alten Methoden in einer neuen Zeit wirken, in der die Knechte zu Herren geworden waren und die Stärke alles war. Stark war, wer die meisten Stimmen hatte. Mit Wahrheit gewann man sie schwer. Ganz ohne Lüge kann keine Politik gemacht wer-

den. Aber wir versuchten, mit dem geringsten Maß von Wahrheitsverschleierung auszukommen. Auf der nationalistischen Seite war keine Lüge groß genug. Ja, die Größe der Lüge, das nicht mehr Faßbare an Übertreibung und Schwindel sollte den Erfolg sichern. Und sicherte ihn. Seine fanatischen Lügen hatten Erfolg. Unsere Halbwahrheiten nicht.
Ich besuchte noch eine Massenversammlung, aber diesmal, ohne ihm zu unterliegen. Ich hörte, wie er erzählte, es seien von den Sowjetjuden 30 Millionen Menschen langsam zu Tode gemartert worden. »Und während jetzt in Rußland die Millionen dahindarben und dahinsterben, fährt der jüdische Minister Tschitscherin im Expreßzug und mit ihm ein Stab von 200 Sowjetjuden durch Europa und läßt sich Nackttänze vorführen.« Das Absurde war mit Händen zu greifen. Tschitscherin war uradlig, reinrassiger Russe, von »Nackttänzen« war nie die Rede gewesen. Es konnte von 130 Millionen Russen nicht jeder vierte langsam zu Tode gemartert werden. Trotzdem oder eben deshalb glaubten es die Menschen, denn sie konnten sich nicht denken, wie jemand etwas so Teuflisch-Großartig-Stupides zusammenphantasieren konnte.
Sie konnten sich aber gewiß ebensowenig vorstellen, wie ein Mensch, ein Oswald Schwarz II oder ein A. H., sich kraft des Willens zur Lüge zur Blindheit zwingen konnte, und doch hatten es beide getan, und beide hatten nur schwer sich unter der Übermacht meines Wollens als Arzt die Augen öffnen lassen.
Nun hatte ich keine Macht mehr über den Mann auf der Tribüne. Ich mußte mich glücklich schätzen, wenn er keine hatte über mich. Ich habe oft in der ersten Reihe gesessen, habe seinen Blick fesseln wollen. Es war unmöglich. Er sah nichts.
Der blinde Haß gegen den Juden kehrte immer wieder, es war der geheimnisvolle Kern seiner Seele. Ich wußte wohl, daß ich ihn zwar für immer von der hysterischen Blindheit, eine Zeitlang von der hysterischen Schlaflosigkeit, aber nicht eine Sekunde lang von dem Judenhaß geheilt hatte. War er vielleicht einem jüdischen Weib, einer »Judt«, verfallen gewesen in seiner Elendszeit als Vagant in Wien? War seine Reinheit freiwillig, war sie gemußt? *Konnte* er sich keiner Frau aus *seinem* Stamme, aus seinem »deutschen Blut« mehr hingeben, marterte ihn dies, machte dies ihn schlaflos, machte dies ihn lieblos, unersättlich -- und gab ihm dies die ungeheure fanatische Kraft? Hatte er diesen feinen Splitter unter dem Nagel und schlug aus diesem Grunde mit so brutaler Faust zu? Auf

dem Grunde seiner Haßgesänge und seiner Tugendgewitter lag oft etwas wie Verzweiflung. Sein Hassen war eine Quelle ungeheurer Kraft. Keine Rücksicht, keine Milde und Vernunft, keine Liebe hat ihn gehemmt.

»Der Sowjetstern ist der Stern Davids«, sagte er, »das Wahrzeichen der Synagoge.« In Wirklichkeit ist der Davidsstern sechseckig, denn er besteht aus zwei ineinandergeschobenen Dreiecken, der Sowjetstern aber ist ein in einem Zuge zu zeichnendes Fünfeck. Er als früherer Zeichner wußte es wohl. Und dennoch log er und glaubte, daß er die Wahrheit sprach. Er verblendete sich kleinlich in dieser Kleinigkeit, wie er sich in großen Dingen großartig verblendete. Und doch, mit jeder seiner Lügen gewann er mehr Macht als je ein nüchterner Wahrheitsfanatiker mit einer »beweisbaren Tatsache«. Ihm glaubte man, einem Rathenau nicht. »Der Davidsstern ist das Symbol der Rasse über der Welt, einer Herrschaft von Wladiwostok bis nach Westen, der Herrschaft des Judentums. Der goldene Stern bedeutet dem Juden das gleißende Gold, der Hammer bezeichnet den freimaurerischen Einschlag. Die Sichel den grausamen Terror!« Die Sichel, das Sinnbild der Ernte, das kleine friedliche Ding, glitzernd auf den grünen Hügeln des gemähten Grases – das Sinnbild des grausamen Terrors! Angelika glaubte es, sie schwor auf ihn. Sie war schon lange keiner Vernunft mehr zugänglich. Sie, die mir gegenüber so sklavisch war, ließ sich kein Tüpfelchen von ihrem neuen Evangelium rauben. Und sie kannte doch viele süddeutsche Juden. Sie hatte immer ihre Freundlichkeit, ihre Dankbarkeit, ihre Ehrenhaftigkeit gerühmt, wenn sie von ihnen als von Kranken oder als von den Angehörigen der jüdischen Patienten in Kaisers Klinik gesprochen hatte. Sie besaß noch ein paar Schmuckstücke, die sie jüdischen Patienten oder ihren Verwandten verdankte, und sie trug diese Schmuckstücke in den Versammlungen.

Es waren so ungefähr die letzten Reste ihres früheren Wohlstandes. So wie sie fast zur Bettlerin verarmt war durch die Entwertung des Geldes, waren es Millionen mit ihr. Die Ruhr war besetzt. Die Mark hatte kaum mehr den Wert des Papiers, auf dem sie gedruckt wurde. Alles war im Chaos. Die Franzosen hatten Banknotenpressen beschlagnahmt und vermehrten noch die Papiersintflut.

Weimar besaß keine Autorität mehr. Süddeutschland wollte sich von Norddeutschland trennen, oder besser gesagt, die fanatisch nationalistische Partei, der H. ungeheuren Aufschwung gegeben

hatte, verweigerte zwar Weimar, dem »System«, den Beistand, wenn es gegen die Polen Krieg geben sollte, sie traf aber die intensivsten Vorbereitungen zu einem Krieg des Südens gegen den Norden, gegen das Kernland des Marxismus, das verseuchte Proletarierland. Süddeutschland mit seinen starken Bauernmassen wollte Norddeutschland erobern. Die süddeutschen Truppen verweigerten dem Norden den Gehorsam, die Goldreserven und Devisenvorräte der bayerischen Banken durften nicht mehr über die Grenze, und es sollte im Frühjahr 1923 der letzte Trennungsschnitt zwischen dem gesunden und dem kranken Teil des Reiches rücksichtslos mit blutiger Schärfe ausgeführt werden. Deutsche gegen Deutsche? Einerlei. Die höchsten Behörden in Bayern standen mit H. im Bunde. Sie seien zuerst Deutsche, dann Beamte, rühmte er. Das heißt, sie hätten ihren Beamteneid um ihrer fanatischen nationalen Ziele willen zu brechen.
Viele im Lande sahen es mit Grauen. Noch war ein Widerstand möglich. Die Massen waren nur betäubt durch die Not, von der Flut bedrängt und von ihrer alten Stätte losgerissen, aber nicht betrunken. Sie waren noch nicht vergiftet, sie waren nur im Augenblick geblendet.
Ich habe viel in Versammlungen gesprochen. Ich habe jede freie Minute, die mir mein Beruf ließ, der guten Sache gewidmet. Die Zahl unserer Anhänger wuchs. Die Beiträge liefen ein, auch die Jugend kam. Wäre die Reichsregierung energischer, wäre das »System« unsystematischer, kühner, befeuernder gewesen, man hätte viel mehr erreichen können.
Aber sie glaubte, unparteiisch gegen rechts und links sein zu müssen. Sie schwächte ihre Verteidiger und machte ihre unerbittlichen, unersättlichen Feinde groß. Sie war der Augenzeuge ihres Untergangs, und als ein Wunder sie rettete, verstand sie es nicht. Sie hatte ihre Feinde nie verstanden. Sie hielt sie für ihresgleichen! Sie vertraute ihren feierlichen Versprechungen, nahm ihr »Ehrenwort« ernst.
So kam es zum Putsch vom November 1923. Die Reichswehr glaubte, der Aufruhr, den H. organisiert hatte, werde zu ihren Gunsten gemacht, die braven alten Bürgerkreise, die Beamten wie v. Kahr, die mit Geld und Einfluß hinter H. standen, glaubten, es werde zu einer Gegenrevolution aufgerufen, um das alte, immer noch beliebte Königshaus auf den Thron zu setzen. Aber H. hatte nur an sich gedacht. Das hatte ihm niemand zugetraut, vielleicht

er selbst sich nicht. Er sollte ein zweites Wunder sein.
Er war gesprungen, aber zu kurz. Bayerische Landespolizei, auf die H. sich verlassen hatte, schoß scharf, Ludendorff, an der Spitze von H.s Zug, ging kalt durch das Feuer. Die Minister, eine Nacht lang überrumpelt, waren am nächsten Morgen wieder zur Klarheit erwacht.
Alles schien verloren. Gegen Ludendorff, der auch diesmal die »Kriegsziele« nicht richtig eingeschätzt hatte, konnte niemand an. Ganz Deutschland mußte ihm auch jetzt noch treu bleiben, dankbar sein, daß er den großen Krieg in so grandioser Manier verloren hatte und daß er Weimar zum zweitenmal verriet.

Wie Ludendorff war auch H. durch ein Wunder unverwundet dem prasselnden Kugelregen der Landespolizei entgangen. Das Wunder heftete sich auch weiter an seine Fersen. War ich nicht selbst einer gewesen, der Wunder an ihm getan, ihn aus einem Blinden zu einem Sehenden gemacht hatte? Er stellte sich dem Gericht. Man läßt Gnade walten. Fast ging er als Sieger über seine Richter, über die verratenen Verräter aus dem Prozeß hervor. Er wurde zu fünf Jahren Festungshaft verurteilt. Als er bereits nach sechs Monaten aus dem Gefängnis kam, hatte sich aber zu seinem Unglück Deutschlands Lage wahrhaft wunderbar gebessert. Es bestand wieder eine feste Währung. Die Besetzung des Ruhrgebietes war dank Briand und Stresemann zu Ende. Die Menschen besannen sich auf sich selbst, arbeiteten, hofften und bauten langsam wieder auf.
Vroni hatte geheiratet, und zwar (dank des kleinen Kapitals aus der Erbschaft von meiner Mutter) einen kleinen Zigarettenfabrikanten vorgerückten Alters, in dessen Fabrik das Geld arbeiten sollte. Er war anspruchslos und fleißig, gemütlich und bierfreudig. Er hatte eine zahlreiche Familie, für welche Vroni im Hause zu sorgen hatte. Mein Stiefbruder wurde Fräser in einer großen Maschinenfabrik, meine Schwester ging als eine Art von besserem, aber unbezahltem Dienstmädchen ihrer Mutter im Hause zur Hand. Man lebte zwar noch etwas kärglich, aber alles war unverkennbar im Aufstieg.
Ich hatte mich von Angelika getrennt. Ich traute ihr nicht mehr. Ich sah in ihr das »unreine Gefäß«, sie vielleicht das gleiche in mir.

Rein war H., ich nicht. Ich atmete auf. Diese überhitzte Leidenschaft hatte mir nicht gut getan. Sie war zu heiß, und mir wurde nicht warm bei ihr. Ich nahm eine ältere Frau aus der Gegend in Dienst, die mir zwar das Haus gut führte, aber mir in keiner Weise bei meinem Beruf zur Seite zu stehen vermochte.
Ich sah Kaiser wenig, Helmut gar nicht mehr. Er mied mich mit Absicht. Er glaubte immer noch an H., ja, mehr denn je zuvor. H. war und blieb für ihn ein Sendbote des deutschen Gottes, ja der deutsche Christus in Person. Auch Vroni und ihre Kinder verblieben in ihrer Anbetung für den Mann, den sie bemitleideten, weil man ihn ärger als Christus am Kreuz gepeinigt haben sollte. Tatsächlich hatte er sich in der Festung völlig erholt und hatte stark an Gewicht zugenommen. Aber das wollten sie nicht glauben, sie weinten bittere Tränen über seine »Qualen und Martern«. Abgesehen von seiner himmlischen Rednergabe, bei der der Herrgott aus ihm spräche, hatte sie, wie Angelika, sein keusches »fleischloses« Wesen bezaubert, daß er seit Jahren keinen Bissen Fleisch berührte, daß er sich von den Frauen fernhielt, daß er keinen goldenen Ring trug, daß er nichts für sich wollte – und so dankbar sei für Liebe und Zärtlichkeit. Es war der glühende Glaube der ersten Christen.
In diese Zeit, 1924, fiel die schwere Krankheit des Doktor Kaiser, des Vaters von Viktoria. Ich hatte ihn in der letzten Zeit öfter aufgesucht, schon um Viktoria wiedersehen zu können. Ich hatte mich also doch nicht von ihr loßreißen können. Ich liebte zum erstenmal, als reifer Mann. Sie blieb kühl, als ich das erstemal nach langer Trennung kam. Aber mit der Zeit löste sich etwas in ihr, und als sie am Sterbebette ihres Vaters zu weinen begann, faßte sie meine beiden Hände, wie meine Mutter sie einmal gefaßt hatte, um mich festzuhalten. Es war der Augenblick, auf den ich seit vielen Jahren gewartet hatte. Sie war am Rande ihrer Jugend, ich ebenso. Sie war noch sehr schön. Ich hatte schon ein paar graue Haare. Ich entsann mich, auch meine Mutter war früh ergraut. Mein Vater hatte weniger graue Haare als ich. Er lebte jetzt in glücklicher Ehe mit seinem Heidi, baute vergnügt und seelenruhig ein zweitesmal ein Haus für sich. Kinder hatten sie nicht. Da aber mein Vater kinderlieb war (und das machte ihn liebenswert), ließ er oft seine unehelichen Kinder kommen. Sie sahen dies als eine Gnade an.
Meine frühere Geliebte hatte sich mit ihnen angefreundet und wollte ein Turmstübchen in der neuen Villa beziehen. Sie war mit

dem blonden Heidi ein Herz und eine Seele. Sie alle, mein Vater, Heidi, Angelika, kamen, um mir mit süßsäuerlicher Miene zu meiner Verlobung mit Viktoria zu gratulieren. Ich hatte auch Helmut Mitteilung gemacht, er antwortete nicht auf meinen Brief.
Sein Vater schrieb mir aus Italien, wo er mit Katinka lebte. Ob in Frieden, war nicht ersichtlich. Ich hätte es ihm sehr gegönnt. Ich wurde jetzt, da eine Zeit langen friedlichen Glücks in meinem Haus für mich anzubrechen schien, allen von Herzen dankbar, die mir früher geholfen hatten. Wie hätte ich Kaiser vergessen können? In meiner Partei war ich geachtet. Sie machte immer noch Fortschritte, wenngleich nur mäßige. Die Jugend, die Frauen kamen spärlich, wir waren ihnen zu nüchtern, wir schmeichelten ihnen nicht genug; wahrscheinlich verstanden wir nicht, mit ihnen zu sprechen und sie aufzuwühlen und zu berauschen.
Meine Frau hatte sich endlich mit dem Gedanken abgefunden, daß ich neben meinem Beruf auch politisch tätig war. Auch sie war jetzt nach vielen freudlosen Jahren glücklich geworden, erwartete ein Kind und war dem Schicksal ergeben wie ich. Manchmal kam mir in den Sinn, weshalb wir uns nicht schon längst vereinigt hatten. Aber es waren nutzlose Gedanken. Wozu? Wir hatten viel Arbeit und waren abends froh, wenn wir sie geleistet hatten.
Die Lage des Reiches wurde nach der überraschenden Blütezeit von 1923 bis 1929 allmählich wieder kritischer. Die Arbeitslosigkeit setzte langsam ein und wuchs unaufhaltsam. Die viel zu plötzlich und ohne genügende Geldreserven vorgenommene Rationalisierung rächte sich. So klagte mir Vroni, ihr Mann habe zwar eine Menge Arbeiter durch neue amerikanische Zigarettenmaschinen ersetzt, aber die Abnehmer fehlten (Arbeiter waren ihre beste Kundschaft gewesen). Sie war empört, daß man ihren Sohn ohne Grund aus der Maschinenfabrik entlassen hatte. »Marxisten! Juden!« murrte sie. Er lungerte anfangs im Hause herum, hatte sich aber dann, vielleicht auch aus ideellen Gründen, seinem Abgott H. angeschlossen, war einer uniformierten, aber nicht ganz legalen Truppe, der SA, beigetreten und bezog einen kleinen Sold, der unregelmäßig ausgezahlt wurde. Da er aber seine Arbeitslosenunterstützung außerdem bekam (von dem Staate, den er unterwühlte), konnte er sogar etwas Geld daheim abliefern. Die SA bekam bald stärkeren Zulauf. Die Arbeitslosigkeit stieg nun etwas schneller, ich merkte es an den Kassenpatienten, und mit ihr schwoll das Elend, die Unzufriedenheit an. Ein neues Warten auf den Messias,

die Anklage gegen Weimar, der Haß gegen die Beamten, die Bonzen, gegen die Abgeordneten, die Parasiten, das Verzweifeln an der bestehenden Rechtsordnung, am System und sogar an Gott. Die Wahlen zum Reichstag fanden in immer kürzeren Intervallen statt.
Niemand erwartete aber etwas Entscheidendes von den alten Parteien. Die nationalrevolutionäre Partei H.s, die wie die alte Vaterlandspartei eine Partei über allen anderen sein wollte, aus dem Zusammenbruch von 1923 wie ein Phönix aus der Asche aufgestiegen, zog allmählich alle die Verzweifelten, an der Zukunft Irregewordenen an sich.
Mir war inzwischen ein Sohn, Robert, und drei Jahre später eine Tochter, Lise, geboren worden. Wir waren alle glücklich. Ich hätte nie geglaubt, daß ich und Viktoria eines solchen Glückes fähig wären. Jetzt, glaubten wir, müsse es ewig dauern bis zu unserem »natürlichen Ende«.
Ich mußte schwerer arbeiten, um den Lebensunterhalt heranzuschaffen, mußte mehr Menschen beschäftigen, und die Politik durfte mich nicht so viel Zeit kosten wie bisher. Alles wurde viel teurer. Aber ich mußte mit den Honoraren heruntergehen, meine Zeit strenger einteilen, auf manches verzichten und wieder mehr mit dem Pfennig rechnen. Unsere Partei blieb stationär.
Die Sozialisten hatten bei den nächsten Wahlen keine großen Einbußen, aber die extremen Rechtsparteien wie die H.s und die extremen Linksparteien wie die Kommunisten fanden ungeheuren Zulauf von den jungen Wählern, die der Agitation unterlagen und arbeitslos waren, zum Teil noch nie gearbeitet hatten, und von den Schichten, die durch den Krieg und die Revolution und die Inflation entwurzelt, entbürgerlicht waren und jetzt den letzten Rest festen Bodens wieder unter den Füßen verloren. Alles war wie im Moor.
Es herrschte unter einer dünnen Schicht von Ordnung Anarchie von links und von rechts. Es blieb, wenn man logisch dachte, auf die Dauer für das arme Deutsche Reich keine andere Staatsform übrig als die parlamentarische Republik, eben dieses so geringgeschätzte Weimar, oder die Rückkehr zu den Dynastengeschlechtern. Der alte ehrenhafte Reichspräsident war (und er machte kein Hehl daraus) seinem angestammten Herrscherhause treu ergeben, aber er sah ein, daß deren Rückkehr ohne Revolution unmöglich war, und diente dem System. Man achtete ihn. Geliebt und gehaßt

wurde H. Er hatte inzwischen Norddeutschland erobert, die Arbeitermassen hörten auf ihn, mit Liebe die einen, mit Haß die anderen, er ließ keinen kalt. Die Arbeitslosen kamen ihm mit unermeßlichen Hoffnungen entgegen, seine Partei schwoll an wie eine Lawine, in kurzen Intervallen erhob sie sich von 12 auf 107, dann auf 230 Reichstagsmandate. Er selbst war Ausländer, österreichischer Staatsbürger geblieben, ging einfach einher, arbeitete mit unbeschreiblicher Energie, nur für die Sache, das heißt für sich. Er hatte keine Würde angenommen. Er herrschte unbestrittenermaßen über eine halbe Million SA-Männer, die mit Hilfe des aus Bolivien zurückgekehrten Hauptmanns R. und dank der Gelder der Schwerindustrie, die Angst vor den Kommunisten hatte, militärisch organisiert waren. Er redete, und je mächtiger er wurde, desto ungeheurer wurde die Kraft seiner fanatischen Reden, die alle erfaßten.
Auch an mich war man herangetreten, zuerst mit der Aufforderung, mich der neuen Partei anzuschließen, dann mit der, wenigstens einen größeren Beitrag zu zahlen. Ich verweigerte beides. Eines späten Abends hieß es, ein Mann in Parteiuniform wolle mich sprechen. Er wollte aber nicht in mein Sprechzimmer kommen, sondern wartete draußen im Garten im strömenden Regen. Es war Helmut. Er gab mir nicht die Hand, griff nicht an seine Mütze. Er sagte mir nur kurz, es sei »unter maßgebenden Persönlichkeiten« etwas in Umlauf, was er nicht glaube, wovon er mich aber benachrichtigen müsse als »ehemaliger Freund«. Ich hätte Papiere, Akten und Protokolle über IHN (er nannte nicht den Namen, jeder mußte wissen, wer es war) verborgen. Ich solle sie ihm ausfolgen. Sie würden vernichtet werden. Ich würde keine Unannehmlichkeiten wegen dieser Aktenunterschlagung haben. Ich weigerte mich auch jetzt.

Ich hatte die Papiere längst im Moor aus ihrem kleinen Versteck herausgeholt und bewahrte sie in einem kleinen Kassenschrank auf. Meine Frau wollte wissen, was ich draußen besprochen hätte. Ich antwortete ihr ausweichend. Wie als junger Mensch, der sein Tagebuch in Runen auf Holzbrettchen zu schreiben pflegte, wollte ich mein GEHEIMNIS haben. Ich wollte mich meiner Frau, die ich mit allen Fasern meines Herzens liebte, ebensowenig ganz ausliefern, wie ich mich meiner Mutter hatte ausliefern wollen. Ich hatte nichts gelernt aus den trüben Erfahrungen meiner Jugend. Damals hatte ich meine Mutter mißtrauisch gemacht, ich hatte durch dieses Mißtrauen ihre Liebe verloren, ich habe dieses doch so unschuldige Geheimnis teuer bezahlt.

Ich glaubte an keine neue Revolution, die durch H. hätte aufflammen können. Sie war meiner Ansicht nach zu sinnlos. Sie konnte, davon war ich fest überzeugt, die Lage der breiten Volksschichten nicht verbessern. Es standen bei H. nur drei Punkte fest: der erste war der Führergedanke nach Art eines Mussolini, eines alleinherrschenden, ganz auf Gewalt gestellten Diktators, des Volkskaisers in brauner Uniform. Weil er aus Braunau stammte, hatte er das Braun zu seiner Lieblingsfarbe gewählt und seine Million SA-Männer in braune Hemden und Uniformen eingekleidet. Der zweite war die Aufrüstung Deutschlands für den Revanchekrieg. Hatte aber schon der Sieg von 1918 den Alliierten, den Franzosen, Engländern, Amerikanern usw., keinen Segen gebracht, hatte sich der von ihnen angeblich bis zur Vernichtung geschlagene Feind, Deutschland, trotz der Niederlage in wenigen Jahren fast völlig erholt, was konnte dann ein neuer Weltkrieg mit neuen Hekatomben von Menschenopfern und Verwüstungen an dauernden Erfolgen bringen? War es nicht besser, an den Frieden vor dem Krieg zu denken als nachher? H., so unersättlich er war, konnte doch nicht ganz Europa verschlingen und den Rest der bewohnten Welt dazu? Der dritte Punkt war der Judenhaß. Ich konnte nicht glauben, daß die Befriedigung dieses Hasses gegen einen winzigen Volkssplitter die Sieger über den »Judt« glücklich machen könnte. Aber H. rechnete besser. Er rechnete mit der ungeheuren Kraft der Lüge, des rücksichtslos angreifenden Hasses, er ging immer mit brutaler Gewalt vor, auch wenn er ohne diese sein Ziel hätte erreichen können, und baute auf drei Grundeigenschaften des Menschen, auf seine Bestialität, seine Schwäche und seine Feigheit. Diese Triebe bestanden vielleicht in jedem Menschen. In ruhigen Zeiten wurden sie von der Vernunft und dem Gesetz unterdrückt. In gefährlichen Zeiten wurden sie entfesselt und brachen sich Bahn. Ich, ein Arzt, ein Forscher, ein kaltblütiger Mensch, war der UNTERSEELE im Krieg unterlegen und hatte bestialisch gehandelt. Wenn ein Mensch wie H. imstande war, Millionen sich bis zum Kadavergehorsam zu unterjochen, waren ihm dann noch Schranken gesetzt? Hatte er etwas anderes zu fürchten als den Tod?

Aber waren wir, die Menschen der Mitte, des Maßes, wirklich die Schwachen, wenn wir uns vereinigten? Die extreme Linke, Anbeterin der Gewalt ohne Opposition, einer brutalen Diktatur, genau wie die Rechte, schloß sich keineswegs uns, den gemäßigten Parteien, an. Sie ging mit der extremen Rechten zusammen. Die Kommunisten sahen nicht in H. ihren Feind, sondern in der gemäßigten Sozialdemokratie. Der Reichstag wurde aufgelöst und wieder gewählt und wieder aufgelöst, weil die Kommunisten mit den Nationalsozialisten H.s gemeinsam eine Front, eine Sperrmajorität bildeten.

Es kam zur Wiederwahl des Reichspräsidenten. Der alte Marschall wurde wiedergewählt von den gemäßigten Parteien. Er erhielt eine hohe Majorität. Waren wir also gerettet? Waren wir in der Überzahl? Aber wir hatten nicht damit gerechnet, daß die geradlinige Energie des alten Ehrenmannes sich würde beugen lassen, wenn sein altes Vaterherz ins Zittern kam. Sein Sohn wurde durch einen Bestechungsskandal kompromittiert. Nur die äußerste Rechte konnte ihn und die Kaste des Marschalls retten. Nur A. H., der soeben geschlagene, konnte den Sieger retten! Der Präsident des Reiches war zuerst Vater und Offizier und Adeliger, dann erst Präsident und Augenzeuge, oberster Richter über den Parteien. Er scheute die Schande. Er gab nach. H. wurde Reichskanzler. Aber noch bestand die Verfassung. Die bürgerlichen Rechte waren nicht aufgehoben.

Nun ließ H. den Deutschen Reichstag in Brand stecken. Was bedeutete ihm und seiner Partei das Gebäude des Reichstags? Weniger als nichts. Denn das Parlament war von ihm stets mit Verachtung bedacht worden. Aber der Masse bedeutete es etwas als das Wahrzeichen der parlamentarischen Regierungsform, der Freiheit. Der neue Kanzler des Reiches brachte es, während die Flammen aus dem Gebäude aufschlugen, dazu, Entsetzen und Schauder im Bürgertum zu verbreiten. Er, der keine andere Freiheit kannte als die seine, warf sich »kraft eignen Rechts« selber zum Verteidiger der Freiheit auf, zum Schützer der parlamentarischen Rechte, zum Hüter der Ordnung. Er, der Revolutionär, war für die alte liberale Tradition. Die Gefahr kam nach seinen Reden (vielleicht glaubte er auch an seine Phantasien) von den extremen Linken, den Kommunisten.

Angezündet hatten also den Reichstag die Kommunisten. Sie waren es und sie allein, die Revolution und Umsturz alles Alten und

Guten und Freiheitlichen wollten. Sie mußte man unschädlich machen. Sie mußten sterben, damit Deutschland lebe. Er ordnete zuerst die Unterdrückung aller bürgerlichen Freiheiten an. Keine Arbeiterrechte mehr. Keine Versammlungen, keine Redefreiheit, keine Pressefreiheit. Kein Brief-, kein Telefongeheimnis mehr. Unbeschränkte Rechte der Polizei, die sofort zu schießen hatte. Der harmlose Gummiknüppel wich dem Revolver. Abschaffung des Rechtsweges.

Jeder dachte, dies würde nur eine kurze kritische Zeit hindurch dauern. Keine Maßnahmen gegen die Juden. Man versprach ihnen sogar, man würde ihnen Handel und Wandel gestatten wie bisher, wenn sie sich ruhig verhielten. Was hätten sie, eine winzige Minderheit, weniger als eins auf hundert, machen können? Sie verstummten wie alle, drängten sich aneinander wie alle und zitterten wie das ganze Land, die Anhänger der Terroristen ausgenommen. Neuwahlen fanden statt. H. hatte dem Reichspräsidenten versprochen, er würde keine veranstalten. Nun brach er zynisch-unschuldig sein Wort, wie er es 1923 den Generälen gegenüber gebrochen hatte. Sie ergaben für die Nationalsozialisten keine Majorität. Nur mit den zögernden, schlecht geführten Deutschnationalen zusammen hatten sie ein Prozent über die Hälfte aller Stimmen. Der Führer versprach jetzt treuherzig den Deutschnationalen ewigen Anteil an der Macht. Ein paar Monate später waren sie herausgedrängt. Damit hatte die kleine, aber vor nichts zurückschreckende Minorität H.s Übermacht über eine entzweite Majorität.

Wer hätte wagen dürfen, dem Deutschesten aller Deutschen Wortbruch vorzuwerfen? Er glaubte immer an das, was er sagte. Aber nur so lange, als er es sagte oder sich dessen erinnerte. Die Erinnerung aber wechselte und täuschte ihn, den Armen. Er war wirklich arm, gesehen von einem Gesunden, einem Arzt. Meine Mutter, eine Frau aus dem Volk, hatte nie nach Ärzten gerufen. Sie machte Gelübde in der schwersten Not! Sie trat eine Prozession an, wie die zur Muttergottes von Altötting, also zu einer wundertätigen Frau.

Hier war ein Wunder geschehen. Wie konnte ohne ein Wunder aus diesem Mann, dem stellungslosen Anstreicher aus Wien, der mächtigste Mann des Deutschen Reiches werden? Wo hörte die Lüge auf, wo begann das Wunder? Er selbst glaubte an Wunder, hörte Stimmen, dankte der VORSEHUNG. Gott sei mit ihm, schrie

er, und Gott war mit ihm. Heute wie 1918. Mein Wort war fürchterlich und göttlich wahr geworden: er hatte sich geholfen, und Gott hatte ihm geholfen.
H. war jetzt nicht mehr der Mann mit der schmalen Gefreitenlitze an den Schulterklappen und dem angezweifelten Eisernen Kreuz Erster, er war der Höchste und bald darauf der Einzige im Staate. Er hätte schweigen können. Die Kommunisten waren vernichtet, ebenso wie die bürgerlichen Parteien, wie alles, ihn ausgenommen! Aber er ließ einen Journalisten einer amerikanischen Zeitung kommen und sagte ihm wörtlich: »Als wir in jener Nacht des Brandes im Reichstag *und im Berliner Schloß* Hilfeschreie über Telefon, Draht und Rundfunk aus ganz Deutschland über die bevorstehende bolschewistische Verschwörung und Umwälzung erhielten, entschloß ich mich, rücksichtslos alle mir zur Verfügung stehende Gewalt, alle Sturmkräfte sofort einzusetzen. Die Enthüllungen, die zwei Stunden später gemacht wurden, haben mir recht gegeben. Allein in Berlin fand man bei der sofortigen Besetzung der öffentlichen Gebäude, einschließlich der Universität, der Bibliothek und zahlreicher Berliner Bezirksrathäuser und der Brandherde, Zündschnüre, mit Benzin durchtränkte Zündwolle und Explosivstoffe. Hätte ich nicht in jener entscheidenden Stunde für Ordnung und Frieden der bolschewistischen Inbrandsetzung Deutschlands entgegengehandelt, wären nicht nur der Reichstag und das Schloß, sondern *sämtliche* öffentlichen Gebäude Deutschlands und, wer weiß, *vielleicht das ganze Abendland* ein Schutthaufen. Die kommenden Gerichtsverhandlungen werden der Welt die Augen öffnen über die Sensationen der Nacht, die aus dem gefundenen Material hervorgehen, das bisher der Untersuchung wegen nicht enthüllt werden konnte. Das Beweismaterial garantiert die Aufdeckung eines bolschewistischen Weltkomplotts.« Soviel Worte, soviel Lügen. Soviel Angeben, soviel Phantasien. An diesen in der ganzen Welt verbreiteten Ausführungen, die besonders in England und Amerika die Angst vor dem »bolschewistischen Weltkomplott« ungeheuer angefacht haben, ist nichts wahr. Der Führer hat niemals bewiesen, was er angekündigt hatte, er hat es nicht einmal versucht.

Wenn einer, mußte ich den neuen Herrn der Welt kennen. Ich mußte ihn fürchten, ich mußte ihn fliehen, da er der Starke war, ich der Schwache. Im Grunde meines Herzens lockte, reizte, bezauberte mich aber die Gefahr, und wenn es tragisch ist, sehend in sein Verderben gegangen zu sein, bin ich tragisch. Es ist aber nur tragikomisch.

Sofort nach der Machtübernahme war eine ungeheure Schlammflut von Denunziationen losgebrochen. Väter denunzierten ihre Söhne, Söhne ihre Väter, Frauen ihre Männer, in der Hoffnung, von dem neuen Regime Vorteile zu erlangen, oder einfach aus Rachsucht, Haß, aus der Niedrigkeit ihrer Natur. Das Niedere war jetzt in allen hochgekommen, und wer sich dem weißseidenen Pantoffel des Papstes in Rom oder dem Degenknauf eines Marschalls im alten Kaiserlich-Deutschen Hauptquartier nicht hatte beugen mögen, küßte jetzt mit Wonne die Sohlen eines Menschen, den noch zahlreiche Menschen als Vaganten auf dem Straßenpflaster Wiens gekannt hatten. Aber gerade, daß er so klein gewesen war, daß er aus dem sumpfigen, brodelnden, stummen Urgrund der Masse hervorgekommen war, das machte ihn ihnen so teuer, und sie beteten ihn an. Er war nicht mehr, wie er sich anfangs gerühmt hatte, der Johannes eines kommenden Jesus, der Trommler eines kommenden Heroen, er war jetzt Jesus und Kriegsheld in einem. Sie beugten sich wollüstig zur Erde vor ihm, den das Wunder aus dem Nichts zum Herrscher gemacht hatte.

Ich kannte das Wunder an der Quelle. Denn ich hatte ihm den Glauben an sich als göttliches Wunder gegeben.

Ich wußte, wir, meine Frau und ich, würden nie auf der Seite des Schwertes sein; meine Frau, weil sie in ihrer Verstandesklarheit und Güte nie dort gewesen war, und ich, der ich ein paar Monate in Blut gewatet hatte, weil ich jetzt zu einer anderen Arbeit – und nicht ohne Erfolg – zurückgekehrt war. Man hat mich in der Gegend geliebt, und selbst, als es sehr gefährlich war, mich zu verbergen, haben mir überzeugte Anhänger des Götzen das Asyl nicht nur nicht verweigert, sondern freiwillig angeboten. Es ist die gleiche Art von Menschen gewesen, ich sage es ausdrücklich, die die fürchterlichen Grausamkeiten in Konzentrationslagern und unterirdischen Gefängniskellern an armen hilflosen Gefangenen verübt hat und die dann ihr Leben aufs Spiel setzten, um mich zu retten.

Es ist mir damals zum erstenmal klargeworden, daß der Mensch etwas Fürchterliches ist, aber auch etwas Göttliches.

Als die ersten Gerüchte zu uns kamen, man »fahnde« nach mir, der ich doch täglich von zwei bis vier meine Sprechstunden hatte, der seine Steuern regelmäßig bezahlte, der ein Telefon, ein kleines Auto besaß, glaubte ich, es handle sich um eine Namensgleichheit. Hatte es doch zwei Oswald Schwarz gegeben, warum sollte es nicht zwei meines Namens geben?

Ich traf aber Vorsorge, was die Papiere betraf. Ich hatte daran gedacht, sie Geheimrat v. Kaiser als »Geschäftspapiere« in verschlossenem Kuvert zu senden. Er hatte eine Unmenge ähnlicher Protokolle gesammelt, nur daß sie nicht gerade einen Gefreiten des Regiments List, A. H., angingen. Dann kam ich von dieser Idee ab. Er war alt, er konnte sterben, seine Frau würde die Papiere vernichten nach seinem Tode. Sie sollten nicht verlorengehen.

Dachte ich also daran, sie zu veröffentlichen, der Welt, wenigstens dem Ausland, zu zeigen, wie der Übermensch, der Halbgott noch vor fünfzehn Jahren gewesen war, wie er sich damals der Wissenschaft, wie er sich dem völlig unbefangenen Augenzeugen klinisch dargestellt hatte? Nein, auch das wagte ich nicht. Nicht aus Angst vor den Folgen, über die ich mir nicht klar war, sondern aus Achtung vor dem ärztlichen Berufsgeheimnis. So hielt ich mich an das ungeschriebene Gesetz ärztlicher Ehre. ER kannte keine Ehre. Ich konnte ohne Ehre nicht leben.

Meine Frau riet mir mit Tränen in den Augen, die Protokolle zu verbrennen. Nein, ich mochte mich auch dazu nicht entschließen. Ich wollte mir meinen Mut beweisen, indem ich sie behielt. Noch einmal und nicht zum letztenmal. Ich machte mich stark und führte die Tränen der armen Frau auf die Rührseligkeit zurück, die Frauen in der Hoffnung oft überfällt, und begnügte mich mit einer List, um die Papiere zu erhalten und mich doch nicht mit ihnen zu belasten. Ich sandte sie, mit einem anderen Namen als Absender, postlagernd an einen dritten Namen an ein Postamt in M. Auf der Post blieben solche Sendungen drei Monate unbeanstandet liegen, dann konnte ich hingehen, sie umadressieren und sie weitere drei Monate an einem anderen Postamt lagern lassen. Denn die Sache zweimal am gleichen Postamt zu tun war gefährlich. Die Postbeamten waren fanatische Anhänger H.s. Aus freien Stücken horchten sie Telefongespräche ab, durchsuchten Briefe und Pakete und schämten sich nicht, die Verräter und Henker der Menschen zu werden, die mit ihrer beruflichen Ehrenhaftigkeit gerechnet hatten und von denen sie lebten.

Meine Frau atmete auf, als die Papiere aus dem Hause waren. Sie bewog mich, meinen Paß erneuern zu lassen, der auf die ganze Familie lautete, und außerdem einen Spezialpaß für sie allein ausstellen zu lassen und etwas Geld aus meinen Ersparnissen in der Schweiz zu deponieren.

Dies alles war in den ersten Monaten nach der Machtübernahme H.s noch leicht möglich und erlaubt. Die furchtbare Knechtschaft, die er nachher Schritt für Schritt unter dem Schweigen, ja, unter dem Beifall der Massen verbreitete und die bald jedes Maß überstieg, das Despoten der Vorzeit zur Knebelung jeglicher Freiheit angewandt hatten, ahnte damals noch niemand.

In diese Zeit fiel ein anonymer Brief, der mich warnte. Nun habe ich anonyme Briefe niemals ernst genommen und hatte meine besonderen Gründe dafür. Meine Frau hatte kurz nach dem Tode meiner Mutter einen anonymen Brief erhalten, worin ihr geschrieben wurde, sie solle sich ja keine Hoffnungen auf mich machen, ich hätte meiner Mutter auf dem Sterbebette versprochen, keine Jüdin zu heiraten. Diese anonyme Nachricht hatte unglücklicherweise meine arme Frau dazu bewogen, mir durch Jahre eine kalte abweisende Miene zu zeigen, sich mit Gewalt von mir fernzuhalten, bis wir uns endlich doch am Totenbett ihres Vaters ausgesprochen haben. Ich kann mir nur eine Person denken, welche diesen Brief geschrieben haben kann, Angelika, die unsere Ehe verhindern wollte. Welches Interesse konnte sie aber jetzt daran haben, mich zu veranlassen, unverzüglich ins Ausland zu gehen? Ich dachte an Helmut, aber Helmut ging geradeaus und hätte einen anderen Weg gefunden. So ist er später zu uns gekommen, und ihm verdanke ich, daß ich lebe. Es war, wie ich später erfahren habe, niemand anderer als jener unfähige Arzt mit den Kriegsprüfungen, von dem mir vor Jahr und Tag der Geistliche von S. erzählt hatte, daß er händeringend am Bett einer Frau im Wochenlager gesessen habe, die er so unwissenschaftlich umgebracht hatte. Er war noch in der Gegend, in der kleinen Stadt T., ein fanatischer Anhänger H.s, ein Arzt, der nichts dazulernte, nicht umlernte, nicht an sich zweifelte und dessen Patienten mir zuströmten. Oft wies ich sie ab, sie ließen sich aber in ihrer Angst um Gesundheit und Leben nicht abhalten, und ich konnte es nicht verhindern, daß sie sich mir gern anvertrauten, ihm aber ungern. Er wollte mich forthaben. Er wußte, es lag gegen mich manches vor, aber nichts gegen das geschriebene Gesetz.

Im Chaos der entfesselten Leidenschaften gab es kein Gesetz mehr. Es gab keine Freiheit mehr, keine ordentliche gerichtliche Pro-

zedur, die das Interesse des Staates und des Angeklagten in gleichem Maße vertrat, Objektivität, Gerechtigkeit, Freiheit waren nicht mehr.
Er hat es sogar sehr gut mit mir gemeint. Ich fühlte aber mein Gewissen rein, und die Gefahr muß mich gereizt haben wie damals, als ich als Kind in die Au-Kaserne eindrang ganz ohne Ziel und Zweck, im Drang, eine Gefahr zu bestehen und um mir von einem blöden Pferd die Rippen zertrümmern zu lassen, dem ich nichts Böses zutraute. War ich doch mit Brot in der Hand gekommen.

Eines Tages im Sommer 1933 kam mein Vater spätabends und sagte, er müsse unter vier Augen mit mir sprechen. Er liebte meine Frau nicht, schon deshalb, weil er, ein überzeugter Nationalsozialist, in ihr die Jüdin sah, aber er hatte Großvatergefühle für seinen Enkel und seine Enkelin. Meine Frau wollte bei der Unterredung dabei sein, und sie hatte ein Recht darauf. Aber ich wollte ihm nicht widersprechen, denn sonst wäre er gegangen. Das wollte ich nicht und bat sie, uns allein zu lassen. Er nahm mich also auf die Landstraße hinaus, wo mit abgeblendeten Lichtern noch mein kleiner Wagen stand, und wir gingen ein paarmal den Weg am See entlang, der von meinem Haus bis nach T. führt, hin und zurück, vermieden aber, den Weg nach S. zu nehmen, wo wir viel mehr Bekannte hatten als in T.
Er machte nicht viel Worte. Er sagte mir, er wisse aus bester Quelle, man werde demnächst bei mir eine Hausdurchsuchung vornehmen, man werfe mir die Ehe mit der Jüdin, meine Mitgliedschaft bei der Deutschen Friedensgesellschaft, meine liberalen Reden in der (längst aufgelösten) Demokratischen Partei vor. Aber ich sei in der Gegend als Arzt allgemein beliebt, ich hätte sogar in der Partei Fürsprecher. Seine Frau und selbst Angelika hätten alles mögliche für mich getan, und ich verdanke es ihnen und meinem Kameraden Helmut, daß man mich in Ruhe gelassen habe. Andere, denen weit weniger vorzuwerfen wäre, seien in Konzentrationslagern.
Nun gab es seit dem Antritt H.s als Reichskanzler, Führer der Partei und Diktator des ganzen Reiches in allen Gegenden des Landes Konzentrationslager in alten Fabriken, verlassenen Militärbaracken, auf leerstehenden verfallenen Burgen. (Auf einer solchen Burg

hatten einst die zwei jungen Rathenaumörder durch Selbstmord geendet, und heute erklärte man sie zu Nationalheroen und pilgerte mit Kränzen zu ihrem Grab, einem nationalen Heiligtum.) Man führte die Lager als »Staatsnotwendigkeit« ein unter der humanen Begründung, man wolle Menschen, die sich vor der »Machtübernahme der Partei« mißliebig gemacht hätten, vor dem gerechten Zorn des Volkes schützen und ihnen das Leben retten. Es war die Sicherungshaft ohne Justizverfahren, ohne Staatsanwalt und Anklage, wie man sie als Staatsnotwehr im Kriege gekannt und damals gegen Rosa Luxemburg, Karl Liebknecht angewandt hatte. Es bedurfte zur Einlieferung in ein solches Lager keines Gerichtsbeschlusses, es genügte die Polizei. Es gab keinen Verteidiger, weil es keine Anklage gab. Die Lager waren mit Stacheldraht umgeben, der hohe, sofort tödliche elektrische Ströme führte. Sie waren von Mauern umgeben, von Maschinengewehren geschützt, ein Wachtturm erlaubte eine ununterbrochene Überwachung des Lagers. Hinter den Stacheldrähten lebte eine große Anzahl Menschen, von ein paar hundert bis zu Zehntausenden, hermetisch von der Umwelt abgeschnitten. Man erzählte sich flüsternd grauenhafte Berichte über die Behandlung der Gefangenen. Ich hatte sie bis dahin nicht glauben wollen. Ich fragte meinen Vater danach, der als guter Nationalsozialist ein solches Lager besucht und sogar zeitweise Hilfsdienste dort geleistet hatte.
Er antwortete mir nicht, faßte nur meinen Arm, und zwar so fest, daß es mir weh tat, und sagte mir endlich, darauf komme es nicht an. Ich solle nicht abwarten, bis meine Feinde meiner Freunde Herr geworden wären. Man lebe besser in der Schweiz als im Lager, das sei seine bescheidene Meinung. Auf alle Fälle steckte er mir ein Banknotenbündel von Schweizer Scheinen zu, die er noch aus den Zeiten des Weltkrieges gespart hatte. »Nun, im Dritten Reich brauche ich das Geld nicht mehr«, sagte er. »Wie schade, daß du dieses Judenweib geheiratet hast! Verzeih das harte Wort, es trifft ihre Rasse, nicht sie persönlich, sie kann ja nichts dafür. Warum hast du deiner Mutter nicht gehorcht? In diesem einen Punkt hat die bigotte Bißgurne – sei mir nicht böse, wenn ich so spreche, aber sie hat mir mein ganzes Leben versauert und dir das deine auch –, in diesem Punkte hat sie dir doch gut geraten. Aber geschehen ist geschehen. Viktoria ist in ihrer Art eine Ausnahme. Sie hat nicht die Judenfarbe, sondern ist blond wie Gretchen. Vielleicht ist sie eine Bankertin und hat ein paar Tropfen anständiges Blut, und

deine Kinder wären dann nicht Halbjuden, sondern nur Vierteljuden. Was ich tue, und ich tue und riskiere ungeheuer viel, tue ich aber nur deinetwegen. Du hast meine unscheinbare Art immer mißachtet, nun siehst du, ich und Heidi und Angelika sind dort, wo es richtig ist. Wir sind zünftig, und bei euch sieht es anders aus. Nun höre meinen Rat. Du fährst noch heute mit deinem Wagen in die Schweiz zur Erholung. Das ist erlaubt. Jeder hat seine Freiheit im Dritten Reich, das weißt du. Am besten, du kehrst vorerst gar nicht nach Hause zurück. Du fährst allein, deine Frau kommt dir nach. Ihr trefft euch in Basel oder sonst in der Schweiz, und ich schreibe dir poste restante, ohne Unterschrift, denn du kennst meine Schrift. Ich gebe dir Nachricht. Die Kinder laßt bei mir, Heidi wird sie betreuen. Es ist ja eigentlich doch auch mein Blut, und ich bürge dir für sie. Warte ab. In ein paar Monaten oder Jahren ist vielleicht mehr Ruhe eingekehrt im Lande, und wenn ihr euch still haltet, nicht mehr muckst und eurer Arbeit zünftig nachgeht, wird man euch anderen kein Haar krümmen. Du sollst übrigens Papiere über den Führer haben? Ich kann es nicht glauben. Du bist viel zu klug, um etwas Kompromittierendes bei dir zu behalten, und es wäre Wahnsinn, sie in die Schweiz mitzunehmen, denn das weißt du gut, unser Arm reicht weit.«
Ich sah ein, er hatte mit seinem Plan nicht unrecht, dennoch wollte ich klüger sein als er. Wir kehrten aber noch einmal in mein Haus zurück. Er ließ mich aber nicht mehr allein. Ich rief den erwähnten Arzt in T. an, von dem ich wußte, er habe wenig zu tun und könne sofort meine Kranken übernehmen, unter denen sich kein schwerer Fall befand. Die Kassen hatte ich in letzter Zeit ohnehin an einen nationalen Arzt abgeben müssen. Er wußte von meinem Entschluß, bevor ich ihn ausgesprochen hatte, die Braunen hielten zusammen und hatten keine Geheimnisse voreinander. Er war von großer Freundlichkeit und wünschte mir Erholung, denn ich hatte von einem Erholungsurlaub gesprochen. Meine Frau stand neben dem Telefon, mein Vater auch, und sie hörte sich alles leichenblaß, aber gefaßt an. Sie sagte meinem Vater, dem diese Unterredung peinlich war, ins Gesicht, sie sei heute zu jedem Opfer bereit, wenn es mir und den Kindern nützen könnte, also auch zur Scheidung. Auf die Kinder könne sie aber nicht verzichten. Ich sagte ihr, ich würde mich von ihr niemals trennen, jetzt noch weniger als früher. Mein Vater wurde ungeduldig. Es wurde also besprochen, meine Frau sollte nur zwei oder drei Tage warten, und dies aus zwei

Gründen. Sie hatte eine Mittelohrentzündung hinter sich, fieberte noch leicht und war heute noch nicht reisefertig, und zweitens mußte sie zuerst die Sicherheit haben, daß ich über die Grenze war.
Mir war unheimlich zumute. Etwas von dem ZERMALMENDEN, das ich schon viele Jahre nicht mehr gefühlt hatte, war über mich gekommen, aber ich sah, wie ruhig sie war, wie sehr sie in diesen schwierigen Augenblicken meiner Mutter glich, die desto gefaßter gewesen war, je schwerer das Leben wurde. Ich fügte mich ihnen beiden, meinem Vater und meiner Frau, ich würde im Hotel zum Grauen Bären in Bern absteigen, sie solle mir dorthin Nachricht geben, und ich würde in allem Vorsorge treffen, daß wir dort eine Zeitlang ruhig leben könnten, bis Ordnung, Recht und Gesetz in Deutschland wiedergekommen wären.
Ich nahm meinen Vater bis nach M. mit, setzte ihn dort ab, fuhr weiter bis in den Vorort G., kam aber gegen Morgen noch einmal in die Stadt zurück, ging zum Postamt, holte mir die Papiere und legte sie ganz ungezwungen in eine Falte des Verdecks. An der Grenze fielen sie nicht weiter auf, ich überschritt, erleichtert und froh aufatmend, die Grenze gegen Mittag und fuhr nach Basel. Am Nachmittag ging ich in die Eidgenössische Zentralbank, wo ich mein Geld deponiert hatte. Ich mietete ein Safe in meinem Namen und in dem meiner Frau und hinterlegte dort die Papiere. Dann fuhr ich friedlich nach Bern, wo ich im »Grauen Bären« abstieg. Alles war so schnell vor sich gegangen, daß ich kaum richtig zu mir kam. Hier war alles ruhig, und es schien mir, als habe ich mich übereilt, meine Angst sei übertrieben gewesen, und ich hätte ruhig als ein unschuldiger und makelloser Mensch meinem Beruf weiter nachgehen und in meiner Heimat bleiben können.

Ich erwartete mitten in dieser friedlichen Umgebung der freien Stadt und der freien Schweizer Bürger in steigender Angst Nachrichten von daheim und vor allem die Depesche, die mir die Ankunft meiner Frau melden sollte und die nicht kam. Ich hatte ein Zimmer mit Doppelbett genommen und einen Strauß schöner Blumen gekauft, aber ich hatte schon trübe Vorahnungen.
Ich war verzweifelt, bevor ich noch den Boden unter den Füßen verloren hatte, und damit habe ich mich selbst verraten. Ein Tele-

gramm kam. Der Liftboy brachte es mir und hielt die Hand ausgestreckt um ein Trinkgeld. Ich überflog das Telegramm, und zermalmt las ich: »deine frau steuerhinterziehung provisorisch in haft stop steuerbelege nirgends aufzufinden – stop kehre zurück, keinerlei gefahr. kinder gesund stop gruss heil H. vater.«
Ich sackte auf meinem Stuhl zusammen, und der Boy brachte mir Wasser. Ich überlas nochmals die Unglücksbotschaft.
Ich merkte, daß etwas nicht stimmte. Mein Vater hätte meine Frau mit Namen genannt, und der Verdacht der Verhaftung wegen Steuerhinterziehung war so absurd, daß ich sofort auf die Idee kam, die Geheime Staatspolizei wolle mich über die Grenze lokken, um die Papiere in die Hand zu bekommen. Aber sofort darauf klagte ich mich selbst an, fiel mir in den Rücken, daß ich nur einen Augenblick zögern konnte, meine geliebte Frau zu retten! Ich mußte zurück. Sofort. Blind. Ohne Überlegung. Ich durfte niemals, sagte ich mir, meine Frau und meine Kinder im Stich lassen.
Ich packte in Eile und stürzte so schnell aus dem Hotel, daß ich versäumte, das Zimmer zu kündigen, über den Wagen in der Garage eine Verfügung zu treffen und meine Abreise dem Portier zu melden.
Nun ist mir etwas wirklich Tragikomisches begegnet. Ich hatte ein offenes Taxi genommen und fuhr in schnellem Tempo zur Bahn. Als ich in die Bahnhofsgegend kam, sah ich ein anderes offenes Taxi entgegenkommen, ebenfalls in schnellem Tempo, und in diesem saß – meine Frau. Ich schrie auf und winkte, gerade als die beiden Wagen aneinander vorbeifuhren. Aber die Frau blickte nicht auf, wandte sich nicht um. Sie konnte doch meine Stimme im Augenblick nicht überhört haben? Die Erklärung war viel einfacher, und ich hätte sofort darauf kommen können: Erstens war das Gehör meiner Frau durch die Mittelohrentzündung geschwächt, zweitens hatte sie Watte im Ohr, drittens war sie nicht darauf gefaßt, meine Stimme im Straßenlärm zu vernehmen. Das, was die einfachste Überlegung war, was die klare logische Vernunft mir hätte eingeben müssen, war, den Wagen umkehren zu lassen, unverzüglich ins Hotel zurückzukehren und mich dort zu überzeugen, ob es wirklich meine Frau war, die ich gesehen hatte. Aber ich wollte es nicht glauben. Ich konnte die Kraft zu dem glücklichen Glauben nicht aufbringen. Ich war glaubenslos geworden, und in diesem wichtigsten Augenblick rächte es sich an mir. Meine Mutter hatte recht gehabt.

Ich setzte meine Fahrt fort, ließ den skeptischen Psychiater in mir sprechen, der bei sich selbst die Diagnose stellte, es sei eine Halluzination, ein Wachtraum, ein Wunschtraum gewesen, der mir meine Frau hier vorgespiegelt hatte, während sie in einem der Gefängnisse der Geheimen Staatspolizei war. Der nächste Zug nach Deutschland ging in zwölf Minuten. Ich löste das Billett, aber vorher rief ich nun doch, ohne an ein gutes Geschick zu glauben, das Hotel an. Ich fragte: »Ist keine Dame angekommen, die mich sprechen wollte?« – »Nein, Herr Doktor, niemand ist gekommen.« Nun hat es, wie ich später erfahren habe, der unglückliche Zufall oder das Schicksal gefügt, daß meine Frau den gleichen Gedanken gehabt hatte wie ich, nämlich Blumen zu kaufen. Dies hatte sie ein paar Minuten aufgehalten. Und so trat sie im gleichen Augenblick über die Schwelle des Hotels, in welchem ich den Expreßzug bestieg, der mich nach Deutschland zurückbrachte.
In M. nahm ich einen Wagen und fuhr nach Hause. Mein Haus war verlassen, die Siegel angelegt. Das erste war, meinen Vater aufzusuchen. »Was tust du denn hier?« rief er mir erblassend zu, und selbst Angelika zitterte vor Schrecken. »Warum sind Sie nicht in Bern geblieben?« flüsterte sie. »Wo ist meine Frau?« fragte ich. »Sie ist längst fort«, antwortete Heidi. Ich hätte gern noch meine Kinder gesehen und wartete auf sie, als ein paar SS-Männer in ihren schwarzen Uniformen ins Zimmer traten, die zwei Frauen höflich grüßten, auf mich zukamen, mich in ihre Mitte nahmen und mich bei meinem Namen ansprachen. Ich ging und begegnete den Kindern, denen man nicht mehr erlaubte, mir einen Kuß zu geben. Die SS nahm mich in einem riesigen neuen Mercedeswagen nach München mit. Die Fahrt, die ich vorhin im Verlauf einer Fünfviertelstunde in einem klapprigen Taxi zurückgelegt hatte, machten wir jetzt in etwas über dreißig Minuten.
Sie gaben mir auf meine Fragen keine Antwort. In M. lieferten sie mich im Polizeipräsidium ein, und ich bekam eine Einzelzelle, nachdem man mir meine Papiere, Geld, Uhr, Paß, Schlüssel, auch den neuen zum Safe, Schnürsenkel und Hosenträger weggenommen und mich von oben bis unten visitiert hatte bis zur Brandsohle in meinen Halbschuhen, als hätte ich hier etwas Wichtiges verstekken können. Ich verbrachte eine Nacht, die ich nicht zu schildern vermag.
Ich werde auch die nun kommende Zeit nur in ganz kurzen Zügen berichten können. Es gibt Erlebnisse, die so fürchterlich sind, daß

man unter Anspannung seiner ganzen Energie vielleicht die Kraft aufbringen kann, sie zu erleben, wenn man eben muß. Die Kraft aber, sie in ihrer ganzen Grauenhaftigkeit nochmals im Geiste darzustellen, wozu einen niemand zwingen kann, sie fehlt mir. Wenigstens heute bin ich dazu nicht imstande.
In den nächsten Tagen begann die Marter mit geistigen Peinigungen. Man verhörte mich, ununterbrochen, stundenlang, fast tagelang. Die Ankläger lösten sich ab. Wenn sie nicht mehr weiterkonnten, traten andere an ihre Stelle, nur ich durfte mich nicht rühren. Ich sagte die Wahrheit. Ich gab alles zu, ich verteidigte mich nur mit wahrheitsgetreuen Angaben. Aber ihnen schien es auf etwas anderes anzukommen. Sie glaubten, ich würde zusammenbrechen, aber ich blieb Herr meiner selbst.
Ich erzählte, was im Reservelazarett P. im Jahre 1918 vorgefallen war. Ich gab zu, daß ich stenografische Aufzeichnungen über die Tatsachen gemacht habe. Die offiziellen Akten hatte ich aber nicht mitgenommen. Wenn sie fehlten, mußte sie jemand anders beiseite geschafft haben, vielleicht jemand im Kriegsministerium oder ein Offizier der Reichswehr, der sich für H. als Agitator interessiert hatte. Man hörte mir zu, schrieb, fragte von neuem. Alle paar Stunden ließ man mich austreten. Der Drang, meine Bedürfnisse zu verrichten, war so stark, daß sie mir nachgeben mußten. Wäre es auf sie angekommen, hätten sie mir nicht einmal diese drei Minuten Ruhezeit auf dem Abtritt gegönnt. Diese entsetzliche Qual wiederholte sich dreizehn Tage hindurch. Ich aß nichts mehr und magerte zum Skelett ab. Ich schlief nicht. Ich hörte auf zu denken, ich wurde ein Tier und mußte doch den Menschen spielen. Dann brachen sie eines Tages unvermittelt das Verhör ab, transportierten mich mit anderen ins Konzentrationslager von D. und brachten mich in einer der Holzbaracken unter.
Ich hatte beschlossen, der Versuchung zum Selbstmord zu entgehen. Ich wußte jetzt, und das war ein Grund für mich zu leben, daß meine Frau gerettet war. Sie war in Sicherheit. Ich mußte daher alles aufbieten, um mich nicht noch ein zweites Mal zu verraten und mich auf irgendeine Manier ohne viel Qual aus dem Weg zu räumen. Vielleicht hätten sie nichts dagegen gehabt. Ich weiß es von anderen. Sie hatten mir die Hosenträger wiedergegeben, ich hatte dünne, aber zähe Schnürsenkel in den Schuhen, ich hatte Taschentücher. Ein Mensch mit großer Willenskraft kann sich erwürgen, er kann sich erhängen, auch ohne Schemel und Fenster-

klinke. Er braucht dazu kein Licht. Er muß nur den festen Willen dazu haben, muß ein Spartaner sein.
Ich beschreibe dieses Lager nicht, es war wie alle anderen. Ich werde die Geschichte keines meiner Unglücksgefährten auch nur mit einem Wort streifen, sie ist wie die meine. Ich würde sonst kein Ende finden. Einer hat mir gleich nach der Ankunft gesagt: »Mach dich gefaßt, Mensch!« Es schien, daß ich ihn von früher kannte, wir waren ja alle Menschen, vielleicht von der Deutschen Friedensgesellschaft her, ich kann es nicht sagen. Ich hatte das Vermögen verloren, an etwas anderes zu denken als: »Laß dich jetzt durch nichts zum Selbstmord bewegen! Halte aus! Vielleicht siehst du deine Frau und deine Kinder wieder! Sie leben, du wirst sie wiedersehen. Laß dir unter keinen Umständen dein Geheimnis abpressen! Gib die Akten nicht preis! Gib das Geheimnis nicht preis! Halte aus! Laß dich also zum Selbstmord durch nichts bewegen...« Dieser ganz enge Gedankengang lief seine kreisförmige Bahn, und ich dachte tatsächlich bald an nichts anderes mehr. Ich sah und hörte so gut wie nichts. Ich hockte auf der Pritsche und beschwor mich selbst.
Ich glaube, ich hatte dadurch instinktiv das einzige Mittel, um alles lebend auszuhalten, gefunden, ich hatte meinen geistigen Horizont eingeschränkt, ich hatte mir suggeriert, was ich zu denken hatte, und ich hatte die Übermacht des Arztes, wenn ich so sagen darf, in meinem eigenen Fall wirken lassen. Ich stand als Augenzeuge neben dem Häftling. Ich befahl mir und gehorchte mir. Mir stand Schreckliches bevor. Ich mußte mit mir im reinen sein. Ich durfte mir nicht widersprechen, denn jeder Widerspruch brachte mich zur Verzweiflung, und die Verzweiflung war nur ein anderes Wort für Tod.

Die Nacht kam langsam heran. Als es neun Uhr geworden war, wurde es in den Zellen der Holzbaracken, wo ich und so viele andere jetzt lebten, immer lebendiger statt ruhiger. »Mach dich gefaßt, Mensch!« sagte ich nun selbst zu mir. Ich hörte die Schlösser klirren und den knarrenden Schall von groben Stiefeln auf den sandbestreuten Wegen. Sie waren an meiner Zelle vorbeigegangen. Mir war zumute wie als Kind, als der Judenkaiser lange die Einstichstelle gesucht und mich gekitzelt hatte, so daß ich vor Angst

hätte heulen und vor Kitzel hätte lachen mögen. Aber jetzt war zum Lachen keine Zeit. Die Wände waren dünner, als ich gedacht hatte, man hörte alles, als geschähe es hier. Es war nicht einer, der schlug, es waren ihrer mehrere. Nachher erfuhr ich, es waren ihrer meist drei. Sie taten es im Takt, im Sprechchor. Ich hörte. Wenn ich die Finger in die Ohren steckte, hörte ich es noch deutlicher. Es schwoll an, und kein Ende des Jammerns. Ich dachte nur an eins, sie sollten aufhören, sie sollten aufhören nebenan. Es war besser, sie kamen zu uns, zu mir! Wenn sie mich umbrachten, war es mein Schicksal. Mit Willen wollte ich mich nicht ergeben. Ich wollte aushalten. Aber an mir, an meiner Haut wollte ich das Schauerliche herunterleben, nicht an meinem Ohr und an dem tobenden Schlag meines Herzens. Aber was vermochte ich mit aller meiner Spartanerkraft gegen das würgende Ekelgefühl, das unwillkürliche Zittern, gegen die Darmkrämpfe, gegen die Harnflut, die ich nicht zu beherrschen vermochte. Während ich in einer Ecke meine Notdurft verrichtete, steigerte sich das Jammerschreien nebenan zu einem fessellosen tierischen Geheul. Es war schauerlicher als das Heulen des Tigers. Es war schauerlicher als die Schmerzensschreie der Menschen, die in den Stacheldrähten der Westfront an ihren oft leichten Wunden einen furchtbar langen und schmerzzerrissenen Tod starben, weil ihnen niemals jemand unter dem Kugelregen nahezukommen vermochte. »Hören sie denn gar nicht mehr auf?« Dieser Gedanke war jetzt der einzige. Selbst jener andere, den ich mir vorher so gut eingehämmert hatte, verschwand daneben.
Jetzt hörten sie auf. Vielleicht konnte das Opfer nicht weiter. Es stöhnte nur und rollte dumpfe Töne. Es war aber noch unmenschlicher anzuhören als der spitz durchbohrende Aufschrei von vorhin. Noch ein Schlag zischte durch die Luft. Aber jetzt hatte das Opfer nebenan keine Kraft mehr zum Schrei und keine zum Stöhnen, es war still, die Schläger fluchten und husteten, vielleicht war es mit ihm zu Ende. Jetzt traten sie ein, ein Mann mit einer Laterne ging ihnen voran. Sie hatten jeder einen Ochsenziemer in der Hand, das dicke Ende in der Faust, das dünne mit den letzten Wirbeln schwirrte probeweise durch die Luft. Aus der Nebenzelle hörte man, wie sich der Mann wieder regte, er röchelte, und die hölzerne Bettstelle knarrte unter ihm, er wälzte sich hin und her. Jetzt kam die Reihe an mich. Ich dachte zuerst, sie würden mich ausfragen, sie würden versuchen, durch Angst etwas aus mir her-

auszupressen. Ich war froh, wenn man in einer solchen Lage von froh sprechen konnte, daß sie es nicht taten.
Ich kann nicht sagen, daß sie entmenschte Gesichter hatten. Sie waren abgearbeitet, sie schwitzten, aber es war, wie wenn sie Holz gehackt hätten. Tatsächlich war es ihre Arbeit. Sie selbst unterlagen einer harten Disziplin. Hätten sie sich geweigert, man hätte an ihnen getan, was sie an anderen zu tun hatten. »Leg dich hin, los!« sagte der mit der Laterne zu mir. Er hatte das Licht auf den groben Wandtisch gestellt und betrachtete mich mit einer Art wüster Neugierde. Ich wollte mich hinlegen, aber etwas sträubte sich in mir dagegen. Ich wäre lieber stehend geprügelt worden. Es war fürchterlich, wie schwer es mir wurde, mich selbst zu bezwingen, mich auf ein Lager zu betten, auf ein Lager, oft der Trost des Kranken. Die Lage des Schlafes, des Todes, der Freude, der Geburt. Wie schwer bezwang ich mich, diese Menschen in ihrem Dienst nicht um Gnade anzuflehen, die sie mir gar nicht erweisen konnten. Jetzt hatte ich begriffen, welch ungeheure Macht die Angst vor körperlicher Qual auf einen Menschen auszuüben vermag. Abhärtung, stoische Todesverachtung gelten nicht. Den Tod kann man verachten. Die Torturen nicht. »Er ist ein ganz Weiser«, sagte einer der Henkersknechte spottend, während er in meinen Akten blätterte und sie ganz nahe ans Licht der Laterne hielt, »es ist ein Doktor aus Zion, ein Weiser aus Zion.« – »Komm, mach schnell, wir haben zu tun, es warten noch viele auf uns, bevor wir schlafen gehen!«
Ich lag und krampfte mich mit den Händen fest. Ich wollte den Atem anhalten. Ich nahm es mir wenigstens vor. Ich hatte eine besonders wunde Stelle, nämlich dort, wo die drei Rippen gebrochen waren. Ich legte mich so, daß sie diese Stelle nicht sofort treffen konnten. Ich hielt den Atem an. Aber bei dem ersten entmenschten Schlag schrie ich tierisch auf, ich konnte nichts halten, den Atem nicht, nichts. Ich wollte die Rippenstelle schonen. Als aber der ganze übrige Teil des Rückens durchgepeitscht war und wie Feuer, wie Hölle, wie sägende, weißglühende Schneide brannte, wälzte ich mich doch so, daß ihren Peitschenenden diese Stelle, die ihnen bisher entgangen war, gegenüberlag, und sie hieben alle drei zu, im Takt, wie Drescher auf der Tenne dreschen, mit aller Kraft, keuchend, und sie waren es, die schrien, die im Takt einstimmig im Sprechchor brüllten: »Hoch die Weisen von Zion.« Bei »Ziii –« schlugen sie, das heißt, der eine von rechts, der andere von links,

der dritte brachte seine Hiebe an, wo er konnte. Mir rann der Schweiß vom Gesicht, Tränen aus den Augen, Blut von den Lippen. Die Haut meines Körpers aber blutete nicht. Sie hieben so geschickt, daß die Haut nirgends platzte. Als sie müde wurden, hieben sie etwas schwächer, aber sie hatten die Ziemer umgedreht, so daß sie mit dem knorpligen Teil zuschlugen und den dünnen in der Hand behielten. Sie schlugen nicht mehr nur den Oberkörper, sondern auch die Beine, peitschten über die Fußsohlen hin. Es mußten 50 bis 60 Schläge sein. Ich zählte sie nicht. Der vierte Mann, der mit der Laterne, den Protokollen, der Dichter des Sprechchors der Weisen, er zählte sie.

Ich wußte aus Büchern, mehr als hundert solcher Hiebe erträgt ein Mensch in reiferem Alter nicht. Aber bevor er an diesen Schlägen stirbt, wird er ohnmächtig. Ich wurde es nicht. So mußten sie wohl den Befehl bekommen haben, mich so schwer zu prügeln wie nur möglich, aber mein Leben zu schonen.

Ich dachte, wenn ich überhaupt an etwas denken konnte, an die Papiere. Ich preßte die Zähne mit solcher Wut zusammen, daß sie knirschten, und dachte, ich würde, wenn sie mich nicht erschlagen würden, vielleicht doch später Herr über *ihn*. Ihm, dem *alles* gelang, würde wenigstens das eine nicht gelingen, mich meiner Aufzeichnungen zu berauben.

Nun brannte aber der Schmerz noch heftiger, und ich merkte, ich erbrach mich, und es wurde mir nun doch sehr schwach, und es wurde mir plötzlich schwarz vor den Augen.

Aber es war nicht der Tod, die Knechte waren hinausgegangen und hatten uns im Dunkel gelassen. Ich hatte das Gehen der Tür nicht gehört.

Hätte ich wenigstens jetzt Ruhe gehabt! »Hören sie denn gar nicht mehr auf?« Denn die Pein ging weiter, es brannte meine Haut, es zitterte alles an mir, ich lag in der Nässe, zermalmt, ich hielt mir die Ohren zu und hörte doch das Zischen der Ochsenziemer, das Klatschen auf der Haut, die Hilferufe des Opfers, das Knarren auf der Pritsche, auf der er sich hin und her warf, die höhnenden Rufe »Siegreiche Weltrevolutiiion!«, wobei immer auf das »– iiion« ein Peitschenschlag kam. So machten sie sich etwas Abwechslung in ihrem Dienst. Sie hörten gar nicht mehr auf. Ich bin eingeschlafen unter ihren Sprechchören, ihrem Peitschen, unserem Jammern und Stöhnen. Ich habe geschlafen. Tief. Das sollte eine große Seltenheit sein, sagten mir Unglückskameraden. Sie wußten vielleicht nicht, daß ich im Polizeipräsidium 13 schlaflose Nächte hinter mich gebracht hatte.

Ich sah am nächsten Morgen, als ich von der Baracke auf den zerpeitschten Beinen hin und her humpelte und bemüht war, möglichst leicht zu atmen, weil ich in der Nacht etwas Blut gespuckt hatte, zwei von den Knechten von gestern. Es waren Menschen, wie man sie täglich sieht, wie ich deren eine große Zahl als Arzt in S. behandelt hatte. Ich hatte sie nie in ihrem Wesen, ihrer Natur gekannt, mir war das FÜRCHTERLICHE in ihnen verborgen geblieben. Wäre ihr Führer, ihr Idol, ihr Abgott, der süßlich brutale Götze, eines Tages nicht erschienen, sie wären kleine Beamte, Dreher in einer Fabrik, Fischer, Forstbeamte, Torfstecher, Unteroffiziere geblieben. Ein leibhaftiger Satan hatte sie verwandelt, und vielleicht begriffen sie sich selbst nicht mehr, wenn sie nach all dem zu Frau und Kind und zum Bier zurückkehrten. Bestialisch darf man sie ebensowenig nennen wie einen Geisteskranken. Man würde den Tieren Unrecht tun. Vielleicht auch den Henkersknechten. Sie hatten wahrscheinlich nicht einmal das Gefühl des Schändlichen. Sie hatten nur kein Gewissen, keine Vernunft mehr bei ihrem Tun. Man hatte eben nur das Unterste aus ihnen herausgeholt. Man schlug mich noch oft, aber das ZERMALMENDE der ersten Nacht kam nicht wieder. Es kamen auch neue Verhöre. Man wollte nicht meinen Tod. Man erinnerte sich, daß ich im Weltkrieg, ohne dazu gezwungen zu sein, als Frontkämpfer gedient hatte. Sie fragten immer wieder nach den Protokollen, aber sie spotteten nicht mehr, und wenn sie mich schlugen, taten sie es mit eins, zwei, drei, schlicht und sachlich. Das war eine Auszeichnung. Von Zion schwiegen sie.

Ich fühlte mich sehr elend, aber mein Widerstand war nicht gebrochen. In meiner Mißhandlung trat eine Pause ein, man brachte mich in eine Krankenbaracke, obgleich andere, denen es noch jämmerlicher erging, in den großen Baracken blieben und alles ertragen mußten. Ein paar Tage später bekam das Lager einen Besuch, es war Helmut, der einen hohen Rang in der SS bekleidete und der eine Mission ausländischer Journalisten durch das Lager führte. Man hatte uns neue Wäsche gegeben, das Essen war reichlicher geworden, wir sollten nicht wie Tote auf Urlaub aussehen, sondern vielmehr dem neuen Deutschland, dem Dritten Reich mit seinen Erziehungsmethoden, seiner Menschlichkeit Ehre machen. Helmut zeigte den Fremden alles, die elektrische Zentrale, das Krematorium, in welchem man die Leichen verbrannte, um dann die Asche in verlöteten Zinkurnen den Angehörigen zu senden mit einer Rechnung über 35 Mark Kosten, er zeigte ihnen die Küchen in ihrer mustergültigen Sauberkeit, er zeigte ihnen ein paar elende Feiglinge von Häftlingen, die erklärten, die Behandlung sei nicht gar zu schlecht, und sie wünschten nur, man solle sie bald entlassen, da sie sich gebessert und den Führer aus ganzem Herzen lieben gelernt hätten. Helmut kam mit seinem Stab auch zu uns in die Krankenbaracke. Er erblickte mich sofort, als habe er gewußt, wo ich liege. Aber in seinem Gesicht regte sich keine Fiber, er machte nur eine vage kreisförmige Handbewegung, wie um den Journalisten zu sagen: »Seht euch nur um, wir haben nichts zu verbergen. Wir machen die elenden Marxisten, Demokraten, Juden und Katholiken zu nützlichen Mitgliedern der Gesellschaft.« Er hütete sich wohl, ihnen die Lagerordnung oder die Ochsenziemer oder die winzigen Bunkerzellen zu zeigen, in welche man unsereinen stehend einsperrte, halbe, ganze Tage, halbe Wochen lang. Einen Menschen ohne Licht zu lassen, in tödlicher Einsamkeit, in erstikkender Hitze, nicht fähig, sich das Leben zu nehmen – und immer stehen zu müssen, bis die Knie sich wundreiben an den Betonmauern, ist das nicht das beste Mittel, ihn zu einem guten Deutschen zu machen? Aber ich gewöhnte mir dank meiner Willensstärke die Empörung ab, da diese mir das Leben noch mehr verbittert hätte. Ich trug spartanisch, was mir niemand abnahm. Man wird stumpf. Durch diese Stumpfheit schont man den Rest der Hoffnung, und er schützt einen davor, sich selber zu zerfleischen – zum Beispiel durch Reue.

Ich dachte, ich müsse nun bald zurück in die große Baracke, auf die Pritsche, unter die Ochsenziemer, zu Gewaltmärschen von 15 bis 17 Stunden. Aber es schien sich etwas geändert zu haben. Entgegen meiner Erwartung beließ man mich weiter in der Baracke und verprügelte mich nicht mehr, erpreßte nicht mehr Geständnisse durch Torturen, und von den Papieren wurde nicht mehr gesprochen. Eines Nachts kam ein SS-Mann, der aus meiner Gegend stammte, nahm mich beiseite und sagte mir, ich hätte seinem Kinde, einem Knaben von zwei Jahren, einmal das Leben gerettet (ich erinnerte mich aber seines Jungen nicht mehr), und er wolle mir zum Dank eine wichtige Mitteilung machen. Einmal in jedem Monat würde der große Dynamo im Zentralgebäude revidiert und geölt. Auf fünf Minuten erlosch dann das Licht, und die Stacheldrähte verloren den elektrischen Strom. Nun konnte das eine Finte des Lagerkommandos sein, das mich auf einfache Weise forthaben wollte. Man gab vielen Häftlingen in aller Seelenruhe den Rat, durch Selbstmord zu enden, und stellte ihnen sogar Stricke zur Verfügung. Ich hätte dann den Vorzug gehabt, durch elektrischen Strom, binnen einer Sekunde also und ohne Entschluß zum Selbstmord, ohne langes Leiden zu sterben, durch unglücklichen Zufall. Andererseits war es aber auch durchaus möglich, daß sich meine Angehörigen, Heidi und Angelika und mein Vater, um meine Freilassung bemüht und daß sie viel Geld gezahlt hatten, denn Geld hatte immer Kurs bei der Partei, besonders wenn es große Summen waren. Im Grunde konnte ich es doch nicht glauben. So schwankte ich bis zum Abend. Dann aber begann der übliche Prügeldienst, die Schmerzensschreie erschollen von den Baracken her, und ich sagte mir, ich tue besser daran, es zu wagen. Allen Maßnahmen zum Trotz war es schon mehr als einem Häftling gelungen zu entkommen. Die Krankenbaracke war weniger scharf bewacht als die anderen, wer dort lag, war meist so nahe am Rande des Grabes, daß er aus eigner Kraft das Bett nicht verlassen konnte. Ich war weitaus der Gesündeste und Stärkste unter allen, und das machte meinen Entschluß leicht. Ich wußte, man konnte mich nicht mehr lange hier halten. Die Wache machte um acht Uhr die Runde. Gegen zehn Uhr stand ich auf, zog meine Kleider an, machte mich auf den Weg und schlich zu dem Stacheldrahtgürtel. Die Sache war einfach. Wenn das Licht im Kommandantenhaus und im Wartturm erlosch, war die Möglichkeit da, daß die Stacheldrähte nicht mehr geladen waren. Ich lag, mit dem Bauch an das von Rauhreif bedeckte Gras angepreßt, stundenlang da, und das Geschrei der armen gemarterten Kreaturen verstummte nicht in dieser Winternacht. Als die Uhr im Kommandantenhaus elf Uhr schlug, erlosch das Licht. Es kann sogar sein, daß es etwas früher erloschen war. Ich war trotz der Kälte und Aufregung etwas eingeschlummert und hatte vielleicht die einzige Minute verpaßt. Aber ich wollte heraus. Ich warf mich mit aller Gewalt mit dem Rücken in den Stacheldraht, um die Drähte auseinanderzubekommen. Sie zerfetzten mir den Nacken, die Ohren und die Hände, aber sie hatten unter der Wucht meines Körpers etwas nachgegeben, und man konnte hindurchschlüpfen.

Geladen waren sie nicht. Sonst wäre ich tot gewesen, verbrannt im elektrischen Schlag. Es war stockdunkel, ich mußte mich durchfühlen, ich mußte mit dem Kopf durch die Drähte hindurch und hielt die Hände vor die Augen. Auf Schmerzen durfte ich nicht achten. Ich war jetzt ganz klar. Ich war Augenzeuge meiner selbst. Ich sah mich an einer ähnlichen kalten, klaren Vorfrühlingsnacht die Stacheldrahtverhaue an der Westfront durchdringen und spürte, wie die ineinandergewundenen, mit spitzen Zacken gespickten Drähte sich an mich klammerten, wie sie an mir zerrten und mich halten wollten. Ich war schon mit dem Kopf draußen, da kam es mir unmöglich vor, weiterzukommen. In jedem Augenblick konnte das Licht, der Strom wieder eingeschaltet sein. Mit einer letzten Anstrengung riß ich mich durch. Ich zerrte, mich mit den Händen an den Boden klammernd, die Schulter und den Körper nach. Jetzt war ich jenseits der Drähte, blutend an den Händen, blutend von der Stirn und vom Nacken her, von den Ohren, von den Knöcheln.

Ich mußte warten, bis die stärkste Blutung vorbei war. Dann aber merkte ich, ich war so geschwächt, daß mir die Augen zufielen. Ich lag wieder da, den Bauch an das Gras angepreßt, da flammte das Licht auf. Fetzen von meinem Anzug hingen noch in den Drähten. Es wehte kühl, die Sterne schimmerten klar, es schienen mir andere Sterne zu sein, ich glaubte, andere Luft zu atmen als drinnen im Lager. Ich raffte mich auf, tat die ersten Schritte mit Mühe, nach und nach kam mir wieder etwas Kraft, und ich ging, mich vorsichtig im Schatten haltend.

Eine Runde kam vorbei. Ich verbarg mich hinter einem Baum. Der Posten sah mich nicht und ging, abwechselnd pfeifend und an seiner Zigarette ziehend, weiter. Mich wunderte es, daß er mich nicht sah. Ein einigermaßen geübter Blick hätte auch in der mondlosen Nacht einen Mann erkennen müssen. Nun stand mir noch das Schwerste bevor. Eine dichte Wand aus Holzpfählen führte rings um das Lager. Ich war früher ein guter Turner gewesen, als gesunder Mensch wäre es mir nicht unmöglich erschienen, ein solches Hindernis zu überwinden. Jetzt war ich viel zu schwach, mein Herz tobte, von meinen Lippen kam Blut, und die schlecht zusammengewachsenen Rippen schmerzten mit jedem Atemzuge. Nun

war meine Lage aber viel schlechter als vorhin. Ich konnte nicht mehr in die Krankenbaracke zurück, da der Stacheldraht wieder geladen war. Ich ging die Wand entlang, völlig ruhig – und völlig verzweifelt zugleich.
Ich machte die Runde, einen Kilometer nach links, einen Kilometer nach rechts. Plötzlich sah ich eine kleine Tür. Es gab solche Einlaßpforten für die Wachmannschaft. Was nützte sie mir, wenn sie verschlossen war? Aber ich entsann mich meines Unglaubens in Bern. Ich trat näher, rüttelte an ihr: dann kam das große Wunder – zum erstenmal in meinem Leben, als ich am wenigsten darauf gefaßt war, zeigte es sich –, die Tür gab nach, ich war aus dem Lager. War ich gerettet? Noch lange nicht.
Ich wußte, wo das Lager war. Es befand sich keine fünf Stunden von S. Freilich mußte ich vermeiden, die großen Straßen zu begehen. Ich tat sogar besser daran, nur während der Nacht zu gehen und am Tage mich zu verstecken. Selbst dann war die Gefahr groß, daß sie mich fingen und entweder sofort mit dem Gewehrkolben totschlugen oder mich im Lager zu Tode marterten, um den anderen Häftlingen ein abschreckendes Beispiel zu geben.
Ich machte also den Weg bis in meine Gegend nicht in jener einen Nacht. Ich begann schon vom Vormittag des zweiten Tages an so großen Hunger zu empfinden, daß ich Birkenrinde kaute, vertrocknete Gräser und Farnkräuter. Hier und da lag etwas Schnee. Damit stillt man aber nur den Durst. Dennoch nahmen meine Kräfte nicht so rasch ab, wie ich gefürchtet hatte. Endlich sah ich im Morgengrauen das Moor vor mir. Ich kam vom Walde her, wo sich das kleine Elektrizitätswerk befand und wo jetzt noch Licht leuchtete. Der Motor schnurrte. Es roch nach Moos, nach Benzin und Öl. Sollte ich eintreten, den Maschinisten um ein Stück Brot, um eine Decke bitten? Ich hörte ihn in dem Steinschuppen hin und her gehen, und der Duft frisch gebrühten Kaffees bereitete mir große Qualen. Ich beherrschte mich aber und ging weiter. Zu den ersten und begeistertsten Anhängern H.s hatten die armen Torfstecher gehört, deren mit Teerpappe gedeckte Baracken ich als Junge bei meiner Wanderung im Moor gesehen hatte. Sie kannten mich als Arzt. Ich hatte einer alten Frau dort geholfen. Ich machte mich auf den Weg zu ihnen. Sie nahmen mich auf, als ich pochte, sie mußten ahnen, woher ich kam, da aller Wahrscheinlichkeit nach die ganze Gegend wußte, wohin man mich gebracht hatte. Sie taten aber anfangs, als wäre ich zu einem Krankenbesuch gekommen,

und sprachen ganz unbefangen mit mir.
Ich habe etwas später vieles verstanden, was mit meiner im Grunde gar nicht so wunderbaren Rettung aus dem Konzentrationslager zusammenhing. Die Torfstecher waren aber nicht im Spiel. Sie hatten den Arzt nicht vergessen, sie nahmen die Gefahr auf sich, selbst auf unabsehbare Zeit ins Lager zu kommen, als sie mich im Ehebett, das noch warm war, schlafen ließen, als sie mich ernährten, mich in ein landesübliches Gewand steckten und mich am nächsten Abend nach S. begleiteten. Ich hatte den Plan gefaßt, mich meinem Vater und Angelika zu zeigen und sie um weitere Hilfe zu bitten. Das Haus meines Vaters war aber dunkel und verlassen. Ich habe meine Kinder nicht gesehen.
Die Torfstecher warteten draußen, sie waren nicht sehr erstaunt über mein Mißgeschick, sie nahmen mich wieder mit sich, wir gingen auf den kleinen Wegen durch das noch kahle Moor, an den zugefrorenen Osterseen wieder vorbei, wir setzten uns an das Torffeuer in der Hütte, tranken Kaffee, aßen Brot und berieten alles in Ruhe. Nachts brachen wir auf, und sie geleiteten mich auf kleinen Pfaden über das Gebirge an die österreichische Grenze. Sie konnten und wollten ihr Leben riskieren, ihre Freiheit. Ich hatte ihnen alles gesagt. Sie halfen mir, bemitleideten mich aber nicht. Geld konnten sie mir so gut wie gar keines geben. Alles, was ich bekam, war eine Silbermark. Es war rührend, daß sie sagten (es waren Vater und Sohn), zu danken hätten sie, sie seien mir das Geld »übers Jahr« schuldig geblieben bei meiner Hilfeleistung »für die Alte«.
In dem winzigen österreichischen Weiler jenseits der Reichsgrenze war kein Postamt. Ich mußte weiter ins Land, immer in Angst, einem österreichischen Gendarmen zu begegnen, der mich nach meinen Papieren fragen konnte. Endlich kam ich in ein größeres Dorf. Ich ging auf die Post, gab ein Telegramm an meine Frau in Bern auf, bezahlte es mit der Silbermark. Ich gab ihr an, wo ich war. Ich war sehr ungeschickt im Schreiben, ich stotterte, die vielen Martern hatten mir die Stimme verschlagen, und der Blutverlust, die lange Wanderung, der Hunger hatten mich hergenommen. Ich brauchte lange Zeit, um zu begreifen, daß ich nicht mehr im Lager war. Zwei Tage später kam meine Frau und löste mich aus dem Dorfwirtshaus aus, wo man mich auf Treu und Glauben, ohne einen Pfennig Geld, mit zerfetzten Kleidern aufgenommen hatte. Man ahnte wohl, daß ich geflohen war, man sah die Schrammen und Narben an meinem Gesicht und den Händen. Man lieh mir

Kleider, einen Mantel, ein grobes, aber sauberes Hemd. Es waren gute Leute. Aber was mir unbegreiflich war, auch hier liebte man H. Man sehnte sein Kommen herbei, man wollte unter seiner Herrschaft leben. Sie sahen mich und mußten mein Schicksal sehen. Und dennoch sahen sie es nicht in ihrem fanatischen Glauben an H. Es ließ mich fast verzweifeln, als ich erfahren mußte, wie unbelehrbar die Menschen waren. Aber auch ich war immer noch nicht am Ende, ich hatte auch meiner Frau zuviel zugetraut – oder ich hatte in ihr etwas gesehen, das sie nie gewesen ist, und es erwartete mich noch eine bittere Nachricht.
Wir fuhren nach ein paar Tagen der Erholung in die Schweiz. Es war mir sofort sonderbar vorgekommen, daß meine Frau unseren gemeinsamen Paß mitgebracht hatte, den mir die Polizei in M. abgenommen hatte. Sie hatte alle Schlüssel, selbst den zum Safe in der eidgenössischen Bank von Basel. Ich wollte auf der Durchreise zur Bank, aber meine Frau sagte, ich müsse zuerst nach Hause, das heißt nach Bern. Meine Kinder erwarteten mich da. Das war eine Lüge, und zwar eine sehr ungeschickte. Viktoria hat ebenso schlecht lügen gelernt wie ich. Die Kinder waren mit meinem Vater und Heidi in M. Man hatte ihnen als halbjüdischen Kindern in S. das Leben unmöglich gemacht, obwohl es doch die Kinder eines geachteten Arztes und die Enkel eines sehr beliebten Holzfabrikanten »deutschen Blutes« waren. In einer großen Stadt war es leichter, unterzutauchen. Mein Vater, Heidi und Angelika hatten das Opfer gebracht. Deshalb hatte ich die Villa meines Vaters leer vorgefunden. Warum wollte mich meine Frau so schnell aus Basel fort haben? Ich fragte sie, als sie kurz vor dem Betreten des Hotels »Zum Bären« ihre Lüge mit den Kindern eingestehen mußte. Weil es in Basel angeblich von Spionen und deutschen Geheimagenten wimmele und ich in Bern besser aufgehoben sei.
Ich wartete aber nur ein paar Tage ab, um nach Basel zu fahren und die Papiere aus dem Safe zu holen.
Meine Frau hinderte mich unter tausend Vorwänden. Sie war leidend, das Kind, das sie bei meiner Abreise in die Schweiz vor bald einem Jahr erwartet hatte, hatte sie nicht geboren. Da sie bei der leisesten Anspielung auf diese traurige Sache fassungslos zu weinen begann, fragte ich nicht, weshalb ich nicht fahren sollte.
Sie hatte auch andere Geheimnisse vor mir. Sie traf sich mit Leuten, die ich nicht kannte und die mir nicht gefielen, sie hatte Geld zur Verfügung, von dem ich nicht wußte, woher es kam. Anfangs

dachte ich, sie hätte sich einem anderen Mann angeschlossen. Warum sollte ich, der nun so vieles verstand, dies nicht verstehen? War ich denn nicht schon wie ein Toter gewesen, ohne Aussicht, wieder jemals frei umherzugehen? Hatte ich ein Recht, sie zu hindern, wenn sie den Rest ihres Lebens mit einem anderen Mann, vielleicht einem ihres Blutes, teilen wollte? Ich hätte ihr dies verziehen, ich wäre, wenn sie mir etwas Derartiges gestanden hätte, ihr sogar dabei behilflich gewesen, so gut ich konnte. Ich war in meiner Verblendung auf dem Punkt, ihr jetzt die Scheidung anzubieten, die sie mir vor einem Jahr angeboten hatte.
Sie weinte, es war ihre einzige Methode, mir zu antworten, darin glich sie ganz meiner Mutter. Endlich nahm ich heimlich den Safeschlüssel aus ihrem Schlüsselbund, fuhr nach Basel und öffnete den Safe. Die Papiere waren nicht da. Nur ein paar Banknoten, eine Menge zusammengeheftete Zeitungsausschnitte, ich weiß nicht mehr, aus was für Blättern und über welchen Vorgang. Ich kehrte wie betäubt heim, nachdem ich mich noch vergewissert hatte, ob es auch wirklich *mein* Safe war, das man ausgeraubt hatte. Meine Frau erwartete mich am Bahnhof. Diesmal weinte sie nicht. Sie sagte mir die Wahrheit. Helmut hätte sich mit ihr in Verbindung gesetzt. Sie hätten mich nur gegen die Herausgabe der Dokumente retten können, und was ich in dem Lager zuletzt erlebt hätte, sei abgekartetes Spiel gewesen. Die Stromleitung sei absichtlich unterbrochen worden, die Wache habe absichtlich beide Augen zugedrückt. War es nicht gut? War ich nicht gerettet? »Ich habe meinen ersten Mann durch seine eigene Schuld verloren«, sagte sie mir auf meine Vorwürfe mit kalter Stimme, »ich hatte keine Kinder von ihm und bin darüber hinweggekommen. Du hast nicht das Recht zu dem gehabt, was du getan hast. Du hast schlecht und ich habe recht gehandelt. Wir werden die Kinder herkommen lassen oder nach Paris, und du müßtest glücklich sein, daß es so gekommen ist.« Sie hatte recht, aber ich war nicht glücklich.

Vierter Teil

Wir entschlossen uns erst im Frühling des Jahres 1934, die Schweiz zu verlassen und nach Paris zu gehen. Ich war ein kranker Mann. Ich hatte mich nicht von den Mißhandlungen erholt, und wenn ich laut sprach oder mich lebhaft bewegte, waren die Stiche in der Brust kaum zu ertragen. Viktoria schonte mich. Aber dies quälte mich. Ich hätte am liebsten oft tagelang keinen Menschen um mich gesehen. Sie mußte ich um mich dulden, denn sie war doch das einzige, das mich an das Leben band. Aber wir beide fühlten wohl, es war zuviel zwischen uns zerstört. Ich war scheu geworden. Ich sah keinem mehr ins Auge, ich hatte Angst vor Menschen. Vor allen Menschen und daher auch vor ihr. Wer sehr starke körperliche Torturen ausgehalten hat, braucht sehr lange, bis er wieder Mut faßt. Ich blickte mich jedesmal voll Angst um, bevor ich sprach. Hatte ich immer noch Angst, man könnte mich belauschen? Und, was das schwerste war, ich traute auch Viktoria nicht mehr. Man kann auch ohne Liebe mit einem Menschen jahrelang gut zusammenleben; ich hatte es bei Angelika in den Jahren vor dem Krieg gesehen. Aber ohne Vertrauen kann man nicht leben. Meine Frau mußte es merken. Aber statt mich zu verstehen, wurde sie selbst mißtrauisch. Ich traute ihr nicht, weil sie durch die Auslieferung der Papiere an die Geheime Staatspolizei mein ganzes Opfer zu einem vergeblichen Versuch des Widerstandes gegen H. gestempelt hatte. Ich hatte eine Waffe gehabt gegen ihn, vielleicht nur eine winzige Waffe, aber sie war mir etwas Großes gewesen, und ich habe die Qualen im Lager nur ertragen können mit dem Gedanken, daß ich ihm in diesem Punkte bei all seiner brutalen Gewalt überlegen war, und in dem Gefühl meiner Liebe und meines Vertrauens zu meiner Frau. Nun hatte er die Papiere, ich hatte meine Frau nicht mehr, denn ich traute ihr nach diesem ersten Verrat aus Liebe noch einen zweiten zu. Sie begann, mir zu mißtrauen, weil sie meine Handlungsweise nicht verstand und – Judenhaß in ihr sah!
Sie erinnerte sich und mich sehr zur Unzeit an den Judenhaß meiner Mutter, an ihren Undank nach dem Prozeß, an die bösen Worte, die meine selige Mutter ihr durch den Türspalt zugerufen hatte, an den mir auf dem Totenbett abgenommenen Schwur, ich würde sie nicht heiraten.
Alle diese Tatsachen waren wahr. Aber die Lüge, wie sie ein A. H. in ungeheurem Strom über sein Land ausgeschüttet hatte, machte dort die Menschen in ihrem verblendeten Rausch glücklich, unsere Wahrheiten, die wir uns in langen schlaflosen Nächten zuflüster-

ten, um die Nachbarn nicht zu stören, machten uns unglücklich und entfremdeten uns noch mehr. H.s Lüge hatte alle Deutschen von der Nordsee bis zu den bayerischen Gebirgen vereint, hatte alle Grenzen niedergerissen. Und wir in unserem engen Hotelzimmer in Bern konnten nichts finden, was uns einander nähergebracht hätte.

Ich hatte meine Mutter, solange sie lebte, angreifen oder meiden und Viktorias Partei ergreifen können. Nachdem sie aber aus dem Leben geschieden, war sie mir heilig geworden. Ich war Viktorias Mann seit bald zwölf Jahren, aber meiner Mutter Sohn vom Anfang meines Lebens her.

Meine Frau war immer noch schön, eine reife, etwas üppige Schönheit, aber ich sah ihr Altern nicht. Ich wollte mich ihr nähern, sie wich unmerklich zurück, sie flüsterte, ich müsse mich schonen. Sie hatte recht, ich hatte unrecht, mein Rücken war eine einzige Wunde, die schlecht heilte, und doch wäre es mir tausendmal lieber gewesen, ich wäre am nächsten Morgen mit Schmerzen erwacht, als daß wir wie zwei Steine nebeneinanderlagen.

Manchmal machten wir schöne Spaziergänge und kamen über eine prachtvolle Brücke. Man sieht von hier die ganze Stadt und die schönen Hügel und die eisbedeckten Berggipfel, besonders das Massiv der Jungfrau. Meine Frau hatte sich diesmal wieder warm in meinen Arm gehängt und raunte mir ins Ohr, mich mit ihren weichen, seidigen, nur von wenigen grauen Fäden durchzogenen Haaren streifend: »Dankst du mir nicht, daß ich dich aus dem furchtbaren Land und dem Lager herausbekommen habe? Denke nur ja nicht, daß es leicht war! Helmut haßt die Jüdinnen, und ich habe lange gebraucht, bis ...« Ich schüttelte den Kopf. Es empörte mich, daß sie mich daran erinnerte, daß ich ihr zu Dank verpflichtet sei und daß sie etwas von ihrem Stolz geopfert habe, um von Helmut das zu erlangen, wozu er mir als Freund verpflichtet gewesen wäre. Sie merkte es, löste ihren Arm aus meinem und konnte, errötend vor Scham und Zorn, sich nicht versagen, mich zu treffen: »Auf der Holzpritsche und unter den Ochsenziemern hättest du anders gesprochen! Da hättest du dich meiner nicht geschämt! Aber du weißt ja, ich habe dich nicht zur Ehe gezwungen. Ich hätte allein leben können, mein Vater hat mir oft geraten, ich solle dir nicht trauen.«

Dies war eine Unwahrheit. Aber ich ließ es dabei. Ich erhoffte nichts und freute mich auf nichts mehr. Ich las die Zeitungen mit den furchtbaren Nachrichten, als blätterte ich in einem Lexikon, das eine mir unbekannte Sprache, etwa Chinesisch, in eine andere unbekannte, etwa Japanisch, übersetzte. Es waren Worte, Klänge, Schnarren, Vokale und Hauch. Meine Seele war nicht dabei. Auch meine Kinder waren mir bereits etwas fremd. Hätte ich sie doch nur kürzlich in S. sehen können! Ihre Briefe kamen, ich öffnete sie nicht und überließ sie meiner Frau, die sie mit Angst und Leidenschaft an sich riß und sie zehnmal überlas. Ich fragte mich, was darin gestanden hatte. Ich nahm meine Sprachstudien wieder auf, ich wollte einigermaßen Französisch sprechen, wenn ich nach Paris kam. Meine Frau beherrschte diese Sprache ganz gut. Wir unterhielten uns jetzt französisch. Und genau wie vor Jahren bei Angelika entfremdete uns diese Unterhaltung in einer fremden Sprache mehr als alles andere bisher. Ich merkte es mit stummer Freude. Ich machte Fortschritte. Ich hörte auf zu lieben und begann fließend zu sprechen.

Wir kamen Ende März nach Paris und quartierten uns in einem kleinen Hotel am Montmartre ein. Es hielt mich nicht zu Hause. Ich trieb mich die ersten Wochen von früh bis spätabends in den Straßen umher. Aber ich sah nichts. Ich war für alles blind, außer für den einen Gedanken, FRIEDEN ZU FINDEN. Aber wie konnte ich Frieden finden, wenn ich so ungeheuer haßte, wenn ich immer einsamer wurde, wenn alles an mir abglitt, wenn ich keine Tätigkeit hatte? Es ist etwas Schweres für einen erwachsenen Menschen, ohne Arbeit zu leben, selbst dann, wenn für seine Nahrung gesorgt ist. Meine Frau, die jetzt sehr selbständig geworden war, hatte eine mäßige Summe aus Basel mitgenommen. Nach einer gewissen Zeit schien es mir, sie müsse sich dem Ende nähern, und so sehr es mir widerstrebte, mit meiner Frau das Geld abzurechnen, schlug ich es dennoch vor. Meine Frau lächelte, zeigte alle ihre schönen Zähne und streichelte ein kleines noch feuchtes Veilchenbukett, das sie im Ausschnitt ihres hellen Sommerkleides trug. Sie schien sich keine Geldsorgen zu machen.
Ihre Stimmung wechselte. Sie ertrug es manchmal, drei Tage ohne Nachricht von den Kindern zu sein, ohne laut zu klagen und sich zu ängstigen, aber sie beherrschte sich besser als ich. Wir beiden haßten das neue Reich. Aber sie haßte es, weil es den Juden dort

fürchterlich erging, und ich haßte es, weil es mein Volk zu einem Volk hündisch gehorchender Sklaven gemacht hatte, die sich in der Knechtseligkeit wohl befanden. Im Grunde hätten wir uns in unserem Haß verständigen, wir hätten wieder zueinander finden, uns stützen, das Leben erleichtern können, aber wir wurden einander fremder mit jedem Tag, und manchmal glaubte ich, meine Frau begann den Nichtjuden in mir zu hassen und ihre Ehe zu bereuen. Ich habe ihr dies nicht mit Gleichem vergolten. Ich sah fort, wenn mich einer ihrer kalten, alles durchbohrenden grünblauen Blicke treffen wollte. Ich sage es noch einmal, ich wollte nur Frieden.

Bald sah ich ein, ohne regelmäßige Tätigkeit würde ich ihn nie finden. Was sollte ich beginnen? Ich konnte daran denken, wieder Arzt zu sein. Aber die Gesetze des Landes, dem ich für die Gastfreundschaft dankbar sein mußte, verboten es, die einheimischen Ärzte taten sich zusammen und brachten ein Gesetz gegen die zugewanderten Ärzte fremder Nationalität ein. Wir durften nicht einmal an den Studien teilnehmen. Von Ausnahmefällen abgesehen, mußten wir vergessen, was wir gewesen waren.

Vielleicht hätte sich aber doch hier und da eine Gelegenheit geboten. Aber mir widerstrebte jetzt dieser Beruf. Ich konnte kein Blut sehen, die nackte Haut, die mich an die Marterszenen im Konzentrationslager erinnerte, ekelte mich an, und ich sage es ganz offen, es ekelte mich jeder Mensch.

Ich erfuhr, im Institut Pasteur würden Ärzte gesucht. Hier handelte es sich um große wissenschaftliche Untersuchungen, Bazillenzüchtungen, Tierversuche, um entweder rein wissenschaftliche Fragen zu klären oder um neue Heilmittel zu finden. Ich ging bis zum Tor des Instituts, ich dachte, vielleicht würde ich unter der Leitung erfahrener, human gesinnter Gelehrter einen neuen Lebenszweck finden. Aber bevor ich durch das Tor eintrat, brach der alte würgende Ekel in mir empor. Ich begann zu zittern, die Luft ging mir aus, es wurde mir dunkel vor Augen. Alles aus Ekel. Nicht aus Schwäche. Ich konnte keinem Tier mehr etwas antun, ich konnte nicht mehr begreifen, daß das Leiden oder der Qualtod eines Tieres nichts bedeute, wenn es sich darum handelte, der reinen Wissenschaft zu dienen oder den Menschen neue Hilfsmittel zur Bekämpfung ihrer Leiden zu bringen. Ich sah in dem Menschenleben nicht mehr wie vor dem Kriege den höchsten Lebenswert. Es war etwas Billiges geworden. Es lohnte nicht.

Ich sagte mir eines Abends, auch ich sei billig geworden. Es war gleichgültig, ob ich noch ein paar Jahre lebe oder nicht. Und wem machte ich stumme, aber erbitterte Vorwürfe deswegen? Meiner Frau, die mir meinen letzten Glauben an einen Menschen und seine Treue genommen hatte. Wir saßen einander abends in dem größeren der zwei Zimmer stumm gegenüber. Sie hatte ein Schachspiel angeschafft, und wir spielten, scheinbar ruhig, Zug um Zug. Aber selbst in diesem Spiel, in diesem stummen Zusammensein über dem schwarzweißen Brett, brach es aus der Tiefe durch, und wir spielten mit Haß, erdachten Listen und Tücken, um zu siegen. Niemals haben wir beide so großartig gespielt. Haß macht vielleicht genial. Nachher standen wir mit verzerrten Gesichtern, brennenden Augen, in den verkrampften Händen noch die letzten Figuren haltend, vom Spiel auf, ungern, denn niemand wollte die Niederlage anerkennen, niemand als Besiegter schlafen gehen. Auch hier fand ich den Frieden nicht.

Ich hörte in den ersten Sommermonaten auf, in den Straßen, Museen und Kirchen umherzustreifen. Es war vergebens, ich hätte ebensogut hinter den elektrisch geladenen Stacheldrähten des Lagers umherirren können. Ich suchte Frieden, aber in den Schönheiten und Kostbarkeiten der Museen fand ich ihn nicht. Ich hatte mich von meiner Frau etwas abgetrennt, wir küßten uns nicht mehr, und bald hörten wir auf, Schach zu spielen. Ich trennte mich von der Zeit, ich versuchte es, indem ich den Verkehr mit anderen Ausgewanderten, Ausgestoßenen, Friedlosen mied. Ich hörte auf, die Zeitung zu lesen. Ich suchte eine körperliche Arbeit und fand sie mit Mühe. Sie bestand – in Tellerwaschen in einer Emigrantenküche. Es waren nicht mehr die geräumigen, gekachelten Souterrains des »Prinzregenten von Bayern«. Die üblen Gerüche, die oft verdorbenen Zutaten, das ranzige Fett, das schlechte Geschirr hätten mich mehr anekeln müssen als im »Prinzregenten von Bayern«. Aber es war nicht der Fall. Die schwere Arbeit, mittags von 12 bis 3, abends von 7 bis 10, tat mir wohl. Ich freute mich an den paar Francs, die es trug, raffte sie gierig an mich und verschwieg meiner Frau, was ich tat und wieviel ich verdiente.

Nach ein paar Wochen gab ich diese Arbeit auf. Ich konnte die Nähe meiner Leidensgenossen nicht ertragen. Ich wollte Deutschland vergessen, aber nicht immer daran erinnert sein.

Damals, im Sommer 1934, kam es zur Ermordung des Hauptmanns R. und von ein paar hundert anderer Männer und auch Frauen. Ohne Anklage, ohne Gericht, ohne Protokoll.
R. war immer ein starker Mann gewesen. Er war ein kluger Kopf, hatte ein klares Auge. Wie hätte er sich sonst von einem Instruktionsoffizier der bolivianischen Armee im Jahre 1925 zum Herrn von drei Millionen Menschen im Jahre 1934 aufschwingen können, die ihm und dadurch dem obersten Führer blind dienten? Aber er ahnte die Natur H.s so wenig, daß er ihm wie einem Bruder vertraute. Was H. tat, war kein unbeherrschter Wutausbruch. Es war vorbedacht und wurde folgegerecht zu Ende geführt. Er hatte sich mit Energie angereichert, er war aber kalt, berechnend, überlegen gewesen. Er liebte nicht. Er hat nie geliebt. Daher verlor er nie die Übermacht. Er war ein Spartaner. Blut war ihm wie Wasser.
Was er in R. und dessen Kreis haßte und fürchtete, ist nie ganz klargeworden. Sie waren zuviel auf der Welt, das allein steht fest. H. mußte allein sein. H. war eines Nachts zu Hauptmann R. gekommen, hatte ihn aus dem Schlaf gerissen, ihn verhaftet, angespien, beschimpft, in Ketten gelegt. Man riß ihm und seinen jungen Freunden die Schulterstücke von der Uniform. Der Führer soll den Adjutanten des Stabschefs, einen Grafen Spr., mit seiner berühmten Peitsche verprügelt haben. R. wurde einer Gnade gewürdigt, die ich aus dem Lager wohl kannte, durch Selbstmord zu enden. Unseresgleichen hatte man eine »Rebschnur« auf die Pritsche der Baracke geworfen und auf einen starken Nagel hingewiesen, bevor man die Tür hinter sich schloß. R. war ein großer Soldat, deshalb durfte er »durch eine ehrliche Kugel« enden. Man gab ihm lächelnd einen schweren Revolver. Er lehnte ab. Nicht aus Feigheit. R. war einer der beherztesten Menschen seiner Zeit. Sondern aus hündischer Liebe zu H. Er flehte ihn an, er möge ihn eigenhändig erschießen. Aber das konnte H. nicht tun. Er ist ein sanfter Mensch. Er vergießt niemals Blut. Er verließ R.s Zelle und sagte ein paar SS-Leuten, sie möchten das Notwendige veranlassen. Ich las kalt diese Nachrichten. Ich hatte R. gekannt. Geliebt oder geachtet habe ich ihn nie. Vielleicht habe ich ihn gefürchtet, und das hat mich angezogen – wie ... Er und ich haben kaum jemals miteinander gesprochen. Was war ich ihm, was war er mir? Aber H., ihm war er viel, und für R. war H. schlechthin der Gott auf Erden.
R. und die Seinen waren nicht die einzigen, die gefallen sind. Eine

Woche später zählte H. in einer großen Rede 77 auf. Es können auch 270 oder 870 gewesen sein. Schließlich hat man sich auf 370 geeinigt. Man siebte nicht lange. Das Menschenleben war seit dem Krieg außer Kurs. Es mögen auch weniger Schuldige oder sogar völlig Unschuldige darunter gewesen sein, das gab H. zu. »Eine Anzahl von Gewalttaten, die mit dieser Aktion in keinem Zusammenhang stehen, werden den normalen Gerichten zur Aburteilung überwiesen.« Lüge. Phantasie. Man hat später niemals von einer solchen Tätigkeit des normalen Gerichtes gehört. Tot war tot. Hatten die drei Millionen SA-Männer gemeutert, und hat man, um die Meuterei zu brechen, 370 geopfert? H. stellte sich dem Urteil seines Landes und hielt eine Rede: »Meutereien bricht man nach ewig gleichen Gesetzen. In dieser Stunde war ich verantwortlich für das Schicksal der deutschen Nation, und damit war des deutschen Volkes oberster Gerichtsherr in diesen 24 Stunden ich selbst.« Aber war R., der Treueste der Treuen, ein Meuterer? War er nicht in aller Ruhe seinen Freuden des Daseins, wie er sie verstand, hingegeben gewesen, hatte man ihn nicht aus dem Schlafe geweckt? Schläft ein Meuterer so tief? Ein den Freund verratender Judas, klammert er sich so an den Heiland und will den Tod nur von seiner Hand? Aber bei dieser Anklage ließ es der Abgott des deutschen Volkes nicht bewenden. H. verriet die, die ihm gedient hatten, die er selbst zu mächtigen Unterfeldherrn, zu Subdiktatoren gemacht hatte, denen er die größte Autorität und Verantwortung anvertraut hatte. Zornflammend schrie er etwas von Sittenverderbnis und Korruption, ihr Leben sei so schlecht geworden. Er nannte sie Verschwörer, Hetzer, warf ihnen den Luxus vor, den sie »mit den Groschen unserer ärmsten Mitbürger« trieben, er hielt ihnen ihre Männerliebe vor, von der er seit vielen Jahren wußte: »Ich will Männer als SA-Führer sehen und keine lächerlichen Affen.« Er zog den französischen Botschafter hinein. Als dieser sich gegen die Lüge wehrte, tat H., als sei nichts geschehen, war nett, und es wurde nie wieder davon gesprochen. Man hatte gemordet, man hatte nicht einmal den Schein eines gerichtlichen Verfahrens aufrechterhalten. Man hatte den General von Schleicher, den früheren Reichskanzler, ermordet. Vielleicht fürchtete man, er sei im Besitz von Akten aus H.s Kriegszeit. Man ermordete auch seine Frau, die sicherlich keine Akten besaß, man ermordete den alten bayerischen Exminister von Kahr, um sich an ihm für sein Verhalten vor elf Jahren zu rächen, man knallte Menschen an der Kaser-

nenmauer nieder, weil ihr Name genauso lautete wie der eines Beschuldigten.
Aber nicht das war es, was mich bis zum Ersticken empörte. Der uralte Reichspräsident telegrafierte: »Aus den mir erstatteten Berichten sehe ich, daß Sie durch Ihr entschlossenes Zugreifen und die tapfere Einsetzung Ihrer eigenen Person alle hochverräterischen Umtriebe im Keim erstickt haben. Hierdurch spreche ich Ihnen meinen tief empfundenen Dank und meine aufrichtige Anerkennung aus.« Ein protestantischer Bischof sagte, es sei die Pflicht aller Deutschen, im Gottesdienst dem Herrn für diese Errettung zu danken... »Wir wollen alle fürbittend hinter ihm stehen, daß Gott ihn weiter behüte und zu seinem großen Werk Kraft und Gelingen schenke.« Das Fürchterlichste war für mich, zu sehen, wie er erst jetzt wirklich geliebt wurde, seitdem alles »deutsche Blut« vor ihm zitterte, wollüstig hingegeben. Er hatte alle Deutschen zu Angelikas gemacht. Niemand widersprach. Niemand von den vielen, die noch dazu imstande waren, weigerte sich, die Luft dieses Knechtslandes zu atmen und auszuwandern. Deutschland stank nach Mord und Verrat, und alle zogen den Gestank wie Rosenduft ein. Ich kam einige Tage nicht nach Hause. Ich schämte mich vor meiner Frau, daß ich ein Deutscher war und mein Blut nicht gegen ein anderes austauschen konnte. Aber dann schämte ich mich auch dieses Gedankens. Kam es denn aufs Blut an? War denn auch ich H.s Sklave im Geiste geworden? Niemals bin ich so nahe dem Selbstmord gewesen wie damals. Nur der Gedanke, daß ich ihm dann *freiwillig* unterläge, hielt mich zurück. Nicht der Gedanke an Frau, Vater und Kinder.

Die Listen der bei den Massenmorden Umgekommenen, die in den deutschen Blättern erschienen waren, mußten natürlich ungenau und lückenhaft sein. Ich sah sie durch und fand in ihnen den Namen H. v. Kaiser. Ich blieb ruhig. Ich staunte über mich, wie kalt ich blieb. Ich überlegte logisch, daß nur der alte Kaiser, der seit Jahr und Tag in Italien lebte, geadelt war, sein Sohn hatte kein Anrecht auf das »v.«. Und was konnte »H.« alles bedeuten? Es kam mir sogar der Spott in den Sinn, womit der Vater Helmuts vor Jahren das »O. Schwarz« aufgenommen hatte. Ich wußte wohl, ich verdankte Helmut mein Leben. Aber was war mir Dank? Konnte ich für ein

solches Dasein noch danken? Es war leer, kalt und friedloser als die Existenz im Lager und auf der Flucht.
Meine Frau nahm die Nachricht mit großer Erregung auf. Sie weinte, sie raufte sich die Haare, sie schrie so laut, daß ich ihr den Mund zuhalten mußte, denn es war mir nicht lieb, wenn man sich in dem kleinen Hotel über uns wegen nächtlicher Störung beklagte. Sollte ich es für möglich halten, daß sie für Helmut etwas Tieferes empfand, so häßlich und – judenhasserisch er auch war? Auch dieser Gedanke rührte mich nicht auf. Ich hatte als Augenzeuge neben der jammernden, sich in einem knarrenden Lehnstuhl hin und her werfenden Viktoria bemerkt, daß sie – zerrissene Sohlen hatte. Schon in der letzten Zeit hatte sie mehr gespart als sonst. Nun fragte ich sie, schon um sie auf etwas anderes zu bringen, ob wir wirklich in Not seien. »In Not«, sagte sie, »ja, in Not!« und fügte hinzu, es ginge nicht um uns zwei alte Menschen, die auf jeden Fall verloren seien, sondern um die Kinder, die seien in Not und wüßten es noch nicht einmal! Sie wollte von neuem zu weinen beginnen, ich ging und schloß leise die Tür hinter mir. Am nächsten Tage bat sie mich, ich möchte ihr verzeihen, ich würde bald alles verstehen. Ich sah sie fragend an. Sie wollte nichts mehr sagen, weder wollte sie lügen, noch konnte sie die ganze Wahrheit sagen. Wir gingen zu zweit zu einem Schuster, setzten uns jeder auf einen Stuhl, zogen unsere sehr schadhaften Schuhe aus (denn die meinen waren nicht besser als die ihren) und warteten geduldig, bis die Reihe an uns kam. Eine Menge anderer armer Leute wartete, die Männer in Socken und die Frauen in grob gestopften, oft gewaschenen Kunstseidenstrümpfen, bis sie die Schuhe repariert wiederbekamen, sie nahmen die Geldbörse aus der Tasche, zählten das französische Geld, sie bewegten die Lippen, und ich sah, sie rechneten in deutscher Sprache das Geld nach, ob es reichte.
Das Warten dauerte für uns beide nicht weniger als drei Stunden. Aber wir Emigranten waren alle an das Warten gewöhnt, und meine Frau sagte mir, als wir auf der Straße standen, sie fühle sich sofort viel mutiger und fester, sobald sie dicke schöne Ledersohlen unter den Füßen habe. Ich glaubte ihr, denn ihr Gang, der schon sehr schleppend geworden war und an den schlürfenden Gang des alten Judenkaisers erinnerte, war wieder federnd und so, wie sie ihn als junges Mädchen gehabt hatte, wenn sie mit dem Schachbrett und den klappernden Figuren die Treppe hinaufgesprungen war, um mit meinem Vater und mit mir Schach zu spielen. Ich strich ihr

daheim über das Haar. Sie zuckte zusammen. Ich hatte nur sehr leise wie in Angst über ihr Haar gestrichen. Aber gerade diese übergroße Zartheit schien sie aufzuregen. Wir kamen uns nur sehr langsam wieder näher, und es schien mir ganz unmöglich, daß wir uns wieder so liebten wie am Anfang unserer Ehe oder noch in der letzten Zeit in S.

Zwei Tage später kam Helmut zu uns. Er war verwundet worden, sagte nicht wo und wie und trug den linken Arm in einer von der Reise sehr schmutzigen Binde und sah alt und verfallen aus. Er gab uns beiden etwas befangen die Hand, wir boten ihm den besten Stuhl an, ließen etwas Essen besorgen und sahen ihm zu, wie er aß und sich dann wusch. Er tat es so ungeschickt, war durch den verwundeten Arm so behindert, daß meine Frau sich lachend zu ihm stellte und ihm mit meinem Schwamm das Gesicht und den Hals und die Hände wusch. Er erzählte auch jetzt nichts von seinen Erlebnissen. Kein Wort, wie er aus Deutschland entflohen war. Ich zeigte ihm seinen Namen auf der Liste. Er zuckte die Achseln, wahrscheinlich war er mit seinen Gedanken anderswo. Er hatte kein französisches Geld außer ein paar kleinen Münzen, aber einen Reisekreditbrief auf ein paar hundert Francs. Er forderte mich auf, ich solle sofort zur Bank gehen und das Geld für ihn einlösen, ich wandte ein, man würde es mir nicht ausfolgen. Zum mindesten müsse er mir ein Legitimationspapier mitgeben. »Dir?« fragte er lakonisch. Er sah meine Frau an, und sie gab mir einen Wink, ich solle gehen. Kaum war ich aus der Tür, hörte ich ihre ersten Worte, und zwar in einem solchen leidenschaftlichen Ton gesprochen, wie ich ihn seit meiner Abreise von S. von ihr nicht gehört hatte: »Und Bobby?« (Robert). Er rückte seinen Stuhl näher zu ihr, ich hörte seine Schritte auf dem teppichlosen Fußboden knarren, er sprach so schnell, daß ich nicht folgen konnte und wollte. Ich ging. Das Geld bekam ich wider Erwarten doch ausgezahlt. Ich erlaubte mir den Luxus, von diesem Geld eine Flasche guten Weins und Blumen zu besorgen, und brachte sie meiner Frau und ihm. Sie achteten nicht weiter darauf. Sie saßen sich mit heißen Köpfen beim Schachspiel gegenüber. Ich sah ihren Zügen zu. Manchmal hätte ich ihm helfen wollen, der ein stärkerer, aber unvorsichtiger Spieler war, bald ihr, die jetzt nur mit der Routine spielte und eigentlich immer unterlegen war. Ich hatte aber (stärker als früher) immer bei dem schwächeren Spieler den Wunsch, einzugreifen, einen Rat zu geben, vielleicht durch einen Blick, und das Schicksal zu spielen.

Seit der Haft hatte es mich immer entschiedener auf die Seite des Schwächeren getrieben. Hier aber war nichts im Spiel als das Spiel. Ich beherrschte mich und ließ allem seinen Lauf.
Abends quartierte sich Helmut in meinem Zimmer ein. Er hatte auch jetzt noch heiße Wangen, und sein Puls ging schnell. Er fragte mich, halb im Scherz, halb im Ernst, ob ich ihm den Verband nicht noch schnell wechseln, seine Wunde untersuchen, ihn behandeln wolle als sein ältester, sein einziger Freund. War es Spott, war es Ernst? Ich tat, als nähme ich es als Scherz, und sagte, hier sei fremden Ärzten das Handwerk gelegt, aber ich wolle ihn am nächsten Morgen in eine französische Klinik bringen, wo man die Unbemittelten umsonst behandele und wo für alles in modernster Weise gesorgt sei.
Wir entkleideten uns im Dunkeln, erst als ich im Einschlafen war, erinnerte ich mich, wir hatten einander nicht gute Nacht gesagt.

Ich hätte eigentlich Helmut dankbar sein müssen, daß er gekommen war. Seine Anwesenheit beruhigte mich. Etwas von der alten Zeit, von der Vorkriegszeit, war mit ihm wiedergekehrt, und ich schlief jene Nacht besser als die ganze Zeit zuvor. Mein Rücken war stellenweise immer noch wund, nämlich dort, wo sich die Striemen kreuzten. Ich mußte auf dem Leib liegend schlafen, und dann bekam ich wiederum zuwenig Luft. In dieser Nacht hatte ich sowohl genug Luft als auch keine Schmerzen in den Narben von dem Ochsenziemer. Ich stand vor Helmut auf, ich schämte mich, mich in seiner Gegenwart zu waschen und ihm den Anblick meiner elenden Leiblichkeit zuzumuten. Aber war es ihm um soviel besser ergangen? Er hatte sich über seine Erlebnisse vom 30. Juni ausgeschwiegen. Als ich aus dem Zimmer meiner Frau zurückkam zu ihm, stand er gerade am Waschtisch. Ich hatte nicht geklopft, ich dachte, was brauchte es das zwischen Jugendkameraden? Er schreckte beim Schall der zugeschlagenen Tür auf, stürzte instinktiv wie ein aufgescheuchtes Wild zu dem verwühlten Lager (er hatte also unruhiger geschlafen als ich) und riß unter dem Kopfpolster eine riesige automatische Pistole hervor. Er konnte sie nur mit einer Hand richtig bedienen, der rechten, die linke war durch den Verband behindert. Ich lachte, er stutzte. Ich hatte keine Angst vor Riesenpistolen, wohl aber hatte ich Angst vor dem vertierten,

wahrhaft bestialischen, gehetzten Ausdruck seines fahlen häßlichen Gesichts. Er zwang sich zu lachen und tat, als sei alles Scherz und Theater. Ich trat, mich bezwingend, zu ihm, nahm ihm die schwergewichtige Waffe aus der Hand und legte sie wieder unter das Kopfpolster. Dort befand sich noch etwas Kühles, Hartes, Glattes: ein winziger, mit Silber eingelegter Revolver. Als ob die automatische Pistole nicht genügt hätte. Ich half ihm beim Anziehen und überließ ihn dann sich selbst, da er es heute unbedingt so wollte. Er lehnte es ab, sich von mir in die Klinik begleiten zu lassen. Wir sahen uns erst abends. Ich hatte angenommen, er würde sich eine andere Unterkunft gesucht haben, er wollte mich aber nicht verlassen – aus Angst vor Verfolgern, dachte ich, denn in seinem Gesicht war das Scheue geblieben. Auch meine Frau zeigte viel Unruhe, ich wußte, es war wegen der Kinder.
Wir setzten uns um den Tisch, und sie begannen, sich über Geldfragen zu unterhalten. Es fielen Namen, die ich zum erstenmal hörte, vielleicht Zwischenpersonen, mit Hilfe derer meine Frau Nachricht über die Kinder erhalten hatte, ich weiß es nicht. Im Grunde war dies unsinnig, denn es war einer Emigrantin nicht verboten, mit ihren Kindern einen Briefwechsel zu unterhalten. Möglicherweise fürchtete sie aber doch, es könne ihnen schaden, wenn sie von hier Briefe erhielten. Helmut lächelte trübe, plötzlich wandte er sich an mich, als erblicke er mich nun erst, gab mir die Hand und fragte mit seinem alten jungenhaften Lächeln, ob wir nicht an den Alten in Rom einen Bettelbrief um Geld schreiben wollten. Ich wußte, er hatte gestern noch ein paar hundert Francs gehabt. Was konnte er inzwischen ausgegeben haben? Aber er ließ sich auf keinerlei Erklärungen ein, sein Gesicht war wieder starr und abweisend geworden und erhellte sich auch dann nicht, als ich mit ihm und meiner Frau zusammen einen langen Brief an seinen Vater aufsetzte. Ich war für Kürze. Das hatte auf den Alten immer am besten gewirkt. Helmut aber brachte süßliche, im Grunde kalte Phrasen an (er schrieb, wie A. H. sprach), und meine Frau war auf seiner Seite. Die Antwort kam erst spät, nach ein paar Wochen. Der Alte lehnte ab, Geld zu schicken, seinen Sohn wolle er im Notfall, weil Katinka sich für ihn verwendet habe, aufnehmen. (Warum stellte er sich auch jetzt als ihren Sklaven hin? Tat es ihm wohl?) Von mir war nur zum Schluß die Rede, ein Mann wie ich brauche ihn nicht, ich würde mich durchschlagen wie immer, und er werde einmal hierherkommen, um mich vor seinem Tode noch einmal zu

sehen, also jedenfalls vor Anbruch des Winters.
Mir taten seine Worte nicht gut, ich behielt aber alles für mich, und wenn Helmut und Viktoria über die Knickrigkeit des Alten loszogen, der sein Geld doch nicht in die Grube mitnehmen könne, war ich still. Ich habe den Vater in ihm gesehen. Wenn er an den Tod dachte, wußte er warum. Der Gedanke, ihn zu verlieren, ging mir näher als die Angst, mein Vater könne eines Tages sterben. Es ist vielleicht unmenschlich, wenn ich so gegen mein Blut empfinde, aber ich hätte tausendmal lieber ihn hier gehabt als meine Kinder, welche nun meine Frau in Begleitung meines Vaters und Heidis herkommen lassen wollte. Das einzige Gute daran war, daß mich Helmut von seiner dauernden Anwesenheit befreite. Er suchte sich ein anderes Zimmer, und ich hatte es nicht mehr nötig, mein Zimmer zu verlassen und mich auf der Straße herumzutreiben, wenn er geheimnisvolle Besuche entweder sehr martialischer oder sehr delikater Herren empfing.
Er behielt seine Geheimnisse für sich, ich die meinen. Eines Tages kam er auf etwas zu sprechen, worüber schon früher Andeutungen gefallen waren. Daß er meine Rettung mit einer Art Ungnade bezahlt habe. Zwar habe er jenen Teil meiner Aufzeichnungen, die ich im Safe aufbewahrt hätte, bis zum letzten Blatt der Geheimen Staatspolizei abgeliefert, die sich mit dem Führer in Verbindung gesetzt hätte. Aber auch sie sei nicht in Gnade empfangen worden. Der wichtigste Teil sollte fehlen, nämlich jener, der sich auf seine Beziehungen zu Frauen bezog. Nun habe ich tatsächlich in dem langen Gespräch in P. manches in Erfahrung gebracht, was der Welt bis heute verborgen geblieben ist. Ich habe aber schon damals im Jahre 1918 kein Wort aufgeschrieben.
Ich weiß alles noch. Es ist ein zu wichtiger Fall. Aber man wird in diesen Blättern vergebens danach suchen. Auch dieses Geheimnis habe ich mit Runen, die niemand außer mir lesen kann, aufgezeichnet. Das konnte der große Mann nicht glauben, und nun bereute er, daß er mich lebend aus seinen Fängen gleiten ließ, glaube ich. Es kann aber auch sein, daß er fürchtete, einen Menschen zu töten, der ihn durch ein Wunder sehend gemacht hatte. Könnte denn nicht ein zweites Wunder ihn wieder blind machen, wenn er mir wie so vielen anderen das Lebenslicht ausbliese?

Paris war schön, himmlisch, wunderbar, sprühte von Leben, das Alte und Ehrwürdige mischte sich zauberhaft mit dem Modernen und Kühnen. Aber war es für mich da, war es für uns da? Es war nicht unsere Sprache, die man dort sprach. Ich kannte sie seit meinen Studentenjahren, vermochte sie aber niemals so perfekt zu erlernen, daß ich sie fehlerfrei sprechen konnte.
Nie war es unsereinem möglich, unerkannt bei den vier Millionen hier unterzutauchen. Die deutsche Sprache aber, in der unsereins eben dachte, hoffte, fürchtete, rechnete, sich erinnerte und träumte (war es denn nicht das ganze Leben und alles, was uns blieb?), das war eigentlich die verbotene Sprache, etwas, das uns nicht mehr gehörte und das uns hätte fremd geworden sein müssen. Und war es doch nicht! Meine Frau begriff das nicht. Sie war wieder aufgeblüht in dem Gedanken, die Kinder bei sich zu haben. Sie sang manchmal und lief leichtfüßig die vielen Treppen hinauf, fiel mir um den Hals und küßte mich ab. Nicht wie ihren Mann, eher wie ihr Kind. Ich strich ihr übers Haar und zwang mich, es mit fester Hand zu tun, damit sie nicht sähe, wie es zitterte in mir.
Nachts kam ich mit ihr zusammen. Für sie war es natürlich, mich schauderte es. Ich tat es um ihretwillen und tat doch so, daß sie glauben mußte, sie hätte mir sonst gefehlt, ich hätte mich nach ihr gesehnt usw. Dieses »usw.« schreibe ich, weil ich es so empfinde. Zu diesem »usw.« gehört auch, daß ich mich um einen Verdienst umsah. Ich wußte, es gab verschiedene Komitees, die beträchtliche Summen für die ärmsten Emigranten aussetzten. Ich schickte meine Frau hin, obwohl jetzt ich derjenige war, der mitleidswürdiger aussah als sie, eine gut erhaltene Frau in den besten Jahren.
Ich wollte keine Almosen annehmen, doch mußte ich es. Etwas sträubte sich in mir. Als junger Mensch hatte ich von Kaisers Hilfe gelebt, aber damals konnte ich hoffen, alles abzuzahlen, heute konnte ich es nicht mehr, denn ich erlebte jeden Tag, als wäre es der letzte meines Lebens. Kurz vor der Ankunft meiner Kinder raffte ich mich auf. »Mach ein Ende«, sagte ich zu mir, auf einer Bank des schönen, schon etwas herbstlich angehauchten Parks Luxembourg sitzend, vor mir das kleine Bassin, in welchem Kinder ihre Schiffchen schwimmen ließen, »mach ein Ende, einen Weg dazu wirst du schon finden, deine Frau wird sich mit den Kindern mit Hilfe des Komitees und vielleicht Helmuts durchhelfen, der alte Kaiser wird ihr geben, was er dir verweigert, weil er dich überschätzt. Gut. Wenn du aber doch noch weiterleben willst, be-

drücke dich nicht mehr. Vergiß oder krepier! Verzweifeln ist gut. Weiterleben ist auch gut. Aber weiterleben und verzweifeln zusammen ist nicht gut.«
Schöne Vorsätze. Immerhin tat es mir gut, daß ich mich grob, spartanisch angefahren hatte. Ich bemitleidete mich auf dem Heimweg nicht mehr so sehr und fand den Mut, in der Emigrantenküche mich dem Spott meiner Leidensgenossen auszusetzen und um Arbeit zu betteln, die man mir aus Mitleid – und zu schlechteren Bedingungen als im Frühjahr – gewährte, nämlich nicht mehr gegen ein paar Francs pro Tag, sondern nur gegen freies Essen. Ich sagte daheim nichts. Ich schämte mich vor Viktoria.
Meine Eltern kamen. Mir war jetzt meine Stiefmutter gleich nah und gleich fern wie mein alter, aber ausgezeichnet aussehender Vater, der mich zuerst mit dem »deutschen Gruß« zu begrüßen vorhatte, dann aber den ausgestreckten Arm sinken ließ. Meine Kinder fielen mir um den Hals und rieben sich nachher die Wangen und Lippen, denn meine Wangen waren stachelig. Ich lächelte, ich hatte es als Kind nicht anders getan.
Wirklich ergriffen hat mich etwas anderes. Heidi hatte einen ganzen Laib Bauernbrot mitgebracht. Als ich ihn auf den Arm nahm wie ein kleines Kind und ihn befühlte, ging mir die verlassene Heimat auf. Ich legte das Brot schnell weg und stürzte auf die Straße, wo ich heulend, weinend, die Zähne zusammengepreßt, die Hände vor den Augen, in einer abgelegenen kleinen Straße hin und her lief, bis ich mich beruhigt hatte.
Am nächsten Tage zeigte ich den Eltern die Sehenswürdigkeiten, entschuldigte mich zur Essenszeit, ich hätte eine wichtige geschäftliche Unterredung, und ging Tellerwaschen; desgleichen abends. Heidi ließ sich täuschen, mein Vater nicht. Er sagte mir, als ich spätabends heimkam, todmüde, er verstehe mich wohl. Viel sei für mich im Dritten Reich nicht zu tun, aber er werde jeden Monat dreißig Mark »flüssig machen«. Jeder Deutsche könne zehn Mark an Verwandte ins Ausland schicken, also er, Heidi und Angelika, es sei nur ein bescheidenes Scherflein. Ich war dankbar, meine Augen blieben aber trocken.
Meine Frau wollte den Kindern noch nicht sagen, daß sie hierbleiben müßten, sie wollte damit warten, bis die Alten abgereist wären. Ich drängte aber darauf, sie sollten die Wahrheit sofort erfahren. Ich glaubte, zum Lügner muß man geboren sein. Ich hatte selten gelogen und immer Unheil damit angerichtet, auf meiner Lüge lag

Gottes Segen nicht. Meine Frau blitzte mich mit blaugrünen Aquamarinaugen etwas unwillig an, dann aber lachte sie und tollte im Zimmer umher, so daß sie nicht nur die Kinder weckte, sondern auch die zartbesaiteten Nachbarn. Am nächsten Morgen nahm ich meinen Sohn beiseite und sagte ihm alles. Er erblaßte. Ich bat ihn, er möge es auf sich nehmen, jetzt seiner Schwester die Sache beizubringen. Dieser ehrende Auftrag erleichterte ihm die Sache. Die Kinder hatten eher mit allem anderen gerechnet. Die Stadt war ihnen nicht schön erschienen, sie zogen hämische Vergleiche, zum Beispiel über den Schmutz auf der Straße oder in der Untergrundbahn, über das Brot, das Wasser, alles, was anders war als daheim, kam ihnen »komisch« vor, und ich sah mit Bitterkeit, wie sehr sie ihre Stadt liebten, meine Heimat, die mir jetzt so fremd geworden war.

Meine Eltern reisten also ab. Sie ließen uns ihre Reiseutensilien, Bürsten, Kämme, Plaids und so fort hier. Sie hatten sehr schnell erfaßt, wie notwendig uns diese Dinge waren. Ganz verständnislos hingegen waren die Kinder. Sie grüßten stets mit dem »deutschen Gruß«, der Portier im Hotel zeigte dann ein schiefes, saures Lächeln, auf der Straße sprachen sie absichtlich sehr laut Deutsch. Meine Frau bemühte sich, ihnen ein paar französische Brocken beizubringen, damit sie Brot oder Milch usw. besorgen könnten. Sie wollten nichts lernen, hielten sich beide Ohren zu und schrien sinnloses Zeug durcheinander.
Geduld hat meine Frau niemals in besonders hohem Maße besessen. Ich nahm sie beiseite, ließ die Kinder allein, die sich bald beruhigten, ihr sogar Abbitte leisteten und ein paar Brocken aufzuschreiben bereit waren, das Ende des Federhalters mit ihren schönen weißen Zähnen beknabbernd.
Die Kinder konnten nicht in lateinischen Lettern schreiben oder taten so, als könnten sie es nicht. Meine Frau ließ einen Tag hingehen oder zwei, am dritten verlor sie die Geduld. Ich hätte mich gern diesen Szenen entzogen, ich beherrschte mich nur mit aller Mühe, aber ich sah, sie war die Schwächere, ich mußte ihr gegen die zwei ungezogenen Gören zur Seite stehen.
Aber wenn sie nur ungezogen gewesen wären! Sie waren ja nur zu gut erzogen, nämlich in *seinem* Geiste. Mich hätte der Zorn besin-

nungslos machen können, als ich sah, daß *sein* Geist auch in diesen halbjüdischen Kindern war, daß meine Kinder sich zu drei Vierteln als Deutsche und zu einem Viertel als Juden fühlten (vielleicht war das Angelikas Werk, die ihnen diese stupide Rechnung beigebracht hatte aus Rache), daß sie *ihren* Führer rühmten und seine Lieder sangen, im Takt im Zimmer umhermarschierend, und daß sie das »deutsche Blut« priesen. Aber durfte ich mich dem Zorn hingeben? Jeder durfte es eher als ich. Dann wäre alles verloren gewesen, als Viktoria in ihrer großen Empfindlichkeit in allem, was das Jüdische betraf, in ihrer grenzenlosen Enttäuschung über die Kinder, die sie so verändert wiederbekam, die Nerven verlor und sich auf sie stürzte, um sie zu bestrafen. Nun hat sie immer auch im Zorn eine leichte Hand gehabt. Sie selbst ist niemals geschlagen worden, der Judenkaiser verabscheute Prügel als Erziehungsmethode. Ich glaube, sie hätte den Kindern nicht mit Absicht weh tun mögen. Jetzt aber war es über sie gekommen, mit verzerrtem Gesicht, sprühenden Blicken warf sie sich auf die Kleinen, die, statt sich jeder in eine Ecke zu verkriechen oder fortzulaufen, sich aneinanderklammerten und sich zu wehren versuchten, beide ein furchtbares Geschrei ausstoßend. Plötzlich erkannte ich in diesem Schreien meiner Kinder schaudernd meine eigene Stimme wieder, wenn ich unter den Ochsenziemern lag. Ich war unmenschlich geschlagen worden ohne Grund, diesen drohte eine harmlose Züchtigung, sie hatten, wie ich später erfuhr, viel schmerzlichere Strafen in der neuspartanischen Schule auszuhalten gehabt. Und doch, zu meiner Schande muß ich es jetzt gestehen, nun bereute ich, daß ich unlängst bei dem Teich im Luxembourg wieder Mut gefaßt und meinem Leben nicht in der nahe vorbeifließenden Seine ein Ende gemacht hatte.
Ich tat aber jetzt das Notwendige. Ich warf mich vor die Kinder, fing selbst die paar Schläge und Püffe von den kleinen Fäusten Viktorias auf und – lachte aus vollem Herzen. Ich lachte, als mir meine Frau mit den Nägeln ins Gesicht fahren wollte. Ich lachte, als die Kinder wie aus einem Munde riefen: »Hilf uns! Von einer Jüdin brauchen wir uns nichts gefallen zu lassen! Hilfe! Hilfe!« Ich lachte, als meine Frau in ihrem sinnlosen Zorn schrie, sie sähe wohl, zu wem ich hielte, sie wolle mit einem Judenhasser nicht mehr unter einem Dach hausen und »kenne ihre Kinder nicht mehr«. Ich lachte, da ich mich der gleichen Worte entsann, die meine selige Mutter ausgerufen hatte. Ich lachte den Kindern zu,

die völlig überrascht waren, welche wahrhaft »komische« Wendung diese deutsche Schlacht im französischen Hotelzimmer genommen hatte.

Aber ich wußte auch den Weg, meinen Sohn zu heilen. »Du bist doch ein tapferer kleiner Kerl«, wandte ich mich fragend an ihn, wie mich einmal sein verstorbener Großvater gefragt hatte. Aber ich stellte ihm diese Frage nicht, um ihn gegen »Schmerzen und Leiden« abzuhärten und ihn zum Spartaner zu machen, sondern um ihn durch den Augenschein, die direkte Methode des Anschauungsunterrichtes dazu zu bringen, den Schmerz zu achten. Er sollte heute anfangen, die zu verachten, die in ihrer Brutalität einen wehrlosen Menschen durch Torturen tiefer erniedrigten als das Tier. Ich wußte wohl, der Führer in seiner ganzen Sentimentalität hatte tierfreundliche Gesetze erlassen, Schonung der Hunde, kein Schächten der Rinder mehr, Humanität den Tieren gegenüber. Wie sehr hatte das auf das naive Gemüt von Robert und Lise und soviel Millionen anderer Kinder eingewirkt. Nun zog ich den Jungen ins Nebenzimmer, sperrte ab und entkleidete mich. Ich schämte mich vor ihm nicht wie vor Helmut. Ich behielt nichts an. Ich sprach kein Wort. Man kann ohne Worte auf Menschen oft viel besser wirken. Die wortreichen Lehrer sind oft Betrüger.

Ich zeigte ihm, mich langsam im Kreise drehend, meinen Rücken, meine Lenden, meine Beine bis zu den Fersen. Ich nahm seine Hand und ließ ihn die noch feuchten, bei jeder Erregung rot und dick anschwellenden Striemen befühlen. Ich sagte ihm nicht, das hat man mit deinem Vater gemacht. Ich sagte ihm nicht, dein Vater ist... Genug. Er brach in Tränen aus. Ich sagte ihm, er solle nicht weinen. »Weinen verboten!« Er solle sich jetzt die Hände und das Gesicht waschen, zu seiner Mutter und Schwester zurückgehen und tun, was seine Pflicht sei. Er tat es. Er schwankte etwas beim Gehen, der stämmige, kräftige Junge mit seinem einen Viertel Judenblut, aber er ist immer ein energisches Wesen gewesen, so wie auch ich als Kind es gewesen bin. Er bat seiner Mutter ab. Er nahm die Schwester beiseite. Von jetzt an ließen sie sich besser erziehen. Kein deutscher Gruß mehr. Sie spotteten nicht mehr über das schöne Gastland. Es hat aber noch lange Zeit gedauert, bis sie die lateinischen Lettern schreiben gelernt haben.

Sie lernten sehr spät Französisch schreiben, und sie schrieben es, soweit ich es beurteilen kann, niemals fehlerfrei. Aber sie sprachen es in kurzer Zeit fließend. Am besten sprach Lise, dann kam Bobby, dann meine Frau, zuletzt ich. Ich hatte den größten Wortschatz und die feinste Unterscheidung, aber die schlechteste Aussprache. Ich habe mir große Mühe gegeben, mich zu vervollkommnen, gelungen ist es mir nie.
Wir hatten eine große Verantwortung auf uns geladen, als wir die Kinder hatten kommen lassen. Ich wußte nicht, wieviel Geld meine Frau besaß und ob jetzt die stärkste Quelle, nämlich Helmuts Sendungen, versiegte. Ich wollte es wissen, denn noch war ich das Haupt der Familie. Ich bat eines Abends, als ich spät heimgekommen war, meine Frau, mit mir in ein kleines Café an der Ecke zu gehen. Sie stand aus dem Bett auf, warf etwas um, deckte Lise, die mit ihr im gleichen Raum schlief, besser zu, und wir gingen. Ich sagte meiner Frau noch auf der Treppe, wie es mit meinen Einnahmen stünde. Die Treppe war lang, die Aufzählung kurz. Es waren und blieben die 30 Mark.
Der Franc war gefallen, man konnte für diese 30 Mark in Paris viel mehr kaufen, als dem Wert dieses Betrages in der Heimat entsprach. Aber ein Bettel blieb es. Wir waren noch nicht an der Schwelle unseres Hotels, als meine Frau ruhig, aber jede Silbe betonend, mich fragte: »Und warum arbeitest du nicht?« Ich sagte, es sei nicht möglich, als Arzt die Arbeitserlaubnis hier zu bekommen, das Gesetz sei dagegen. »Andere kümmern sich nicht darum«, antwortete sie, »du mußt endlich begreifen, daß du die Kinder hast kommen lassen und daß man an ihre Zukunft denken muß.« – »Was also soll ich tun?« fragte ich. »Du bist der Mann, du mußt es wissen«, sagte sie und nahm meinen Arm. – »Ich weiß nichts.« – »Ich habe dir oft geraten, und nicht immer falsch. Hättest du mir gefolgt, wären wir noch heute in der Heimat, und die Kinder hätten ein Dach über dem Kopf.« – »Geschehen ist geschehen«, sagte ich und wollte sie ablenken, denn mir lag nichts daran, das Vergangene aufzurühren.
»Ich will nicht sagen«, fuhr sie etwas milder fort, während sie ihren Arm wieder aus dem meinen löste, was mir sehr lieb war, »daß ich die Papiere im Safe bloß deinetwegen herausgegeben habe. Es war auch meinetwegen. Es war der Kinder wegen. Es war sogar auch um deines Vaters willen, so seltsam dir das in den Ohren klingen wird. Aber du hast recht, es ist unnütz, darüber zu sprechen. Ich

habe wenige Fehler in meinem Leben gemacht, diese aber sind schwer gewesen. Ich hätte niemals einen Leon Lazarus heiraten dürfen, ich hätte niemals so lange auf dich warten sollen.« – »*Du* hast auf mich gewartet?« fragte ich. Sie schwieg, dann sagte sie mit dem alten hellen Lachen: »Was bist du für ein Kind!« Ich schüttelte den Kopf, lachte aber auch. »Ich muß wie eine Mutter für euch drei sorgen, aber es wird mir gelingen. Ich habe auch meinen seligen Vater geführt und beraten, er hat ohne mich keinen Schritt gemacht. Nun müssen wir überlegen, wie wir die Kinder brav großziehen und was aus ihnen werden soll. Kannst du dich nicht überwinden? Es kann doch nicht sein, daß sie dir *dort* das Rückgrat gebrochen haben. Wo treibst du dich jeden Mittag und jeden Abend umher? Brauchst du eine andere Frau, eine jüngere, eine frohere?« – »Nein, Viktoria«, sagte ich, »du bist...« Ich sprach nicht weiter, es war nicht nötig. Ich wartete, bis wir unsere Erfrischungen genommen und gezahlt hatten, dann gingen wir zum Hotel zurück, und auf dem Wege dorthin erzählte ich meiner Frau zum erstenmal vom Tellerwaschen. Die Wirkung war aber ganz anders, als ich erwartet hatte. Sie geriet in wahnsinnigen Zorn, schlug mit dem Kopf gegen die Wand eines Hauses, weinte und konnte sich nicht beruhigen. Endlich gelang es mir, sie so weit zu bringen, daß sie mit mir noch einmal in das kleine Café ging, das man gerade schließen wollte. Rings um uns stellte man die Stühle auf die Tischchen, und wir mußten sofort zahlen, nachdem wir unser Getränk erhalten hatten. »Wozu?« – »Wozu?« schluchzte sie und stieß die beiden Gläser von sich. »Das Zeug kostet Geld, und es fehlt am Brot.« Sie faßte meinen Kopf bei den Schläfen und zog ihn nahe zu sich heran, so daß ich ihren heißen fliehenden Atem spürte. »Hast du denn nicht bedacht, daß du einem fetten französischen Arzt das Brot nicht wegnehmen willst und deshalb einem französischen Tellerwäscher das magere Brot wegnehmen mußt. Nein, nein... nein...« Sie begann jetzt schrill, ohne Übergang, zu lachen. Sie war in den Jahren. Es kamen Wallungen über sie, ich verstand sie als Arzt. Als Gatte nicht. Sie war jetzt wieder guter Dinge. Sie trank beide Gläser aus. Ich hatte keinen Durst. Ich drängte in sie, sie möge mir den Stand des Geldes angeben. Sie lachte weiter und sagte: »Dreihunderttausend Francs in Gold.« Alles, was ich tat, um sie dazu zu bringen, mir Klarheit zu geben, war vergebens. Sie behielt ihre Geheimnisse für sich. Ich hatte das meine preisgegeben.

Ich hatte nicht aufgehört, Frieden zu suchen, manchmal hatte ich gehofft, ich fände ihn bei ihr wieder, die ich einmal sehr geliebt hatte. Nein, nicht *sehr*, einfach geliebt. Aber sie nahm mir das wenige an Ruhe, das ich inzwischen gewonnen hatte, und ich erkannte mit Schaudern, daß das gemeinsame Unglück die Menschen nicht zu-, sondern voneinander treibt. Ich unterschied ihre Ironie nicht mehr von ihrem Ernst, und bald hörten wir auf, immer nur von ernsten Dingen zu reden.

Ich hatte angenommen, v. Kaiser würde im Laufe des Jahres 1934 kommen. Als er nicht kam und nichts von sich hören ließ, schmerzte es mich, denn er fehlte mir –, und auf der anderen Seite (wie ich auch heute noch immer beiden Seiten einer Sache gerecht zu werden versuche) dachte ich mir, würde es wohl mit der Gesundheit des alten Herrn recht gut stehen, denn er hatte sich ja vorgenommen, mich erst dann aufzusuchen, wenn er seinen Tod nahe fühlte.
Meine Kinder besuchten jetzt gute, halb deutsch, halb französisch geführte Schulen. Man holte sie in Autos, welche in der Stadt die Kinder einsammelten, morgens ab und brachte sie uns abends zurück. Ich fragte nicht mehr, woher die Geldmittel kamen. Ab und zu hatte ich einen kleinen Nebenverdienst, ich machte Übersetzungen, langsam, aber genau, Wort für Wort, mit möglichst großer Exaktheit und Gewissenhaftigkeit. Meine Kinder tobten während meiner Arbeit im Zimmer umher, bewarfen einander mit den dikken Lexika, und ich wunderte mich, daß sich die Nachbarn nie beschwerten. Aber man mochte sie hier im Hotel sehr gern in ihrem Übermut, jeder steckte ihnen etwas Gutes zu, ein Bonbon, eine Karte fürs Kino oder für den Zirkus, oder lachte sie feundlich an. Mir begegnete man ernst, kalt.
Solange ich da war, schwiegen die Kinder ebenso wie Viktoria über Deutschland. Ob sie von ihrer Heimat sprachen, wenn ich abwesend war, wer mochte das wissen? Anfangs hatten die Kinder vor allem zu mir gehalten, das war aber noch Angelikas Werk, die ihnen die Liebe zu mir als einem »hundertprozentigen« Arier eingeprägt hatte. Bald aber änderte sich dies auch und sie schlossen sich der Mutter an. Ich war ihnen auch zu gemessen, zu beherrscht. Ich schlug sie nie und liebkoste sie kaum.

Eines Tages kamen sie alle drei, und Lise erklärte, sie habe sich zu etwas entschlossen, das gleiche erklärte Bobby ebenso wie Viktoria. Ich sah von meiner Arbeit auf, ahnungslos. Nun lachten sie alle wie aus einer Kehle, und ich erfuhr ihr Geheimnis. Meine Frau hatte ein Angebot erhalten (durch Helmut, der vornehme französische Bekannte hatte), in einer großen schloßartigen Villa bei Versailles den Haushalt zu führen gegen 350 Francs monatlich, freien Aufenthalt für sie und die Kinder. Welch ein Glück! Eine amtliche Arbeitserlaubnis war nicht nötig.
Meine Tochter konnte hier den Haushalt lernen. Sie hatte für später andere Pläne. Sie hatte von ihrer Mutter das herrliche blonde Haar geerbt. Meine Frau, die sich mit dem schön gewachsenen Kinde schmücken wollte, hatte Lise vor kurzem zu einem sehr guten Salon geführt und ihr eine Frisur machen lassen, wie sie die feinen französischen Mädchen im Backfischalter trugen. Tags darauf durfte ich die Herrlichkeit bestaunen. Aber Eindruck hat sie nicht auf mich gemacht. Zu lange schon lebte ich in einer anderen Welt als die drei Menschen. Lise hatte Geschmack an der Friseurkunst gefunden. Ihr Herzenswunsch war, sie zu erlernen. Sie war noch zu jung, um schon jetzt in die Lehre zu gehen, aber es dauerte nicht lange, da sah ich, wie sie an anderen Kindern im Hotel, auf einer höheren Treppenstufe sitzend als diese, das Köpfchen ihres Opfers zwischen die Knie geklemmt, mit Viktorias Kamm und Bürste ihre Künste ausprobierte und wie sie den geduldigen Kindern geschickt »Wellen drehte«, die sie mit Wasser aus einem Töpfchen befeuchtete. Man hatte mich nicht gefragt. Meine Stimme zählte kaum, und das mit Recht. Womit hätte ich es ihr denn auch verbieten können?
Anders war es bei Bobby. Er war auf den Gedanken gekommen – Kellner zu werden, entweder Cafékellner oder besser Hotelkellner. Er mußte einmal in einem großen vornehmen Hotel eine Schar eleganter Kellner in tadellosem Frack, blendend starrer Hemdbrust, gepflegten Händen gesehen haben, aber ich erfuhr nicht, wo –, vielleicht bei Helmut, der jetzt sehr vornehm wohnte und mich noch nie zu sich eingeladen hatte. Aber diese Berufswahl war mir von Herzen zuwider. Und meine Frau sollte leichten Herzens ihre Einwilligung dazu gegeben haben? Ich konnte es nicht glauben. Unser Sohn – Kellner? Ich versuchte noch einmal eine Aussprache. Aber als ich eines Abends meine Frau erneut veranlassen wollte, in ein Café zu gehen, wollte sie das schöne warme Bett nicht

verlassen und hielt mir, wie einst ihr seliger Vater, den Finger auf die Lippen, um mich zum Schweigen zu zwingen. »Die Kinder sind modern, sie wissen, was sie tun. Still jetzt! Wecke sie nicht auf!«

Der Tag des Dienstantritts meiner Frau kam heran. Ich half den dreien beim Einpacken ihrer Habseligkeiten, begleitete sie aber nicht nach Versailles. Ich machte nachher aufatmend in meinem Zimmer Ordnung und tat das Bett meines Sohnes auf den Korridor. Ich empfand es als sehr gut, daß ich von jetzt an allein leben konnte. Ich hatte den Frieden noch nicht, aber doch Ruhe. Ich schränkte mich noch mehr ein. Die 30 Mark, die ganz regelmäßig von daheim kamen, reichten knapp aus, da ich genug Essen in der Emigrantenküche erhielt. Ich hatte mich an die Arbeit dort gewöhnt und etwas gelernt, was ich früher niemals gekonnt hatte: Ich hörte die Menschen wohl reden, aber versperrte mich dagegen mit solcher Kraft, daß es mir war, als schwiegen sie oder es rollte ein Automobil vorbei oder es zischte der Gasherd. Ich war nicht blind geworden wie *er*, sondern taub.

Meine Frau gab mir bald gute Nachricht. Die Arbeit war nicht einfach, aber die Umgebung herrlich, die Leute hatten zwei Autos, drei Badezimmer, »unsere Lise« hätte sich mit der »kleinen Prinzessin«, der Tochter des Hauses, angefreundet und ihr eine »formidable Frisur« gemacht, ihr freilich dabei viele Haare ausgerissen. Von meinem Sohn schwieg sie, ich fragte nicht. Ich begann, mich körperlich etwas zu erholen, die Striemen am Rücken wurden flacher und blasser. Verschwunden sind sie nie. Manchmal dachte ich, Kaiser würde nie mehr kommen, und wenn er käme, mich nicht mehr erkennen. Beides war falsch. Er kam im Sommer 1936, diesmal ohne Katinka, zu uns, Helmut und mir, er dachte nicht daran, bald zu sterben.

Tatsächlich war aber Geheimrat Dr. Gottfried von Kaiser ein Wunder. Ein schöner alter Mann, sehr aufrecht sich haltend (dank einer kunstvoll zwischen Haut und Hemd angebrachten Bandage), reiches, schneeweißes Haupthaar, ebensolcher Vollbart, die Augenbrauen jedoch kohlschwarz, mit gemessenen Bewegungen, von einem englischen Schneider in Vollendung angezogen, würdig und bezaubernd in einem von dem feinsten, etwas bitter-aromatisch

duftenden Parfüm wie von einer Götterwolke umgeben, auf der Höhe seines Geistes, voll neuer Pläne und Gedanken, gleichgültig auf unseren Jammer, unsere Freuden herabsehend, alles genießend, alles betrachtend, alles verachtend, so erschien er in unserer Mitte und stellte seinen Lieblingssohn Helmut und mich, seinen Lieblingsschüler, in den Schatten. Er war ungebrochen, er hatte sich längst von den Ketten befreit, an die ihn Katinka geschmiedet hatte, und sprach von ihr mit Gerechtigkeit. Im übrigen war sie ihren Jahren entsprechend etwas stark geworden, und er nannte sie im Gespräch bald Püppchen, bald Dickerchen. Er war auf der Suche nach einem Parfüm, das ihr neu war, und schleppte mich und Helmut in seinem großen, ebenfalls schneeweißen Auto, einen kohlschwarzen Neger in weißer Sommerlivrée am Volant, von einer Schneiderfirma zur andern mit der Behauptung, daß es nun die Schneiderfirmen und nicht die Parfümfabrikanten seien, welchen die aufregendsten Düfte zu verdanken wären. Nachdem er einen entsprechenden Vorrat eingekauft hatte, ging es zu den Juwelierläden auf der Place Vendôme, und ich, dem 100 Francs ein Vermögen waren, sollte ihn bei der Wahl eines Smaragds oder Rubins oder einer schwarzen Perle im Werte von ein paar zehntausend beraten – und tat es, nach bestem Wissen und Gewissen.
Ich begleitete ihn in die Vorstadt Vincennes, wo er im Museum des Weltkrieges für seine »historisch-psychiatrischen Studien« sammelte. Es machte ihm Freude, an diesen Armeebefehlen, Zeitungsausschnitten und anderen Dokumenten die Merkmale des Einzelwahnsinns und des Massenwahns zu studieren. Er war alt und weise geworden. Längst hatte er es aufgegeben, Menschen heilen zu wollen. Er erfaßte sie in ihrem Wesenskern, fand Neues zu dem Altbekannten, und des Lernens war kein Ende. Statt der anatomischen Gehirnschnitte studierte er einen Querschnitt durch das Europa zu Beginn des zwanzigsten Jahrhunderts. Wie gerne hätte ich ihm den kleinen Beitrag zur Geschichte des mächtigsten Mannes unserer Zeit gegeben, den mir das Schicksal oder der Zufall 1918 in die Hände gespielt hatte. Nicht in meine Hände gehörte dieser Bericht. Meine Hände hatten Unheil bewirkt. Ich hatte in meiner vermessenen Gottähnlichkeit einen Blinden sehend gemacht, ohne ihm regelmäßigen Schlaf, das heißt Frieden der Seele, zu geben. Er schlief nicht, und ebenso wie im Reservelazarett in P. ließ er keinen schlafen. Nur daß er damals ein Mannschaftszimmer in Erregung versetzt hatte, heute hingegen einen ganzen Erdteil.

Viel klarer als ich hat es mein Meister erfaßt, daß die wahrhaft aufrüttelnden und siegreichen Führer der Menschen immer Irre gewesen sind. Ihr Haß war nicht ohnmächtig, sondern zeugte. Ihre Lüge fiel nicht in sich zusammen, sondern formte alles Leben ringsum, wie es der Glaube formt.

Kaiser war so weit gekommen, nicht mehr zu hassen und zu lieben. Ihm war wohl, denn er hoffte und fürchtete nichts mehr. Er hatte nur vor dem Sterben, das heißt vor Leiden, Angst, nicht vor dem Tod. Mußte er denn nicht den Frieden gewonnen haben, seitdem er sich von allem Menschlichen gelöst hatte, dankbar war für den schönen Abend und das Ende nicht fürchtete?

Er nahm die gesamte Geschichte unseres unglücklichen Vaterlandes mit der wahren Objektivität des Gelehrten zur Kenntnis.

Ich hatte der Augenzeuge sein wollen, er war es. Denn er liebte nicht. Seine Liebe zu Katinka (der einzigen Frau, der er jemals wahrhaft angehört hatte und in der sich ihm Liebe als Knechtschaft enthüllt hatte) war längst erloschen, seitdem er gelernt hatte, nicht nur die »Püppchen«, sondern auch sich zu durchschauen. Als ein zweiter, weniger feudaler, aber auch weniger verbitterter La Rochefoucauld trat er mir entgegen, unsterblich in seiner wiedergewonnenen Klarheit. Allen erreichbaren Genüssen zugetan, sich vor der Schönheit einer neuen KATINKA beugend (deren Namen er nicht verriet, sondern von der er nur die »großen Onyxaugen« rühmte und irgendwelche berauschende Geheimnisse ihres Körpers) – so stand er über meinem Ideal des Friedens, des Rechtes, indem er forschend und genießend den Mut bewies, sich in einer anarchischen Welt genauso hart und gleichgültig zu zeigen, wie es die Welt geworden war, und so hatte er die Kraft, die Barbaren von außen an die Wände seines Turms hämmern zu lassen, ohne ihnen zu öffnen.

Sein Glück wäre vollständig gewesen, wenn ihm zwei scheinbar leicht zu verwirklichende Wünsche erfüllt worden wären. Er hatte vorgehabt, uns beide mit sich nach Italien zu nehmen. Weshalb gelang es ihm bei Helmut nicht? Waren es die »Freunde« Helmuts, die ihn an Paris fesselten? Ich konnte es nicht glauben. Menschen dieser Veranlagung gibt es überall. Es war etwas anderes. Helmut hatte eine Art dickköpfiger Stecknadel im Knopfloch seines Jacketts. Man mußte schon sehr scharf hinsehen, um in dem Silberornament ein winziges Hakenkreuz zu erkennen. Helmut war also weniger der Sohn seines göttergleichen Vaters als vielmehr der

Jünger seines Heilands H. Er hatte ihm das Blut R.s verziehen – und wartete nur darauf, daß H. *ihm* verzieh und ihm die Rückkehr ins herrliche Dritte Reich gestattete. Und ich? Ich fühlte, es mußte sich etwas ändern. Aber nicht durch den Göttergreis. Kaiser war die Vergangenheit für mich, eine herrliche entfaltete Vergangenheit. Aber er befreite mich nicht, gab mir den Frieden nicht.

Als mich v. Kaiser besuchte, war der große Kampf in Spanien zwischen der republikanischen Regierung und den rebellierenden Generälen schon im Gange. Diese Generäle hatten die Armee, einen großen Teil der Flotte hinter sich, sie standen unter dem Schutz Deutschlands und Italiens. Sie hatten die Hilfe der hohen Geistlichkeit und der Großgrundbesitzer, während die Masse des Volkes und die niedere Geistlichkeit auf seiten der Republik waren. Von beiden Seiten wurde der Kampf mit der furchtbarsten Heftigkeit geführt. Die Republik besaß keine Flugzeuge, die Rebellen erhielten solche in Unmassen von Deutschland und Italien. Die Rebellen hatten Mangel an Menschen und holten sich Mauren und schwarze Berber in das katholische Land, auch protestantische Söldner fehlten ihnen nicht. Die rebellischen Truppen gingen mit ungeheurer Schnelligkeit gegen Madrid vor. Die Hauptstadt des Landes war von fast allen Seiten eingeschlossen, ihr Fall und damit der Untergang der Republik schien nur eine Frage von Tagen zu sein. Anfang September fiel die Grenzstadt Irun in die Hände der Rebellen, und es folgten entsetzliche Szenen des Mordens, Brennens, der entfesselten UNTERSEELE, gegen welche die Schrecknisse des Weltkrieges verblaßten.
Eines Abends hatten Helmut und ich Abschied von Kaiser genommen. Er hatte seine Bitte, wir sollten mit ihm nach Rom fahren, nun nicht mehr wiederholt. Er weinte nicht. Ich glaube, Greise weinen entweder sehr leicht oder sehr schwer. Er gehörte zu der zweiten Art. Er tat nur eins. Er beugte sich plötzlich über den prachtvollen Marmortisch, an dem wir bei Whisky und Likören saßen – und es kam ein unheimliches Geräusch aus seiner Gegend. Es knarrte unterm Hemd sein Korsett, das nicht für Gemütsbewegungen eingerichtet war. Helmut lächelte über seinen Vater. Ich nicht. Wir beide waren jung gegen ihn, wir waren nur grau, er aber weiß, er war 26 Jahre älter als wir. Wir alle sagten uns, wenn wir

uns jetzt trennten – er mußte nach Rom zurück –, wäre es kaum wahrscheinlich, daß wir uns alle drei wiedersähen. Es war mir nämlich aus Andeutungen klargeworden, daß Helmut kein anderes Ziel hatte, als nach Spanien zu gehen, um dort auf der Seite der siegreichen Generäle zu kämpfen. Ob er lebend heimkam, daran lag ihm wenig, er hat das Leben nie sehr hoch geachtet, aber er wollte auf der Seite der Stärkeren kämpfen mit Aussicht auf Erfolg und Rückkehr in die Heimat, zurück in die Gnade des Führers, nachdem er so unheroisch gewesen war, sich H.s Gerechtigkeit durch die Flucht zu entziehen. Helmut ist wie ich nie ein Freund von vielen Worten gewesen. Er ist sich selbst immer gefolgt. Der Widerspruch in sich war ihm fremd, und fast glaube ich, an diesem Tisch war er von uns dreien der Glücklichste.
Kaiser wohnte in einem Hotelpalast an der Oper. Als ich mit Helmut den Boulevard zur Madeleine weiterging, kamen wir an eine hell erleuchtete Auslage. Aber in dieser Auslage waren weder Schuhe noch Seidenwäsche oder Pelze, weder Bücher noch Parfümflaschen, sondern hier gab es im Schaufenster nichts als eine Menge stark vergrößerter Fotografien, und höher oben lief eine Wanderschrift, welche die letzten Nachrichten vom spanischen Kriegsschauplatz brachte. Helmut stoppte wie ich. Wir lasen die Berichte, die Wort auf Wort in Leuchtschrift vorüberkamen. Als von einem strategischen Rückzug die Rede war, verdüsterte sich Helmuts ohnedies mürrisches Gesicht. Aber wie erhellte es sich, als er die letzten Worte der Leuchtschrift las, zu seiner Freude erfuhr er nämlich, daß nicht die Rebellen, sondern die Regierungstruppen diesen kleinen strategischen Rückzug angetreten hatten und daß die Leuchtschrift den republikanischen Bericht brachte. Nun war er sichtlich befriedigt, wollte mich weiterziehen und war sogar bereit, sich mit mir noch auf eine Stunde in ein Café zu setzen.
Ich betrachtete die ausgestellten Fotografien. Nicht die Heerführer interessierten mich, nicht die in Reih und Glied marschierenden Bürgermilizen, die Bergarbeiter aus Asturien mit den offenen Hemden, sondern ich konnte mich nicht abwenden von einer mehr ins Dunkel gerückten Fotografie eines vierjährigen oder fünfjährigen armen Kindes, das von einer Fliegerbombe zerschmettert worden war und zerfetzt in seinem Blute lag.
»Wen interessiert das schon?« sagte mein Freund. Nun war ich der Rohe und stieß ihn mit solcher Gewalt von mir, daß er auf den

Fahrdamm taumelte und beinahe unter einen Autobus gekommen wäre.

In fürchterlicher Erregung ging ich in meine Gegend, um Helmut kümmerte ich mich nicht mehr.

Aber mit diesem Fürchterlichen war auch etwas Göttliches in mir erwacht, eine Hoffnung, eine Erleuchtung, ein Ziel und eine letzte Freude am Dasein. Ich wußte auf einmal, ich war noch nicht bei lebendem Leibe abgetötet. Ich war lebendiger als Kaiser und sein Sohn, ich wollte handeln, ich wollte wirken, mich nicht mehr in mir verzehren. »Hilf anderen«, sagte ich mir, »dann hilfst du dir selbst, Gott laß beiseite.« Ich atmete leicht, ich ging schnell und mühelos dahin, ich stieg die steilen Straßen nach Montmartre mit Leichtigkeit wie ein zehnjähriger Junge hinauf. Ich schlief nicht, aber ich war nicht schlaflos aus Friedlosigkeit wie bisher, sondern ich mußte wachen, um alles für den nächsten Tag zu überlegen und mir den Weg genau vorzuzeichnen, wie ich es immer getan habe.

Ich hatte für den nächsten Tag noch eine Verabredung mit Kaiser. Ich rief ihn sehr früh, zu früh an. Er konnte es nicht verstehen, daß ich an diesem Vormittag keine Zeit hatte, ich konnte es nicht verstehen, daß ihm Katinka und die Schöne mit den Onyxaugen und seine historisch-psychiatrischen Studien wichtiger waren als das, was ich ihm hatte mündlich sagen wollen. Ich hatte daran gedacht, er solle mit mir nach Spanien gehen. Ob er dort unten starb oder ob ihn der Tod inmitten seines parfümierten Palastes in Rom ereilte – ich hätte nicht geschwankt. Auch er schwankte nicht. Er ging nach Rom und sein Sohn nach Burgos.

Am nächsten Tage hatte ich zwei Entscheidungen zu treffen. Die erste betraf meinen Entschluß, in der regierungstreuen Armee in Spanien Dienst zu nehmen. Ich war nicht der einzige, der sich meldete. Es gab also auch heute noch viele, die dachten, die Seite der Schwächeren könne die bessere Sache vertreten. Man musterte mich im wahrsten Sinne des Wortes. Ich bin ein hochgewachsener, muskulöser Mensch, meine grauen Haare ließen mich aber älter erscheinen, als ich war. Man nahm meine Meldung an. Ich war alter Frontsoldat, ich war alter Militärarzt, ich hatte Auszeichnungen des alten Deutschen Reiches. Aber was sollte ich sein? In welcher Eigenschaft sollte ich dienen? Wie diente ich der guten Sache am

besten? Als Arzt hinter der Front, als Stoßtruppführer an der Front? Ich schwankte in meinem Herzen nicht. Ich wußte genau, wohin es mich zog. Aber ich überließ es dem Schicksal, das heißt diesmal der Kommission auf dem spanischen Generalkonsulat, zu entscheiden, wie ich am besten nützen könne. Man entschied sich dafür, ich könne als Arzt größere Dienste leisten. Sie hatten wenig Ärzte, aber genug Soldaten. Die gesamte Zivilbevölkerung hatte sich bereit gezeigt, die Waffen zu ergreifen und sich in ihrem Gebrauch ausbilden zu lassen. Diese Ausbildung erforderte nur wenige Wochen, höchstens ein paar Monate. Nachher war ein Metallarbeiter aus der Stadt, ein Ackerbauer vom Lande ein vollwertiger Soldat. Einen Arzt fabrizierte man nicht so schnell. Ich war froh über diese Entscheidung, setzte meinen Namen unter ein Formular und erfuhr, wo und wann ich mich dem nächsten Transport über die Pyrenäen anzuschließen hätte.
Auf dem Konsulat waren einige Menschen, die mich von früher kannten. Ich ließ mich aber in kein langes Gespräch ein, sondern eilte heim, um alles zu ordnen, was noch zu ordnen war.
Ich rief meine Frau an, bat sie, sofort zu kommen. Sie erkannte am Ton meiner Stimme, daß etwas Entscheidendes vorgegangen war, und besprach eine Zusammenkunft mit mir, aber nicht in Paris, sondern in Versailles, weil sie möglichst wenig Zeit verlieren wollte, so ernst nahm sie ihre Stellung in dem Haus, das sie mit Lise betreute.
Auf dem Wege nach Versailles, mit der kleinen Bahn auf dem linken Ufer der Seine, überlegte ich die zweite Entscheidung. Sollte ich mich meiner Frau anvertrauen, sollte ich ihr sagen, was ich tat und was mich froh und sogar glücklich machte? Oder sollte ich einen wohltätigen Schleier darüberbreiten und andeuten, ich ginge mit meinem Meister »ins Ausland«? Hier wurde mir die Entscheidung nicht wie auf dem Konsulat aus der Hand genommen. Ich mußte sie selbst treffen. Ich fürchtete, mein Entschluß würde den letzten Rest von Ehe, der noch zwischen mir und ihr bestand, zerstören, sie würde ihn mir nie verzeihen, daß ich handelte wie Leon Lazarus. Sie hörte sich alles mit totenblassem, verzerrtem Gesicht an, hielt die Augen gesenkt, blieb stumm. Auch ich hatte nicht viel Worte gemacht. Vielleicht war die Form hart. Aber je mehr ich gezögert hätte, das auszusprechen, was in mir feststand, desto mehr Schaden hätte ich angestiftet.
Nachdem wir vielleicht eine Viertelstunde lang stumm nebenein-

ander durch den Schloßpark von Versailles gegangen waren, setzten wir uns auf eine Bank und begannen zu sprechen. Ich wollte meine Kinder vor der Abreise sehen. Bei Lise war das leicht möglich, etwas schwieriger war es bei Bobby, der eine Stellung als »Lift« in einem Hotel zweiten Ranges erhalten hatte. Meine Frau meinte etwas bitter, er hätte noch Glück gehabt, hätte seinen Namen Bobby nicht wechseln müssen, denn fast alle »Lifts« würden Bobby gerufen. Ich wußte, was hinter dieser Ironie stand, und tat, als empfände auch ich dies als ein Glück. Er hatte Nachtdienst und schlief bis in den Abend. Da ich aber am Nachmittag reisen sollte, mußte er eben geweckt werden. Ich fand ihn übrigens reizend in seiner knappen, bunten Uniform, fast noch reizender als seine Schwester. Sie waren keineswegs ergriffen bei dem Gedanken, sie sollten mich einige Zeit nicht sehen. Sie sahen ihre Mutter an, und da diese Ruhe und Gefaßtheit bewies, taten sie desgleichen. Ich machte ihnen beiden kleine Geschenke, die sie untereinander austauschten, denn ich hatte nicht die richtige Wahl getroffen. Dann blieb ich mit meiner Frau zusammen. Sie vermied es, auf das Gewesene und Künftige zu sprechen zu kommen. Bloß einmal erhob sie ihren klaren, kühlen Blick zu mir und sagte, nun sei doch erwiesen, wie recht sie gehandelt habe mit den Papieren. Hätte sie sie nicht preisgegeben, wäre ich längst verscharrt im Lager. So aber könne ich noch einer ehrenhaften Sache nützlich sein. Ich antwortete ihr, indem ich ihre rauhe, abgearbeitete, gerötete Hand fest zwischen meine Hände nahm und liebkoste, es sei alles gut. Wenn sie sich mit meinem Entschluß abfände, ginge ich froh, so froh, als ein Mensch meiner Art in solcher Zeit nur sein könne, zu meiner Arbeit. Sie werde besser sein als Tellerwaschen. Und als sie mich unterbrechen wollte, sagte ich, ich verstünde sie gut, ich vertraute ihr die Kinder an – das sei kein besonderer Vertrauensbeweis –, aber ich vertraute ihr auch alle meine Aufzeichnungen an, damit sie darüber verfüge, wenn ich nicht mehr zurückkäme. Das hat sie mit mir versöhnt. Ich versprach ihr, so oft zu schreiben wie nur möglich, ihr meinen Sold zu schicken und immer an sie zu denken voll Achtung, Vertrauen und Dank, auch mit einer Liebe, wie sie Freunde füreinander empfänden. Vielleicht würde Helmut auf der anderen Seite der Front mir in Spanien gegenüberstehen. Aber sie und ich würden einander niemals Feinde werden. So blieb ich ihr treu und mir.

Nachwort

1.

Als der nachgelassene Roman »Der Augenzeuge« von Ernst Weiß im Jahre 1963 in dem kleinen Münchner Verlag Kreißelmeier erschien, war das fast eine literarische Sensation: »Eine große Entdeckung«, »Kafka wirft Schatten«, »Adolf Hitler als Romanfigur« – so lauteten Überschriften der zahlreichen Rezensionen, in denen ein Autor zur Diskussion gestellt wurde, an den sich nur noch »ausgefuchste Literaturkenner« erinnerten, wie es an einer Stelle hieß.

Das wiederentdeckte Werk des »tragisch Vergessenen« (FAZ) wurde von dem Erzähler und Kritiker Heinz Liepman, der Weiß noch selbst gut gekannt hatte, mit bewegenden Worten neu eingeführt: »Da liest man nun jahrein, jahraus die immer wieder vielversprechenden Romane unserer jungen, vielpreisgekrönten Erzähler, und dann taucht – durch einen phantastischen Zufall gerettet – ein seit 23 Jahren verloren geglaubter, noch nie veröffentlichter Roman eines nicht mehr lebenden deutschen Dichters auf. Und plötzlich ist er wieder da, der Maßstab bedeutender Epik: da ist die Würde einer geistigen Substanz; die Sparsamkeit und Anmut der Sprache. Ein Thema, das vom Alltag eines Menschen handelt und doch, scheinbar unbeabsichtigt, eine ganze Epoche präsentiert.«

Das publizistische Echo auf die Neuerscheinung, ebenso stark durch die literarische Behandlung des »Falles A. H.« wie durch die ungewöhnliche Geschichte des Manuskripts motiviert, wurde noch verstärkt, als ein Rechtsstreit um den Titel des Buches entbrannte. Ein Roman von Alain Robbe-Grillet war bereits 1957 als »Der Augenzeuge« ins Deutsche übersetzt worden, was den Hanser Verlag zu der Befürchtung veranlaßte, es könne eine Verwechslung zwischen den beiden so ganz unterschiedlichen »Augenzeugen« geben. Kreißelmeier unterlag in dem Streit und ließ auf das Titelblatt ein »Ich« vorstempeln – seither hieß das Buch »Ich – der Augenzeuge«. Grotesk und schwer verständlich war daran, daß ein von den Nationalsozialisten verfolgter und in den Tod getriebener deutscher Autor mit seinem letzten Werk abermals »draußen« stand und auch in der neuen Demokratie nicht das Recht fand, daß

sein bedeutender nachgelassener Roman unter dem für den Inhalt wesentlichen Originaltitel veröffentlicht werden konnte.
Ernst Weiß schrieb den »Augenzeugen« für ein Preisausschreiben der »American Guild for German Cultural Freedom«, einer Hilfsorganisation für die deutschen Emigranten, von der er in seinen schweren Pariser Exiljahren lange Zeit finanzielle Unterstützung erhielt. Die Auszeichnung sollte in »Form eines Vorschusses« für den »besten deutschen Roman der Emigration« vergeben werden.
»Ich habe in rasender Schnelligkeit für den Wettbewerb der Guild in New York einen Roman geschrieben und ihn in aller Hast abgeschickt, ohne ihn auch nur einmal im Ganzen durchgelesen zu haben, als es so aussah, als wäre es am nächsten Tag unmöglich, etwas der Post anzuvertrauen«, teilte Weiß am 9. Oktober 1938 dem ihm freundschaftlich verbundenen Stefan Zweig mit und fügte hinzu: »Das Thema ist packend und aktuell.« Er hatte aber auch den Eindruck, daß sein intendiertes Buch in der ersten Fassung »nur in den Grundzügen« ausgeführt war, erbat und erhielt Ratschläge von Zweig, mit dem er einen intensiven brieflichen Dialog über das Werk führte.
Mit vielen Unterbrechungen, bei denen er etwa darüber klagte, daß er der »monströsen Gestalt« des A. H. nicht Herr werden könne, erarbeitete Weiß bis zum Juli 1939 eine neue Fassung, die er unter dem Titel »Der Narrenkaiser« an den Exilverlag Querido und in zwei Exemplaren an die europäische Geschäftsstelle der »Guild« nach London schickte. Alle diese Exemplare müssen bis heute als verloren gelten; überliefert ist nur die erste Fassung des Romans, und auch sie gelangte nur auf Umwegen und unter immer noch nicht ganz geklärten Umständen in den deutschen Sprachraum zurück.
Tatsache ist, daß das Manuskript des »Augenzeugen« von dem Literaturagenten Paul Gordon bald nach Kriegsende nach Europa gebracht und mehreren deutschen Verlagen angeboten wurde. Der Berliner Herbig Verlag ließ den Roman 1951 bereits setzen, brachte ihn aber doch nicht heraus. Auch der Aufbau-Verlag, dem der Bürstenabzug 1955 zugespielt wurde, wagte damals die Veröffentlichung nicht. Erst 1962 entschloß sich Hermann Kreißelmeier nach längerem Schriftwechsel und vielen Nachforschungen, von Gordon die Rechte an dem Werk zu erwerben und ließ im folgenden Jahr eine Auflage von 4000 Exemplaren drucken. Davon gelangten im Mai 1963 etwa 200 Bücher mit dem ursprünglichen Titel

»Der Augenzeuge« in den Handel, der Rest mußte mit der Titeländerung versehen werden.
Der letzte abgeschlossene Roman von Ernst Weiß, dessen Veröffentlichung der 1940 beim Einmarsch deutscher Truppen in Paris aus dem Leben geschiedene Autor nicht mehr erleben konnte, ist ironischerweise sein erfolgreichster geworden: Er erschien nicht nur als Lizenzausgabe für die Büchergilde Gutenberg (1966) und den Aufbau-Verlag (Berlin/Weimar 1973), dazu als Taschenbuch des Heyne Verlags (1977), sondern fand auch international die bisher stärkste Verbreitung von allen Werken des Autors. Bis jetzt liegen Übersetzungen ins Amerikanische, Italienische, Holländische und Tschechische vor.

2.

Mit seinem Roman »Der Augenzeuge« nahm Weiß nicht zum erstenmal eine »Wendung zum Politischen«, wie vielfach zu lesen ist. Einem dezidiert tagespolitischen Stoff, dem »Fall Matteotti« im faschistischen Italien, hatte er sich bereits in den späten zwanziger Jahren zugewandt, intensive Studien dazu getrieben, aber das Manuskript vor der »Machtübernahme« der Nationalsozialisten dann doch nicht mehr veröffentlicht. Als er 1938 den »aktuellen« Fall des Gefreiten A. H. aufgriff, hatte er sich ein Instrument erarbeitet, mit dessen Hilfe ihm die Gestaltung politischer Gegenwartsbezüge möglich wurde: Jene »Pseudobiographien«, wie Hermann Kesten sie genannt hat, die das Spätwerk ausmachen.
Der »Held« des Romans, der – wie so häufig bei Weiß – ein Arzt ist, erzählt in der Ich-Form seine Lebensgeschichte, die von der Zeit vor dem Ersten Weltkrieg bis zum Spanischen Bürgerkrieg reicht. In diese Biographie, die deutlich in der Tradition des deutschen Bildungs- und Entwicklungsromans steht, wird eine bezeichnende Phase aus Hitlers Leben eingeblendet, und dieser selbst, seine »Ausstrahlung«, seine Gesinnungsgenossen und Helfer werden im weiteren Verlauf des Romans mit dem Geschick der Hauptfigur in vielfacher Weise verknüpft.
Weiß war sich bewußt, wie problematisch dieses Verfahren werden konnte. In einem Brief an Stefan Zweig aus dem Frühjahr 1939 schrieb er: »Was nun den Roman betrifft, ist die Sache so, daß ich, wenn ich eine lebende Figur von solcher Aktualität zu schildern die Kühnheit besitze, unweigerlich mit der Geschichte in Konflikt

komme. Ich bin als Dichter, als freier Herr der Geschicke entmachtet. Hier liegt alles. Ich kann also nur eine Episode aus Hitler machen. Vielleicht eine wichtige und ihn im ganzen beleuchtende, aber nicht mehr! (...) Hätte ich den Kampf gegen Hitler schildern wollen, hätte kein Arzt, sondern entweder ein politischer Mensch oder ein Durchschnittsbürger die Hauptperson sein müssen. In meinem speziellen Fall könnte der Held höchstens das Berufsgeheimnis brechen, um etwas aufzuklären, das nicht aufzuklären ist, und das, selbst aufgeklärt, den Lauf der Geschicke zu ändern nicht vermöchte.«
Bei der Behandlung des »Falles A. H.« konnte sich Weiß auf die 1936 erschienenen Hitler-Biographien von Rudolf Olden und Konrad Heiden stützen. Ob er speziell die verbürgte Episode um Hitlers Erblindung und seine anschließende Behandlung in einem Pasewalker Militärlazarett aus näherer Quelle kannte, wie behauptet wird, läßt sich bisher nicht eindeutig nachweisen. Direkte Hinweise darauf, daß Weiß den Psychiater Dr. Edmund Forster, der Hitler 1918 in Pasewalk behandelte, in Paris selbst getroffen und von ihm entsprechende Hintergrundinformationen erhalten habe, finden sich weder in dem sehr intensiven Briefwechsel mit Stefan Zweig noch an anderer Stelle.
Weiß sah sich vor »unüberwindbaren Schwierigkeiten«, als er daranging, den Roman neu zu fassen. »Man kann einen Golem nicht wirksam darstellen, wenn man sich zwischen seinen Zähnen befindet. Es liegt vielleicht etwas Frevelhaftes in dem Versuch, den Kampf eines Einzelmenschen gegen solch eine Höllengestalt meistern zu wollen«, schrieb er in einer depressiven Phase an Zweig. Gleichwohl ist das Werk auch in dieser ersten Version als bedeutsame Leistung des Schriftstellers anzusehen, wie er ein scheinbar ganz privates Einzelschicksal mehr und mehr in die Zeitläufte einband und vom zentralen Erlebnis des »Helden« her, eben der fragwürdigen Heilung eines hysterisch Blinden und zu allem entschlossenen Willensmenschen, das Aufeinanderprallen von ärztlicher Humanität und brutalstem Machtdenken gestaltete. Daß der Autor dabei nicht schwarz-weiß zeichnete, sondern im Sinne des »Bruder Hitler«-Essays von Thomas Mann sich um ein »Verstehen« der »Höllengestalt« mühte und die Anfälligkeit seines »Helden« für die gefährliche Ausstrahlung Hitlers nicht verschwieg, sondern in seine Darstellung ausdrücklich einbezog, macht die Bedeutung dieses Werkes aus.

3.

Die vorliegende Druckfassung des Romans beruht auf dem Manuskript, das sich jetzt, 299 Blatt stark, im Deutschen Literaturarchiv in Marbach befindet. Abweichungen von dieser Druckvorlage betreffen »Lektoratskorrekturen üblicher Art«, wie es schon im Vorspann zur Erstausgabe heißt. Das Manuskript weist zahlreiche Tilgungen auf, die zum Teil sehr interessant sind und in einer späteren historisch-kritischen Ausgabe publiziert werden sollten. Ein Editionsproblem sind die durch Blockschrift hervorgehobenen Leitbegriffe wie das ZERMALMENDE, die UNTERSEELE und das FÜRCHTERLICHE; diese zentralen Wörter wurden von Weiß im Manuskript nicht immer durchgehend durch Versalien akzentuiert, was zum Teil Nachlässigkeit sein kann. Bei der vorliegenden Leseausgabe entschloß sich der Verlag, das ohnehin nur in seiner ersten Version überlieferte Werk nach der ersten Druckfassung, die bei allen weiteren Publikationen übernommen wurde, zu veröffentlichen. Erstmals kann der Roman jetzt wieder unter dem Originaltitel, also ohne den verfälschenden Zusatz, als »Der Augenzeuge« erscheinen.

Peter Engel

Zeittafel

1882 am 28. August wird Ernst Weiß als zweiter Sohn des jüdischen Tuchhändlers Gustav Weiß und seiner Frau Berta, geb. Weinberg, in Brünn/Mähren geboren.

1886 am 24. November stirbt sein Vater.

1902 am 11. Juli Reifeprüfung am 2. deutschen Gymnasium in Brünn.

1908 Nach zehn Semestern Medizinstudium (zwei vorklinische Semester in Prag) promoviert Weiß am 4. 7. in Wien. Danach ärztliche Tätigkeit an der Klinik Theodor Kochers in Bern und bei Geheimrat Bier in Berlin. Nach einer Lungentuberkulose tritt Weiß die Stelle eines Schiffsarztes auf der »Austria« des Österreichischen Lloyd an, ein Schiff, auf dem er bis nach Indien und Japan gelangte.

1911 Rückkehr nach Wien. Anstellung in der chirurgischen Abteilung des Wiedener Spitals unter Prof. Julius Schnitzler (einem Bruder des Schriftstellers Arthur Schnitzler).

1913 *Die Galeere*, sein erster Roman, die Geschichte eines Strahlenphysikers und Röntgenologen, erscheint bei S. Fischer, Berlin. Erste Bekanntschaft mit Franz Kafka. Längere Aufenthalte in Berlin.

1914 Einberufung in das k. u. k. Landwehrinfanterieregiment Linz und Dienst als Regiments- und Chefarzt in der Etappe und an der Ostfront.

1916 erscheint sein Roman *Der Kampf* bei S. Fischer, Berlin. Die Korrektur der Druckfahnen dieses Buches besorgte er im Sommer 1914 gemeinsam mit dem ihm befreundeten Franz Kafka. Eine Neufassung dieses Buches erschien 1919 unter dem Titel *Franziska* in »Fischers Bibliothek zeitgenössischer Romane«.

1918 Im Januar erhält Weiß das Goldene Verdienstkreuz der Tapferkeitsmedaille.
Tiere in Ketten. Roman. Erscheint bei S. Fischer, Berlin.
Das Versöhnungsfest. Eine Dichtung in vier Kreisen. Erscheint in der Zeitschrift »Der Mensch«; 1920 als Buch bei Georg Müller, München.
Der Roman *Mensch gegen Mensch* erscheint im Verlag Georg Müller, München.

1919 Nach kurzem Aufenthalt in Berlin kehrt Weiß nach Prag zurück, wo er vom Oktober 1919 bis September 1920 in der Chirurgie des Allgemeinen Krankenhauses arbeitet.
Am 11. Oktober erlebt er im Deutschen Landestheater Prag die Premiere seines Dramas *Tanja*, das begeistert aufgenommen wird. Die Titelrolle spielt seine Geliebte Rahel Sanzara. *Tanja.* Drama in drei Akten. Erscheint im Genossenschaftsverlag, Wien/Leipzig.

1920 *Stern der Dämonen.* Erzählung, erscheint im Genossenschaftsverlag, Wien/Leipzig.

1922 *Nahar.* Roman, erscheint bei Kurt Wollf, München.

1923 *Hodin.* Erzählung, erscheint im Verlag H. Tillgner, Berlin. Uraufführung der Tragikomödie *Olympia* im Berliner Renaissancetheater, deren Buchausgabe im Verlag Die Schmiede, Berlin, erscheint.

Atua. Drei Novellen. Erscheinen bei Kurt Wolff, München.

Die Feuerprobe. Roman. Erscheint mit Radierungen von Ludwig Meidner im Verlag Die Schmiede, Berlin.

1924 *Der Fall Vukobrankovics.* Kriminalreportage. Erscheint im Verlag Die Schmiede, Berlin.

Daniel. Erzählung, erscheint im Verlag Die Schmiede, Berlin.

1925 *Männer in der Nacht.* Roman (um Balzac) erscheint im Propyläen Verlag, Berlin.

1928 *Boëtius von Orlamünde.* Roman (spätere Auflagen unter dem Titel *Der Aristokrat*). Erscheint bei S. Fischer, Berlin, wird mit dem Adalbert-Stifter-Preis ausgezeichnet und erhält die Silbermedaille der Olympiade von Amsterdam.

Die Essaysammlung *Das Unverlierbare* (Meiner Mutter gewidmet). Erscheint bei Ernst Rowohlt, Berlin.

Dämonenzug. Fünf Erzählungen (Stern der Dämonen, Die Verdorrten, Franta Zlin, Marengo, Hodin). Erscheint im Ullstein Verlag, Berlin.

1931 *Georg Letham.* Arzt und Mörder. Roman. Erscheint bei Zsolnay, Wien.

1933 im April kehrt Weiß nach über zehnjährigem Berlinaufenthalt nach Prag zurück, um seine 1934 sterbende Mutter zu betreuen.

1934 *Der Gefängnisarzt oder Die Vaterlosen.* Roman. Erscheint im Verlag Julius Kittls Nachf., Mährisch-Ostrau.

Nach dem Tode seiner Mutter emigriert Weiß nach Paris und fristet mühsam u. a. als Mitarbeiter der Emigrationszeitschriften »Die Sammlung«, »Das neue Tage-Buch«, »Maß und Wert« etc. sein Leben, zuweilen unterstützt durch Zuwendungen von Stefan Zweig und Thomas Mann.

1936 *Der arme Verschwender.* Roman (Für Stefan Zweig). Erscheint im Querido Verlag, Amsterdam.

1938 *Der Verführer.* Roman (Thomas Mann gewidmet). Erscheint im Humanitas Verlag, Zürich.

Für einen literarischen Wettbewerb der »American Guild for German Cultural Freedom« reicht Weiß erfolglos seinen Hitler-Roman *Der Augenzeuge* ein, dessen erste Fassung postum erst 1963 unter dem Titel *Ich, der Augenzeuge* (im Verlag Kreißelmeier, Icking/München) erscheinen kann.

1940 am 15. Juni, dem Tag nach dem Einmarsch der deutschen Truppen in Paris, nimmt Ernst Weiß sich das Leben.

st 715 Ödön von Horváth
Der jüngste Tag
Schauspiel in sieben Bildern
Notizen von Traugott Krischke
96 Seiten
Der Bahnhofsvorsteher Hudetz hat den Tod von achtzehn Menschen verschuldet. Ein Meineid rettet ihn. Gepeinigt von Gewissenskonflikten sucht er sich der irdischen Gerechtigkeit und Sühne zu entziehen. Er fühlt sich »nämlich eigentlich unschuldig«. Er meint: »Wenn es einen lieben Gott gibt, der wird mich schon verstehen –«.

st 716 Gespräche mit Marx und Engels
Herausgegeben von Hans Magnus Enzensberger
766 Seiten
Wer mit Marx und Engels zusammengestoßen ist, der sah sich meist zu extremen Äußerungen herausgefordert. Bewunderung und Solidarität, aber auch Gift und Galle in ungewöhnlichen Dosen sprechen aus diesen alten Aufzeichnungen. Ein Injurien- und Elogenregister am Ende des Bandes stellt Äußerungen von Marx und Engels über die Gewährsleute zusammen, die in diesem Buch vertreten sind.

st 717 Wladimir Tendrjakow
Mondfinsternis
Roman
Aus dem Russischen von Wolfgang Kasack
314 Seiten
Der Roman *Mondfinsternis* ist die Geschichte einer Liebe und einer Ehe, des Scheiterns von beidem. Es ist die Geschichte von Maja und Pavel, die mit dem Erlebnis einer Mondfinsternis beginnt und mit einer Mondfinsternis endet, wenn alles seinen Lauf und sein Ende gefunden hat.

st 718 Werner Koch
Jenseits des Sees
232 Seiten

Jenseits des Sees führt die Geschichte des Mannes fort, der den Versuch unternommen hatte, ein utopisches Leben so zu führen, als sei es die alltäglichste Realität.
»Im Gegensatz zu vielen vergleichbaren Zeitgenossen hat Koch etwas Wesentliches entdeckt: daß es nicht das Leben gibt, das einzige, wahre Leben, und es folglich müßig ist, danach zu suchen. Es gibt nur eine ureigenste, individuelle Lebenspraxis.« *Frankfurter Allgemeine Zeitung*

st 719 Dolf Sternberger
Über den Tod
272 Seiten
»Die Schriften, die in diesem Band gesammelt erscheinen, sind literarisch von verschiedener Art. Von der akademischen Dissertation, die gerade vor fünfzig Jahren entstanden ist, über die drei Essays bis zu den ›Petites Perceptions‹, die dem höheren Lebensalter zugehören, sind sie jedoch durch die Einheit des Gegenstandes verbunden. Es ist ein Gegenstand, den wir nicht verstehen können.«

st 721 Stephan Stolze
Innenansicht
Eine bürgerliche Kindheit 1938–1945
Mit einem Vorwort von Sebastian Haffner
192 Seiten
Was Stolze aus seiner Jugendzeit während des Dritten Reiches erzählt, ist nichts Großes, nichts Außerordentliches; es sind die Wellen der geschichtlichen Ereignisse in einer mitteldeutschen Kleinstadt, die er notiert: das Verhalten der Eltern, wenn »Sicherungsverwahrte« im Garten arbeiten; das Geplauder des SS-Mannes am Teetisch; was geschieht und nicht geschieht, als er den Jungbannführer zu grüßen versäumt oder als im Lebensmittelladen eine Jüdin mit ansteht.

st 722 Ulrich Plenzdorf
Legende vom Glück ohne Ende
366 Seiten
»Eine unwahrscheinliche, ja sogar unglaubliche Geschichte. Und dabei eine ganz einfache Geschichte, mit stark ausgeprägten realistischen Zügen, die das Unwahrscheinliche als möglich erscheinen lassen und selbst das Unglaubliche glaubhaft machen.« *Deutschlandfunk*

st 724 Oscar Walter Cisek
Der Strom ohne Ende
Roman
388 Seiten
Cisek führt uns an die vielgeteilte Donau vor ihrer Mündung im Schwarzen Meer und macht die Natur einer noch nicht vom Menschen besiegten Landschaft zum Gegenstand einer durch und durch epischen Dichtung. Selbst die düstersten Leidenschaften bleiben eingebettet in das Wirken der Elemente, in den Kreislauf der Jahreszeiten.

st 725 Weniamin Kawerin
Das doppelte Porträt
Roman
Aus dem Russischen übersetzt und
mit einem Nachwort versehen von Wolfgang Kasack
240 Seiten
Das doppelte Porträt ist die Geschichte von zwei Wissenschaftlern im Jahre 1954, dem Nutznießer und dem Leidtragenden der Stalinzeit. »Was hier erzählt wird, mutet den Leser wie Gegenwart an. Wer sich um Verständnis der heutigen Sowjetunion bemüht, wird in diesem Buch einen Schlüssel finden, nicht den einzigen, aber einen wichtigen.« *Hessischer Rundfunk*

st 726 György Konrád/Iván Szelényi
Die Intelligenz auf dem Weg zur Klassenmacht
Übersetzt von Hans-Henning Paetzke
408 Seiten
Die Ungarn Konrád und Szelényi haben die zunehmende Bedeutung der Intelligenzschicht – oder -klasse – im »realen Sozialismus« zum Gegenstand einer detaillierten und empirisch fundierten Untersuchung gewählt. Schon immer war die Intelligenz eine Schicht, die aufgrund des bei ihr monopolisierten gesellschaftlichen Wissens im Bündnis mit anderen Macht ausübte.

st 729 Stanisław Lem
Mondnacht
Hör- und Fernsehspiele
Aus dem Polnischen übersetzt von Klaus Staemmler, Charlotte Eckert, Jutta Janke und I. Zimmermann-Göllheim

Phantastische Bibliothek Band 57
272 Seiten
»Lem hat die Gattung der Science-fiction neu abgesteckt und ihr literarische Hochflächen erobert, die auf dem Niveau des philosophischen Traktats liegen, zugleich aber spannend sind wie ein gelungener Kriminalroman.«
Frankfurter Rundschau

st 730 Herbert W. Franke
Schule für Übermenschen
Phantastische Bibliothek Band 58
160 Seiten
Wo liegen die physischen und psychischen Grenzen des Menschen? Sind seine evolutionären Kapazitäten erschöpft oder ist er einer Anpassung an jene besonderen Aufgaben fähig, die die lebensfremden Räume der Tiefsee und des Weltraums mit sich bringen? Das »Institute of Advanced Education« schult die Elite von morgen. Zu den Mitteln gehört körperlicher Drill ebenso wie ein erbarmungsloses Überlebenstraining.

st 731 Joseph Sheridan Le Fanu
Der besessene Baronet
und andere Geistergeschichten
Deutsch von Friedrich Polakovics
Mit einem Nachwort von Jörg Krichbaum
Phantastische Bibliothek Band 59
304 Seiten
Le Fanus Geistergeschichten zeichnen sich durch die Schärfe der psychologischen Beobachtung und den in ihnen zutage tretenden Konflikt zwischen Traum und Wirklichkeit aus.

st 732 Philip K. Dick
LSD-Astronauten
Deutsch von Anneliese Strauss
Phantastische Bibliothek Band 60
272 Seiten
»Ein wenig ist die Lust zur Lektüre von Science-fiction verwandt mit der Lust zur Lektüre von Horrorgeschichten. Offenbar besteht eine Bereitschaft, das, was an Angstphantasie die säkularisierte Menschheit bedrängt, in der

Form der Lektüre sich vorsagen zu lassen, sich einreden zu lassen. Mit therapeutischem Effekt?«

Helmut Heißenbüttel

st 733 Herbert Ehrenberg
Anke Fuchs
Sozialstaat und Freiheit
Von der Zukunft des Sozialstaats
468 Seiten
»Herbert Ehrenberg und Anke Fuchs gelingt es, manche Frage zu beantworten, manche Unstimmigkeit zu widerlegen, Klischees in Zweifel zu ziehen, die Richtung künftiger Reformen darzustellen und das Erfordernis einer eigenständigen Sozialpolitik zu begründen. ... Noch lange wird man mit Gewinn nach diesem Buch greifen können, um etwas über die einschlägigen Teilbereiche der Sozialpolitik nachzulesen.« *Deutschlandfunk*

st 759 Gerlind Reinshagen
Sonntagskinder. Theaterstück und Drehbuch
(zusammen mit Michael Verhoeven)
Mit zahlreichen Abbildungen
216 Seiten
Die halbwüchsige Elsie erleidet das unfaßbare Ereignis des Zweiten Weltkriegs aus dem begrenzten Blickwinkel ihrer Kindheit. In dem bürgerlichen Mittelstandsmilieu einer Apothekerfamilie lügen sich die Honoratioren der mittelgroßen mitteldeutschen Stadt an der Nazizeit vorbei.

st 782 Die besten Bücher
der »Bestenliste« des SWF-Literaturmagazins
empfohlen von Mitgliedern der Jury
Herausgegeben von Jürgen Lodemann
176 Seiten
Die besten Bücher: erstmalig ernstzunehmender Wegweiser durch den Herbstbücherwald des Jahres 1981. Siebenundzwanzig Literaturkritiker stellen die besten Bücher dieses Herbstes vor, und sie begründen ihre Wahl. Im Anhang: Sämtliche Listen seit 1975, die bisherigen Jury-Mitglieder, eine Dokumentation zur Entstehung und Methode der Bestenliste sowie der ›Preis des SWF-Literaturmagazins‹.

Alphabetisches Gesamtverzeichnis der suhrkamp taschenbücher